Pride and Prejudice is a romantic novel of manners written by Jane Austen in 18
The novel follows the character development of Elizabeth Bennet, the dynamic
protagonist of the book who learns about the repercussions of hasty judgments and
comes to appreciate the difference between superficial goodness and actual goodness.
humour lies in its honest depiction of manners, education, marriage, and money du
the Regency era in Great Britain.

經 典 插 圖 版

傲慢與偏見

Jane Austen

珍·奧斯汀

著

劉珮芳、鄧盛銘

譯

新裝插圖珍藏版，收錄英國初版插畫數十張，
原文全譯本，一字不漏，呈現原汁原味的經典文學名著

Pride and Prejudice

Chapter 1

第一章

舉世公認，大凡身價不菲的未婚男子，總想要娶個妻子。

無論對他的性情或觀點瞭不了解，只要有這樣一個人遷居到附近，左鄰右舍總會自顧自把他當作某人或自己某個女兒應得的財產。

「我親愛的班尼特先生，」班尼特太太有一天對丈夫說，「尼德斐莊園總算租出去了，你可聽說了沒有？」

班尼特先生回說他沒聽過這消息。

「不過這是真的啊，」她繼續說道，「隆格太太剛到這兒來，才跟我說這事兒的來龍去脈呢！」

班尼特先生沒理會她。

「難道你不想知道是誰搬進來嗎？」他妻子不耐煩地嚷叫起來。

「既然你想告訴我，那我就不能不聽了。」

這話就足夠讓她繼續說下去了。

「喔喔，親愛的，你一定得知道，隆格太太說尼德斐莊園是被一個打從英格蘭北部來的有錢年輕人租下的。星期一那天，他乘了一輛四匹馬拉的馬車來看房子，看得滿心愉悅，還馬上跟莫利斯先生談妥，說要在米迦勒節前搬進來，下個星期就讓幾個僕人先入住那房子。」

「他叫什麼名字？」

「賓利。」

「他結婚了還是單身？」

「喔，親愛的，當然是單身啦！你看，一個單身貴族，一年有四、五千鎊收入，這對咱們家女兒來說，眞是一件好事呀！」

「怎麼說？這關咱們女兒什麼事？」

「我親愛的班尼特先生呀，」他妻子應了他，「你很煩人！可知道我正在考慮他能跟我們哪個女兒結婚嗎？」

「他搬到這兒，就是打算結婚啊？」

「打算？胡說八道，你怎會這麼說！只是他有

「他乘著四匹馬拉的馬車來看房子。」

可能會跟咱們哪個女兒談戀愛而已，總之你得在賓利先生搬過來的時候趕快登門拜訪就是了。」

「我哪有什麼立場可以去呀！你跟女兒們倒可以去，還是你讓她們自個兒去好了，說不定這樣還更好些。畢竟，她們誰比得上你的美貌啊，萬一你去了，賓利先生可能會看上你呢！」

「親愛的，別拍我馬屁，我的確曾經貌美過，但現在我可不敢假裝自己容貌出衆了。當一個女人有了五個女兒，就不該再多想自己的美貌才是。」

「是嘛，不過大多數女人也沒啥美貌可想啦！」

「不過，親愛的，等賓利先生搬進來時，你的確該去拜訪他。」

「這事兒可超過我該做的地步啦！」

「你得多想想我們家女兒呀！仔細想想，這可是事關女兒的終身大事，威廉爵士和盧卡斯夫人都已經決定要去了，圖的也是這個，你知道的嘛，他們通常才不會去拜訪新鄰居呢！你一定得去，假使你不去，我們就更沒理由去了。」

「你這是不是太多心了？我敢說賓利先生看到你一定很高興，而且我還會讓你帶封短箋去，讓他知道我滿心希望他能跟我們任一個女兒成婚，我一定會爲我的小伊莉莎白多美言幾句的。」

「你最好別做這種事，伊莉莎白才不比其他女兒好。她又沒有珍一半的美貌，也不及莉蒂亞一半的幽默，而你每回偏要把她捧得最高。」

「因爲其他女兒都沒啥好自傲的。」班尼特先生答：「她們全都跟其他女孩一樣愚蠢無知，伊

「你得多想想我們家女兒呀！」

莉莎白就是比她的姊妹慧黠許多。」

「班尼特先生，你怎麼這樣糟蹋自己的親生女兒？看來我愈惱火你愈高興，就是一點也不體諒我的神經已經很衰弱了。」

「親愛的，你誤會了，我對你的神經相當尊敬，它們可都是我的老朋友呢！這二十幾年來，我已經聽你慎重其事地提過好多回了。」

「喔，你就不知道我有多痛苦。」

「我希望你別這麼痛苦，你得好好活著，親眼看到一個一年有四千鎊收入的年輕人搬到我們隔壁才成。」

「就算有二十個那樣的人來，我看你都不可能去拜訪人家。」

「相信我，親愛的，就算眞有二十個，我也必定一一登門造訪。」

班尼特先生就是這樣一個反應靈敏的怪人，幽默卻語帶嘲諷、沉默又變化無常，二十三年的時間仍不足以讓妻子了解他的個性。班尼特太太的心思倒是不難猜透——她是個理解力很低、知識貧乏且脾氣不定的女人。當事情不順心的時候，她就會認爲是自己神經衰弱，這輩子的大事情便是把女兒們嫁掉，最大的安慰便是拜訪鄰居和打探消息。

第二章

Chapter 2

班尼特先生雖然死也不肯對他太太鬆口，但其實他一直想去拜訪賓利先生，甚至他根本就在第一批拜訪賓利先生的訪客名單中。直到傍晚拜訪結束前，班尼特太太完全不知道這件事。消息是這樣走漏的，班尼特先生看到自己的二女兒在整理一頂帽子，就突然對她說：

「我希望賓利先生會喜歡它，伊莉莎白。」

「可是，因爲我們沒有計畫去拜訪賓利先生，根本無從了解他喜歡什麼！」她的母親憤慨地表示。

「但你忘了，媽媽，」伊莉莎白說，「我們會在舞會裡遇見他的，隆格太太答應要介紹他給我們認識。」

「我不信隆格太太會做這種事，她自己就有兩個姪女。這個自私又僞善的女人，我對她沒什麼好印象。」

「我跟你感覺一樣，」班尼特先生說，「我很高興原來你根本不用靠她幫忙。」班尼特太太不打算理睬他，但又耐不住性子，開始責備女兒。

「天啊！莉蒂亞，不要再一直咳嗽了，稍微體諒一下我的神經好嗎？我快被你搞瘋了。」

「莉蒂亞咳嗽都沒節制，」她父親說，「老愛故意咳嗽。」

「我又不是咳好玩的！」莉蒂亞氣惱地說。

「伊莉莎白，下次舞會是什麼時候？」

「兩星期後。」

「原來是這樣！」她的母親喊著，「隆格太太在舞會前一天才趕回來，根本沒辦法介紹賓利先生給你們認識，因為她自己也不認識賓利先生！」

「那親愛的，你占到上風了，你可以介紹賓利先生給她認識呢！」

「不可能，因為我也不認識，怎麼介紹啊！你諷刺人啊？」

「我真佩服你的慎重。當然只認識兩星期是不太夠，不可能徹底了解一個男人，但如果我們不嘗試，

「我希望賓利先生會喜歡它，伊莉莎白。」

別人可是會搶先一步。畢竟隆格太太和她的姪女才不願錯過機會——她會以此示好。如果你不想這樣，我可以自己進行。」女兒們一同望向父親，班尼特太太只喊著：「鬼扯，廢話！」

「請問這尖銳的抗議意義何在？」班尼特先生說：「難道你認爲花點心思介紹，一點意義都沒有？我不太能同意你的看法。瑪莉，你怎麼說？我知道你是個年輕且深思熟慮的女孩兒，讀過很多鉅著而且作了許多筆記。」

瑪莉想說些通情達理的話，但也不知從何開口。

「瑪莉正在整理她的思緒，」他接著說，「話題回到賓利先生吧。」

「我受夠賓利先生了！」他老婆嚷嚷道。

「很遺憾聽見你這樣講，那你以前爲何不跟我說？如果早上我知道你是這樣想，就能省去拜訪他的麻煩了。眞的很不幸，但既然我已經拜訪過他，我們還是得去認識一下。」

這群女士的驚訝正是他所期待的，而班尼特太太的程度可能又要更甚於其他人。不過在女孩們一陣歡樂喧嚷過後，她開始宣稱這整件事其實一直在她意料之中。

「親愛的班尼特先生，你眞是個大好人呢！我知道你終究還是會被我說服，因爲你疼愛女兒，所以很難忽略這樣的機會。我太高興了！而且這笑話也鬧得眞妙，誰知道你今早就已經去拜訪他，而且直到剛剛都還一字不提呢！」

「現在，莉蒂亞，你要怎麼咳嗽都隨你。」班尼特先生一面說一面離開房間，他對老婆的興高采烈感到有些厭煩。

「女孩們，你們老爸多優秀啊！」當門關上後，班尼特太太說：「我是不知道你們要怎樣報答他或是我，不過我可以跟你們說，我跟你們爸爸這輩子每天都很不樂意去搭上這種關係——所有這些都是爲了你們啊！親愛的莉蒂亞，雖然你最年輕，但我敢說，在下一次舞會中，賓利先生就會跟你一起跳舞啦！」

「哦？」莉蒂亞不太在乎地說，「雖然我年紀最輕，但我才不害怕，論個頭我可是最高的。」

接下來的傍晚時分，母女們都在揣測賓利先生會多快回應班尼特先生的邀請，還有決定她們該何時邀請他前來共進晚餐。

「論個頭我可是最高的。」

Chapter 3

第三章

即使有五個女兒幫腔，班尼特太太還是沒辦法從丈夫那裡得到更多關於賓利先生的描述。她們千方百計地套問他，例如坦率直接地問、精妙的想像以及離題甚遠的猜測等，但是所有努力都被班尼特先生迴避掉了，最終還是被迫接受鄰居盧卡斯女士的二手情報。盧卡斯女士的消息可說是大受歡迎，威廉爵士很欣賞賓利先生，他的年紀很輕、長相英俊，個性也極討人喜歡，最寶貴的是，他即將在最近舉辦的宴會中出現。沒有什麼比這更令人高興的事了！愛上跳舞等於是往墜入愛河更進一步，大家都熱切地想獲取賓利先生的歡心。

「如果我能看到哪個女兒在尼德斐莊園快樂地安定下來，」班尼特太太對丈夫說，「而且其他女兒也都有個好歸宿的話，我就沒什麼好奢求的了。」

幾天後賓利先生回應了班尼特先生的拜訪，在班尼特先生的書房裡待了十分鐘。他早就聽聞班尼特家女兒們的美貌，心中燃起一窺這些年輕淑女的渴望，但卻只能見到班尼特先生。女士們就比較幸運了，她們可以從窗口觀察這位身穿藍色外套、騎著一匹黑色駿馬的紳士。

賓利先生在拜訪中很快就收到晚餐邀約，這可是班尼特太太展現理家功力的時刻，但是賓利先

身穿藍色外套、騎著一匹黑色駿馬的紳士。

生的答案讓她失望了。由於他隔天有事要到倫敦，所以沒辦法接受這項榮幸的邀約。班尼特太太顯然十分倉皇失措，她不能想像在他抵達赫福郡後，還有什麼事要立刻回倫敦去忙，而且她也開始擔心賓利先生會奔波各地，永遠不會乖乖在尼德斐莊園待下來。

盧卡斯女士解答了班尼特太太的疑慮，她說賓利先生趕到倫敦只是爲了邀請客人前來參加盛大的舞會，隨後立即傳出賓利先生將帶領十二位女士和七位紳士來參加宴會的消息。起初女孩們聽到這樣的數字還挺擔憂的，但在舞會舉行前一天，另一個消息讓她們鬆了口氣：賓利先生其實只有從倫敦帶了六位賓客來——他的五位姊妹以及一位表姊妹。而且當聚會廳的舞會開始後，實際到場的只有五個人：賓利先生自己、他的姊姊、妹妹、姊夫，以及另外一位年輕人。

賓利先生是個長得俊俏且外型紳士的人，擁有令人喜愛的容貌及隨和眞摯的態度。他的姊妹姿色宜人，儀態也是雍容大度，儘管姊夫赫司特先生只是個普通不起眼的男士。不過他的朋友達西先生就不同了，他優美高瘦的身材、英俊的外貌，以及高貴的丰采都迅速吸引到全場注目，進場才五分鐘，人群間已經在口耳相傳，說這個年輕人的年收入高達一萬鎊。達西先生已經成爲完美男士的標竿，女士們也宣稱他長得遠比賓利先生英俊，夜晚的大半時間中，他都受到極大仰慕，直到他那令人厭惡的態度出現——大家發現他非常傲慢，一副高不可攀的樣子，而且很難取悅。因此，就算他在德布夏擁有巨額房產，似乎也很難挽回大家對他的負面評價了，甚至遠遠不及他的朋友給人的好印象。

實際到場的只有五個人。

賓利先生很快就跟舞會上所有重要人士接觸過，不斷跳舞的他顯得非常活躍，更表示自己痛恨舞會太快結束，想由他個人在尼德斐莊園再辦一場舞會。如此親切的態度跟他的朋友對比還眞大！達西先生只與赫司特太太、賓利小姐各跳了一支舞，接下來就沒有與任何一位女士接觸了，當晚剩餘時間就只在屋子裡走來走去，偶爾跟他的同伴聊一聊而已。

達西先生的品格已經被定論，他就是世界上最驕傲、最沒有人緣的男人，所有人都期望他永遠不會再出現。其中討厭他的人又以班尼特太太爲首，由於一件事情的發生，她對達西整體行爲的厭惡轉化爲特殊的憤慨——他蔑視了她的女兒。

由於男士太少，伊莉莎白・班尼特只跳了兩支舞就坐下來。而在那段時間，達西正站著與賓利先生對談，他和伊莉莎白的距離近得讓她可以聽見兩人在談什麼。賓利先生才跳完一支舞沒幾分鐘，就催促他的朋友也加入舞池。

「來吧！達西，」他說，「我一定要讓你去跳舞，這樣一直呆站著，我眞是看不下去。你可以好好跳上幾支舞的。」

「我當然不跳。你知道我痛恨跳舞，除非跟舞伴特別熟。參與這樣的聚會沒有意義，你的姊妹也都已經各自有伴，這兒沒有任何一個女人可以讓我不受罪的了。」

「我可沒像你這麼愛挑剔，」賓利先生嚷著，「不管是爲了什麼理由，我這輩子從來沒像今晚這樣，看到這麼多可愛的女孩，而且其中幾位是出奇地美麗！」

「你現在正在跟屋子裡唯一的美女跳舞。」達西先生邊說邊看向最年長的班尼特小姐。

「喔！她是我遇過最美麗的人兒！但還有一位她的姊妹就坐在你後面，她非常漂亮，我敢說她也很受歡迎，我請我的舞伴介紹她給你認識吧。」

「你指的是誰？」達西先生轉過身，望了伊莉莎白一陣子，直到伊莉莎白與他目光相接。他收回自己的視線，冷冷地說：「她長得還算可以忍受，但沒有美到足夠吸引我。我現在可沒有幽默感去伺候一位被其他男士冷落的年輕女士，你最好回去舞伴身邊享受她的微笑，因爲你再說也只是浪費時間而已。」

賓利先生接受了他的建議，達西先生也離開了。而伊莉莎白依舊坐著，對達西先生還是沒什麼好感，倒是興致勃勃地和朋友透露了這段對話。因爲她的個性開朗頑皮，對任何荒謬的事都能感到有趣。

這天晚上，班尼特全家大致都過得很愉快。班尼特太太已看見大女兒在尼德斐莊園宴會中大受歡迎的前景，因爲賓利先生和她跳了兩支舞！而她也在衆姊妹中顯得特別出衆。珍也像她母親一樣高興，只是表現方式較含蓄。伊莉莎白察覺到珍很快樂，瑪莉則在聽到自己被介紹給賓利先生時，得到了「鄰近最有素養的女孩」這般稱呼，凱蒂和莉蒂亞更是異常幸運，身邊總是不乏陪伴者，這是她們參加舞會唯一關注的事。

母女一行人興致高昂地回到居住的隆波安村，班尼特先生還沒就寢，正看書看得廢寢忘食，不

「她長得還算可以忍受。」

過他倒也對這場鼎鼎大名的舞會發生了什麼事抱持極大好奇。他其實希望太太帶回對這位陌生人失望的觀點，但是他很快就發現，他準備要聽的是一個截然不同的故事。

「喔！我親愛的班尼特先生，」班尼特太太進入房間，「我們度過了最愉快的夜晚和一場最棒的舞會！我眞希望你當時也在場。珍眞是大受歡迎，大家都說她長得多麼好看呀，賓利先生也覺得她很漂亮，而且跟她跳了兩支舞！想想這個就好，親愛的，他眞邀她跳了兩次舞！而且珍是會場裡他唯一邀過兩次舞的人呢！起先，賓利先生邀請盧卡斯小姐，我看到他們兩人站在一起實在很厭煩！不過還好他一點也不欣賞她，事實上，根本不可能會有人喜歡盧卡斯小姐嘛！當賓利先生看見珍走入舞池那會兒似乎頗爲震驚，所以詢問她到底是誰，經過介紹而認識，再來就邀請珍跳舞了。後來他邀請金恩小姐跳舞，接著是瑪莉亞．盧卡斯，再來又找珍當他的舞伴，跳完以後輪到伊莉莎白，而且包藍格……」

「如果他稍微憐憫我的話，」她的丈夫不耐地叫，「他連這一半的數量都不會跳到！看在老天的份上別再提他舞伴的事了，不然他的腳踝穩扭傷的！」

「喔！親愛的，我非常喜歡他。他眞是無比英俊呢！而且他的姊妹同樣非常迷人，我這輩子沒見過像她們一樣雅緻的穿著，像赫司特太太長袍上的蕾絲就很好……」

她說到這兒又被中斷了。班尼特先生抗議任何有關華服的敘述，她只好被迫發展這主題的其他支線，比如有關達西先生令人厭煩的無禮部分，當然也加油添醋了一番。

「但我跟你保證，」她補充，「伊莉莎白雖然並沒有被那個男人看中，但其實也沒什麼損失，因爲達西先生是個無法被認同以及令人厭惡的男人。他完全不受歡迎，沒有人受得了他的高傲自負！一會兒這裡走走、那兒看看，好像自己很了不起似的！親愛的，我眞希望你當時在場，這樣就可以給他一點教訓了。我實在是很討厭這個人。」

Chapter 4

第四章

當珍和伊莉莎白獨處時，之前對賓利先生小心翼翼讚美的珍，這會兒便盡情向妹妹傾訴起對賓利先生的好感。

「一個年輕人就要像他這樣才對啊。」她說，「他很細膩又幽默、個性開朗，而且我從沒看過像他那樣快樂的神情……跟他在一起好輕鬆愉快，而且他是一位有完美教養的人！」

「而且還長得英俊。」伊莉莎白回答，「如果行的話，一位男士應該要這樣的。如此一來他就達到完美的標準了。」

「我眞的很榮幸，他邀我跳了兩次舞呢！眞沒想到會有這樣的恭維。」

「你沒預期到啊？我早就料到了，但這就是我們兩人之間很大的不同點，恭維的話總會讓你驚訝，對我而言永遠不會。他再次邀你跳舞是再自然不過的事，依我看，他根本認爲你比聚會裡其他女人美上好幾倍，你不需要去感謝他獻殷勤。他當然是很受肯定啦，而且我也允許你喜歡他，你以前可是愛過其他更糟糕的男人呢。」

「伊莉莎白！」

「喔！你太容易陷進去、太快去喜歡別人了！你從未察覺出任何人的錯誤，這世界上所有人在你眼中都是美好又值得肯定的，我這輩子甚至從沒聽過你批評人。」

「我是不想太急於去責難任何人，但我永遠是心裡想什麼就說什麼。」

「我知道你是這樣，也就是這一點讓人不安哪。因為你人太好了，誠實到對別人的愚行都視而不見！永遠只注意所有人的優點甚至發揚光大，完全不去提壞的一面……世間只有你擁有這樣的特質，因此你也喜歡這男人的姊妹，是不是？她們的態度可未必都像賓利先生那麼好呀。」

「一開始當然不會這麼好啦，但是當你跟她們溝通時，她們都是很親切的。賓利小姐將要跟她的兄長同住，並且打理他的房子，我想我們會發現她其實是個好鄰居的。」

伊莉莎白安靜地聆聽，但她並沒有被說服。賓利的姊妹在宴會中的表現其實不太受歡迎，伊莉莎白的觀察力較敏銳，個性上也比姊姊來得剛強。就算自己吸引了他人注意，她的判斷還是不太容易受影響，她也極少同意其他人的看法。

賓利的姊妹實際上都是很優秀的女士，當她們受到歡迎時也不會缺乏幽默感，如果她們願意的話，也能非常討人喜歡。只不過賓利姊妹的個性實在太高傲自負，她們不僅僅長得好看，更在鎮上排名第一的私校接受過良好教育，還擁有兩萬鎊的財富。她們具有奢侈花費的習慣，喜歡接近上流人士，甚至自視極高，所以不太看得起其他人。她們出身自英格蘭北部的豪門，不過她們和兄弟的財富其實是靠做生意掙來的。

賓利先生從他父親那兒繼承了大約值十萬鎊的地產，他父親一直想買一座莊園，可惜未能親自實現。賓利先生也想這樣做，有時他也會想在自己郡上購買，但他現在已經有了一棟華宅和一座莊園可供使用。以賓利先生隨性的個性而言，如果他接下來的日子選擇留在尼德斐莊園過活，把買莊園的事交給下一代去做也不會太令人意外。

賓利的姊妹很希望他趕快擁有房產。雖然目前他只是住在尼德斐莊園裡而已，賓利小姐依舊很樂意把那兒當作自己家，幫忙哥哥操持家務。赫司特太太也是如此，她嫁的老公不是富裕的人，既然她也很喜歡這棟房子，便把莊園當作自家房產看待了。

賓利先生成年後約兩年左右，由於一個很偶然的機會，有人推薦他來看看尼德斐莊園的房產。他看了一眼就很喜歡屋況和主房，而屋主對房子的誇讚更是令他滿意，於是立刻就租下來了。

他和達西先生之間維持著穩定的友誼，儘管兩人在個性上大不相同。達西很喜歡賓利隨和、開朗、溫柔的特質，雖然兩人個性南轅北轍，達西可不覺得自己的個性有何不妥。他很尊重賓利，也很推崇賓利對事情的見解，但就才智而言，達西其實略勝一籌。他的性格高傲、嚴謹且難以討好，雖然擁有良好的教養，但絕非笑臉迎人那一型，就這方面而言，他朋友就占了極大優勢。賓利無論出現在哪裡都很受歡迎，達西則持續冷眼對人。

從他們兩人提到馬利頓舞會一事的態度，就可以明顯看出性格上的差異。賓利覺得他這輩子從沒像那天一樣，遇到那麼多友善的人們和漂亮的女孩，大部分人都很和善有禮，氣氛也不會讓人感到拘束呆板，他很快就與衆人打成一片；至於珍．班尼特小姐呢，對他而言簡直就是位最美麗的天使。相反地，達西看到的是一群相貌欠佳又不時髦的人們，他提不起絲毫興趣，也沒有任何人對他表示關注。他承認班尼特小姐很漂亮，但是她太愛笑了。

赫司特太太和她的妹妹也認同這般看法，不過她們還是羨慕和喜歡珍，承認她是位甜美的女孩，並不反對跟這樣的女孩進一步認識。這樣的稱許給了賓利先生很大的鼓舞，於是他決定對珍展開追求。

Chapter 5

第五章

距離隆波安不遠處，住著一戶與班尼特家族往來很密切的人家，那就是盧卡斯公館。威廉・盧卡斯爵士之前在馬利頓做生意，賺了一筆不小的財富，在市長任內被英王召見授與騎士榮銜。頭銜的提升讓他對己身事業和居住的小市鎮感到汗顏，於是威廉爵士結束生意並將住家搬遷到離馬利頓約一哩之處。從那時候起，他們家的住所就命名為「盧卡斯公館」，如此他便不再被自己的生意所束縛，得以將自己孤立於俗世之外。雖然威廉爵士因為地位提升而振奮，但他並未因此而目空一切；相反地，他更加關心所有人，由於天性平和、友善、樂於助人，他在聖詹姆士宮被授與頭銜後變得彬彬有禮起來。

盧卡斯夫人是個非常好的女人，但不至於精明到無法成為班尼特太太的好鄰居。他們夫婦有許多孩子，最大的孩子是個敏感、聰穎的年輕女性，芳齡約二十七歲，是伊莉莎白的摯友。

這時盧卡斯家和班尼特家的小姐們碰面討論舞會，變成絕對必要的事。舞會後隔天早晨，盧卡斯家的小姐就趕到隆波安，和班尼特家的小姐會面了。

「傍晚那時你表現得很好，夏綠蒂，」班尼特太太用禮貌自制的語調對盧卡斯小姐說，「你是賓利先生的第一個選擇。」

「是的，但他似乎比較喜歡第二個選擇。」

「喔！你在說珍啊，我猜，這是因為賓利先生跟她跳了兩次舞？他似乎很欣賞珍，事實上我也這樣認為，我聽到一些風聲是這樣說——雖然其實不大確定——是跟羅賓森先生有關的。」

「或許你是指我無意間聽到他跟羅賓森先生的對話？我沒跟你提過這事嗎？羅賓森先生問賓利先生喜不喜歡馬利頓的舞會、覺得舞會上美女多不多，還問他哪一位長得最美？賓利先生馬上就回答了最後一個問題：『喔！毫無疑問，當然是班尼特家大小姐，根本不會有第二個答案。』」

「相信我！那實在是非常明顯！但你知道，整件事可能白忙一場呢。」

「我聽到的可比你的要有意思呢，伊莉莎白，」夏綠蒂說。「達西先生講的話可不像他朋友一樣中聽，不是嗎？可憐的伊莉莎白，竟然得到『長得還算可以忍受』這種評語。」

「我求你別說了，再讓我想起那個人的惡劣態度，我又要生氣了。他是這樣一位不受歡迎的男士，被他喜歡應該也很不幸。隆格太太昨晚告訴我，她坐在他附近約半小時，他的嘴唇根本連一次都沒動過。」

「你真的確定嗎？是不是出了點小差錯？」珍說。「我就有看見達西先生跟她說話。」

「唉，因為她最後問他喜不喜歡尼德斐莊園，他不得不回答她呀。但是她說，他似乎被問得很不耐煩。」

「他的嘴唇根本連一次都沒動過。」

「賓利小姐告訴我，」珍說，「他的話很少，除非跟他熟識。只有跟熟人在一起，他才會討人喜歡得多。」

「親愛的，你剛說的我一個字都不信。如果他眞這麼討人喜歡，他應該會去和隆格太太說話，但我能猜到是什麼情形。每個人都說他驕傲得不得了，我敢說，他多少有聽到隆格太太沒坐自己馬車去，而是臨時僱了一輛趕去的。」

「我並不在意他沒跟隆格太太說話。」盧卡斯小姐說：「但我希望他那時與伊莉莎白跳了舞。」

「伊莉莎白，」她的母親說，「如果我是你，下次我絕對不會與他跳舞。」

「夫人，我相信，我完全可以確信你絕不會與他跳舞。」

「他的傲慢，」盧卡斯小姐說，「並不會像一般情形一樣冒犯到我，因為那是有原因的。這樣一位擁有良好家世、可觀財富，且樣樣條件都勝過別人的優秀男子，也難怪要自視甚高。我覺得他有驕傲的權利。」

「那倒是眞的，」伊莉莎白說，「而且我很容易就能原諒他的傲慢，只要他沒損及我就好。」

「傲慢，」瑪莉評論道，她覺得自己的見解紮實而提高了興致，「我相信是一般人的通病。就我讀過的資料看來，我確信它眞的很普通。人性眞的很容易向它屈服，只有極少人不會因具有某種眞實或想像的特質，而不去珍惜那種自我滿足的感覺。虛榮和傲慢是兩件事，雖然這兩個詞常被視作同樣意思，一個人可以高傲而不自負，傲慢比較是我們對自己的看法，自負則是指我們在他人心中的印象。」

「如果我像達西先生一樣富有，」盧卡斯小姐年輕的弟弟嚷道，「我才不會在意自己有多驕傲！我會養一大堆獵犬，而且一天喝一瓶酒！」

「這樣你就喝太多了，」班尼特太太說，「如果我看見你這樣做，一定直接從你手中拿走那瓶酒。」

男孩抗議她不能如此做，班尼特太太則持續宣稱她會這樣做，這場爭論直到客人拜訪結束才終得停止。

Chapter 6

第六章

很快地，隆波安的女士們就跑去和尼德斐莊園的女士們會面，沒多久尼德斐莊園的女士也禮尚往來回頭拜訪她們。班尼特小姐良好的應對已經使赫司特夫人和賓利小姐對她產生好感，雖然班尼特太太的個性令人難以忍受，年輕的妹妹們又不值一談，她們仍希望與較年長的兩位班尼特姊妹多認識交流。就珍而言，她非常高興能夠得到這樣的關注，但是伊莉莎白依舊感受到賓利姊妹對待他人的態度很自大，甚至對珍也不例外。即使態度是友善的，她還是沒辦法喜歡她們，因為那種友善很可能深深受到賓利先生對珍示好的影響。情況其實很明顯，他們兩人互相愛慕，珍從第一次跟賓利先生見面就已經動心，也可說是某種程度地陷入愛河；她喜悅地認為這件事基本上未被他人發現，因為她感受到冷靜的情緒以及平靜的喜悅感，這種感覺也將她帶離不恰當的疑慮。伊莉莎白將這點告訴了好朋友夏綠蒂小姐。

「或許這樣是很愉快啦，」夏綠蒂小姐回答，「在此情形下能夠唬得大家一愣一愣的，但有時太謹慎也不見得好。如果一個女人隱藏自己的感情，她可能會失去牢牢套住心儀對象的機會，到時就會變成一種流於相信世界一切公平的慰藉情緒。在每一次愛慕中總有許多感激與虛榮，就這樣將它閒置一旁也不安全。我們都可以自由開始愛情，但在我們當中，只有少數人可以不需要鼓勵就能眞心投入。一個女人必須表現出比實際感覺更多的情感，至於賓利先生的情感，無疑地像你姊姊的一樣，但他可能永遠不會做得比珍多，如果她不助他一臂之力的話。」

「但珍的確幫了他，如同她本性所能允許的一樣多。如果我都能意識到她關注他，然而他根本就沒發現的話，那他鐵定是個呆子。」

「記住，伊莉莎白，他跟你一樣，都不知道珍的安排呀。」

「如果一個女人對一個男人非常有好感，而且不竭力去隱藏的話，他應該能發現出來的。」

「如果他已經夠了解她，或許他會發現。可是，雖然賓利和珍的碰面次數不少，相處時間還是不夠；而且他們總是在大型宴會裡碰面，不可能時時刻刻都將心思花在和對方相處上。因此，珍必須好好利用每個能掌控他注意的時間，這樣才會更有餘裕地如她所願，享受談戀愛的樂趣。」

「你的計畫不錯，」伊莉莎白回答，「除了想結婚的念頭外沒有一絲問題。如果只是計畫找個有錢卻不管爲人好壞的丈夫，我一定採納你的意見。但這些都不是珍的感覺，她不是倚靠算計行事的類型。不僅如此，她甚至不能確定自己動心到何種程度，也無法肯定合不合理。她才認識賓利先生兩週、跟他在馬利頓跳了四支舞、某天早晨在他住處見了一面，也在之後一起吃了四次飯——這些並不足夠去了解他的本性。」

「並不像你所說的這樣。假如她只跟他吃過飯，的確，她可能只發現他是否胃口良好。但你必須記得，他們已經共處了四個傍晚，四個傍晚已經足夠重要了。」

「對，這四個晚上使他們弄清楚：原來他們都喜歡玩二十一點而不是做生意。但就其他重要的面向，例如個性而言，我並不覺得互相認識了多少呢！」

「噢！」夏綠蒂說：「我衷心希望珍能成功。如果她明天就要跟他結婚，我想，搞不好她獲得幸福的機會，跟耗費一整年研究賓利先生的個性後再做決定，是差不多的呢！婚姻幸不幸福全然只是機運問題，即使雙方在婚前對彼此個性瞭若指掌，或者和對方個性相似，也不保證一定能白頭偕老。結婚後雙方個性都會變，終究要面對苦惱的問題。如果你決定跟一個人廝守終身，最好了解他的缺點愈少愈好。」

「夏綠蒂，這見解眞好玩，但它並不是個好辦法。你也知道這樣不好，你自己就絕不會照這方式去進行。」

伊莉莎白只將注意力集中在賓利先生對她姊姊感興趣這件事上，絲毫沒發現自己也已成爲賓利先生朋友眼中感興趣的對象。達西先生起初只是稍稍承認她長得還算漂亮，之前在舞會中並不欣賞她，當他們接下來再度碰面，他注意她也只是爲了批評。然而，當他和朋友評論過她的容貌沒特色後沒多久，便發現她那雙烏黑美麗的眸子閃耀著不尋常的智慧。在這項發現後，接下來又有其他相同的悔恨，透過他那雙批判的眼睛，他從她身上發現了符合完美勻稱標準的身材，此外還被迫承認她的體態輕盈且令人欣羨。而且，雖然他斷言她的禮儀並不符合上流社會的要求，他還是被她那種自在的玩笑態度所吸引。伊莉莎白完全不了解這種情況，對她而言，達西先生只是一位讓自己到處都不受歡迎的男士，而且也是位讓她認爲自己沒有出衆到可以與他共舞的男性。達西開始希望能多了解她，藉由參與她跟其他人的對話，作爲自己與她交往的進一步。他的動作終於引起她的注意，那是在威廉·盧卡斯爵士的處所舉辦的大型宴會中發生的。

「達西先生那樣是什麼意思？」她對夏綠蒂說：「特地來聽我跟佛司特上校間的對話？」

「那問題只有達西先生才能回答。」

「但他如果再這樣做，我一定會讓他知道，我完全了解他的企圖。他有雙非常嘲諷的眼睛，而且如果我再不開始提醒自己，很快我會對他感到害怕的。」

達西先生向她們靠近後，似乎沒有要立刻進行談話的意思。盧卡斯小姐示意她的朋友向他提及一件事，隨即激起伊莉莎白的行動。她轉向他說：

「達西先生，剛剛我在慫恿佛司特上校，請他在馬利頓給我們辦一場舞會，你覺得我這樣問他恰當嗎？」

「眞是精力充沛，但這永遠是一個讓女士充滿活力的議題。」

「你對我們眞嚴厲。」

「馬上就輪到她被戲弄了。」盧卡斯小姐說，「我準備要打開琴了，伊莉莎白，你知道接下來怎麼做吧。」

「你這個朋友眞的很奇怪呢！永遠希望我在任何人面前表演唱歌。如果我眞的有音樂天賦，你就會變得沒價値了；如果衆人眞的想聽最佳的表演者表演，我寧可不要獻醜。」然而，由於盧卡斯小姐始終堅持，伊莉莎白補充說：「好吧，如果非唱不可的話，就唱吧。」她愼重地瞥了達西先生一眼，「有句古老的話，在場每位都很熟悉，它是這樣說的：『省口氣吹涼自己的粥。』我就要省點力氣來唱歌。」

她的表演雖然稱不上第一流，但也很不錯了。在表演過一、兩首曲子後，她還沒期待對她繼續唱下去的安可回應，她的妹妹瑪莉就急切地接在她後頭去彈琴了。由於瑪莉的才貌在姊妹裡比較不吃香，所以她向來很努力鑽研知識和才藝，而且急著想展現出來。

瑪莉既缺乏天份也欠缺品味，但虛榮心促使她持續追求這些學識與技藝，這也爲她帶來賣弄和自滿的心態，有了這樣的態度，即使表演得再卓越也會失色。伊莉莎白就比較輕鬆自然，就算表現得沒有妹妹一半好，大家也比較喜歡聽她表演；而瑪莉呢，在演奏完一首很長的協奏曲後，爲了博得讚美和恭維，很高興地繼續彈奏蘇格蘭及愛爾蘭小調。兩個小妹則和盧卡斯家的小姐們和幾位軍官一起，快樂地在屋內一角跳舞。

達西先生安靜地站在靠近她們的地方，他對於整晚用這種方式消磨時間，而且還被排除在談話之外感到很憤慨。他思慮沉重得連威廉・盧卡斯爵士站到他身旁了都沒察覺，直到爵士開口：

「眞是個令年輕人興奮的娛樂呀，達西先生！再沒有比跳舞更好的事了，我認爲跳舞是上流社

她的表演雖然算不上第一流，但也很不錯。

會文化的精華。」

「當然，爵士。而且好處在於下等社會也可以流行跳舞，每個野蠻人都能跳。」

威廉爵士只是微笑。「你的朋友表現得很不錯，」他看見賓利先生加入衆人，頓了一下後繼續說：「我絕不懷疑你具備一樣的舞技，達西先生。」

「爵士，我相信你見過我在馬利頓跳舞。」

「的確是，而且看得很愉快。你常常進聖詹姆士宮跳舞嗎？」

「從沒有，爵士。」

「你連在王宮裡都不致意一下嗎？」

「我是能免則免，不管哪個場合，這樣的致意都盡可能省略掉。」

「你一定在鎮上有一座房子吧？」達西先生點了點頭。

「我曾有在鎮上定居的打算，因爲我喜歡身處上流社會中；不過我不太確定盧卡斯太太能否適應倫敦的空氣。」爵士頓了一下等待答案，不過他的同伴可不傾向回答。在這當下，伊莉莎白正好向他們靠近，威廉爵士靈光一閃，想趁這時機獻獻殷勤，便對她叫道：

「我親愛的伊莉莎白小姐，爲什麼不跳舞呢？達西先生，請務必要允許我介紹這位年輕女士給你認識。她可是非常理想的舞伴，我很肯定，在如此迷人的美女面前，你不能拒絕。」說著便握住伊莉莎白的手，往達西先生那兒送過去。達西雖然非常驚訝，但並非不情願地接下她的纖手，然而伊莉莎白卻立刻將手縮回去，甚至有些慌張地對威廉爵士說：

「爵士，我一點都不想要跳舞。你可千萬別認爲我是來這兒尋找舞伴的。」達西先生有禮地邀請她，希望有此榮幸與她共舞，但卻徒勞無功。伊莉莎白一旦下定決心就不會改變，無論威廉爵士如何苦口婆心勸她都沒有結果。

「伊莉莎白小姐，你的舞跳得那麼好，我看見你覺得非常愉快，你這樣子拒絕我，眞是太殘酷了。雖然基本上這位紳士不喜歡舞會，但我確信只是叨擾個半小時，他也不會反對的。」

「達西先生未免太過有禮。」伊莉莎白微笑著說。

「他的確是，不過親愛的伊莉莎白小姐，即使他有動機，我們還是不能懷疑他的殷勤啊！誰能拒絕像你這樣有魅力的舞伴呢？」

伊莉莎白淘氣地瞥了一眼，就轉身走開了。不過她的堅持可沒傷害到這位紳士，達西先生正愉悅地想著她，直到賓利小姐過來與他打招呼：

「我猜得出你正在想什麼。」

「我並不認爲你猜得到。」

「你正在思考用這樣的態度經過許多夜晚，自己在舞會中不受歡迎的程度還能惡化到哪裡去。說眞的，我很贊同你，我實在煩死這些人了！這裡既枯燥無味又嘈雜不堪，簡直是無聊透頂，更別提這自以爲是的一群人了！我非常想聽聽你對他們這些人所提出的批判。」

「我可以跟你保證，你完全猜錯了，現在我心裡還滿愉快的呢。我正在思考，在一位美人臉龐上的一雙眼睛，究竟能爲人們帶來多少快樂呢？」

賓利小姐立刻緊盯住他，渴望他能告訴她，是哪位女士能得到這樣大的青睞。達西先生鼓起極大勇氣回答：

「伊莉莎白．班尼特小姐。」

「伊莉莎白．班尼特小姐！」賓利小姐複誦一遍：「太令人震驚了。你已經看上她多久啦？也請你告訴我，什麼時候可以向你恭喜啊？」

「我就知道你會向我道賀的。一個女人想像的速度眞是飛快，馬上就從仰慕跳到愛情，接著立刻從戀愛進展到婚姻。」

「喔，如果你是認眞的話，我就會認定這事情已經百分之百確定囉。你將會擁有一位迷人的岳母，而且她絕對會永遠跟你一起住在潘柏利的。」

當她選擇此種態度自娛時，達西全然沒將注意力放在傾聽她說話的內容上，而他這種沉著的態度也使得賓利小姐更加篤定，說得更加滔滔不絕了。

Chapter 7 第七章

班尼特先生的財產幾乎完全集中在一年可賺進二千鎊的地產上，由於家中沒有兒子，地產只能由一位遠房親戚來繼承；至於班尼特太太的財產，雖然對她本身而言是一筆充裕的數目，卻不夠彌補先生的不足。她的父親曾在馬利頓做過律師，留給女兒四千鎊遺產，她有個妹妹嫁給了菲力普先生，後來他在她們父親的公司上班，繼承了岳父的事業，弟弟在倫敦的生意也做得很成功。

隆波安村距離馬利頓只有一哩遠，這對年輕小姐而言是最方便的距離，班尼特姊妹們一週總有三、四天會過去看看姨媽，順道逛一下帽子店。家中年紀最小的兩位小姐是凱蒂和莉蒂亞，她們的心思比姊姊們要單純些，反正也沒什麼更有趣的事，散步到馬利頓就成為早晨時光的必要娛樂及傍晚的聊天素材了。不論鄉下新聞有多稀缺，她們總能盡量從姨媽那兒得到一些新消息，例如最近就有個民兵團抵達附近，她們對這消息可是樂不可支，這支部隊將停留一整個冬季，而總部就駐紮在馬利頓。

現在，拜訪菲力普太太這件事，對於增加她倆的談資而言愈發有意義，每天她們都會得到一些諸如軍官名字等相關訊息，這些軍官的住處很快就不是祕密，她們也開始親自認識這些軍人。菲力普先生早就拜訪過每一位軍官，也爲他的姪女們開啓了一扇幸福之門。凱蒂和莉蒂亞現在討論的內容全都是軍官的事，至於之前帶給她們母親極佳印象的賓利先生，此刻與軍官們的帥氣軍服比起來，也就相形失色了。

班尼特先生在聽完這些女孩一早上的談話內容後，冷靜地表示：

「在我聽完你們說話的態度後，我覺得你們兩位眞是村裡最愚蠢的女孩。以前就曾懷疑過，現在完全確定了。」

凱蒂顯得有些倉皇失措，答不出話來；莉蒂亞就全然不同了，她繼續表達對卡特爾上尉的傾慕，以及期望當天就能跟他見面的想法，因爲上尉隔天就要回倫敦了。

「親愛的，我很震驚，」班尼特太太說，「你竟然認爲自己的孩子蠢。若是我有任何一點覺得某些孩子愚蠢的想法，那麼我絕不會認爲那是我自己生的。」

「如果我的孩子笨，我應該永遠對這問題保持敏感。」

「她們本身其實都很聰明。」

「這就是問題所在。我始終希望我們兩人的想法在各方面都協調一致，但這一次，我與你看法不同，我覺得這兩個年輕女孩極爲愚蠢。」

「親愛的班尼特先生，你不能期待這些女孩擁有如她們父母親一般的見解。當她們到了像我們這個年紀，我敢說，她們絕不會再放太多心思在這些軍官身上。我還記得當年自己曾非常喜歡一位軍官呢，而且的確，如果有一位聰明且年輕的上校，年俸五或六千鎊，他看上了我家哪一位女兒，我想我不會拒絕他的。是說那一天在威廉爵士家裡，佛司特上校穿的軍服真是好看極了！」

「媽媽！」莉蒂亞喊了，「姨媽說佛司特上校和卡特爾上尉已經不像剛來時那樣，勤跑華生小姐家裡了，她看見他們現在比較常在克拉克圖書館內。」

男僕走進來遞了張字條給珍，打斷了班尼特太太正要答的話。這張字條來自尼德斐莊園，男僕則在現場等候回覆。班尼特太太眼中閃耀喜悅，當女兒在讀字條時，只見她急切地大叫：

「珍，是誰寫的？寫著什麼內容？他怎麼說？嗯，快些看完告訴我們吧，小寶貝。」

「是賓利小姐寫的。」珍說，然後朗聲讀出內容。

親愛的朋友：

如果你不肯憐憫我們一下，趕來寒舍與我和露薏莎用餐的話，我們姊妹恐怕就要陷於從此互相憎恨的地步了。兩個女人整天在一起談心，到頭來很少不以吵架收場。收到字條後儘速趕來吧，我哥和他朋友正準備跟軍官們吃飯。

卡洛琳・賓利筆

「跟軍官們呢！」莉蒂亞大叫：「我懷疑姨媽根本沒告訴我們這件事！」

這張字條來自尼德斐莊園。

「出外用餐，」班尼特太太說，「實在非常不巧。」

「我能用馬車嗎？」珍說。

「親愛的，你最好自己騎馬去，因爲看起來似乎會下雨，你可能要準備過夜。」

「這主意不錯，」伊莉莎白說，「只要你確認他們不會將你送回來。」

「喔！但是賓利先生的馬車要載他的朋友去馬利頓，而且赫司特夫婦沒有馬車。」

「我還是想乘馬車去好了。」

「但親愛的，我很肯定馬兒在農場裡都忙著呢，班尼特先生，不是嗎？」

「馬群目前在農場用得比平常兇呢，也不大能留給我調度。」

「但如果你今天騎馬去的話，」伊莉莎白說，「媽媽就稱心如意了。」

母親最終還是逼得父親承認拉車的馬兒都已有用途，於是珍只得騎馬去。她的母親送她到門口，說了預祝天氣轉壞的話，她的期望如願了，珍離開後沒多久，雨勢隨即轉大，妹妹們都很爲她擔心，母親倒是挺高興。雨勢持續整晚未斷，珍當然是沒法趕回來。

「這眞是我的妙計！」這句話班尼特太太說了不只一次，好像下雨這檔事都是她一手包辦的一樣。不過到底造就了什麼好結果，不到隔天一早也是不得而知。這會兒尼德斐莊園的僕人就捎來一張給伊莉莎白的字條，使得早餐草草結束。

「預祝天氣轉壞！」

我親愛的伊莉莎白：

今天早上我感到身體不舒服，我想這是因為自己昨天渾身濕透的緣故。這些好朋友堅持要等到我身體好些才讓我回來，他們也堅持讓我去見瓊斯醫生，所以你們要是知道他有過來看看我，可千萬別驚訝，我不過就是喉嚨和頭有些痛，身體沒什麼大不了。

姊姊筆

當伊莉莎白朗聲念完字條，班尼特先生說：「親愛的，如果你的女兒患上疾病，如果她會死，頗値得安慰的是，她是在你的命令下去追求賓利先生的。」

「喔！人們哪會因爲小小感冒就喪命！她會得到良好的照顧，只要她一直待在那兒，情況都會很好的。如果我有馬車的話，我會過去看看她。」

伊莉莎白感到憂慮，畢竟目前沒有馬車可使用，而且她也不會騎馬，走路過去看望珍於是成爲她的另一項選擇。她宣布了自己的決定。

「你怎麼這麼蠢！」她的母親喊著，「你怎麼會有把自己弄得一身泥土的想法！你不適合出現在那樣的場合裡！」

「去看看珍是非常適合的。」

「伊莉莎白，你是暗示……」她父親說，「我該去備齊拉馬車的馬兒嗎？」

「不是，我並未期待免去走路一事。才三哩而已，我會在晚餐前回來。」

「我很欣賞你仁慈的舉動，」瑪莉發表意見，「但是每一種衝動的行爲下都必須由理性引導；而且依我之見，努力必須與必要性成比例。」

凱蒂和莉蒂亞一起說：「我們跟你一起去馬利頓。」伊莉莎白接納她們的同行，於是三位年輕女性就此結伴出發了。

當她們上路後，莉蒂亞說：「如果快一點，或許我們能趕在卡特爾上尉出發前看見他呢。」

到達馬利頓後她們就分道揚鑣了，兩個妹妹前往某位軍官妻子的住處，而伊莉莎白繼續自己的行程。她快速越過田野，急急忙忙跳過籬笆及水坑，最後終於發現房子就在視力所及之處。這時她的腳踝已經帶著痠痛，襪子骯髒不堪，因爲一路跋涉的緣故，一張臉也漲得紅通通的。

她被領進餐廳時，所有人都在享用早餐，只有珍缺席了。大家對她突然出現都感到非常驚訝，在這麼早的時間、如此泥濘的季節裡走了三哩路，況且還是孤身一人前來，這是赫司特太太和賓利小姐無法想像的事。伊莉莎白心裡有數，她們對她的舉動未必瞧得起，不過她倒是獲得了她們禮貌周到的接待，賓利先生的態度充滿友善與幽默，還比禮貌更上一層呢。達西先生的話很簡短，心裡卻半是欣喜半是納悶，他很欣賞伊莉莎白在長途跋涉後浮現臉龐的健康氣色，但也在狐疑什麼事情緊迫到要她隻身一人大老遠前來這裡。赫司特先生則是全然保持沉默，只一心惦念自己的早餐。

伊莉莎白問起姊姊的病情，不過答案不太令人滿意。班尼特小姐臥病在床，即使已能起身，還是發著高燒，不大能離開房間。伊莉莎白很高興能立刻被帶去見她，而珍呢，原本正擔心這一切為家人帶來的著急和不便，所以字條裡沒有明講她有多希望家人來探望，現在看到伊莉莎白出現，她也非常高興。然而她沒有力氣說太多話，當賓利小姐離開房間，留姊妹兩人獨處時，她也僅僅能表達這裡的朋友對她照顧的盛情而已，除此之外沒再多說些什麼，伊莉莎白就安靜地隨侍在側。

早餐過後，賓利家的姊妹也進來陪伴她們，由於她們對珍展現和善親切的態度，伊莉莎白也開始喜歡她們。醫生過來看診，檢查後表示可能是得了重感冒（這也可想而知），他叮囑她們要極力注意，也勸珍回床上休息，並且開了幾副藥方。因為珍又開始發燒了，而且頭疼得很厲害，伊莉莎白一刻也沒離開房間一步，賓利家的小姐大多數時間也陪伴在旁。男士們則都不在屋裡，但即使他們在，恐怕也幫不上什麼忙。

三點整的時候，伊莉莎白覺得自己必須離開了，雖然她非常不想回去。賓利小姐為她準備了馬車，她正打算稍稍婉拒後就接受這個好意，沒想到珍臨時表示希望伊莉莎白留下來陪她，也迫使賓利小姐改變原本讓她乘車回去的安排，轉而邀請她在尼德斐莊園小住一陣。伊莉莎白對此萬分感激，隨即安排僕從返回隆波安，告知家人她將在此處逗留，並請他們攜帶一些衣物過來。

醫生過來看診。

Chapter 8

第八章

下午五點整，賓利家兩姊妹出去更衣；六點半，伊莉莎白就被邀請共進晚餐。晚餐席間大家都非常禮貌地詢問珍的病情，尤其賓利先生更是殷殷關切，不過伊莉莎白也沒辦法給大家一個滿意的答覆，因爲珍一點都沒有好轉。賓利姊妹花一聽到這種情況，就三番四次地訴說她們是如何擔憂、得到重感冒是多麼可怕的事，以及她們自己多討厭生病等等，接下來也就不大看重這事了。伊莉莎白觀察到這個現象，當珍不在場時，兩姊妹根本就不當她姊姊是一回事，之前不喜歡她們姊妹的感覺又回來了。的確，在賓利一家中只有賓利先生眞正在關心珍，他對珍的掛懷顯而易見，而他對伊莉莎白的態度在衆人中也是最友善的。伊莉莎白覺得自己來這兒像個不速之客，其他人表現出來的態度也是如此，這一屋子人裡只有賓利先生會向她致意。賓利小姐只會注意達西，赫司特太太和她的姊妹沒什麼不同；至於坐在伊莉莎白旁邊的赫司特先生呢，他天生就是個懶蟲，活著的目的只有吃、喝、玩牌，當他發現伊莉莎白只喜歡吃一道平凡的菜餚而不是燉肉時，他就不想搭理她了。

晚餐用畢，伊莉莎白很快就回到珍的身邊，而賓利小姐一等客人離開餐廳，就開始數落她的不是。伊莉莎白的態度被描述得很糟糕，沒教養又傲慢、不願與衆人攀談、長得不美更缺乏風度。赫司特太太同樣如此認爲，甚至加油添醋道：

「簡言之，她沒有任何優點，唯一值得一提的就是還算個健走者。我永遠不會忘記今天早上她那副樣子，看起來就像個瘋婆子。」

「露薏莎，她的確瘋瘋癲癲的，我差點就忍不住笑出來。她來這兒眞是一點意義都沒有！不過就是姊姊患個感冒，需要大費周章跨越田野前來嗎？她的頭髮是這麼散亂和邋遢！」

「對啊，而且她的襯裙——我希望你有看見她的襯裙——我很肯定那裡絕對沾了六吋高的泥土，她還把外側的裙子放低些去遮蓋那些土。」

「露薏莎，你們講的可能沒錯，」賓利先生說，「但這些事對我而言都不重要。我認爲伊莉莎白・班尼特小姐今天早上進房內時，她整個人看起來非常不錯，我完全沒注意到她髒掉的襯裙。」

「達西先生，我確定您有看見吧！」賓利小姐說：「而且我想您應該不樂意見到自己妹妹出現這樣的情況吧。」

「當然不願意。」

「在田野走三哩、四哩、五哩，或走上誰知道多遠的路！弄得腳踝都是土，而且單獨一個人！她這樣到底要證明什麼?完全顯示出她缺乏教養的狂態，以及鄉下人十足的粗野舉止。」

「這是代表她們姊妹情深啊！」賓利先生說。

「達西先生，我想，恐怕，」賓利小姐低聲說，「她的冒險行爲似乎已經影響到你對她那雙美麗眼睛的喜愛了。」

「一點也不。」達西先生回答：「那對眼睛更加明亮了。」

他說完後帶來一陣短暫的靜默，接下來赫司特太太又開口：

「我是很關心珍．班尼特小姐，她眞是個非常甜美的女孩，我衷心希望她能找到個好夫家。但既然有這樣的父母親，還有那些低水準的親戚，我看恐怕是沒機會了。」

「我曾聽你說過她們有個姨丈在馬利頓當律師。」

「是啊，她們還有一個舅舅住在其普賽附近。」

「那眞是太好了！」她的姊妹補上一句，接著兩人縱聲大笑。

「就當作她們有足夠的舅舅可以塞滿整個其普賽吧！」賓利叫道，「但這一點也不影響她們的人緣。」

「但這將明顯降低她們姊妹嫁給有身分地位人士的機會。」達西回答。

針對這樣的發言，賓利並沒有發表意見，他的姊妹卻聽得衷心贊同，而且將班尼特小姐俗氣的親戚取笑了一番。

當她們離開餐廳回到珍的房間，又回復本來的溫柔態度，坐著陪伴她直到喝咖啡的時間。珍還是病得不輕，伊莉莎白也片刻不離地守在她身邊。直到接近就寢時間，她看見珍睡著了，才終於放下一顆心，覺得自己應該（而非樂意）到樓下去一趟。她一走到樓下，就發現所有人都在玩紙牌，大家也立刻邀請她加入。但是因爲擔心賭的輸贏太大，她婉拒參加牌局，倒是爲了消磨在樓下的短暫時光而找了本書來看。赫司特先生很驚訝地看向她。

「你喜歡閱讀勝過玩牌？」他說：「那眞少見。」

「伊莉莎白．班尼特小姐——」賓利小姐說，「——瞧不起玩牌。她是位偉大的讀者，對其他東西都沒什麼興趣。」

「這樣的誇讚或責備我都不敢當。」伊莉莎白朗聲說：「我並不是什麼了不起的讀者，我對很多事情都保有高度興趣。」

「我很肯定當你照料自己姊姊時，你是很樂意的。」賓利先生說：「我希望她能夠快些復原，這樣你就會更高興了。」

伊莉莎白由衷地感謝他，然後走到放置了一些書的桌子前。他立刻要拿其他書過來給她看，所有書房裡的庫藏他都很樂意提供。

「要是我收藏的書能再多一些就好了，無論對你的收穫或我的面子都有很大的好處。但我是個懶人，雖然藏書就這麼一點，卻也沒看過多少本。」

伊莉莎白向他表示房間裡的書已經足夠她閱讀了。

「我很驚訝！」賓利小姐說：「我父親留下的藏書竟如此少。達西先生，你在潘柏利的館藏可就十分驚人了！」

「是有一些收藏。」他回答：「那是好幾代的累積成果。」

「你自己也增加了不少收藏，你常常在買書呢！」

「既然現在能有這樣的生活水準，家中的藏書室當然不能太疏於充實。」

「我敢肯定，你對那個高貴住處要增添的美麗可是一點都沒疏忽。查爾斯，當你要蓋自己的房子時，我希望能有潘柏利的一半好就行了。」

「我希望辦得到。」

「但我眞的建議你在那附近進行採購，然後將潘柏利當作一個典範來參考。在英格蘭還沒有另一個比德布夏更好的郡呢！」

「如果達西願意割愛的話，我是想直接買下潘柏利。」

「我說說而已，查爾斯。」

「卡洛琳，相信我，我認爲直接買下潘柏利還比依照它的模樣蓋一棟房子要有可能呢！」

伊莉莎白把心思都放在這些對話上，於是也就把書拋在一旁，來到牌桌邊，並且坐在賓利先生和他的長姊中間觀賞牌局。

「達西小姐從春天到現在長大了不少吧？」賓利小姐詢問達西：「她現在和我一樣高了嗎？」

「我想她會的。她現在大約與伊莉莎白小姐一般高，或者更高些。」

「我多想再跟她見見面啊！我從來沒見過這麼令人喜愛的人，如此姣好的模樣和禮貌的態度！

她彈的鋼琴可眞是一絕呢，小小年紀就已經如此多才多藝！」

「這眞是神奇！」賓利先生說：「年輕女孩爲了習得如此多才藝，到底要具備多大能耐啊！」

「親愛的查爾斯，這話是什麼意思？」

「她們會彩繪桌子、裝飾屛風和織錢包啊，很少有女孩不會這些技藝。而且我很肯定，我從沒聽過有哪位年輕淑女在被提及時，沒有被稱讚過一句多才多藝的。」

「你列出所謂女子的才藝，」達西先生說，「是千眞萬確的。多少女子也不過就是會織錢包和裝飾屛風，就被美言爲擁有才藝。但針對你對女士的評價而言，我完全不能同意。在我認識的女性中，眞正深具才華的，我看不超過六個人。」

「我也是這麼認爲呢！」賓利小姐說。

「這樣的話，」伊莉莎白說，「依你所想，一個多才多藝的女子應該要有更多才能囉。」

「是的，沒錯。」

「喔！當然啦！」露薏莎叫了起來，「如果一個女子不能超越一般水準，就不能稱作多才多藝。一個女人必須對音樂、歌唱、繪畫、舞蹈及現代語言擁有豐富知識，才能不愧對才女的稱號；除此以外，她還必須在儀態、說話的聲音、談吐及表達上具備獨到的風格和氣質，否則就只能算半調子。」

「這些全部都必須具備。」達西先生補充：「除了所有這些條件外，她還必須內涵豐富，藉由

「她們會彩繪桌子、裝飾屏風和織錢包啊。」

大量閱讀書籍充實內在。」

「對於你認爲只有六位才女這事我不再驚訝了，我現在更好奇的是，到底有沒有任何人符合你的標準？」

「你這麼嚴苛地以你那六個人的標準去質疑所有人？」

「我從來沒見過這樣的女子。多才多藝、有品味、勤奮而又具有優雅的氣質，就像你說的一樣全部囊括。」

赫司特太太和賓利小姐同時大喊這種質疑並不公平，而且異口同聲表示她們知道還有很多女人符合這些條件，一直到赫司特先生抱怨她們都不專心牌桌上的事，她們才把嘴巴閉上。伊莉莎白沒多久便離開客廳了。

當門闔上後，賓利小姐說：「伊莉莎白啊，是那群藉由貶低自己來吸引異性的其中一員。對很多男人而言，我敢說這一定有效；但是依我的觀點，這是很卑劣低下的伎倆。」

達西先生知道這番話是說給自己聽的，當下回答：「無庸置疑地，有些女子會使些低劣技巧來魅惑異性，只要博得好感的做法帶著狡猾，就該遭到唾棄。」

賓利小姐對他這樣的回答顯然並不滿意，於是不再聊下去。

伊莉莎白這時又出現，只是她是來說珍的病況更糟了，她必須待在姊姊身邊不能離開。賓利催著要趕快再請瓊斯醫生來看診，但他的姊妹們堅持認爲鄉下醫生沒什麼作用，建議火速到鎭上延請最有名的醫生過來。伊莉莎白不是很贊成這個做法，但為了不辜負她們的一番盛情，大家折衷做出一個決定，那就是如果班尼特小姐一直到明天早上還沒好轉，就請鎮上醫生再過來看看。賓利先生非常擔憂，他的姊妹們也表示難過，晚茶過後兩姊妹便以二重唱來解解悶，但賓利先生還是無法解除他的憂心，只能吩咐管家盡一切努力照顧病人和病人的妹妹。

Chapter 9

第九章

伊莉莎白在姊姊的房間度過大半個夜晚，隔天一早賓利先生便派了女傭過來探問病情，後來沒多久，服侍賓利姊妹的兩個文雅女傭也過來慰問，伊莉莎白很高興地告訴她們情況好轉了。雖然鬆了口氣，但她還是要求送個信到隆波安去，要求她的母親過來探望珍。信件立刻就送出去了，也立刻得到回應。班尼特太太帶著年紀最小的兩個女兒，在用過早餐後很快便趕來尼德斐莊園。

班尼特太太發現珍的病情其實不嚴重，也就放心了，她並不希望珍立刻痊癒，因為恢復健康亦即表示要離開尼德斐。因此她不肯聽從女兒的建議將珍帶回家，何況幾乎跟她同時到達的那位醫生，也認為不該搬動病人。班尼特太太和珍坐了一會兒，賓利小姐過來邀請她入席用早餐，於是她跟三個女兒都進了餐廳。賓利先生迎接她們，希望班尼特太太發現女兒病情並未如預期中嚴重。

「先生，我沒想到情況是如此嚴重呢！她病得太厲害，不適合搬動，瓊斯大夫說我們不可以去移動她。我們可能還要在您府上多叨擾一下，真不好意思。」

「搬動！」賓利激動地說：「絕對不可以的！妹妹，我肯定沒有聽到她準備離開吧。」

「女士，我向您保證，」賓利小姐以冷淡客套的語氣說，「班尼特小姐在我們這兒停留時將會

班尼特太太帶著年紀最小的兩個女兒，
在用過早餐後很快便趕來尼德斐莊園。

得到完善的照顧。」

班尼特太太對她表達了萬分感謝。

「我很確定，」她補充，「要不是有這樣的好朋友幫忙，我不知道她會變成怎麼樣，因為她真的病得很重。無庸置疑，珍絕對是我遇過個性最溫柔的人。我常常告訴其他女兒說，她們和珍都沒得比。賓利先生，你這房子真是人見人愛，從碎石步道望過去，景致也很迷人呢！這個村裡沒有任何一個地方比得上尼德斐莊園。雖然你的房子租期很短，我還是希望你別急著搬走呀。」

「我做什麼決定都很快的。」賓利回答：「如果我決定不再住尼德斐莊園，大概五分鐘就搬走了。不過就現在來講，我還挺喜歡住這兒的。」

「剛好符合我對你個性的假設。」伊莉莎白說。

「你開始在解讀我了，是嗎？」賓利說道，轉過身面向她。

「喔！是的，我完全了解你了。」

「我希望這是一種恭維，但這麼容易被看透也真是遺憾啊！」

「那也要看情況而定。你的個性未必就比深沉又複雜的性格來得容易判定。」

「伊莉莎白！」她媽媽嚷著：「記住你正在別人家裡作客，別把在家撒野那套搬到外面來！」

「我以前都不知道，」賓利先生繼續說，「你還懂得研究人性呢！一定是很有趣的學問。」

「是啊，但是複雜的個性是最有趣的。」

「在鄉下，」達西先生回答，「只夠提供少數這樣的個性可供研究，因爲鄉下的人比較閉塞且一成不變。但是人們本身是很多變的，在他們身上永遠都會發現新事物。」

「是啊，的確！」班尼特太太喊道，她覺得達西先生提到「鄉下的人」這句話的態度冒犯到她了，「我跟你保證，在鄉下，新鮮的事物一點也不會比城鎮上少！」

大家對她這樣的反應都很驚訝，達西先生在望了她一會兒後就無言地走開了。班尼特太太自以爲占到上風，又繼續發表高論。

「我實在看不出來，倫敦有哪一點比鄉下來得強，除了一些商店和公共場所外，鄉下要比城市宜人多了，賓利先生，不是嗎？」

「當我待在鄉下時，」賓利先生回答，「我從來沒想到要離開，但是當我到了城市裡，感覺也是一樣的。它們各有各的優點，我兩個地方都喜歡。」

「唉，那是因爲你的個性好。像那位男士，」班尼特太太瞧向達西先生，「似乎就覺得鄉下不值一提。」

「媽，你完全弄錯達西先生的意思了。」伊莉莎白此話一出，她老媽可臉紅了。「他只是說鄉下沒城裡面這麼多樣多變的人而已，這點你必須承認是事實。」

「親愛的，那當然了，但要是說在這個村莊不會碰到太多人的話，那比這座村子還大的村莊可少見了。我們在這兒可是跟二十四個家族吃過飯的呢！」

要不是看在伊莉莎白在場的緣故，賓利就快要忍俊不禁。他妹妹可就沒這麼體貼了，臉上已經掛著笑意望向達西。伊莉莎白爲了轉移母親的心思，就問起從她離開家後，夏綠蒂・盧卡斯是否來過隆波安。

「有，昨天跟她父親一起來過。威廉爵士多麼討人喜歡啊！賓利先生，你說是吧？他是一位非常時髦的人！爲人紳士又和氣，永遠都會與人攀談，那就是我所認爲的良好教養。哪像一些自以爲了不起、從不開金口的人士，他們眞是大錯特錯哩。」

「夏綠蒂有跟你吃飯嗎？」

「沒有，她要回家去。我想她大概是回去做肉末派。賓利先生，我覺得盧卡斯家的女兒們都是很好的女孩，可惜她們都長得不好看！我並不是認爲夏綠蒂長得太平庸，畢竟她是我們很要好的朋友。」

「她似乎是位非常可親的年輕女士。」

「喔！親愛的，沒錯，但你必須承認她非常平凡。盧卡斯夫人自己也經常這樣說，這讓我想起珍的美貌。我不喜歡吹噓自己的孩子，但肯定不容易找到比珍更好看的人了。當她十五歲時，在我弟弟佳德納的鎭上，有位男士愛死她了，我弟媳更確定說他會在我們離開前向她求婚。然而對方沒這麼做，或許他覺得珍的年紀太輕了，但他爲她寫了些詩句，而且寫得很好呢。」

「然後那位先生也就此結束了他的愛慕。」伊莉莎白不耐地說：「我想天下有情人多半都走過這條路。但我眞的很好奇，詩竟然能夠具備趕跑愛情的功效呢！」

「我是很習慣將詩當作愛情的食糧。」達西先生說。

「對於一段美好、穩固且健康的愛情，可能是這樣沒錯。但如果僅僅是一點點輕微又淡薄的好感，我肯定一首十四行詩就足以把它斷送掉。」

達西先生只是微笑，接著大伙兒靜默了一陣，伊莉莎白很緊張，怕她母親又要說出什麼出醜的話。她很想說點什麼，卻不知該講哪些話題好。短暫寂靜過後，班尼特太太開始再次對賓利先生稱謝，多虧他幫了珍的大忙，以及爲伊莉莎白過來叨擾致歉。賓利先生回答得非常眞摯有禮，迫使他的妹妹只得跟著有禮起來，說了好些客氣的話。雖然她的神情並不親切自然，不過班尼特太太已經很滿意了，過一會兒她就叫馬車準備回家。母親命令一出，她的么女就走上前來。兩個女兒自從進來拜訪後，一直交頭接耳講悄悄話，最後才說定由最小的女兒過來，要求賓利先生兌現剛到鄉下時的承諾——在尼德斐莊園開一場舞會。

莉蒂亞是位相貌不錯、喜歡笑臉迎人的十五歲女孩子，由於母親的寵愛，小小年紀就跨進社交界。她深具野性，而且有一種天生的自負。在她姨丈多次舉辦的宴會裡，她那種輕浮的風情吸引了軍官們的注意、受到他們歡迎，也因此更加肆無忌憚，使她得以向賓利先生提出召開舞會的要求，而且很唐突地多提醒一句，要是他不遵守先前諾言，那將是世界上最令人感到羞愧之事。賓利面對這突如其來的要求，給出的答覆令班尼特太太十分滿意：

「我向你保證，我一定會實現約定，只是要等你的姊姊康復才行，到時就連日期也由你來訂都可以。你總不希望在姊姊身體還沒康復時就跳舞吧。」

莉蒂亞很滿意這樣的答案：「喔！太好了！當然等珍康復後再舉辦會更好，而且在你舉辦舞會後，卡爾特上尉也很可能來到馬利頓呢。」她補充：「我會堅持他們也來辦一個舞會的。」

班尼特太太和小女兒們離開了，伊莉莎白立刻就回到珍的身邊去，留下賓利家兩位女士和達西先生議論她及她家人的行爲。不過，不管賓利小姐如何大開「美麗的眼睛」的玩笑，達西先生始終沒有被說服加入她們數落她的行列。

Chapter 10

第十章

這一天和前一天差不多一樣地過去了。一早，赫司特太太和賓利小姐陪了病中的珍幾小時，珍雖然復原得慢卻是漸有起色。下午伊莉莎白也來到客廳，同大家在一起。然而，專門打「盧」牌的牌桌並沒有擺出來，達西先生正在寫信，賓利小姐就在一旁坐看他寫信，並且不時要他轉告達西小姐這個那個，讓他無法專心。赫司特先生和賓利先生正在打「皮克牌」[1]，赫司特太太則在旁邊看他們玩牌。

伊莉莎白手裡做著針線活兒，耳裡聽著達西先生和賓利小姐的對話，覺得甚是有趣。賓利小姐不停地恭維達西先生，不是說字寫得漂亮就是說信寫得乾淨整齊，達西先生卻對這些讚美充耳不聞，所以這場對話就顯得有些古怪，眞是符合伊莉莎白對他們兩人的觀感。

「達西小姐收到這樣的信會有多麼高興啊！」

1皮克牌（piquet），一種雙人紙牌遊戲。

達西先生沒有答腔。

「你寫得好快。」

「你錯了，我寫得很慢。」

「你一年一定得寫很多封信吧！還有商業書信呢！我一想到有這麼多信要寫就覺得好煩哪！」

「還好，要寫這些信的人是我不是你。」

「請告訴令妹，我好想見她。」

「我剛剛已經依你所願告訴過她一次了。」

「你的筆可能不太好寫了，我來幫你修一下吧，我修筆可是修得很好的。」

「謝謝你——但我一向自己修筆。」

「你怎麼可以寫得這麼工整呢？」他沉默不語。

「請告訴她，我很高興聽到她的豎琴琴藝有所進步，也煩請轉告她，我真的很喜歡她對桌子做的美麗設計，而且我覺得她的作品比關特麗小姐的好太多了。」

「你是否可以讓我把令你高興的事延到下次再說呢？因為

信上已經沒有空間可以好好表達你的欣喜之情了。」

「沒關係，反正我一月就會見到她。倒是，你總是寫這麼好的長信給令妹嗎？」

「信是都很長，不過好不好我就不知道了。」

「對我而言，能寫得出長信的人，文筆總不會差。」

「這樣的恭維對達西先生可不是讚美喔！卡洛琳，」賓利叫道，「因爲他可不是隨便寫寫的，他在音韻、典故上都下了大功夫哪！對不對，達西？」

「我的寫作風格和你大相逕庭。」

賓利小姐叫道：「查爾斯寫起東西來最不用心了，不是拼錯字就是把整張紙弄得髒兮兮！」

「我的思緒飛快，所以我沒時間好好表達，那就是我的信沒法寫出我的心聲的原因。」

「賓利先生，你太謙虛了。」伊莉莎白說道。

「謙虛才是最會騙人的東西。」達西先生開口：「它經常是不經意的一句話，有時則是間接的吹噓。」

「那麼你覺得我剛剛那小小的謙虛是屬於哪一種呢？」

「間接的吹噓。因爲你以自己在寫作上的缺點爲榮，你視潦草爲速度的表現，漫不經心爲必然的結果；就算你不覺得這樣做很對，你也覺得這樣做很有趣。其實這樣的人以爲做事快就是優點，而無視於結果的瑕疵。當你今天早上告訴班尼特太太，如果尼德斐莊園要退租，你在五分鐘內即可搬走，你把這事當成對自己的誇讚稱許，然而這種對你自己或別人一點好處都沒有的草率決定，有什麼好得意的呢？」

「冤枉啊！」賓利叫道：「這太過分了，竟然在晚上還記得白天說的玩笑話！還有，我以我的聲譽作擔保，我所說的關於自己的事絕對都是眞的，此刻亦然。因此我不認爲我那不必要的性急，只是爲了在女士面前愛現而已。」

「我敢說你的確是這麼想，可是我絕對不相信你行動力高。你的行爲恰如我知道的任何一個男人一樣，見機行事罷了。舉例來說吧，如果你正要跨上馬，而你的朋友說：『賓利，你下週再走吧。』你可能就會照他的話去做，也許就不走了，或者會待上一個月呢。」

伊莉莎白叫道：「說賓利先生對自己的個性評價不公，現在你可是告訴他一些他從沒做過的事呢！」

「我實在很高興，」賓利先生說，「你將我朋友的話轉成對我個性的讚美。不過我想，你對他的話太認眞了，他心目中的我是比較好的。其實如果遇上那種情況，我會婉拒要求且盡速離開。」

「那麼達西先生會不會覺得你是因爲固執才做事草率呢？」

「就我所言並無法完全解釋達西的行爲，他得爲自己辯護。」

「班尼特小姐，你剖析了我，要我去解釋你的這些意見，但我可是完全不這麼認爲啊。拿剛剛的例子來說，你得記住，一個想邀請友人回家或延宕計畫的人，都只是想要這樣做而已，並不會考慮到合不合適。」

「看來，就你認爲，輕易聽從朋友的話並不是什麼優點。」

「想都沒想就接受邀請也不是好事。」

「達西先生，你讓我覺得你不會讓任何事情影響友誼和感情。基於對提出要求者的顧慮，人們經常爲了避免爭執而接受要求，我並非專指剛才你說的賓利先生的例子。也許我們可以等到適當時機來臨，再來討論賓利先生的行爲是否謹慎。不過，就一般發生在朋友之間的情形而言，如果一方在不是很要緊的時機要求另一方改變決定，你會認爲那個沒有仔細思考即接受要求的人不好嗎？」

「在我們繼續討論這個主題前，是否該先界定一下這個要求的重要性，以及兩方交情呢？」

「當然當然，」賓利喊道，「讓我們把所有細節都考慮進去吧！別忘了算進他們的相對身材和比例，因爲這很值得討論！班尼特小姐，這可是你從未想過的重要喔。我告訴你吧，要不是達西跟我比起來顯得那麼高大，我才不會這麼尊重他呢！我在此宣布，達西是我所見過最奇怪的人！在特別的場合，尤其是在他家裡，在星期天晚上無事可做的時候。」

達西先生微笑著，可是伊莉莎白感受到他滿生氣的，所以她克制住了自己的笑。賓利小姐則與達西先生同仇敵愾，藉機訓誡賓利胡言亂語。

「我看得出你在打什麼主意，賓利。」達西先生說：「你不喜歡爭執，所以想讓大家閉嘴。」

「也許吧，如果你和班尼特小姐能等我離開這房間後再繼續你們的爭執，我會非常感激。而且到那時候，你愛怎麼說我都行。」

「你的提議於我無礙，不過達西先生也該把信寫完才好。」班尼特小姐說道。

達西先生接受了她的建議，並且把信寫完了。

寫完了信，他請賓利小姐和伊莉莎白彈奏幾曲。賓利小姐俐落地移到鋼琴旁，客氣地邀請伊莉莎白先彈，但伊莉莎白委婉地拒絕了，於是賓利小姐在鋼琴前面坐下來。

赫司特太太唱起歌，她的妹妹彈琴伴奏，而伊莉莎白在翻樂譜時總會瞥見達西先生投射在她身上的眼神。她實在想不出有什麼理由可以成為這個了不起的男人欣賞的目標，或者他就是因為不喜歡她才會盯著她，可是這樣更奇怪。到後來她終於想出了唯一可能——一定是他覺得她比在座任何一人都要格格不入，而且應當受到譴責。這個假設沒有帶給她任何痛苦，畢竟她不怎麼喜歡他，當然也就不在乎有無得到此人認可。

在幾首義大利歌曲後，賓利小姐一轉氣氛，改為演奏活潑的蘇格蘭曲調。過了一會兒，達西先生靠到伊莉莎白身旁，對她說道：

「班尼特小姐，你想不想把握這個難得的機會，與我共跳這首瑞爾舞[2]呢？」

她露出微笑，但是並不作答。他對她的沉默頗感訝異，又問了一次。

「喔，」她說：「我剛剛就聽到你問我了，可是我無法立刻決定該怎麼回答。我知道你要我說『好』，如此一來你就有機會以鄙視我的品味為樂；可是我一向喜歡顛覆這種詭計，對人們預藏的鄙夷反將一軍挺有趣的。因此，我已經決定了——我要告訴你，我一點也不想跳瑞爾舞，現在如果你敢的話，就來取笑我吧。」

「我眞的不敢。」

期待羞辱他的伊莉莎白聽到這樣勇敢的回答倒是一陣錯愕，不過她的態度混合著甜美與淘氣，實在也很難羞辱任何人。而達西先生從未對任何一個女人這麼著迷過，他深信要不是她的出身不怎麼好，他早已置身險境。

賓利小姐在旁目睹一切，心中已至妒忌之境，此外也因爲想甩掉伊莉莎白，而使她對好友珍的康復情形大爲掛心。她常以談論伊莉莎白和達西之間想當然爾的婚事，以及在這個聯姻中男方可得到的福氣來刺激達西，要讓達西先生不喜歡她的客人。

「我希望，」第二天，他們一起在灌木林散步，賓利小姐這時說道，「等這件令人期待的事發生了，你會給你的岳母一些暗示，好封住她的嘴巴。而且如果你做得到的話，不要讓這幾個即將成爲你家小姨子的年輕小女孩們跟在軍官後頭跑。還有，如果我可以提到這些枝微末節、瑣碎小事的話，請將注意力放在你的夫人身上，她的性格可是相當自負又粗魯無禮呢！」

2 瑞爾舞（reel），蘇格蘭高地住民的舞蹈，風格活潑輕快。

「關於我的家庭幸福，你還有什麼建言嗎？」

「啊，有的。請將你想當然爾的太太伊莉莎白的菲力普舅舅的畫像，掛在潘柏利莊園的畫像陳列室裡，就掛在你那位當法官的叔公畫像旁邊。因爲他們都是同行啊！你知道的，不過是部門不同而已。至於你的伊莉莎白，你就別想啦，因爲有哪個畫家可以如實呈現她那雙美麗的眼睛呢？」

「要畫出神情是不容易，不過眼睛的顏色、形狀和睫毛都這麼出衆，應該畫得出來。」

就在那時，他們遇到同樣出來散步的赫司特太太和伊莉莎白。

「我不知道你們也要來散步。」賓利小姐說，帶點混淆視聽的意圖，以免他們的談話被聽到。

「你們太過分了！」赫司特太太答道：「也不告訴我們一聲就自顧自跑掉。」

說罷，她挽起達西先生空下的那隻臂膀，留下伊莉莎白一個人走。那條小路只容得下三個人，達西先生察覺到她們的無禮，隨即說道：

「這條路的寬度容不下我們四個人一塊兒走，我們最好走上大路去。」

可是伊莉莎白一點也不想和他們待在一起，於是笑著回答：

「不用了，你們繼續走吧。你們是迷人的組合，顯得這麼獨特，如果再加進第四個人，美好的畫面就會被破壞掉的。再見啦！」

接著她快樂地跑離開去，一個人漫步，心中充滿喜悅，期盼再過一、兩天就可以回家了。珍的情形已經好上許多，當晚甚至想下床活動個幾小時呢。

「不用了，你們繼續走吧，你們是迷人的組合！」

Chapter 11

第十一章

女士們用過餐，伊莉莎白隨即跑上樓去找姊姊。她見姊姊康復情形不錯，便陪伴她到客廳去，珍的朋友們熱烈歡迎她，伊莉莎白於是覺得這兩個女人眞是前所未見地令人喜歡，可惜這種情形只持續到男士們出現以前。她們的說故事能力可眞強，可以詳述一部娛樂戲、幽默地談及一件軼事，更可以好好地取笑她們所認識的人。

可是等到男士們進來後，珍就不是她們的首要目標了。賓利小姐的眼睛立刻轉向達西，而且在達西先生走進來前，她就已經迎向他去。達西先生則是很有禮貌地和珍打招呼，恭賀她身體康復，赫司特先生向珍微微欠身致意，並且說他非常高興。最令人窩心的還是賓利的問候，言行中滿是喜悅與關心，前半個小時就在壁爐前忙碌堆疊柴薪中度過。他們升起爐火，以免珍因爲室溫差距而不舒服，珍也在賓利要求下坐到壁爐另一端，這樣就可以離門口遠一些。賓利在珍的旁邊坐下，自此便鮮少與其他人對話。把這一切都看在眼裡的伊莉莎白爲此很是欣喜。

大伙兒喝過茶，赫司特先生提醒他的小姨子準備牌桌，不過卻只是白費工。赫司特先生很快就發現，即使他公開提出要求仍被打回票，賓利小姐明白地告訴他沒有人想打牌，滿屋子靜默似乎也證明了她說的沒錯。赫司特先生因而覺得無事可做，伸伸懶腰準備在沙發上進入夢鄉。達西先生拿起一本書，賓利小姐照樣拿起一本，赫司特太太則專心把玩她的手鐲和戒指，此外不時加入賓利和珍的談話。

賓利小姐雖說拿了一本書在看，眼睛卻始終盯著達西先生的書，若不是開口問此問題，就是直盯著他看的那一頁。然而她終究無法讓達西先生和她聊天，他只會回完問題繼續看書，賓利小姐最後終於放棄從閱讀中獲得樂趣的盤算。其實她當初會拿那本書，只是因爲那恰好是達西先生手上那本的續集。她打了個大哈欠，說道：「以這種方式打發一個晚上可眞有趣哪！我敢說沒有一件事比看書更好玩！一旦我有了自己的家，我一定要有間很棒的藏書室，要不然日子要怎麼過哪！」無人搭腔。

於是她又打了個哈欠，把書放到旁邊，眼睛還

顧四周，企圖發現一些樂趣。當她聽到賓利對珍提及舞會時，倏地轉向他，說道：「等一下，查爾斯，你眞的想在尼德斐莊園辦一場舞會嗎？我可得給你一個忠告：在你決定之前，最好先問問在座各位的意見。我敢打包票，我們之中一定有很多人視舞會爲懲罰而非娛樂。」

「如果你說的是達西，」賓利大聲說道，「他可以去睡覺啊！如果他選擇睡覺的話，那他在舞會開始前就可以去睡了。至於舞會嘛，大致上是底定了，一等尼可拉斯準備好舞會要用的奶油湯，我就要發邀請函了。」

「如果以不同於一般的方式來辦舞會，」她答，「我就會比較喜歡啦，可是在這樣的聚會中總免不了一些無聊場面，如果能以聊天代替跳舞就更棒了。」

「那當然，親愛的，可是這樣就不太像舞會了呀。」

賓利小姐沒有答腔，但過了一會兒，她就站起來在屋子裡走動。她的身形優美，走起路來也很好看，可是達西先生仍然毫不鬆懈地用功讀書。絕望中的她心生一計，轉向伊莉莎白，說道：「伊莉莎白小姐，來加入我的行列吧，在屋裡走走嘛！維持同一個姿勢那麼久了，起來動一動可以讓你舒服得多喔。」

伊莉莎白頗感驚訝，不過倒是立即答應她的邀請。賓利小姐的眞正目標也因此上勾，達西先生被伊莉莎白的身影深深吸引，不自覺放下手中的書，他立刻被邀請加入她們，可是他拒絕了。因爲據他的觀察，他認爲有兩個動機讓她們兩人站起來走來走去，而不論動機爲何，他的加入都會對她們造成干擾。

賓利小姐急切地想知道達西先生的話到底什麼意思，於是她問伊莉莎白是否知道他在說什麼。

「完全不知道。」這是伊莉莎白的答案。「不過，聽起來他似乎是把我們看得嚴肅了些。而且我們最讓他失望的事，大概就是不去深究他的話裡到底有什麼意思吧。」

不想讓達西先生失望的賓利小姐因此堅持要他解釋一下，他所謂的兩個動機爲何。

「我很樂意解釋一下我說的話。」他說道，她一允許他說話，他立刻就把握機會。「你們選擇這樣的方式來度過這個夜晚，不外乎你們把彼此當成知心好友，而且有祕密的事要討論，要不然就是認爲你們的好身材會在走路當中更顯美好。所以啦，如果你們的動機屬於前者，那我一定會成爲你們的阻礙；如果你們的動機屬於後者，那我坐在壁爐旁邊才能好好欣賞你們啊。」

「喔！眞是的！」賓利小姐叫道：「我從沒聽過這麼教人生氣的話！他竟然講出這種話來，我們該怎樣懲罰他呢？」

「簡單得很，如果你眞的想懲罰他的話。」伊莉莎白說道：「你們這麼熟，你一定知道該怎麼做，你可以戲弄、嘲笑他啊。」

「可是說眞的，我不知道。我和他的熟稔沒有教會我怎麼開他玩笑。戲弄一個頭腦冷靜的聰明人？不行、不行，我覺得他反而會找到機會修理我們。至於取笑的話，我們更不應該自曝其短，達西先生會因此而沾沾自喜的。」

「達西先生是無可取笑的。」伊莉莎白說。

「賓利小姐，」達西說道，「你太高估我了。最有智慧以及最好的男人們，不，他們最有智慧以及最好的行爲，也許會被一個一生以笑話爲首要目標的人取來，以滑稽可笑的角度做詮釋。」

「說得好！」伊莉莎白答道：「是有這樣的人，可我希望我不是其中之一，我希望我永遠也不會以滑稽可笑的角度來詮釋任何智慧或好事。愚蠢與荒謬、任性與矛盾的確很能讓我自娛娛人，而當我擁有嘲笑這些事的機會時，我也盡情地笑，不過這些事我想你一定一件也沒有吧。」

「也許任何人都無法避免這些事吧，不過我一生的努力方向就在於避免因智識而招致訕笑的弱點。」

「就像是虛榮和驕傲。」

「是的。可是只要你的確擁有高尙的心智，就算驕傲也不會逾矩的。」

伊莉莎白忍不住別過臉偷笑。

「我想，你對達西先生的測試已經結束了。」賓利小姐說：「敢問結果爲何？」

「達西先生毫無缺點。我完全同意了，他天生如此。」

「不，」達西說，「我不是這個意思。我有很明顯的缺點，例如我的脾氣，對於世俗需要的圓融性而言，我的個性太剛硬了，無法對他人的愚蠢和惡行妥協，也無法忘記他們冒犯過我的事。我的脾氣也許可以被稱作易怒吧，我對一個人的好感一旦消失，那就是永遠消失了。」

「那倒眞是一項缺點！」伊莉莎白揚起聲調：「無法改變的易怒是個性上的陰影。不過因爲你明白自己的缺點，我實在無法取笑，你在我面前是免疫的了。」

「我相信任何一種個性的人，都有無可避免的邪惡面、他們與生俱來的缺點，即使是最好的教育也無法克服它。」

「而你的缺點就是有討厭每個人的傾向。」

「至於你的缺點嘛，」他面帶微笑地回答，「就是任性地誤解每個人。」

「我們眞的得來點兒音樂。」賓利小姐說道，她對於插不上嘴的談話感到無聊，「你不介意我吵醒赫司特先生吧？」

她姊姊一點兒也不反對，而且鋼琴蓋已經打開了。達西先生經過一會兒工夫的思索，開始感受到自己太過注意伊莉莎白後，伴隨而來的危險性了。

Chapter 12
第十二章

在姊妹倆一致決議下，伊莉莎白在第二天早晨便寫了封信給母親，要求當天就派輛馬車來接她們回家。但是對於盤算著要女兒們在尼德斐莊園待到下週二才回家的班尼特太太來說，她並不樂見女兒們提早回來。因此她的回信，至少對伊莉莎白的期盼來說不是好消息，因爲她已經等不及想回家了。班尼特太太捎來的回信上說，馬車得到下週二才能來接她們，信末的附筆並寫道，如果賓利先生和他的姊妹留她們多住幾天，她也欣然同意。然而伊莉莎白卻已下定決心不再待下去，她根本就不認爲有人會再要求她們繼續待下來，而且她還擔心太打擾人家，於是她慫恿珍立刻去向賓利先生借馬車。最後她們終於按照原定計畫告訴大家，她們要在當天早上離開尼德斐莊園。

大家都顯得很關心，而且都說爲了珍的身體狀況著想，她們應該再待一天，於是姊妹倆延到第二天才走。賓利小姐隨即後悔開口要她們多住一天，因爲她對其中一人的忌妒與厭惡已然勝過對另一人的喜愛。

莊園的主人聽到她們這麼快就要走，倒是眞的很難過。他一再嘗試說服班尼特小姐，她的身體還沒完全復原，就這樣離開是不安全的，但是珍一旦下定決心就不會改變了。

至於對達西先生來說，這倒算是個好消息，伊莉莎白在尼德斐莊園待得夠久了，她吸引他的程度已經超過他所樂見的，而且賓利小姐對她也滿無禮。他明智地決定好，要特別小心，不可顯露出任何情緒，避免自己的快樂因她而起伏。確認這一點後，他覺得自己在最後一天的行爲舉止有著決定性的關鍵。星期六一整天他和她幾乎說不到十個字，而且雖然曾一度獨處達半個小時之久，他將大部分時間都花在閱讀上，甚至連看也不看她。

週日做完禮拜後，她們就要離開了，道別的場面竟是如此溫馨。賓利小姐對伊莉莎白的禮貌在最後一刻急速竄升，對珍的喜愛之情也是如此，她對珍肯定地表示和她在一起非常快樂，然後以最溫柔的態度擁抱她，甚至和伊莉莎白握了手呢。

她們回到家中並沒有受到母親熱烈歡迎。班尼特太太對她們的出現覺得不可思議，而且她斷定珍會再次感冒。她們的父親雖然只是簡單表示歡迎她們回家，內心卻非常高興能見到她們；這次兩個女兒都不在家，讓他體會到她們是家裡重要的一分子。因爲當晚上家人們聚在一起聊天時，珍和伊莉莎白不在，就顯得沉悶甚至變得很沒意思。

姊妹倆發現瑪莉一如往常地鑽研低音學和人類的天性，並且得出一些値得欣賞的心得精華，莉蒂亞和凱蒂則帶給她們不同資訊。自從上週三以來，軍團裡發生了很多事，最近就有好幾個軍官與她們的姨丈吃過飯，有一個二等兵被鞭打，還有跡象顯示佛司特上校就要結婚了。

第十三章

Chapter 13

第二天一早，班尼特先生在早餐桌上對太太說道：「親愛的，我希望你今天會準備一頓豐盛的晚餐，因爲有一個人要來和我們一塊兒吃飯。」

「你說的是誰呢，親愛的？就我所知沒有人要來啊，我很確定，除非是夏綠蒂・盧卡斯突然來訪。希望我準備的晚餐能令她滿意，我不認爲她會經常在她家看到這樣的菜色。」

「我說的這人乃是一位陌生男士。」

班尼特太太眼睛發亮，「一位男士而且是個陌生人！一定是賓利先生，我確定一定是他！噢，珍，你爲什麼連提都沒提呢？你這個狡猾的小傢伙！哦！我當然會非常高興見到他的，可是，唉呀！眞糟糕！今天沒有魚哪！莉蒂亞，快拉鈴，我得交代一下希爾。」

「不是賓利先生。」她丈夫說道：「是一個我從來沒見過的人。」

此話一出，衆人都怔住了，而且班尼特先生很高興被他的太太和五個女兒當作焦點，成爲問話的對象。以她們的好奇心自娛片刻後，他解釋道：

「大約一個月前我收到這封信，而大約兩週前我寫了回信，因爲我想這件事得謹愼處理才好。

這封信來自於我的表親柯林斯先生，也就是那個在我死後隨時可以將你們掃地出門的人。」

「啊！親愛的！」他太太叫道：「拜託你不要再提到那個討厭的人了！我覺得這實在是全世界最令人無法忍受的事！你的財產竟然不能被你自己的孩子繼承！我敢保證，如果我是你，一定早就想辦法迴避了！」珍和伊莉莎白試著對母親解釋繼承規定，她們以前也解釋過好幾次，可是班尼特太太就是無法理解，所以她繼續大肆抱怨這件事：不把自己的財產留給自家五個女兒，反倒要給一個毫不相干的人，眞是太殘忍了。

「這的確是天底下最不公平的事。」班尼特先生說：「而且無論如何，柯林斯先生都無法在繼承莊園這件事上被赦免。不過如果你願意聽聽信上怎麼說，你也許會改變看法喔。」

「不，絕對不會。而且我認爲，他寫信給你根本就是無禮之至的舉動，而且僞善至極。我討厭這種虛情假意的朋友，爲什麼他不肯像他父親以前一樣，就這樣和你一直吵下去呢？」

「說實在的，就信上所言看來，他以前確實挺孝順，很顧慮父親的想法呢！」

敬愛的表叔父：

您和先父間的意見分歧常使我心惴惴不安，而現在我既已不幸失去父親，便時時以彌補您和先父間的裂痕為念。然而不經意出現在我心中的疑慮又使我裹足不前，我不知先父對於和他唱反調的人，是否樂意與之重修舊好。然而此刻我心意已決，因為我即將於復活節接受任命成為神職人員，此乃受到尊貴的凱薩琳．德波夫人拔擢所致，德波夫人即是路易士．德波爵士的遺孀。承蒙德波夫人的慷慨仁慈，我得以入主這個教區寶貴的牧師公館，對此職任我自當竭盡心力以赴，以報夫人之恩，並時時依照英國教會之規章禮節行事。再者，身為神職人員，我乃以影響所及之內所有家庭平安幸福為己任；基於這些理由，我誠以自己為榮。至於我將成為莊園繼承人之事請無須太掛懷，也請勿因此拒絕我的求和之議。我絕無傷害令嬡權益之意，但求親赴府上為此事致歉並尋求可能修正之道。倘若您願意接待我，我計畫在週一，也就是十一月十八日下午四時造訪府上，並將於未來一週叨擾您和您的家人們。對於當週之主日禮拜，德波夫人已准允我因此事請假，並請其他神職人員代行職務。敬愛的表叔父，在此僅向尊夫人及令嬡們獻上誠摯敬意。您的祝福者與朋友，

威廉．柯林斯敬上

寄自　翰斯福特，鄰近威斯特罕，肯特郡

「所以我們就等著今天下午四點鐘，和這位和平使者見面啦！」班尼特先生說著，將信件收摺好，「依我看，他似乎是一個誠心誠意、禮節周到的年輕人。我想他一定可以證實自己是個有爲青年的，尤其是，如果德波夫人夠厚愛他，讓他再次蒞臨我們家的話。」

「他信上關於我們家女兒的話似乎意有所指，不管怎麼說，如果他想對女兒們有所彌補，我是不會潑他冷水的。」

「雖然很難去猜測他想怎麼彌補我們，」珍說道，「不過他這份心意肯定有加分效果。」

伊莉莎白卻對他順從德波夫人的心態以及他那等善意感到驚訝。竟能在教區內如此願意滿足教友們的需索，包括洗禮、婚禮、葬禮等，可說是有求必應。「我想，他一定是個怪人。」她說，「我無法了解他，簡直太誇張了。他說要爲自己成爲莊園繼承人而道歉是什麼意思？我們不會想要他在這件事上幫什麼忙啊。爸爸，他會是一個明理的人嗎？」

「我想不是，我覺得他有可能恰恰相反。他的信中混合著卑屈與自負，這是我可以斷定的，我眞是迫不及待想見他了呢。」

「就字面的角度看，」瑪莉說道，「他的信沒什麼缺點，雖然求和之議沒什麼新意，然而表達得算滿清楚的。」

對莉蒂亞和凱蒂來說，不管是這封信或是寫這封信的人都引不起她們興趣。至於她們母親，對柯林斯先生的敵意因這封信而減低不少，而且她正準備以讓先生和女兒們瞠目結舌的冷靜程度來和柯林斯先生見面。

柯林斯先生準時到達，並且受到整個家庭的禮遇。班尼特先生其實沒說什麼話，女士們反倒已準備好要打開話匣子了，柯林斯先生似乎既不需要人家鼓勵他開口，也不想要自個兒閉上嘴。他是一個二十五歲的年輕人，個子挺高、外表陰沉莊重、態度極爲正式，一坐下就開始稱讚班尼特太太的女兒們，說他早已耳聞她們的美貌，如今親見覺得她們的美更勝傳聞。他又加上一句，認爲班尼特太太一定樂於在適當時機成就女兒們的好姻緣。對於他的某些聽衆來說，這些獻殷勤的話不算過分，但對於沒被稱讚到而怒氣塡胸的班尼特太太而言，就不是如此了。她不加思索即答：

「你眞好心，我也誠摯希望如此，要不然她們就得過窮日子了。事情的安排還眞的很奇怪。」

「也許您是在暗示繼承莊園這件事吧？」

「沒錯。你得承認，對我可憐的女兒們來說，這的確令人難以忍受。我無意挑你的錯，只是，在這世界上往往是機運在決定這些事。爲什麼應該要繼承的人卻無法繼承？眞讓人想不透。」

「夫人，我很明白美麗的表妹們心中難處，而對於這件事我也有很多話要說，但是此行並非要加速執行這件事。我可以向這幾位我心儀的淑女們保證，目前我不宜多說，可是，也許——」

他的話因爲晚餐準備好的招呼而被打斷，女孩們則相視而笑。她們並非柯林斯先生讚賞的唯一目標，大廳、飯廳、甚至家具，都被他仔細地看過、讚美過。柯林斯先生對每一項事物的讚賞都令班尼特太太覺得窩心，不過他其實是壓抑著情緒來檢視自己未來產業的。接著上場的晚餐也受到他極大讚美，他更懇切探問道，美麗的表妹們之中哪一位最會做菜？班尼特太太有些粗魯地回答：她們每個人都可以有個好廚子，她的女兒們無須親自下廚。柯林斯爲自己說錯話惹得女主人不高興而致歉，班尼特太太則轉以柔和的語氣宣稱自己並未動怒，儘管如此，柯林斯先生仍繼續道歉長達一刻鐘之久。

Chapter 14

第十四章

晚餐時，班尼特先生並沒說什麼話，不過等到僕人們退下，他心想該是和客人閒話兩句的時候了，於是找了個客人會有興趣的話題。經由觀察得知，柯林斯先生似乎在德波夫人面前很得寵，從他得到夫人對他的慰問、關懷生活舒適與否等面向來看，皆可顯示出德波夫人對他特別照顧，柯林斯先生對德波夫人的讚頌也是滔滔不絕。

他用上異於尋常的莊嚴態度、最隆重的神態，陳述他有生以來從未見過這樣有地位的人這麼和藹可親。他有幸在德波夫人面前講道，而且非常榮幸受到她的讚許；德波夫人也曾兩次邀請他到若馨斯莊園用餐，而且她才在上個週末晚間邀請他到莊園來打夸德里爾牌[3]。

他所認識的人大都覺得德波夫人很驕傲，但他在德波夫人身上卻只有看到和藹可親。她一點也不反對他加入當地社區，就連他偶爾必須離開他的教區一、兩週去探訪親戚，她也不反對。她甚至

3夸德里爾牌戲（quadrille）為一種四個人玩的紙牌遊戲。

紆尊降貴地建議他儘早結婚並且慎選對象，有一次還大駕光臨他卑微的牧師公館，對他所改動的公館陳設甚表贊同，還惠賜他一只架子，好裝進樓上的壁櫥裡呢。

「我確信這的確是非常恰當的作爲，」班尼特太太說道，「而且我敢說，她是個和藹可親的婦人，只可惜有尊貴地位的仕女們都不像她那樣。她住得離你近嗎？」

「我所住的卑微莊園離德波夫人所住的若馨斯莊園只有一條小徑相隔而已。」

「你說她是個寡婦，對吧？她有家人嗎？」

「她只有一個女兒，是若馨斯莊園的繼承人，將繼承一筆非常大的財富。」

「啊！」班尼特太太搖其頭，叫道：「那她比許多女孩兒們要幸運多了！她是個什麼樣的女孩呢？漂不漂亮？」

「她是個非常漂亮的年輕女孩。德波夫人自己說過，單純就美的角度看，德波小姐比起其他女子眞要美太多了，因爲她的長相明白揭示了她高貴的出身。不幸的是，德波小姐體質羸弱，要不是因爲這樣，小姐一定會有許多成就。我就曾聽她說過，她想在教育方面深造，但因爲身體關係只好留在家裡。不過她是一個很好相處的人，經常不棄嫌地乘著輕便馬車或騎著小馬到寒舍小坐。」

「她有沒有到過皇宮裡？我不記得曾在宮中聽過她的名字。」

「她的健康狀況成爲她進城的絆腳石，爲此我還曾告訴德波夫人，此事乃英國宮廷的一大損失，德波夫人似乎認爲我所言甚是。我不只一次告訴過夫人，她可愛的女兒應當是出生來當伯爵夫人的，而那尊貴的階級將因德波小姐而增色不少。這些話經常能逗樂德波夫人，我也覺得使她高興是我的義務。」

「你的見解眞是精闢！」班尼特先生說道：「而且你擁有如此細緻的恭維本領眞是値得慶幸。我想請問一下，這些討人歡心的讚美是隨機應變還是早有準備的呢？」

「這都是隨當時的情景有感而發的結果。雖然有時我也會特意設計一些讚美詞，使之適用於一般場合以自娛，但我還是盡量讓這些話自然流露出來。」

班尼特先生的期望一點兒也沒落空。他的親戚果然如他想像的可笑而荒謬，於是他興致勃勃地聽他說話，而且始終保持沉著冷靜的面容，除了偶爾瞥一下伊莉莎白之外，並不期望能找到同好來分享他的樂趣。

開始喝茶前，這一場笑劇也已經讓班尼特先生覺得滿足。他很高興再度帶他的客人走進客廳，並且在喝完茶後邀請柯林斯先生朗讀文章給衆小姐聽。柯林斯先生立刻接受邀請，隨手接過一本書來，可是當他一看見書本（這書是從巡迴圖書館借來的）便倒退一步向大家致歉，說他從未看過小說。莉蒂亞瞪大眼睛看他，凱蒂則發出一聲驚叫。

經過一番深思熟慮後，柯林斯先生選了《弗謠斯講道集》。他一把書打開，莉蒂亞就倒吸一口氣，待到他用平板肅穆的聲調念了三頁長，莉蒂亞就插嘴了：

「媽媽，你知道嗎？菲力普姨丈說要拒絕李察，因爲這樣佛司特上校就會雇用他了。這是姨媽

他從未看過小說。

在星期六告訴我的，我明天要去馬利頓打聽消息，順便問問丹尼先生什麼時候從城裡回來。」

莉蒂亞的兩個姊姊吩咐她保持安靜，然而有些生氣的柯林斯先生隨即將書擺到一旁，說道：

「我很清楚，年輕女孩們對這類嚴肅的書有多麼興致缺缺，就算這樣的書對她們有多大益處也一樣。對她們而言，再沒有比這更好的指引了。不過，我不會再對我年輕的表妹喋喋不休了。」

說罷他轉向班尼特先生，邀請他一起玩西洋雙陸棋[4]。班尼特先生接受了挑戰，而且他覺得柯林斯先生不去干涉女孩子們這種小小樂趣眞是高招。班尼特太太和女兒們則爲了莉蒂亞打斷柯林斯先生的朗誦而致上最深的歉意，並且做出擔保，如果他要繼續朗誦下去，這樣的事絕不會發生第二次。柯林斯先生一再表示他一點也不介意表妹的行爲，說罷坐到另一張桌子去，和班尼特先生兩人準備玩起棋戲。

4西洋雙陸棋（backgammon），一種供兩個人玩的棋戲，雙方以擲骰子決定行進的順序。

Chapter 15

第十五章

柯林斯先生並非明理的人，這項缺點因教育或社會經驗或多或少有些改善。雖然他讀過大學，但只上了幾個必修學期，沒有眞正學到什麼知識。他在不識字且吝嗇的父親教養下度過，養成了服從的個性，變成他根深柢固的謙卑態度。但是這樣的態度卻在優柔寡斷的自負之下大幅衰退，而且早來的意外之財更助長其自傲之心。他還住翰斯福特時，在一個幸運的機會下，有人把他推薦給凱薩琳·德波夫人。柯林斯先生對她的崇高地位及贊助人身分抱持尊敬，從此混合入因神職人員而享有的權威，造成他個性上的複雜——驕傲與諂媚，自大與謙卑。

現在，有了一棟好房子加上收入優渥，他打算要結婚了。他在尋求與班尼特一家和解之時，也將妻子人選考慮進去，如果他發現這家女兒們眞如傳言中美麗親切，他就要娶其中一位爲妻。這就是他的補償計畫——彌補之用的計畫，因爲他繼承了她們父親的財產。而且他認爲這個計畫太棒了，合情合理又顯得慷慨大方。

他的計畫在看到她們之後沒有改變，班尼特小姐美麗的臉龐使他確認了自己的計畫，而且也堅定了他的長幼有序之論——初見面那個晚上，珍就已經成爲他選定的對象。然而，第二天早上用早餐前，在他和班尼特太太進行過一場約十五分鐘的談話後，計畫不得不有所更動。對話由他的房子開始談起，而且自然地談及他想找一個對象的希望，而在這幾位可愛的女孩中，他屬意的對象便是珍。班尼特太太卻隨即答道：「關於其他女兒，我無法肯定地回答；至於大女兒，我得提一下，她就快訂婚了。」

柯林斯先生只得更改成伊莉莎白，而且是立刻就下決定，在班尼特太太打開爐火之時就決定了。伊莉莎白不論美貌或排行，都僅僅落在珍之後，當然非她莫屬了。

班尼特太太很是得意，她確信自己的兩個女兒很快就要出嫁，而且那個前一天她連理都不想理的男人現在可變成她跟前的紅人了。

莉蒂亞要到馬利頓的打算並沒有被遺忘，眾姊妹中除了瑪莉之外人人都想跟她去。柯林斯先生也在班尼特先生的要求下加入她們，因為班尼特先生巴不得能將柯林斯先生趕出視線外。

吃過早餐後，柯林斯先生就跟著班尼特先生進書房，雖然手中拿了一本房間裡最有分量的書在看，卻一直要跟班尼特先生說話。他喋喋不休地談論在翰斯福特的房子和花園等瑣事，使得班尼特先生非常心煩。他平日總在書房裡享受休閒與平靜，雖然就像他對伊莉莎白說的那樣，他已經做好心理準備，「在這房子裡任何一間房偶遇愚蠢和自大」，但他還是習於在書房避過這一切。因此他立刻換上最禮貌的態度，邀請柯林斯先生加入女兒們的行列。而適於走路勝過閱讀的柯林斯先生自然也就樂得闔起書本離開，驕傲地和表妹們一塊兒出門了。

一到馬利頓，表妹們的注意力就離開他身上，她們的眼睛立刻搜尋並希望發現軍官們的蹤影，也瀏覽著商店櫥窗裡美麗的帽子和新款的布匹。

不過很快地，每位小姐的目光都不約而同落在一個年輕男子身上。從來沒有人見過這男子，他一派紳士風度，和一位軍官並肩走在另一邊街道上。而那位軍官正是丹尼先生，莉蒂亞就是要來問他回來了沒有。他們經過時，他欠了欠身，所有人都被那陌生男子的風采吸引住了，忙著打聽他是誰。莉蒂亞和凱蒂想去探探消息，於是假裝要去對面商店看看，剛巧那兩人也回過頭，大伙兒又對上眼了。

丹尼先生大方地和她們打招呼，並且徵詢是否可以把他的朋友威肯先生介紹給她們認識。前一天威肯先生才和他從城裡回來，而且即將在軍團內領有軍職。年輕的威肯先生加入軍團的主要目的就是要使他自己更有魅力而已。他的外表當真得到了上天特別的厚愛，他有眾人夢寐以求的俊美、姣好的面容、英挺的身材，還有一張能言善道的嘴。很快，威肯先生就自己加入談話了，一群人一直高興地聊天，直到一陣馬蹄聲由遠而近，達西先生和賓利先生騎著馬經過。一瞧見這些小姐們，兩位紳士便走過來問好。珍是賓利先生主要的聊天對象，他說他正要去隆波安探望她，陪同前往的達西先生也在此時和她們打招呼，不過他盡量不要讓目光停在伊莉莎白身上。當伊莉莎白也將視線轉移開，她和達西先生同時看向威肯先生，而且她剛好看到兩位紳士目光交會，只是他們彼此神情都有些訝異——兩人的臉色都變了。過了一會兒，威肯先生碰了碰帽子表示問候，達西先生也機械式地向他回禮。這是什麼意思呢？眞不知這到底是怎麼回事？

又過了一會兒，似乎全然不知剛才發生什麼事的賓利先生便騎著馬和朋友離開了。

丹尼先生和威肯先生陪同小姐們走到菲力普先生家去。雖然莉蒂亞一再請求他們留下來，菲力普太太也從客廳窗戶探出頭來邀請，他們還是在門口鞠躬告退。

菲力普太太總是很高興看到外甥女們來訪，尤其是珍和伊莉莎白，因爲兩人很久沒來了，更是受到熱烈歡迎。菲力普太太也急著述說，當她聽聞姊妹倆在尼德斐莊園裡，等不及自家馬車去接送就突然回家時，她有多訝異。要不是她在街上巧遇在瓊斯醫生診所裡工作的男孩，告訴她不必再送藥到尼德斐莊園去，因爲班尼特小姐們已經回家了，她還不知道這個消息呢。

接下來，珍將柯林斯先生介紹給姨媽認識，菲力普太太以非常禮貌的態度表示歡迎，柯林斯先生以更加客氣的態度回禮。他向菲力普太太致歉，因爲自己和她素昧平生卻突來叨擾，不過能夠認識菲力普太太眞是他的榮幸。菲力普太太對這個教養良好的年輕人甚感驚嘆，不過她對這個陌生人的想法，很快就因對另一個陌生人的問題而結束了。菲力普太太只知道丹尼先生把威肯先生從倫敦帶回來，他將在軍團裡擔任中尉。

一個小時前，菲力普太太一直坐在窗邊觀察威肯，因爲他那時在街上走來走去的。如果威肯先生在此時出現，莉蒂亞和凱蒂也會樂於接手觀察他的工作。可惜的是，除了幾個偶爾路過的、「愚蠢而討厭」的軍官以外，根本沒有人經過窗前。

明天晚上將有幾個軍官來菲力普家吃飯，菲力普太太向她們保證，如果隆波安的親戚們也要來的話，她一定會邀請威肯先生來。這個提議很快就得到贊同，菲力普太太告訴她們，明天晚上將有個愉快的牌局，這樣的場面光想就很令人心動，於是雙方在愉快的氣氛下道別。柯林斯先生一再爲必須道別而表示歉意，而他的歉意也被禮尙往來地安慰了。

在他們走回家的路上，伊莉莎白告訴珍，她所看到發生在達西先生和威肯先生之間的事，珍也不知該如何解讀這件事。

柯林斯先生一回家就做了件讓班尼特太太很高興的事，他告訴班尼特太太，菲力普太太的客氣態度眞是令人欣賞。他說，除了德波夫人和她的女兒之外，他沒有見過這麼優雅的女士，因爲她不僅熱誠款待他，還邀請他和班尼特一家人共赴明晚的筵席，他這一輩子還未曾被這麼重視過呢。

Chapter 16
第十六章

既然沒有人反對年輕人們和菲力普太太的約定，柯林斯先生就在班尼特夫婦的堅持下成行，馬車載著他和五個表妹適時地到馬利頓去了。女孩兒們一進客廳就聽到令人雀躍的好消息，原來威肯先生已經答應姨丈的邀請，來到這棟屋子裡了。

宣布這個消息後，大家陸續就座，此時柯林斯先生好整以暇地欣賞起四周擺設。他對屋內家具非常讚賞，宣稱他幾乎以爲自己置身於若馨斯莊園的早餐廳。這樣的比較起初沒什麼作用，但是當菲力普太太從柯林斯先生那兒得知若馨斯莊園的園主是誰，聽到柯林斯先生對其中一間客廳的描述——那客廳裡的一個壁爐架就值八百鎊，至此她才發覺柯林斯先生的話是多麼有力的恭維。

柯林斯先生忙著對菲力普太太描述德波夫人與其豪宅的華美，當然也不時提起自己簡陋的居所裝潢得愈來愈好了。一直到其他男士們進來前，柯林斯先生都在善盡介紹德波夫人及其莊園的職責。他發現菲力普太太是個很用心的聽衆，而且她會將聽來的東西加油添醋一番，再盡快轉述給左鄰右舍聽。至於女孩兒們，她們無法靜下心來聽表哥演說，又沒別的事情好做，只好希望可以彈彈琴，或審視壁爐架上粗糙的贋品瓷器了。這漫長的等待終於結束，當威肯先生踏進門時，伊莉莎白

察覺到：不論是初見面的印象，或是現在對他的想法，自己對這位男士止不住欣賞之情。軍官們都是一派紳士模樣，但是論起容貌、氣質，威肯先生總歸比他們出色太多。不過至少他們全部人都比寬臉、無聊的菲力普先生好多了，姨丈可是噴著酒氣跟在他們後面走進來的。

威肯先生是全場女士們的目光焦點，伊莉莎白是個快樂的女人，因爲威肯先生繞了一圈最後在她旁邊坐了下來，用上令人愉快的語調和她談天。他眞的很會說話，使得伊莉莎白覺得，就算要在下雨天裡聽他講最無聊的話題，他也會讓你覺得這是一件有趣的事。

有了威肯先生和軍官們這些搶鋒頭的競爭對手，柯林斯先生似乎失色很多。對女孩兒們來說，他當然不算什麼，但是菲力普太太還是經常當他的聽眾，並且供應他充足的咖啡和糕點。當牌桌擺好後，他終於有了回報她的機會——安靜地坐在旁邊。

「目前我對打牌所知不多，」他說，「不過我很樂意在這方面有所改進，因爲我的處境……」菲力普太太很感激他的配合，不過對他的理由卻毫無興趣。

威肯先生是不會安靜下來的，他坐在另一張桌邊，就在伊莉莎白和莉蒂亞中間，簡直就是如魚得水。起初他看似面臨了莉蒂亞獨占他的境地，因爲她滔滔不絕地說話，後來她覺得牌戲實在太好玩了，一忙碌起下注和贏錢，就無法將注意力集中到任何人身上。因爲牌戲的關係，威肯先生才有機會和伊莉莎白說話。伊莉莎白很樂意聽他說，雖然她最想知道的事是他和達西先生的淵源，但她甚至連提都不敢提到。

他們全都比寬臉、無聊的菲力普先生好多了。

然而，她的好奇心在無形中流露出來，威肯先生於是自己開啓話題，他詢問起尼德斐莊園離馬利頓有多遠，在得到伊莉莎白的答案後，他用遲疑的態度詢問達西先生來這兒住多久了。

「大約一個月。」伊莉莎白說道。她不願讓話題中斷，又補充一句：「我知道他在德布夏有不少財產。」

「是的，」威肯答道，「他在德布夏每年都有一萬鎊收入。你再也找不到一個比我更清楚他的人了，因爲我從孩提時代起，就跟他們家有特殊的情誼。」

伊莉莎白忍不住表現出吃驚的神色。

「聽我這樣說，你當然會很訝異啦，班尼特小姐，尤其是在昨天你看到我們這麼冷漠地打招呼之後。你跟達西先生很熟嗎？」

「我們一點兒也不熟。」伊莉莎白熱切地說：「我曾經和他在同一個屋簷下相處了四天，我覺得他很討厭。」

「對於他是不是討人厭，」威肯說道，「我無權發表我的看法。我無意評判他，因爲我認識他太久也太深，只怕無法做出公正的判斷，要我沒有偏見是不可能的。不過我相信你對他的看法會讓大家吃驚，也許你在別的地方就不會發表這麼強烈的言論了。」

「我的話，無論是在這裡說，或在附近任何一個房子裡說都是一樣的。他在赫福郡一點也不受歡迎，每個人都受不了他的驕傲，你絕對無法從任何一個人嘴裡聽到讚美他的話。」

「我無法假裝我聽到這些話很難過。」威肯說道：「無論是他或任何人，都不該因爲其家產而被定位。這個世界因他的財富和社會地位而盲目，或者說震懾於他的威儀堂皇，因此只看到他展示出來的那一面。」

「雖然我跟他不熟，我認爲，他是一個脾氣不好的人。」

威肯聽了只是搖搖頭。

「我在想，」他把握住下一個機會說：「他會不會在這裡待很久？」

「我不知道，不過我在尼德斐莊園時並未聽說他要離開。我希望他待在尼德斐莊園這件事不會影響到你留在這裡的打算。」

「喔！不會的，我不會因爲達西先生而離開此地。如果他不想看到我，他就得離開。我跟他處得不太好，但是我沒有必要躲他，這樣說的確令人難過，不過這都是因他而起的。他的父親——已過世的老達西先生——是我見過最好的人，也是我最眞誠的朋友。現在我每次跟達西先生在一起，就忍不住想起種種美好的回憶，也因此感到很難過。他對我的態度實在很惡劣，不過我總是相信，他再怎麼令人失望，我仍會原諒他。」

伊莉莎白認眞傾聽這個愈來愈有趣的話題，不過礙於話題敏感性，她也不便再追問細節。

威肯先生開始將話題轉移到馬利頓、鄉里和這個他即將加入的民兵團等話題，而且很顯然對於他所見到的一切感到很高興，尤其是後者，他談得特別起勁。

「這是一個忠貞且優秀的團隊。」他補充道：「這是我加入民兵團的主要動機。我知道這是一個最令人尊敬也最令人喜歡的團體，我的朋友丹尼先生更以民兵團提供的宿舍及馬利頓的種種優點來吸引我。軍旅生活非我所求，然而環境卻使它成爲不得不的選擇。其實教堂才是我的歸屬，我所受的栽培就是要成爲神職人員，而且我本當過著那般最有意義的生活，如果我們剛剛所談論的那位先生不從中作梗的話。」

「達西先生！」

「是的！老達西先生是非常疼愛我的教父，他原本爲我安排了最好的生活。他對我的好，我實在無以爲報。他原本打算充分供應我生活所需，但是在他過世後，一切都成爲泡影了。」

「我的天哪！」伊莉莎白叫道：「怎麼可能呢？怎麼可能不照他的遺囑去做呢？你爲什麼不循法律途徑解決呢？」

「因爲我沒有正式憑據，法律無法給我任何幫助。一個有榮譽心的人絕不會懷疑我敘述的，老達西先生要給我的東西。達西先生卻選擇懷疑它，或說並不怎麼把它當一回事，而且還以我過分揮霍及輕率爲由，判定我無法得到任何老達西先生要給我的福利。就在兩年前，老達西先生過世了，原本該我的東西都給了另一個人；而我實在想不出來，我到底做了什麼事，以至於得失去這一切？我的生性溫和，沒有什麼戒心，也許我曾說過一些關於他的批評，而這些話在他聽來可能覺得我太隨便了，除此之外我想不起來還有什麼更糟的事。不過可以肯定的是，我們是非常不同的人，而且他討厭我。」

「眞是太令人驚訝了！應該當衆公開他的惡行才對。」

「是應該有這麼一天，不過絕不該由我來做。除非我能忘了他父親，要不然我絕不會讓他的作爲曝光的。」

伊莉莎白給他這樣的情操很高的評價，而且她覺得他在講述這些事的時候，簡直比任何時刻都要來得帥氣瀟灑。

「可是，」她停頓一會兒，說：「他爲什麼要這樣做？是什麼誘使他做出這麼殘酷的事情？」

「一種對我徹底堅決的厭惡。我無法得知原因，只能猜測是由忌妒而起的厭惡吧！如果老達西先生不是那麼喜歡我，他兒子可能會對我好一點；然而他父親對我超乎尋常的關愛卻惹惱了他，他無法忍受我們之間的競爭。」

「沒想到達西先生有這麼差勁的一面。雖然我對他從沒有好感，但也沒想到他會這麼糟，我只覺得他看不起別人而已，想不到他竟做出這麼惡劣的報復，眞是太不人道了。」

經過幾分鐘的沉思默想，伊莉莎白開口：「我倒是記得有一天他在尼德斐莊園的談話，他談及自己不能原諒人的脾氣。他的性格一定很可怕。」

「在這個主題上我無法相信自己的見解是正確的，我無法公正地評斷他。」威肯答道。

伊莉莎白再度陷入沉思，隨後叫道：「竟然以這種態度對待他父親的教子、朋友兼最疼愛的人！」她本想加上一句「而且是這麼讓人喜歡的年輕人」，後來改成「而且是他童年時代最親密的玩伴！」

「我們在同一個教區、同一座莊園裡出生，住在同一棟房子，一起度過青春期的黃金歲月。起初我父親的職業和菲力普先生一樣，然而，他爲了替老達西先生工作而放棄這一切，將自己的一生都貢獻在管理潘柏利莊園的產業上。他的爲人深獲老達西先生肯定，而且老達西先生經常念念不忘我父親對潘柏利的殷勤管理，就在我父親過世前，老達西先生主動對父親承諾要提拔我，我知道他是因爲對我父親的感激之情才這麼疼愛我的。」

「好討厭哪！」伊莉莎白說道：「我想這個驕傲的達西先生對你很不公平！如果沒有說詞能夠解釋他這一切行爲的動機，那麼他就是太驕傲以至於不誠實。」

「說得好，」威肯說，「他一切的行爲都可以追溯到驕傲，驕傲向來就是他最要好的朋友。」

「他這種令人討厭的驕傲曾爲他帶來什麼好處嗎？」

「當然有好處。他的驕傲可以使他自由且隨心所欲地使用金錢、展現他的熱誠、幫助他的佃農以及解救窮人，出於對家庭的驕傲以及對父母親的驕傲，這些都是強而有力的動機。而且他也有身爲兄長的驕傲，這使得他非常保護他的妹妹，所以你會聽到人們誇獎他爲最親切最好的兄長。」

「達西小姐是什麼樣的女孩呢？」

「我希望我能說她是討人喜歡的，說達西家任何一個人的壞話都讓我很痛苦。可是她太像她哥哥了，非常驕傲。她大概十五或十六歲，是個漂亮的女孩。據我所知，自從她父親過世後，她就一直住在倫敦，由一位女士照管生活起居和監督教育。」他邊搖頭邊說。

經過幾次沉默與變換話題，伊莉莎白忍不住又回到最先前的討論，並且說：

「我對於他和賓利先生之間這麼好的交情感到訝異！賓利先生很有幽默感，而且我真的覺得他很親切，他們怎麼會成為朋友呢？他們怎麼會合得來呢？啊，你認識賓利先生嗎？」

「完全不認識。」

「他是一位脾氣好、親切又迷人的男士，他一定不知道達西先生是什麼樣的人。」

「也許吧！可是達西先生可以選擇性待人哪。他可以變成一個完全不同的人，如果他覺得值得如此做的話。當他置身於相同階級的人群裡，表現出來的言行可以迥異於和不如他的人在一起時的。他的驕傲從不離身，但是當他和富有的人待在一塊兒，他就會比較隨和、真誠、有榮譽心，並且可能較討人喜歡，因財富不同、因人而不同。」

惠斯特牌局[5]不久後宣告瓦解，玩家們都聚集到另一張桌子去，此時柯林斯先生正好坐在伊莉莎白和菲力普太太中間。柯林斯先生每一題都答錯，雖說數目不大但他畢竟輸了錢，當菲力普太太關懷地詢問狀況時，他一再向她保證輸錢是小事，而且要菲力普太太放寬心。

「夫人，我非常清楚。」他說：「一個人一旦坐上牌桌，就得靠運氣，而且心情要保持愉快。五先令並不算什麼，但我知道有很多人無法像我這樣說；真感謝德波夫人，因為她，我已不必再看重這些小事。」

威肯先生怔了一下，在觀察柯林斯先生一會兒後，他低聲詢問伊莉莎白，她的這位親戚是否跟德波家熟識。

「凱薩琳・德波夫人，」她答道，「最近給了他一份神職人員的薪俸。我不太清楚他是怎麼認識德波夫人的，不過顯然才認識不久。」

「那你知道凱薩琳・德波夫人和安妮・達西夫人是親姊妹嗎？也就是說德波夫人是達西先生的姨媽。」

「我不知道！我對德波夫人一無所知，直到前天才知道有這麼一個人存在。」

「她的女兒德波小姐，將會繼承一筆很大的財富，而且無庸置疑地，她將和她的表哥結婚。」

這個消息讓伊莉莎白想到可憐的賓利小姐，不禁莞爾一笑。賓利小姐的苦心都白費了，她對他妹妹的深情關懷徒勞無功，對他本身的讚美亦然，如果他已註定另有所屬的話。

「柯林斯先生他啊，」她說道，「對德波夫人和她女兒都有很高的評價，不過這也僅限於他們有所接觸的方面而言。我想他對德波夫人的感激之情誤導了他，因為即使夫人身為他的贊助人，她

---

5 惠斯特牌局（The whist party），一種由四人組成兩隊對戰的紙牌遊戲。

仍是傲慢、自負的。」

「我相信她這兩項特點兼而有之，而且還滿嚴重的。」威肯先生答道：「我有好多年沒看過她了，不過我清楚記得，我從來就沒喜歡過她，她的態度總是專橫而傲慢。她以理性和聰明著稱，不過我卻認爲她的能力一部分來自於她的階級和財富，還有一部分來自於她威權的態度。」

伊莉莎白聽任他發表評論，兩人很投契地又聊了一會兒，直到牌局因晚餐已備好而結束，此時其他女士們才有機會得到威肯先生的青睞。在菲力普太太吵雜的晚餐會上實在不可能聊天，不過他的態度倒是爲他做了良好的宣傳，無論他說什麼總是頭頭是道，無論他做什麼總是優雅。伊莉莎白離開時滿腦子都是他，在回家路上，除了威肯先生和他說過的話以外，她什麼也沒辦法想。

但是這一路上她連提到威肯先生名字的時間都沒有，因爲莉蒂亞和柯林斯先生一直說個不停。莉蒂亞對牌戲津津有味地說個沒完，不斷提到她輸掉的籌碼和她贏得的籌碼；柯林斯先生則不停描述菲力普夫妻的客氣，並且聲明他一點也不在意輸掉的錢，此外更將桌上的菜餚都細數過一遍。

第十七章

Chapter 17

第二天，伊莉莎白將自己和威肯先生的談話告訴姊姊，珍又驚訝又關心地聽著，不知該如何相信達西先生竟是這麼不值得賓利先生看重的人，此外，她的個性並不會去質疑像威肯這樣親切的年輕人是否誠實。她溫和的情緒在聽到這麼負面的話時仍起了作用，她還是覺得兩位先生都是好人，只是彼此間存在什麼誤會罷了。

「我敢說，」她說道，「在某些我們無法得知的事情上，當事人或許誤解了彼此的意思。簡言之，我們無法臆測是什麼事情使他們反目，所以也許雙方都有錯也說不定。」

「沒錯！現在，親愛的珍，你對那個被批評的當事人有什麼看法呢？請務必將這一切理出頭緒來，否則我們就不得不對某個人有壞印象了。」

「我最親愛的伊莉莎白，請仔細思考達西先生對待他父親最疼愛的人的態度，有可能會置他於多麼不光彩的景況中。這個人是他父親答應要提拔的，任何一個有人性、有品格的人都做不出這種事情來——這是不可能的事。而且他最親密的朋友會完全被他蒙在鼓裡嗎？喔！不會的。」

「我倒比較相信賓利先生是被蒙在鼓裡，而不是威肯先生自己編了個故事。他將名字、事實、每一件事都不拘禮節地告訴我了，如果事情不是這樣的話，那就讓達西先生自己來反駁吧。而且，威肯先生看起來不會騙人呀。」

「眞是個難題！讓人覺得好煩，我眞不知道該怎麼想了。」

「你在說什麼？你完全知道該怎麼想吧！」

然而珍確實能想到的只有一點：如果賓利先生眞的被蒙在鼓裡，那麼當這件事公諸於世的當下，他一定會感到非常難受的。

此時有人來請正在灌木叢旁說話的兩位小姐回家，因爲有訪客來到。賓利先生和他的兩個姊妹親自過來送邀請函，請大家到尼德斐莊園去，參加令人期待已久的舞會，時間就定在下週二。賓利家的兩位女士非常高興再次見到她們親愛的朋友珍，說道自從在尼德斐一別後已經好久不見，詢問這些日子以來她都在做些什麼。她們和其他人不怎麼熱絡，儘可能迴避班尼特太太、跟伊莉莎白沒說上幾句話，對其餘人則連一句話也沒有。他們一行人很快就離開，彷彿要逃離班尼特太太的殷勤似的急著離開。

對家中每一位女性來說，舞會都是充滿美好憧憬的。班尼特太太想著大女兒所受到的讚美，而且因爲賓利先生親自來送請帖而感到無上光榮。珍想像著可以跟她的兩個朋友共度的愉快夜晚，還有賓利先生的殷勤款待；伊莉莎白則想著可以跟威肯先生跳舞，而且想從達西先生的神色和舉止上來確認威肯先生的話。至於莉蒂亞和凱蒂，她們的快樂並非只建立於單一個人或事件的憧憬，當然

「自從在尼德斐一別後已經好久不見了。」

她們也像伊莉莎白一樣，想和威肯先生跳上大半夜的舞。再說，舞會就是舞會啊，甚至連瑪莉都肯定地告訴她的家人們，她沒有反對參加的意思。

「當我可以擁有整個上午，」她說道，「我覺得就足夠了。我想，偶爾參加一下晚間活動沒什麼不好。我們每個人對社會都有責任，而且我認爲，在創造萬事萬物的過程中，稍事歇息與玩樂是每個人都有的欲望。」

伊莉莎白因爲這件事而顯得很興奮，雖然平時她非必要不會與柯林斯先生說話，現在卻忍不住一直問他會不會接受賓利先生的邀請。如果他願意接受邀請，他會不會覺得加入晚間的遊樂活動是不合適的行爲呢？意外的是他不加思索即答應參加舞會，而且一點也不認爲去跳舞會受到主教或德波夫人的責備。

「我認爲，」他說道，「這樣的舞會由一個品格優秀的年輕男士所主辦，而參加者皆爲可敬的人們，是不會有什麼不良意圖的。再者我並不反對跳舞，我希望能有榮幸在美麗的夜晚和你們共舞；現在我把握這難得的機會，懇請伊莉莎白小姐您和我跳舞會中的頭兩支舞。希望珍能理解我這個請求，而不至於誤以爲我對她不敬。」

伊莉莎白覺得自己被將了一軍。她本來打算要和威肯先生跳這幾支舞的，現在卻變成了柯林斯先生！她的生氣勃勃一下全變得死氣沉沉，然而這也是無可奈何。她儘可能客氣地接受柯林斯先生的邀請，接下來聯想到幾個可能延伸出來的情況，讓她想起來就不太快樂。

首先讓她心頭一震的想法是，她已從衆姊妹當中被選上擔任翰斯福特牧師公館的女主人了，也察覺到柯林斯先生對自己愈來愈殷勤，更不只一次聽到他誇讚她的機智活潑開朗。雖說此事乃證明自己有魅力，她卻感到錯愕更勝於喜悅。不久前她的母親才告訴她，她樂於見到兩人成婚，伊莉莎白沒有對這個暗示表態，柯林斯先生也許不會提出這個要求也說不定，等到他提出來時再說吧。

倘使沒有尼德斐莊園的舞會可談論和準備，年輕的班尼特小姐們會感到非常無聊，因爲從接到請帖的那天起直到舞會當天，每天都在下雨。她們無法走到馬利頓去，沒有姨媽、沒有軍官們、沒有新聞，就連伊莉莎白都因無法與威肯先生進一步認識而幾乎著急起來。對莉蒂亞與凱蒂而言，更是再也沒有比等待星期二的舞會更難熬的了。

Chapter 18

第十八章

一直到伊莉莎白進了尼德斐莊園的客廳，在一群身著紅外套的軍官中，遍尋不著威肯先生的身影時，她仍未懷疑他的缺席。她比往常更仔細裝扮自己，並且精神奕奕地想征服威肯先生尚未臣服在她石榴裙下的心。然而此時她卻忽然想起，賓利家會不會爲了討達西先生的歡心，而故意漏掉威肯先生？雖然事情並不是這樣，但是威肯先生確實缺席了，宣布這個消息的人就是莉蒂亞心儀已久的丹尼先生。他告訴她們威肯先生有事進城去，他是前一天出發的，到現在都還沒回來，說著還補上一個意味深長的笑容。

「如果不是要避免和這兒的某一位紳士碰面，我想他不用在這個當下進城去的。」

他的這則情報被伊莉莎白聽見了，因此也更加肯定她先前的推測。達西先生和威肯的缺席絕對有關係，這使得伊莉莎白更討厭達西，以至於後來達西想跟伊莉莎白問好，伊莉莎白都無法以最起碼的禮貌應對，因爲對達西的注意、寬容和耐心都是對威肯的傷害。她已決定不跟他交談，甚至因爲賓利先生盲目地偏向達西那一邊而有些遷怒他。

然而伊莉莎白畢竟不是壞脾氣的人，雖然她對今晚的幻想都破滅了，她也很快就恢復精神。把心裡的不舒服都傾吐給一週沒見的夏綠蒂，之後她就能隨心所欲地談論柯林斯先生了。話說最初的兩支舞還眞是令人失望，他們跳得彆彆扭扭的，柯林斯先生笨拙又嚴肅，道歉的時間還比跳舞的時間多，而且經常是跳錯了還不自知，讓伊莉莎白領略到一個討厭的舞伴所能帶來的不幸和尷尬，離開他的那一瞬間眞讓她快樂得不得了。

跳完這幾支舞，她回到夏綠蒂身旁，開始和夏綠蒂說話，此時達西先生突如其來地開口邀她跳舞，在她回過神來以前，便不知所以地答應他了。他邀請完立刻離去，留下她在那兒爲自己的失神煩躁不已，夏綠蒂因此盡力安慰她。

「我敢說你會發現他是一個很令人喜歡的人。」

「希望不會，要不然那將會是全天下最不幸的事！發現一個你已經決定要討厭的人，竟是一個很討喜的人！」

當舞曲響起，達西先生走向她，夏綠蒂忍不住對她耳語，奉勸她別當傻子，別爲了偏愛威肯而失去眼前這個好他十倍的男人青睞。伊莉莎白沒有答腔，她站好位置，很訝異

自己竟能和達西先生面對面站著，她看看周圍的人，他們的表情顯露出相同的訝異。他們不發一語地跳了一會兒，而她開始想像沉默將會持續到兩支舞結束；她起先打算要保持沉默，後來忽然想到，逼她的舞伴說話也許是更好的懲罰。於是她對舞會說了幾句評語，達西先生回應了，隨即復歸沉默，經過幾分鐘後，她第二次對他開口：「達西先生，現在該輪到你說話了。我剛剛已經談過我對舞會的看法，現在該你說點兒什麼才是。」

他微笑著告訴她，她希望他說什麼，他照辦就是了。

「很好，也許待會兒我會說非公開的舞會比公開的舞會好玩。不過我們現在可以沉默一下。」

「你連跳舞的時候說話都得依規則嗎？」

「有時候是。總得說說話啊，兩個人在一起，卻半個小時都不說話，看起來很奇怪。而且爲了某些人著想，就該如此依序說話，以便讓對話能繼續下去。」

「那麼在眼前這個情況下，你是在顧及你的情緒還是我的？」

「都有！」伊莉莎白淘氣地回答：「因爲我經常發現我們的共同點。我們不善社交，有沉默寡言的傾向，而且除非我們說的話能震驚大家，並且成爲可以流傳後世的不朽名言，要不然我們是不會想說話的。」

「這倒是滿像你的，」達西先生說道，「可我不認爲這描述有多像我。但毫無疑問，你認定這樣的描述很貼切。」

「我對我的描述功力不予置評。」

他沒有答腔，而且從這時候起他們就不再繼續說話，一直到跳完這支舞，他才問她，她和姊妹們是否經常走路去馬利頓？她的答案是肯定的，而且忍不住試探性地補一句：「你遇到我們那天，有人正在介紹一位新朋友給我們認識呢。」

他的臉上掠過一抹更形傲慢的神色，不過一個字也沒說。伊莉莎白雖然暗罵自己懦弱，卻也沒有繼續說下去。後來達西先生終於開口了，他以很勉強的態度說：「威肯先生與生俱來的愉悅氣質使他很容易跟人交朋友，不過能否維持住友誼就另當別論了。」

「失去你的友誼眞是他的不幸！」伊莉莎白加重語氣：「而且他還可能因此遺憾終生呢。」

達西沒有接話，而且似乎很想轉移話題。此時威廉．盧卡斯爵士剛好走到他們旁邊，他一看見達西先生便停下腳步，對他客氣地鞠了躬，並且稱讚他的舞藝和舞伴。

「我眞的是非常高興，達西先生，這麼精湛的舞蹈可不常見哪。很明顯地，您是屬於最上流的社會。不過請恕我冒昧，您這位美麗的舞伴並沒有減損您的丰采，希望我能常常享有這樣的樂趣，尤其是當有令人期待的事情發生的時候（說著看向珍和賓利），這將會是多麼可喜可賀的事啊！我就不打擾你們啦，先生，我不耽誤你和這位年輕女士之間美好的對話，她明亮的眼睛似乎也在責備我呢。」

達西先生幾乎沒聽進去這段話的後半部分，不過威廉爵士對他朋友的暗示倒是對他造成不小震撼。他眼神凝重地看向正一起跳舞的賓利和珍，一會兒後才回過神來，轉向他的舞伴說道：「威廉爵士一打擾，我倒忘了我們說到哪裡了。」

「我想我們並沒有在說話。我們已經嘗試過幾個話題，不過都沒成功，所以我不知道接下來該說什麼了。」

「你對書有什麼感覺呢？」他微笑著說道。

「喔！不會吧？聊書？我肯定我們看的是不同類型的書，或者感想也絕不會一樣。」

「很遺憾你這麼想，不過如果是這樣的話，至少我們就不用煩惱該找什麼話題了。我們可以來比較一下我們之間不同的想法。」

「不，我無法在舞會上討論書，我腦子裡一直想著別的事情。」

過了一會兒，她忽然驚叫：「達西先生，我記得你說過，你不容易原諒人，一旦你對人產生憤怨，就幾乎無法化解了。我想，你在決定的時候一定都很小心吧？」

「是的。」他說道，語氣堅定。

「而且從來不會被偏見給蒙蔽了？」

「希望如此。」

「對於從來不會改變心意的人來說，判斷正確與否，是最重要的考量。」

「請問你為什麼問這些問題呢？」

「只是爲了印證你的個性而已。」她說道，極力想擺脫她表現出的嚴肅感。「我只是想理出頭緒。」

「那麼，你成功了嗎？」

「我無法把這一切連貫起來。我聽到有關你個性的說法，而它們彼此之間非常不同，讓我覺得非常困惑。」她搖搖頭。

「無庸置疑地，」達西先生認眞答道，「你聽到的一定是非常負面的，班尼特小姐，我希望你不要在這個當下就對我的個性下定論，因爲我擔心我剛才說的話也無法讓你認識眞正的我。」

「可是如果我在此時無法對你有清楚的認識，以後可能就沒機會了。」

「我絕對無意吊你胃口。」他冷冷地答道。伊莉莎白沒說話，兩人繼續跳完下一支舞，然後什麼也沒說就分開了。對於達西先生而言，他心中對她懷抱強烈的不滿，不過他很快就原諒她，而將怒氣轉移到另一人身上去了。

他們分開後不久，賓利小姐就過來找伊莉莎白，臉上帶著輕蔑的神氣，挑釁似地說：「哦，伊莉莎白小姐，我聽說你對喬治．威肯先生印象很好！你的姊姊一直在和我談他，還問了我一大堆問題呢！我發現那個年輕人上次和你聊天時忘了告訴你，他是老達西先生的管家——老威肯的兒子。基於朋友的立場，我勸你不要輕易相信他的話，對於達西先生惡待他這一點，更是空穴來風；相反地，雖然威肯一直以最可恥的態度對待達西先生，但是達西先生卻一直待他很好。我不知道詳細情形是怎樣，但我確信達西先生一點也沒錯。他一聽人提到威肯就很受不了，雖然查爾斯認為沒有不邀請的理由，但聽到威肯主動不來參加舞會時，他確實顯得非常高興。威肯到鄉下來眞是再大膽不過的舉動，眞不知道他怎敢這樣做。我很同情你，因為你最喜歡的人原來是個罪惡之人。不過，想想他的出身，你對他還能有什麼期望呢？」

「按照你的說法，他的罪惡是由他的出身而起囉！」伊莉莎白生氣地說：「因為就你所指責他的事來看，他最惡劣的事就是身為達西先生管家的兒子。關於這件事，我可以跟你保證，他已經親口告訴過我了。」

「恕我多事。抱歉打擾你了，我只是好意而已。」賓利小姐答道，冷笑著轉身走開。

「眞是自大！」伊莉莎白對自己說：「如果你想以這種不足取的中傷來影響我的話，那你就錯了。你這樣說只會讓我感覺到你的任性無知，以及達西先生的惡意而已。」然後她開始找尋姊姊的蹤影，珍正好在跟賓利打聽同一件事。

珍迎向她時，臉上綻放出甜美的笑容，說明了她今晚有多麼愉快。伊莉莎白立刻就看出姊姊的心情，雖然她也在此時為了威肯感到憂心，為他的敵人和其他事情感到憤慨，不過一想到珍可能得到那美好的幸福，她也就不再生氣了。

「我想知道，」她說道，臉上掛著不亞於姊姊的笑容，「你打聽到什麼消息了？不過也許你現在正樂在兩人世界中，沒時間想到第三個人了，如果是這樣的話也沒關係啦。」

「才不是呢，」珍答道，「我沒有忘記，不過我沒有令你滿意的事可說。賓利先生不認識他，而且也不知道他到底怎麼觸怒達西先生的；但賓利先生保證他朋友是誠實、正直且有榮譽感的人，他完全相信達西先生對待威肯先生的態度非常寬容。而且，我很抱歉地必須說一句，根據賓利先生和他妹妹的說法，威肯先生並非一位值得尊敬的年輕人。恐怕他是一個輕浮的人，失去達西先生的關照是他自己招致的結果。」

「賓利先生本身不認識威肯先生嗎？」

「他從沒見過他，那天早上在馬利頓是他們第一次見面。」

「那麼，他對威肯先生的印象是來自於達西先生的描述了。可是關於牧師任職的事情呢？他怎麼說？」

「雖然他聽達西先生提過幾次，但也不記得詳細情形，不過他相信那一定是有條件的。」

「我絕不會懷疑賓利先生的眞誠。」伊莉莎白溫和地說：「但是你一定得原諒我無法完全相信他的說法，我敢說賓利先生是護著他朋友的。不過既然賓利先生對這件事也不是完全了解，而且他對這件事的印象是來自他朋友的敘述，我最好還是和先前一樣，對雙方都保持質疑的態度。」

伊莉莎白隨後即改換一個使兩人都比較高興的話題，她心中誠摯地希望珍因爲賓利先生的關注而快樂。她盡其所能地加強珍對此事的自信，當賓利先生過來加入她們的時候，伊莉莎白立刻退開去找夏綠蒂。夏綠蒂問她和上一個舞伴跳舞跳得愉快與否，伊莉莎白沒回答，後來柯林斯先生興高采烈過來找她們，說他幸運地發現一件重要的事。

「我發現，」他說，「這眞是出乎意料之外，竟然有一位我的贊助人的近親在這個屋子裡！我碰巧聽見那位紳士親口提到他表妹的名字——德波小姐，以及她的母親，德波夫人！這眞是奇妙啊！誰會想到我可能在這個聚會中遇到德波夫人的外甥呢！我眞慶幸我及時發現並能向他表示我的敬意，我現在就要過去和他說話，相信他會原諒我沒有早些向他致意的，因為我對這件事原是一無所知啊。」

「你不是要去對達西先生做自我介紹吧！」

「我正打算去。我應該請求他原諒我沒有早一點這麼做，我確信他就是德波夫人的外甥，我有義務告訴他，德波夫人直到上星期我來隆波安的那天爲止，身體都很好。」

伊莉莎白努力勸他打消這個計畫，她告訴他，如果他沒有經由別人介紹，反而自己跑去認識達西先生，達西先生會覺得他的行爲魯莽無禮，這反而不是對德波夫人的恭維。柯林斯先生耳朵聽著伊莉莎白的見解，心中卻仍堅持自己原先的打算，一等伊莉莎白說完，他即答道：「我親愛的伊莉莎白小姐，關於你的眞知灼見，我誠感佩服，但是請聽我一言，其實世俗之人和神職人員對一般禮俗的看法是很不一樣的。請恕我直言，我認爲神職人員和王國中最高層級的貴族同等尊貴，因此請你讓我遵行我心靈的吩咐，原諒我沒有按照你的建議去做。但是在其他事情上，我會樂於將你的建議謹記心中。」

說罷，他深深鞠了一躬，隨即轉身朝達西先生走去，伊莉莎白迫切地想看看達西先生的反應。達西先生對此行爲明顯表現出驚訝，柯林斯先生以一個嚴肅的鞠躬作爲開場白，雖然她聽不到他說些什麼，但由唇形來看，有「抱歉」、「翰斯福特」和「凱薩琳．德波夫人」等字眼。看到他將自己暴露於這樣一個人面前，她眞是又急又氣。達西先生非常好奇地望著柯林斯先生，等到自己終於可以說話了，他也只是冷淡而客氣地回應一下。但是柯林斯先生並不因此而氣餒，他再次開口了，不過，達西先生對他的輕蔑似乎因他冗長的言談而大幅增加。末了，達西只是稍微欠了欠身便走開去，柯林斯先生總算回到伊莉莎白身旁。

「我向你保證，」他說，「達西先生似乎很高興我對他的注意。他以最客氣的態度回應我，甚至還讓我倍感光榮地說，他很高興德波夫人慧眼識英雄，這眞是令人愉悅的想法。總括來說，我滿喜歡他的。」

這個舞會已經引不起伊莉莎白的興趣了，於是將注意力全放在姊姊和賓利先生身上。她從他們那兒所看到的和諧幾乎讓自己和姊姊同樣快樂。她看到姊姊置身在屋子裡，那感覺和周圍是如此相襯，彷彿就是一個幸福婚姻的場景，她似乎也可以努力去喜歡賓利那兩個姊妹了。而她母親的想法大致上也一樣，但是伊莉莎白決定不要冒險去接近母親，以免聽她叨叨絮絮說個沒完。

及至大家坐下來吃晚餐，她發覺這眞是很不幸的錯誤，因爲母女倆的座位相連，而且她悲哀地發現母親正在跟盧卡斯夫人大談她的理想、她有多麼希望珍可以盡早跟賓利先生結婚。這是個讓人興致勃勃的話題，而且班尼特夫人滔滔不絕地提到這樁婚事的好處：賓利先生如此英俊又有錢，住家才離他們三哩遠，這是她覺得可喜的第一點；再來，賓利那兩個姊妹很喜歡珍，所以她們一定也很希望珍可以成爲她們的姻親；此外，珍如果嫁進豪門，那麼她幾個比較小的女兒也就有機會認識其他有錢人了。這眞是她生命中喜悅的時刻，因爲她就可以在家享清福了。她在做結論時還說到，希望盧卡斯夫人不久之後也能跟她一樣幸運，雖然她很顯然也很得意地認爲那是不可能的事。

伊莉莎白盡力想要她母親放慢說話速度，或是勸她轉以小聲描述她的幸福，但這一切徒勞無功。她心裡擔心達西先生把這些話都聽了進去，因爲他就坐在她們對面，她母親卻只罵她荒謬。

「達西先生是誰，我幹嘛要怕他啊？我確定我們沒有欠他什麼特別的禮儀，以至於不能說他不愛聽的話吧。」

「看在老天的份上，小聲一點。你得罪他又有什麼好處呢？而且你這樣做，他的朋友是不會對你有好印象的！」

不管她怎麼說，對她母親都沒有任何影響。班尼特太太依舊用高八度的嗓音談論她的想法。伊莉莎白覺得羞恥與苦惱，臉上一陣青一陣白，忍不住不時將視線瞥向達西先生，而每一次都印證了她的擔心不假。雖然他不常看向她母親，她卻覺得他的視線老是定在自己身上，臉上表情更由憤慨的輕蔑逐漸轉變成凝重的沉著。

最後，班尼特太太終於再也想不到有什麼可說的了，盧卡斯夫人也早已哈欠連連，她聽完班尼特太太重複述說的喜悅，吃起已經冷掉的火腿和雞肉。不過這間歇的寧靜還眞短暫，因爲晚餐一結束就有人提議要唱歌，她看到瑪莉在不怎麼殷勤的邀請下立即答應爲衆人獻唱，心中感覺受到屈辱。她不斷使眼色，甚至發出無聲的懇求，要瑪莉拒絕獻唱，但是瑪莉根本無法明白。這麼好的表現機會讓她很興奮，於是她開始引吭高歌。

伊莉莎白非常難過地望著她，瑪莉則接受了全桌人禮貌性的道謝，他們還暗示邀請瑪莉再唱一首。於是在半分鐘後，瑪莉又開唱了，她的聲音薄弱、態度做作，伊莉莎白看看珍，想知道她如何忍受這事，然而珍很安適地在與賓利交談；她再看看兩個小妹，她們忙著互相嘲弄對方。此外，達西仍然一臉高深莫測。她請求父親干涉一下，免得瑪莉整晚唱個不停。班尼特先生收到暗示，在瑪莉唱完第二首歌時，大聲說道：「好啦，孩子，你已經讓我們高興得夠久了，現在讓其他小姐們有機會表演一下吧。」

瑪莉雖然想裝作沒聽見，她的表現仍舊多少被這番話影響到了。伊莉莎白對她感到很抱歉，同時也由於讓父親唐突開口一事感到愧疚。她擔心自己這樣瞻前顧後的一切憂慮其實無濟於事，正當樂聲中斷的此時，聚會裡其他人出來接手了。

「如果我，」柯林斯先生說道，「有這個天分能唱歌，我一定會很高興，而且我一定會爲大家高歌一曲。因爲我認爲音樂是一種非常純眞的娛樂，和神職人員這種工作非常契合，我不是說我們可以就此把大半時間投注在音樂上，因爲我們還有其他要事得做——一個教區牧師要做的事可多了。首先，他必須在什一稅上取得協議，以保障自己的權益，而且不會觸怒他的贊助人，也必須自己寫講道稿，剩下的時間則用來做其他工作和整理住屋。而且我絕不小看和顏悅色、安慰關懷的重要，特別是對那些掌握升遷大權的人。我也認爲一個神職人員應該在這樣的場合中，向他的贊助人家族裡任何一位成員致敬。」接著，他向達西先生鞠了一躬，就此結束演說。他收尾時的那兩句話說得如此大聲，以至於半個屋子的人全聽見了。

許多人瞪大眼睛，不過臉上表情最顯驚訝的莫過於班尼特先生，因爲他聽見他太太認眞地稱讚了柯林斯先生，說他講得可眞好。

對伊莉莎白而言，今晚她的家人們眞是出盡洋相，幸好讓她稍感安慰的是賓利和她姊姊在一起，許多可笑的部分賓利都沒看到。伊莉莎白心想，至於賓利的兩個姊妹和達西先生，他們可有好機會得以好好嘲笑她的親人了。她甚至無法決定是那位紳士無聲的輕蔑，還是那兩位女士傲慢的笑容比較讓人無法忍受。

剩下來的時光柯林斯先生一直百折不撓地纏在她身旁，雖然他無法說服她再與他共舞，卻也使得她無法再接受其他人的邀約。她試圖請求他站起來跟別人跳舞，或介紹其他年輕小姐們給他認識，但都徒勞無功。柯林斯先生的主要目的就是要把自己推薦給她，他計畫整個晚上都陪在她身邊。沒有人對這個計畫表示異議，伊莉莎白卻因此欠了盧卡斯小姐一次，因爲盧卡斯小姐總是陪著他們，而且還很好心地替她回答柯林斯先生的問題。

班尼特一家最晚離開舞會，這是出於班尼特太太的計謀，他們的馬車得在大家離開了十五分鐘以後才會到。赫司特太太和她妹妹鮮少開口，除了抱怨很累以外，她們迫不及待想要送客。她們阻斷班尼特太太想要開始的每一個談話，於是氣氛顯得很沉悶，即使有柯林斯先生的長篇大論也無法改善。他稱讚賓利先生帶給大家高格調的娛樂，如此竭誠款待更是令人印象深刻。

達西一句話也沒說，班尼特先生和他一樣沉默，自個兒欣賞起景色。賓利先生和珍遠離人群站在一起聊天，伊莉莎白看到不論是赫司特太太或賓利小姐都緊閉嘴巴，就連莉蒂亞也累得只剩偶爾會蹦出一句「累死了」外加一個大哈欠。最後當他們終於能坐上馬車離去，班尼特太太以近乎懇求的客氣態度，邀請賓利一家盡快到隆波安作客。她還特別對賓利先生說，任何時間他都可以來和他們一塊兒吃晚餐。賓利先生告訴她，他明天得去倫敦一趟，等他從倫敦回來後會盡快去看她。

班尼特太太非常滿意，離開時還很高興地盤算起來，倘若把結婚準備、新馬車和結婚禮服所需的時間加進去，再過三、四個月，她就可以看到大女兒在尼德斐莊園安定下來了。此外，她心裡對另一個女兒和柯林斯先生的婚事也同樣有把握，儘管後者帶給她的歡樂沒有前者那麼多。柯林斯先生這門親事對她來說已經算是夠好的了，但是和賓利先生及尼德斐莊園一比，難免遜色。

第十九章

Chapter 19

第二天，新的一頁在隆波安展開。柯林斯先生開始行動了，因爲他在週六就要離開隆波安，爲了節省時間，他非常正式地處理起這件事。吃完早餐後不久，他就找了班尼特太太說道：「夫人，我可否有這個榮幸，在今天早上和您美麗的女兒——伊莉莎白——私下談一談？」

在伊莉莎白驚訝得臉紅且來不及作出任何反應前，班尼特太太立刻答道：「喔，親愛的！當然好啊！我相信伊莉莎白會很高興的！來吧，莉蒂亞，上樓來幫我個忙。」說罷將她的東西收拾好，匆匆地走了。留下伊莉莎白高聲道：

「親愛的母親！請不要走，柯林斯先生一定得原諒我的離席，他沒有什麼話是不能在衆人面前對我說的。我這就走了。」

「不，伊莉莎白。我希望你留在原地。」她看到伊莉莎白又急又窘，似乎眞的要走，於是補了一句：「伊莉莎白，我堅持你得留在原地，聽聽柯林斯先生要說什麼。」

伊莉莎白不能不聽這道命令，而且她心中快速閃過一個念頭，最聰明的做法應該是讓這件事盡快平靜落幕。她重新坐下，心中交織著失望與好笑，但她盡量不露痕跡，一等班尼特太太和莉蒂亞離開，柯林斯先生就開口了：

「請相信我，親愛的伊莉莎白小姐，你的謙讓雖使你顯得不親切，卻更加添你的完美。若非你刻意疏離，你在我眼裡就不會這麼令人喜愛了；不過我可以向你保證，我是在你可敬的母親允許下才跟你告白的。你不須懷疑我這次談話的目的，雖然你敏銳的本性可能使你裝傻。其實，我一走進這屋子，就選中你作爲我未來的妻子了，不過在我對這個話題因感情而失去控制前，也許先讓我敘述一下結婚的理由。再者，我當初就是帶著娶妻的打算到赫福郡來的。」

柯林斯先生的想法配上他嚴肅的動作，讓伊莉莎白快笑出來了。她努力想中斷他的談話，但是都沒有成功，柯林斯先生繼續說道：

「首先，我認爲每一個像我這般在順境中的神職人員，都應該在他的教區樹立良好的婚姻典範；第二，我確信這會大幅增加我的幸福；至於第三，也許我該早點提出來的，此乃出於那位我榮幸得之的贊助人特別忠告及建議。她曾在這件事上給我意見，在我離開翰斯福特的那個週六晚，當我們在打牌的空檔，詹金森太太正在幫德波小姐調整腳凳的時候，德波夫人說道：『柯林斯先生，一個像你一樣的神職人員必須結婚。好好地選擇，爲了你我的緣故，選一個溫柔有用的女人。不必受過高等教育，但得能夠將一份爲數不多的收入處理得好。這是我的建言，盡快找到這樣的女人，把她帶回翰斯福特來，我將會去看她。』美麗的表妹，我根本沒料到德波夫人對我如此關注，你會發現她的儀態非我所能形容；而你的機智與活潑，我想，一定可以被她接受。因此，爲了我的婚姻幸福著想，我將目標放在隆波安而不在我自己的家鄉，在我的家鄉也有許多令人喜愛的年輕姑娘，但事實是我本人將在你令人尊敬的父親過世後繼承這產業。當那令人憂傷之事發生之時，如果不在他的女兒們之中選擇一位為妻，使她們的損失減到最小，我會覺得有所遺憾。這一直是我的動機，而且我想，這樣做對你而言也不會太唐突，現在除了以最生動的語言表達我強烈的愛意以外，我沒有什麼要說的。對於財富，我不屑一顧，而且我也不會向你的父親要求什麼，至於你所能得到年息四厘的一千鎊存款，也必須在你母親過世後才能歸到你名下。因此，對於那個部分我會保持一貫的沉默，而你也可以放心，在我們結婚時我也絕不會說出任何非善意的話。」

很明顯，現在該是插嘴的時候。

「你太急了，先生！」伊莉莎白叫道：「你忘了我還沒有給你答覆哪！我就不拖泥帶水地浪費時間了——謝謝你對我的讚美，我知道你的求婚對我來說是我的榮幸，但是我卻不得不拒絕你的好意。」

「我不是現在才知道，」柯林斯先生答道，揮動一下手，「年輕的小姐們通常都會口是心非。男人第一次求婚時往往會被拒絕，通常得有第二次，有時甚至第三次的求婚呢！所以你剛才說的話並不會讓我打退堂鼓，我希望可以在不久之後，領著你一同走到聖壇前。」

「依我看，先生，」伊莉莎白高聲說道，「你的希望十分奇怪，因為我已經將我的答案告訴過你了。我向你保證，我不是那種膽敢把自己的幸福賭注在第二次求婚的女子。我現在很嚴肅地在拒

「以最生動的語言表達我強烈的愛意。」

絕你，你無法讓我幸福，而我也是全世界最不可能讓你幸福的人。再者，如果你的朋友——德波夫人認識我的話，她一定會覺得我在各方面都不可能符合她的期望。」

「萬一德波夫人眞這樣想。」柯林斯先生神情凝重，「可是我無法想像她不喜歡你。你放心好了，如果我有機會去見她，我一定會特別強調你的謙虛、節儉和其他令人喜愛的美德。」

「柯林斯先生，所有讚美對我來說都不必要。如果你要恭維我，就請相信我告訴你的話吧。我祝你非常幸福、富有，但我們是無法在一起的。因爲你提出了求婚，我想你對我家人體貼的顧慮也已經得到成全了，當你繼承隆波安時，請無須自責地接受它吧。這件事情就到此爲止。」說罷，伊莉莎白隨即站起來，就在她要走出去時，柯林斯先生又說話了。

「希望我接下來要說的話可以得到你比較善意的回應。因爲我知道，女性拒絕男性的第一次求婚乃約定俗成之事，所以你現在說的話也許是要鼓勵我做得更合乎你們女性的要求。」

「柯林斯先生，」伊莉莎白略顯溫和地說，「你把我弄糊塗了。如果你覺得我剛才說的話是在鼓勵你，那麼，我不知道該怎麼表達才能讓你明白我的意思。」

「請准許我這麼想，你的拒絕只是口頭上的。我會這麼想，理由簡略如下：我不覺得我配不上你，或說我所能提供的生活品質遠超過一般人想要的。我的職位、我與德波家的關係，以及我與你的關係，都是我不可忽略的優勢；而且你該好好考慮一下，雖然你有許多吸引人之處，但是也許不會再有人跟你求婚。你能分得的財產實在少得可憐，這實在大大減少了你的可愛和吸引人的特質。

因此我必須假設你不是很認眞地在拒絕我，你這樣做只是希望增加我對你的愛。」

「我向你保證，我一點也不想裝模作樣地折磨像你這樣一位令人尊敬的男性，我寧願你能相信我說的話。我再三地謝謝你，讓我有這個榮幸聽你告白，不過我實在不可能接受你的求婚。我可以說得更白一點嗎？現在請勿將我視作一位故意讓你苦惱的女性，只要把我當成一個理性的、正在說出肺腑之言的人就可以了。」

「你還是一樣迷人！」柯林斯先生叫道，帶著一種奇怪的殷勤。「我想你的父母一定會答應我對你的求婚的！」

對於這麼強烈的自欺欺人心態，伊莉莎白不做任何回應，她立刻一言不發地退出去，心裡打定主意，如果他堅持將她不只一次的拒絕當成讚許的鼓勵，甚至跑去告訴她父親，那麼她父親的反對態度應該就足以讓他明白了。至少他不會誤解她父親的態度，認爲這和一位優雅女性在賣弄風情是同等意思吧。

Chapter 20

第二十章

柯林斯先生並沒有孤單地被留在那兒，爲他成功的愛情沉思太久。因爲班尼特太太一直在前廳晃來晃去，注意著會談是否結束了。她一撞見伊莉莎白打開門快走過她身邊，就立刻走進早餐室，以溫馨的言語恭賀柯林斯先生，稱道他們的關係將更形密切而且懷有幸福前景。柯林斯先生以同等的歡樂回報班尼特太太的祝賀，並將他們談話的詳細內容告訴班尼特太太，他還說他有足夠理由對結果感到滿意，因爲伊莉莎白堅定的拒絕，乃是出於靦腆的謙虛以及天生的矜持。

然而，這個消息卻嚇了班尼特太太一大跳，她多麼希望她女兒的拒絕可以用柯林斯先生的想法來解釋，可是她不敢這麼想，於是忍不住說：

「柯林斯先生，聽你這麼說，伊莉莎白得跟我解釋一下了。

我會直接去找她談，她是個固執、愚蠢的女孩，不知把握她的利益；不過，我會讓她知道的。」

「請原諒我打斷你的話，夫人，」柯林斯先生叫道，「可是，假若她是一個固執愚蠢的女孩，我就無法肯定她是否適合成爲我的妻子了，因爲我的目標是擁有一樁幸福婚姻。所以，如果她堅持要拒絕我的求婚，最好就別強迫她來接受我，因爲她個性上的這些缺點是無法讓我幸福的。」

「先生，你誤解我了！」班尼特太太警醒地說：「伊莉莎白只在這樣的事情上固執，她在其他事情上就和其他女孩一樣善良。我立刻去找班尼特先生，我保證很快就讓這件事塵埃落定。」

她不等回答便逕自跑去找丈夫，一進書房立即嚷道：「喔！班尼特先生，我們需要你！你一定得讓伊莉莎白嫁給柯林斯先生！因爲她發誓不嫁給他啊！如果你不快一點，柯林斯先生就要改變心意啦！」

她走進去時，正在看書的班尼特先生剛好把視線抬起來，以無比冷靜的神色望向她，彷彿一點兒也沒受她影響。

「我聽不懂你的意思，」當妻子嚷完時，他這麼說道，又補了一句：「你在說什麼事？」

「伊莉莎白說她不要嫁給柯林斯先生，柯林斯先生也開始說他不要娶伊莉莎白了！」

「我能怎麼辦呢？這件事看來似乎沒希望了。」

「你去告訴伊莉莎白：你堅持她得嫁給柯林斯先生。」

「去叫她下來，她會聽我的話的。」

班尼特太太拉了拉鈴，於是班尼特二小姐被召喚到書房裡。

「過來，孩子。」她一出現，她父親就吩咐道：「我找你來是有一件重要的事情得和你談談。我聽說柯林斯先生向你求婚了，是真的嗎？」

伊莉莎白回答是真的。

「很好，聽說你拒絕了？」

「是的。」

「現在我們直接切入重點：你母親堅持要你接受他的求婚。對吧？班尼特太太？」

「是的，否則我就再也不要看到她了！」

「伊莉莎白，現在，擺在你眼前的是道很困難的抉擇。從今天起，你得選擇跟你的父親或你的母親形同陌路——如果你不答應他的求婚，你的母親就不再見你；而如果你答應了他的求婚，你的父親就不再見你。」

伊莉莎白面對如此結局忍不住微笑起來，但是一直相信丈夫站在自己這邊的班尼特太太卻非常失望。

「班尼特先生，你這麼說是什麼意思？你答應我要叫伊莉莎白嫁給他啊！」

「親愛的，」她先生答道，「我想請你答應我兩個小小的要求：第一，對於目前這個情況，請讓我自由判斷該怎麼做；第二，請盡快把我的書房還給我。」

雖然班尼特太太對她的丈夫很失望，卻只能打消當初要他命令伊莉莎白嫁給柯林斯先生的念頭。不過班尼特太太依然對伊莉莎白叨叨絮絮，一會兒甜言蜜語、一會兒恐嚇威脅，還要拉來珍幫她說話，然而，珍儘可能委婉地拒絕了。伊莉莎白的決定倒是從未改變。

此時，柯林斯先生正獨自思索這一切。他把自己想得太好了，以致於無法理解表妹為何會拒絕他；雖然他的自尊心受了傷，卻不感到難過。他對她的關愛以想像成分居多，而且一想到她可能捱上她母親一頓教訓，心裡也就不難過了。

當這個家正處於風暴之中，夏綠蒂．盧卡斯剛好過來找他們。她走進前廳當下，莉蒂亞便飛奔去迎接她，對她說：「我眞高興你來了，因爲好戲正上演呢！你猜今天早上怎麼了？柯林斯先生向伊莉莎白求婚，然後她拒絕了！」

夏綠蒂還沒來得及說話，凱蒂就過來傳達相同的情報。她們一走進早餐室便看到班尼特太太，班尼特太太也開啓了相同話題，她想博取夏綠蒂的同情，請夏綠蒂去跟伊莉莎白說，請她遵循全家人的心願去做。

「拜託你了，我親愛的盧卡斯小姐，」她用憂傷的語調說，「沒有人站在我這邊，沒有人支持我，沒有人顧念我虛弱的神經。」

此時珍和伊莉莎白進來早餐室，正好免去夏綠蒂不知如何作答的困窘。

「好啊，她來了。」班尼特太太繼續道：「看起來一副沒事的樣子，只要自己高興就好，也不

她們走進早餐室。

管我們要住哪。不過我告訴你，伊莉莎白小姐，如果你再用這種方式拒絕求婚，你會嫁不出去的。我可以告訴你，我不知道在你父親死後有誰會養你，我在書房裡就已經告訴過你，你自己知道，我再也不跟你說話了，我不想跟不聽話的孩子說話。事實上我也不想跟任何人說話了，還有什麼好說的呢？沒有人知道我心裡有多苦！事情總是這樣，不抱怨的人就沒有人同情。」

她的女兒們沉默地聽她吐露心聲，心裡明白不論是要跟她講理還是要安慰她，都只會讓她更生氣罷了。於是她們留班尼特太太一個人繼續說，沒有任何人插嘴，直到柯林斯先生走進來，帶著比以往更莊重的神色。一看見他，班尼特太太就對女孩們說道：

「好了，我堅持這件事很重要，你們都不要說話，讓我跟柯林斯先生談一下吧。」

伊莉莎白安靜地退出去，珍和凱蒂跟在她後面，可是莉蒂亞仍站在原地，決心要聽聽看他們說什麼，夏綠蒂則是被柯林斯先生禮貌地挽留下來。爲了滿足自身的小小好奇心，夏綠蒂並沒有在和柯林斯先生談話完就離開早餐室，反而走到窗戶邊，假裝沒在聽他們對話。

班尼特太太用起悲哀的聲調開始那了無新意的對話：「喔，柯林斯先生！」

「親愛的班尼特太太，」柯林斯先生答，「我們別再提那件事了，我不想再提到它了。」他緊接著又開口，明白顯示出他在不高興，「我不想再因令嬡的態度而生氣了。接受無法避免的不幸是我們大家的責任，我相信我已經接受了。親愛的班尼特太太，希望你別因爲我不要求你與班尼特先生介入我與令嬡之間，以及我要撤回對令嬡的求婚而以爲我對貴府一家不敬。我擔心我的行爲在接

Chapter 21

第二十一章

關於柯林斯先生求婚一事到此接近尾聲了，伊莉莎白只在不可迴避提及此事的情況下，以及母親偶爾數落她時才覺得難受。至於那位男士本身，他幾乎將他的感覺表露無遺，不過並非困窘、沮喪的情緒，也不是故意避開她，而是生硬的態度以及怨恨的沉默。他幾乎不和她說話，而且將注意力轉移到盧卡斯小姐身上，盧卡斯小姐禮貌地傾聽他說話，對大家來說真是一種解脫，對她的朋友而言更是如此。

第二天，班尼特太太的情緒未見好轉，柯林斯先生也仍在因生氣而起的驕傲狀態中。伊莉莎白暗自希望他的憤怨會縮短他待在這裡的日子，但是他的計畫卻絲毫不受影響。他原先計畫週六要離開，此刻看來依舊是待到週六才肯走的意思。

早餐之後，女孩們走路到馬利頓，想打聽看看威肯先生回來沒有，對他未能出席尼德斐莊園舞會一事感到惋惜。她們一進城就碰到他了，而且還一起到她們姨媽家去，在那兒他表達未能參加舞會的懊惱和對大家的關心，並且主動告訴伊莉莎白，那天的缺席是他自己的決定。

「我發現，」他說道，「當時間愈來愈接近，我覺得我還是不要遇到達西先生比較好。要和他待在同一個屋子好幾個小時，我無法忍受，而那樣的場面可能不只讓我一個人不愉快。」

她對他的忍讓表示高度贊同，在威肯和另一位軍官陪同她們走回隆波安時，伊莉莎白和威肯也對此事詳加討論。威肯在路上對伊莉莎白顯得特別殷勤，他們給彼此留下了美好的印象。

回來後不久，班尼特小姐接到來自尼德斐莊園的一封信，於是她立刻拆閱。信封裡放了一張雅致小巧的信箋，滿是女性娟秀的字跡。伊莉莎白見她姊姊讀信的表情起伏不定，視線不住在某些字句上徘徊。

很快地，珍恢復鎮靜並且把信收好，也試著用愉快的態度再次加入聊天；但是伊莉莎白卻對信的內容感到焦慮，就連威肯也變得不那麼吸引她注意了。一等威肯和他的伙伴離開，珍隨即看了一眼伊莉莎白，要她一同上樓去。等到只有姊妹倆在一起後，珍拿出那封信，說：「這是卡洛琳・賓利寄來的，信上的內容嚇了我一大跳。他們現在已經全部離開尼德斐莊園，要到倫敦去了，而且沒有再回來的打算。你應該聽聽她怎麼說。」

於是她念了信中第一句，內容是說她們決定跟賓利先生一塊兒到倫敦，而且當天晚上要在葛羅斯芬納街用晚餐，因爲赫司特先生在那兒有一棟房子。第二句則是這樣的：

離開赫福郡，我沒有什麼難捨之事，除了你，我親愛的朋友；但是我們也希望將來有機會重溫我們共度的愉快時光，同時也可藉由書信往返減輕離別之苦。關於這一點我指望你了。

對於這些誇張的字句，伊莉莎白無法置信地聽著；雖然他們突然離開使她吃驚，但她看不出這有什麼好悲嘆的。就算他們全都離開尼德斐莊園，賓利先生也可能再回來啊，伊莉莎白確信珍必須停止再想這件事，反倒應該快樂起來。

「眞遺憾，」她停了一會兒後，說道：「你無法在朋友們離開鄉下之前見他們一面。不過讓我們期盼賓利小姐信上說的將來吧，甚至在她注意到前就可能提早到來呢！而且賓利先生不會被她們強留在倫敦的。」

「可是卡洛琳說得很肯定，他們沒有一個人會回來赫福郡過冬。我念給你聽：『當賓利昨天到倫敦去時，他想只需三、四天就可以把事情辦好，但我們確定這是不可能的事。而且，我們為了不要讓他來回奔波，便決定隨他到倫敦去，這樣他就不必在不舒服的旅館中度過空檔。我的許多朋友都已經到那兒去準備過冬了，我衷心希望我能聽到你——我親愛的朋友——有一點意願想要成為這群人當中的一個，然而我卻失望了。我誠摯希望你在赫福郡度過一個非常愉快的聖誕節，而且擁有足夠多的仰慕者圍繞在你身旁，使你可以忘記這三個不在你身邊的人。』」

「這句話就已經說得很明顯了，」珍補充道，「他今年冬天不會回來了。」

「這只是說出賓利小姐的想法而已。」

「你為什麼會這樣認爲呢？這一定是他自己的打算。你不知道這是怎麼一回事。我無須對你有所保留，讓我把最令我傷心的一段念給你聽：『達西先生迫不及待地想見他妹妹，而且我們想見她的心也不亞於達西先生。喬芝娜・達西的美貌、優雅和才藝真是無人能出其右，我們真的很希望她將來可以進我們的家門。我不知道以前是否曾對你提起過，而且我相信你不會視此為無稽之談。我弟弟早已愛慕她多時，現在他可有機會常常去看她了，她的親戚們也和他一樣樂於見到這樣的結合。我親愛的珍，沉溺於這樣一個可帶來許多幸福的期盼中，我是否錯了呢？』——親愛的伊莉莎白，對於這句話，你怎麼想呢？」珍讀完了信，說道：「這不是很清楚了嗎？這豈非明白地表示卡洛琳既不期盼也不希望我進她們家的門？她也確定了她哥哥對我漠不關心，而且就算她懷疑我對他有感情，她的意思也是叫我自己要小心，不是嗎？對此還能有其他解讀嗎？」

「當然有，我的看法就和你完全相反。你要聽嗎？」

「洗耳恭聽。」

「我只有幾句話要告訴你。卡洛琳小姐知道賓利愛上你了，但是她希望他和達西小姐結婚。她希望把他留在倫敦，而且試圖要你相信：他不在乎你。」

珍搖搖頭。

「是眞的。你必須相信我哪，珍。任何看過你們待在一起的人，都不會懷疑他對你的愛的。不過，我肯定賓利小姐除外。對他們而言，我們不夠有錢，家世也不夠顯赫，此外，她急於促成達西小姐和賓利先生的婚事，是因爲一旦開啓兩家之間的通婚，她自己也就可以快點成就家族間的第二椿婚事了。而且我敢說她的計謀會成功，如果沒有德波小姐擋路的話。可是言歸正傳，你不能因爲聽了賓利小姐說她的哥哥很愛慕達西小姐，你就眞以爲賓利先生對你一點好感都沒有，否則，她就眞能說服賓利先生該愛的人不是你而是達西小姐了。」

「如果賓利小姐眞如我們所想的那樣，」珍答道，「你的說法就可能讓我放心多了。可是我知道卡洛琳無法存心欺騙任何人，在這個事件當中，我只能希望卡洛琳是欺騙了自己。」

「沒錯，既然你無法從我的話中得到安慰，你也就無法開始快樂。你就相信她是被欺騙了吧，現在你已經讓她達到寫這封信的目的，所以千萬別再煩心了。」

「可是，即使我往最好的方面想，接受一個他的姊妹和朋友都希望他和別人結婚的男人，我還快樂得起來嗎？」

「你得自己決定。」伊莉莎白說：「而且你仔細想想，要是他那兩個不親切的姊妹帶給你的不幸，將勝於身爲他的妻子的幸福，那麼我勸你，一定要拒絕他。」

「你怎麼能這麼說？」珍說道，若有似無地笑起來。「雖然我會因爲她們的爲難而非常難過，我也不能說拒絕就拒絕啊。」

「我不認爲你會拒絕，而且如果你拒絕，我就不認爲你的處境值得同情。」

「可是若他今年冬天不回來，我就不必做什麼抉擇了。六個月內會發生的事何止上千件呢！」

伊莉莎白已經不再去管賓利冬天回不回來的問題了。現在盤旋在她腦中的只剩下卡洛琳那有趣的冀望，她心裡臆測著，一個獨立自主的年輕男人怎麼會受其影響呢？

她盡量向珍積極剖析她對這件事的看法，很快地，她就對眼前的成效感到高興。珍本來就不是易於消沉的人，她慢慢被導引回希望中，雖然有時會覺得沮喪，但她仍然希望賓利先生回來，並且回應她心中的每一個盼望。

她們一致同意，只讓班尼特太太知道賓利一家人離開，而不告訴她賓利的詳細行蹤。然而這麼一件小事也能引得母親關心連連，而且特別令她大嘆不幸的是，她才剛和兩位女士熟稔起來，她們就要離開了。爲這件事悲嘆了一會之後她安慰自己，賓利先生很快就會光臨隆波安，所以結論是她要準備豐盛的大餐招待他。

Chapter 22

第二十二章

班尼特家族和盧卡斯一家約好一起吃飯，盧卡斯小姐又好心將大半時光都消磨在聽柯林斯先生說話上。伊莉莎白趁此機會謝謝她，「你的傾聽讓他得以保持愉快，我不知該怎麼謝謝你才好。」她說。夏綠蒂則告訴她朋友，她很高興自己還有這個用處，而且這只花到她一點點時間罷了。

不過友人的好心卻延展出伊莉莎白料想不到的事，柯林斯先生轉向夏綠蒂求婚了。這就是盧卡斯小姐的計謀，在晚上分別時，她覺得如果他不要那麼快離開赫福郡的話，她的計謀就很有可能成功。不過盧卡斯小姐在此錯看了柯林斯先生，因爲第二天一早，柯林斯先生就以令人佩服的狡猾溜出隆波安，跑到盧卡斯家向盧卡斯小姐求婚了。他焦急地企圖躲開表妹們的注意，因爲他確信如果她們看到他離開，一定會猜到他要做什麼，而他不想讓他的企圖在成功之前曝光。雖然他有把握，夏綠蒂也一直很鼓勵他，但從星期三的求婚失敗後他就比較害羞了。當他朝著盧卡斯公館走過來時，盧卡斯小姐從樓上窗戶看見他，便立刻飛奔下樓出門，到門前小徑上遇著他。儘管她在事前根本沒預料到，她即將收受的會是再多言辭都無法道盡的柔情與喜悅。

柯林斯先生盡量長話短說了，至少他自己如此認爲。他們一進到屋裡，他就要她決定那個讓他

再多言辭都無法道盡的柔情與喜悅。

成為最快樂的男人的日期。雖然這個請求應該暫時被擱置，女方卻不想掃他的興，盧卡斯小姐接受他只是單純出於想安定下來的心而已，所以她不在乎這事進行得有多快。

他們也很快去央求威廉爵士和盧卡斯夫人同意他們的婚事，盧卡斯夫婦非常高興地答應了。柯林斯先生目前的狀況對他們女兒來說算是最合適的婚姻對象，因為他們僅能給她一點兒財產，柯林斯未來的財富則甚是可觀哪！盧卡斯夫人開始前所未有地熱心計算起班尼特先生還可能活幾年，而威廉爵士則果斷表示，當柯林斯先生繼承隆波安時，也就是他和他的未來妻子出現在聖詹姆士宮的最佳時機。簡言之，這一家人真是樂壞了，夏綠蒂的妹妹們懷抱著可比一般淑女早一、兩年進入社交界的希望，兄弟們則鬆了一口氣，因為夏綠蒂不會成為老死在家的老姑婆了。夏綠蒂本身倒還滿鎮定的，她達成目標了，而且有時間好好想想這件事。說實在，柯林斯先生既不通情達理也不討人喜歡；他的社交技巧拙劣得令人厭煩，而他對她的愛慕一定是虛幻的，但是他仍將成為她的丈夫。結婚只是盧卡斯小姐一直以來的目標，她對男人或婚姻都沒有太高期望；對於一個二十七歲、相貌平庸的女子而言，她反而覺得自己非常幸運。

這件事最遺憾的部分在於夏綠蒂害怕伊莉莎白的震驚，她看重自身與伊莉莎白間的情分更甚於他人。伊莉莎白會懷疑，甚至可能責備她，雖然她的決定不會因此動搖，但這樣的非難一定會讓她感到受傷。她決定要親自告訴伊莉莎白這個消息，因此她要求柯林斯先生在返回隆波安吃晚餐時，不要在他們任何一人面前洩露這事。柯林斯先生當然答應保守祕密，然而這不是一件簡單的事，因爲大家都對他消失了這麼久感到好奇，一大堆迎面而來的問題是需要一點心機去迴避的。

由於他第二天一早就要啓程，恐怕無法一一跟親友道別，所以女士們提議在晚間舉行一場送別會。班尼特太太非常客氣熱心地說，隨時歡迎他再次造訪隆波安，他們都會很高興再看到他的。

「我親愛的夫人，」他答道，「您這樣的邀請眞是讓我格外高興，因爲這乃是我長久以來的盼望，而且您可以相信，只要我一得空就會盡快再來的。」

其他人全都怔住了，而一點都不希望他這麼快就來的班尼特先生立刻說道：「可是，我親愛的先生，這豈不是得冒著讓德波夫人生氣的風險嗎？依我看，你最好寧可忽略親戚，也不要觸怒你的贊助人才好。」

「我親愛的先生，」柯林斯先生答道，「對於您善意的警告，我萬分感激。您可以放心，我不會在未得夫人允許前就擅自行動的。」

「愈小心總是愈好。千萬不要冒險得罪她，如果你發現再次來我們家有讓她不高興的可能——我個人認為可能性極高——你就安靜待在家吧。也請儘管放心，我們不會因此生氣的。」

「請相信我，親愛的先生，您對我情義深長的關懷眞是讓我銘感五內。我回去之後會儘快捎來一封感謝函，以表達這段期間您對我在赫福郡的照顧。至於我美麗的表妹們，雖然我離開的日子不會太長，但我還是趁此機會祝福大家健康、幸福，我的表妹，伊莉莎白，也不例外。」

遵循適當的禮儀，女士們隨即告退，她們都對他計畫很快回來一事感到非常驚訝。班尼特太太把它解讀成柯林斯先生想再回來向她幾個較小的女兒們求婚，而瑪莉較有可能接受他。不過，就在隔天早上，這類希望盡數化為泡影。盧卡斯小姐在早餐後不久來訪，她和伊莉莎白兩人私下討論起前一天發生的事。

伊莉莎白在前一、兩天才覺得柯林斯先生可能愛上她的朋友了，不過她又想，夏綠蒂對他的反應可能就和自己對他的反應一樣。所以她一聽到夏綠蒂告訴她的消息時，她幾乎驚訝得無法保持應有的禮節，忍不住大叫道：

「和柯林斯先生訂婚！我親愛的夏綠蒂，不可能！」

盧卡斯小姐原先還能帶著堅定面容訴說事情經過，這時卻因為如此直接被叱責而顯得些許狼狽。她很快恢復鎭定，並且冷靜回答：

「我親愛的伊莉莎白，為什麼你這麼驚訝呢？你認為柯林斯先生不可能得到任何女人的青睞，就只因爲他向你求婚失敗嗎？」

不過現在伊莉莎白也恢復理智了，她強作鎮定地向夏綠蒂表示，她很高興知道她們就要成爲姻親，並且祝她幸福。

「我明白你的感受，」夏綠蒂答道，「你一定很驚訝，柯林斯先生不久前還想跟你結婚。不過當你有時間好好想一想這件事的話，我希望你能對我的作爲感到寬心。我不是個浪漫的人，你知道的，我從來都不是，我只要求一個舒適的家。在考慮過柯林斯先生的個性、交際以及社會地位後，我相信和他在一起所能得到的幸福，是步入婚姻生活的人所能要求的最大的幸福。」

伊莉莎白平靜地回答「當然」，兩人在尷尬地沉默一陣子後回到客廳。夏綠蒂沒有久留，伊莉莎白則思忖起她方才接收的訊息，許久之後她才能完全讓這一樁不合適的婚姻進入腦子裡。柯林斯先生在三天內對兩位女性求婚這種事，都還沒有夏綠蒂接受求婚要來得奇怪。她一直覺得夏綠蒂對婚姻的看法和她不盡相同，但是她從未想過摯友會爲了物質上的利益而委曲求全。夏綠蒂——柯林斯先生之妻，簡直就是最丟人的一幅景象！她相信她的朋友是無法在這樣的抉擇中得到幸福的。

Chapter 23

第二十三章

伊莉莎白和她的母親及姊妹們坐到一塊兒，腦海裡想著她聽到的事，也考慮著該不該把它說出來。此時威廉．盧卡斯爵士來訪，目的便是帶來女兒訂婚的消息。他在一連串客套話中宣布此事，恭賀班尼特家也恭賀自家即將結成姻緣——聽眾們不只滿臉疑惑，甚而無法置信。班尼特太太表現得固執甚於禮貌，一個勁兒地說爵士一定弄錯了，一向粗枝大葉、欠缺禮貌的莉蒂亞更喧鬧地高聲叫道：「拜託！威廉爵士，你怎麼開這種玩笑呢？你不知道柯林斯先生要娶伊莉莎白嗎？」

再怎麼彬彬有禮的人碰到這種境遇也無法不動怒，幸而威廉爵士的好教養讓他的脾氣沒有發作。他請求大家相信他所言不虛，以最大限度的謙遜忍受她們的魯莽沒規矩。

伊莉莎白覺得自己有義務將他從這種情況中解救出來，於是站出來證明爵士說得沒錯。她告訴大家夏綠蒂稍早親口告訴她的實情，熱切祝賀威廉爵士以掩蓋母親和妹妹們的大呼小叫，珍也立刻說了幾句祝福的話、讚美了柯林斯先生，還提到赫福郡和倫敦之間交通很方便等等。

當威廉爵士在場，班尼特太太似乎沒什麼力氣說話，然而一等他離開，她的情緒立刻找到發洩出口。首先，她堅決不相信這整件事；第二，她確信柯林斯先生被騙了；第三，她相信他們倆絕對不會幸福；第四，她預言這樁婚姻可能會破裂。而且她從這件事歸納出兩種可能推測：其一，伊莉莎白乃是這所有不幸事件的主要原因；其二，要不就是伊莉莎白被他們殘忍利用了，而這兩點又成爲她在今天剩餘時光中叨叨絮絮的主因，沒有任何一件事可以安撫她的怒氣。接下來許多日子裡，她的憤怨依舊存在。

班尼特先生的反應倒是平靜許多，他說這件事讓他覺得頗爲愉快，因爲向來被他視爲聰明伶俐的夏綠蒂竟然跟他太太一樣愚昧，而且更甚於他的小女兒們！

珍坦承自己對這樁婚事有點驚訝，不過她倒是多了一些祝他們幸福的祈願。莉蒂亞和凱蒂不會忌妒盧卡斯小姐，因爲柯林斯先生只是一位神職人員，她們只把這件事當成一則可以拿到馬利頓去散播的新聞來看待。

「拜託！威廉爵士，你怎麼開這種玩笑呢？」

盧卡斯夫人總不經意地對班尼特太太流露出即將有一個女兒要出嫁的勝利之姿，而且她比以往更常造訪隆波安，雖然班尼特太太酸溜溜的表情和居心不良的話足夠讓她高興不起來。

一種存在於伊莉莎白和夏綠蒂之間的顧慮使得她們相互對這件事保持沉默，伊莉莎白覺得她們之間不可能再有眞正的信任存在。她對夏綠蒂的失望轉而使她更加信賴姊姊，珍的正直和體諒使伊莉莎白相信她不是一個說變就變的人，而且伊莉莎白也日漸爲珍的幸福憂心起來，因爲賓利到倫敦已經過了一個星期，卻還沒有聽說他要回來。

珍早就寫了回信給卡洛琳，一直在等待進一步消息。柯林斯先生的謝函已在星期二送達，信中提及他將可能在她們家待上一段時間，爲此他還語氣隆重地先行致謝。待他覺得問心無愧地談完這件事後，話鋒一轉，就以愉快的筆調告訴他們，他非常高興能獲得他們可愛的鄰居盧卡斯小姐深情對待，爲了能和盧卡斯小姐在一起，他很快就會實現再度造訪隆波安的願望，他們在兩週後的星期一就可以再次見到他了，因爲德波夫人非常贊同他的婚事，她希望婚禮可以盡快舉行，而且他相信夏綠蒂也會同意，讓那個可以使他成爲最幸福男人的日子提早來臨。

柯林斯先生返回赫福郡一事，對班尼特太太而言已經不值得高興了。相反地，她還跟她先生一樣，對此事頗有微詞：「這還眞奇怪，他爲什麼不去住盧卡斯家，反而要來住隆波安呢？不但不方便還很麻煩哪。」她討厭在她健康狀況不佳時有客人來訪，尤其是戀愛中的人最討厭了。班尼特太太低聲抱怨著，賓利先生的杳無音訊更讓她的心情雪上加霜。

不論是珍或是伊莉莎白也都感到憂心。日子一天天過去，賓利先生卻未曾捎來隻言片語，只有最近流傳在馬利頓的消息傳來，說賓利先生整個冬天都不回尼德斐莊園。這個消息讓班尼特太太甚是生氣，她只要一聽人這麼說便會怒斥其爲最惡劣的謊言。

就連伊莉莎白都開始害怕了。不是怕賓利的態度變冷淡，而是怕他的兩個姊妹成功留住他。她不願承認這個對珍的幸福造成傷害的想法，也不願把珍所心儀的對象想得這麼差勁，可是這個想法卻揮之不去。他的姊妹和那個威力強大的朋友聯手，再加上達西小姐的魅力和倫敦有趣的事，這一切或許會遠遠勝過他對珍的迷戀吧。

對珍來說，在這懸而未決的表象底下所帶給她的焦慮，當然大過於伊莉莎白，因爲她不管何種情緒總會極力遮掩，因此她和伊莉莎白之間幾乎不去提這件事。但她母親可就沒有這麼體貼的自制力了，她很少有不提及賓利的時候，明顯表達出對賓利遲遲未歸的不耐，甚至告訴珍，如果賓利眞的不回來的話，那她就是被玩弄了。面對這一切的打擊，珍總是盡其所能沉默地忍受下來。

柯林斯先生非常準時地在兩週後的週一回來，不過他這回造訪受到的歡迎就沒有第一次那麼熱烈了。雖然如此，但是由於他太過快樂，所以無須旁人太多關注，而且多虧他忙於戀愛，其他人才得以免於他的相伴，他們爲此感到慶幸。

他大半時間都待在盧卡斯家，有時回到隆波安也已經很晚了，只來得及在睡前向大家道個歉——因爲他沒有在家陪他們。

班尼特太太目前的景況真的很可憐。只要有人提起任何有關柯林斯先生要結婚的事，她就會暴跳如雷，可是偏偏無論她到哪裡都會聽到這些討論。看到盧卡斯小姐更是讓她嫌惡不已，因為盧卡斯小姐將來就會成為這棟房子的女主人，一想到這裡她的心中就充滿怒火。每逢夏綠蒂過來探望她們，她就猜想對方心中正想著何時繼承這個地方；每當夏綠蒂低聲對柯林斯先生說話，她就以為他們在商量財產的事，並且決定等班尼特先生一過世，就要把她和她女兒們趕出隆波安。

她心酸地向丈夫抱怨這一切。「說真的，班尼特先生，」她說，「我真的很難想像夏綠蒂就要成為這棟房子的女主人；我竟然要讓位給她，眼睜睜看著她取代我的地位！」

「親愛的，不要這麼悲觀嘛。讓我們期待更美好的事情發生吧，也許最後是我還活著啊！」

這對班尼特太太起不了什麼安慰作用，因此她沒有回應班尼特先生，逕自抱怨下去。

「想到他們會繼承這座莊園我就受不了。如果不是為了限定繼承權，我才不操這個心！」

「你才不操什麼心呢。」

「我什麼都不要操心了啦！」

「既然你這麼看得開，我們就為此而感恩吧。」

「我可無法為這限定繼承權感恩哪，班尼特先生。我真是不懂，怎麼有人好意思從別人家女兒們手裡繼承財產呢？那個柯林斯先生，為什麼他就可以比別人多得一些？」

「我把這個問題留給你吧！」班尼特先生說。

每當夏綠蒂低聲對柯林斯先生說話，
她就以爲他們在商量財產的事。

Chapter 24

第二十四章

賓利小姐的信為大家的疑問劃上休止符。信裡第一句話就肯定地表示他們將會在倫敦過冬，信的結尾則寫道，賓利先生為了沒有在離開赫福郡之前向朋友們致意而感到遺憾。

希望完全破滅了，當珍好不容易把信看完，卻發現信上除了寫信者刻意表示的情誼外，她幾乎得不到任何安慰。對達西小姐的讚美占了大部分篇幅，她的許多迷人之處再度躍然紙上，卡洛琳也吹噓著她們已經愈漸親密，此外她更大膽預測賓利先生和達西小姐的結合有實現的可能。她也很高興地寫到他在達西先生家住得很愉快，興高采烈地提及達西家要換新家具的計畫。

珍很快將信的主要內容告訴伊莉莎白，伊莉莎白安靜而氣憤地聽著。她的心中充滿對她姊姊的關心，以及對其餘這些人的憤怒。對於卡洛琳一再陳述賓利先生喜歡達西小姐的說法，伊莉莎白一點也不相信，她從未懷疑過他是真的喜歡珍，她向來也對他頗欣賞，只是一想起他容易被人影響、缺乏主見，以致犧牲掉自己幸福的個性，便忍不住要生氣，甚至看不起他。伊莉莎白想，倘使被犧牲掉的只是賓利先生自己的幸福或許還不打緊，但是他應該明白她姊姊的幸福也牽扯在內啊！她的腦子裡盡在盤旋這些問題：賓利對珍的感情是否已經淡了？還是只是因為朋友的干擾而無暇顧及？

他是否注意到珍對他的感情，還是他並未察覺？不管眞相如何，雖然她對他的印象因這些事情產生極大轉變，她姊姊的處境仍然不變，她的平靜也受到同等的傷害。

一、兩天過去，珍始終提不起勇氣將心中眞正的感覺告訴伊莉莎白，待到後來，珍和伊莉莎白兩人有機會獨處時，她終於忍不住開口了：

「喔，親愛的母親對這件事干涉太多了！她不知道她不斷提到他，帶給我多大的痛苦。不過我不會因此抱怨，這種情形不會持續太久的。他將被遺忘，而我們也會回到從前的生活。」

伊莉莎白非常憂心地看著姊姊，卻什麼也沒說。

「你不相信我？」有點臉紅的珍叫道，「你實在沒有理由懷疑我的。他能以我最喜歡的朋友這個印象活在我的記憶裡，不過就僅止於此。我沒有什麼好希望或害怕的，也沒有什麼好怪他的。感謝上帝！我沒有那樣的痛苦。因此，只需再一點時間，我會努力過得好一點的。」

她又以較強烈的語氣補充道：「我立刻就會走出來了，因爲這只是我單方面錯誤的迷戀而已，除了我以外，任何人都不會因此受傷害的。」

「我親愛的珍！」伊莉莎白驚嘆：「你太善良了。你的體貼和無私眞有如天使一樣，我不知道該對你說什麼才好。我覺得我從來沒有公平地對待過你，也沒有以你應得的愛來愛你。」

班尼特小姐則急於否認自己擁有這一切優點，並對妹妹的溫情以待表示感激。

「不，」伊莉莎白說道，「你總把全世界人都當好人看，而且我若對任何一人有所批評，你就會覺得不對勁。請別害怕我批評得太過分，或者我侵犯到你那與全世界爲善的天性。我眞正喜歡的人不多，視之爲好人的更少。我愈接觸這個世界就愈不滿意它；而且每一天都更讓我確信人們在個性上的不一致，他們的優點或理性都是不可靠的。最近我就遇到兩個例子，其中一例我就略而不提了，另一例則是夏綠蒂的婚事——那眞是一件讓人無法理解的事！」

「親愛的伊莉莎白，這樣想會讓你不快樂的。你只是無法接受不同情況和不同性格而已。想想柯林斯先生的體面和夏綠蒂謹愼、沉穩的個性，想想她身爲大家庭中的一員，再加上考慮到財富的話，那是一樁令人滿意的婚姻。還有，看在大家的份上，請務必相信夏綠蒂，她可能覺得我們的表哥是一個値得尊敬的人。」

「爲了讓你滿意，我會試著去相信任何一件事，但是去相信這件事一點好處也沒有。倘若我相信夏綠蒂對他有任何好感，那麼我就會認爲夏綠蒂比我現在所認爲的還糟糕。我親愛的珍，柯林斯先生是一個自負自大、心胸狹窄又愚蠢的男人，你知道他是，我也知道他是——而且你的感覺一定和我的感覺一樣：嫁給他的女人一定沒有好好用腦。就算那個女人是夏綠蒂．盧卡斯，你也不該替她說話，你不應該爲了一個人而改變原則和誠實的意義，也不該試著去說服你自己或我。不要將自私錯當謹愼，這樣渾然不知幸福即是危險。」

「我不得不說，你對他們兩人的批評太過激烈了。」珍答道：「而且我希望當你看到他們幸福地在一起時，你的想法會有所改變。不過你剛才還暗示另外一件事，我不知你所指爲何，但我請求你，不要怪罪到『那一位』身上吧，也不要告訴我你對他的好印象已經大打折扣，因爲這樣會讓我覺得痛苦。我們不應該認定自己是被別人有意圖地傷害，不應該期盼一個朝氣蓬勃的年輕人要事事謹愼且考慮周全。其實欺騙我們的往往不是別人，而是我們自己的遐思，女人總是過度膨脹男人對自己的愛慕。」

「男人不就是要女人這樣嗎？」

「如果有人刻意這樣做，那自是另當別論；不過我倒是認爲，世界上不會有太多這樣的例子，不會像有些人所想的那樣。」

「我當然不是說賓利先生的行爲是刻意爲之。」伊莉莎白說道：「也許是無心之過，也許是不經意的，也許只是單純做錯了，也許是可怕的有心爲之。不體貼別人、欠缺對別人的關懷、缺乏決斷力，都可能造成我們今天看到的結果。」

「你將這件事歸因於上述這些因素裡的一個？」

「是的。可是如果我繼續說下去，我可能會說出我對那個你所敬重的人的眞正想法，因而使你不悅。你如果不想聽，可以隨時叫我閉嘴。」

「聽起來，你似乎是堅持認爲他的姊妹影響了他？」

「正是，再加上他朋友的力量。」

「我不相信。她們爲什麼要這麼做？她們只希望他幸福，而且如果他眞的喜歡我，他跟任何一個女人在一起都不會幸福的。」

「你的第一個假設是不對的。除了他的幸福之外，她們還希望很多事呢！她們可能希望他的財富增加、社會地位提高，她們可能希望他跟一個有錢有勢、值得誇耀的女人結婚。」

「毫無疑問，她們希望他選擇達西小姐。」珍答道，「這也許是出自比你所臆測的要正面一些的感情吧。她們認識達西小姐比認識我要來得久，如果她們喜歡她更甚於我也無可厚非啊！不過不管她們的願望爲何，總不至於和賓利先生的願望相悖。如果她們相信他喜歡我，就不會設法拆散我們了；而且如果他眞的喜歡我，她們的計謀就無法得逞了。因爲你已經假定他喜歡我，所以在你眼裡每個人的行爲都是錯誤的，而我就是最不快樂的人了。不要再以這個想法來讓我難過了，我不會恥於承認自己錯誤的遐思，比起將他們視爲不好的人，至少這樣我會好過些。讓我在這件事上往最好的方向想吧。」

伊莉莎白無法對這樣一個心願說不，因此從這一刻起，她們之間就很少提到賓利的名字了。

班尼特太太仍對賓利先生不再回來一事半信半疑且抱怨個不停，雖然伊莉莎白沒有一天不對她解釋其中因由，試圖讓母親相信連她自己都不相信的事——賓利先生對珍的殷勤只是暫時的喜歡造成的結果而已，一旦不再見面，一切也就結束了。雖然她暫時承認這件事的可能性，但是同樣的情節每天都會上演一回，班尼特太太最大的安慰就是認定賓利一定會在夏天回來。

班尼特先生面對此事的態度卻全然不同。「所以，伊莉莎白，」他在某一天說道，「我得向珍說句恭喜，畢竟女孩子喜歡偶爾對愛情失望的程度僅次於結婚。這是值得思考的事情，而且此事也讓她顯得不同於其他同伴。什麼時候輪得到你呢？你無法忍受被珍領先太久的，現在該你啦！這會兒有夠多的軍官們待在馬利頓，可讓鄉間的全部女孩們失望哪。讓威肯當你的男伴，讓他優雅地讓你失望吧！」

「謝謝您啦，先生，我們不能老是期望有珍的好運氣嘛。」

「沒錯，」班尼特先生說道，「不過想到這類事會發生在你身上就覺得好笑。你有一個懷藏滿腔關愛的母親，她最會促成這種事了。」

威肯先生的相伴驅散了隆波安許多人心中的陰霾，這些陰霾乃是之前發生的一些不如意之事所造成的。他們經常見到他，而且由於他的現身說法，一些事情變得衆所皆知。他所聲稱和達西先生之間的事，以及達西先生帶給他的傷害已經變成公開消息，他也博得了大家的好感，每個人都對自己感到慶幸，因爲他們在知道達西先生的所作所爲前就已經不喜歡他了。

珍．班尼特小姐是唯一會去猶豫，這個故事中可能有些情形必須加以斟酌才能定案的人。她認爲這其中有些情形是赫福郡的人不知道的，她的溫和及率眞經常會要求大家多想想事情原委，並且力促大家思考其中是否有誤——可是除她以外，大家早已判定達西先生是最糟糕的人了。

Chapter 25

第二十五章

過了一個星期的公開示愛以及籌畫幸福日子的行程後，柯林斯先生因爲週六的到來而不得不離開他寶貝的夏綠蒂。不過他的分離之苦也因爲必須準備迎接新娘的事宜而稍減，他確信在他第二次造訪赫福郡之後，那個使他成爲最快樂男人的日子就可以底定了。他和隆波安的親戚們道別，再度祝福他美麗的表妹們健康幸福，也再度允諾將寄上一封謝函。

接下來的週一，班尼特太太則享受了一番接待親弟弟與弟媳的樂趣，他們一如往常，來到隆波安過聖誕節了。佳德納先生是個通情達理、具有紳士風範的人，不論在天性或教養上都比姊姊優秀許多。尼德斐莊園的女士們一定很難相信，一個做生意的、鎮日在倉庫裡頭打轉的人，竟能生得這麼有教養且討人喜歡。佳德納太太比班尼特太太要年輕個幾歲，是一位和藹可親、聰明而優雅的女性，她也深受隆波安的外甥女們所喜愛。珍和伊莉莎白和她之間存在一種非常特殊的情誼，她們也經常到城裡舅媽家小住。

佳德納太太抵達隆波安的第一件任務，就是分發禮物和傳遞最新流行資訊。當這件任務達成後，便輪到她當聽眾了。班尼特太太有太多委屈和悲苦要訴說，自從上次與弟媳一別，班尼特一家人都受到別人惡意對待呢！本來就快嫁掉兩個女兒了，可是到頭來竟一個也沒嫁出去。

「我不怪珍，」她繼續說道，「因爲珍如果可以嫁給賓利先生的話，她早就嫁了。可是伊莉莎白！喔！要不是因爲她的任性，她現在就已經是柯林斯先生的妻子了！她當初就是在這個房間裡拒絕他的求婚的，盧卡斯夫人會比我先嫁女兒，隆波安會被外人繼承！盧卡斯一家人眞是狡詐得很哪，弟妹，他們全都是貪得無厭的人。我很遺憾這樣形容他們，不過事實就是如此，眞是弄得我情緒緊繃整個人都很不舒服。你在這個節骨眼兒上到訪，眞是給我帶來莫大的安慰呀！」

佳德納太太早已從珍和伊莉莎白那邊聽到事情的梗概，所以她只是稍稍回應而已，基於對外甥女們的同情，她將話題岔開了。

當她和伊莉莎白獨處時，則對這個話題多談了一些。「對珍來說那似乎是樁好姻緣，」她說，「就這麼無疾而終眞是遺憾。可是這樣的事常常發生哪！一個年輕的男人，就像你描述的賓利先生一樣，這麼快愛上一個漂亮女孩，當某個突發狀況出現而分隔兩地後，又這麼容易就把她忘了，這類見異思遷的事發生的頻率是很高的。」

「這些話很適合安慰人，」伊莉莎白說，「卻不適用在我們身上。這不是突發狀況，而且這樣的事也不常發生——由於朋友的干預，使得一個經濟獨立的年輕人不再想念一個幾天前還被他強烈愛著的女孩。」

「可是那個形容詞『強烈愛著』太陳腔濫調、太含糊了。我不覺得那代表什麼，它適用於短暫的愛戀也適用於眞正熱烈的愛慕，那麼，賓利先生的愛有多強烈呢？」

「我沒見過比那更明顯的情形了，他愈來愈無視其他人的存在，只將全副心神放在珍身上。他們每一次相見都讓這樣的情形更明顯。在他自己辦的舞會上，他還得罪了幾位年輕淑女，因爲他沒有邀請她們跳舞；我自己也曾主動跟他說了兩次話，他都沒有答腔。還有比這更明顯的徵兆嗎？這豈不是熱戀中的人的通病嗎？」

「喔，是的！如此說來他的確是強烈愛著珍。可憐的珍！我眞替她感到難過，因爲就她的個性而言，是無法立刻走出陰霾的。這事如果發生在你身上就好了，伊莉莎白，因爲你很快就能一笑置之，不再爲情所困。不過，你想，假若珍和我們一塊兒回倫敦會不會比較好呢？換換環境也許有些用處，可以紓解一下家裡給她的壓力是最好的。」

伊莉莎白對這個提議高興極了，她心想珍一定也會同意的。

「我希望，」佳德納太太補充道，「珍不會爲了顧慮這個年輕人而影響她的決定。我們住的這一區和他們住的那一區相隔遙遠，往來的對象也大不相同。而且你也知道我們很少外出，所以除非是他來找她，要不然他們是沒有機會碰面的。」

「他也不可能去找她，因爲他現在可是由他的朋友監管哪，達西先生可受不了他到倫敦這一區來找珍呢！我親愛的舅媽，您怎麼會想到這樣的事呢？假設達西先生聽過恩典教堂街好了，他肯定也會以爲自己如果踏進這種地方，花上一個月也洗不掉在這裡沾染的髒汙。而達西先生不會去的地

他得罪了幾位年輕淑女，因爲他沒有邀請她們跳舞。

方，賓利先生就更不會去了。」

「這樣最好，我希望他們彼此不要碰面。可是，珍不是跟賓利先生的姊妹保持著聯絡嗎？賓利小姐總會來探望她吧？」

「賓利小姐會把她們的友誼拋到九霄雲外去的。」

雖然伊莉莎白將賓利不會來拜訪珍的事情說得這麼斬釘截鐵，心中還是免不了擔憂，因爲仔細想想，他們兩人相見也並非完全不可能。賓利先生可能來看珍，甚至有時候她會想，他朋友對他的影響也可能因爲珍的魅力而瓦解，他對珍的感情會死灰復燃。

班尼特小姐高興地接受了舅媽的邀請。她只希望卡洛琳沒有和賓利先生一塊兒住，這樣她才可以去看她而不會遇到他。

佳德納夫婦在隆波安住了一星期，菲力普家、盧卡斯家和軍官們的邀宴與交誼使他們的行程排得滿滿的。班尼特太太爲她的弟弟和弟媳精心安排了一系列活動，緊湊得連讓他們自家人一起好好吃一頓晚餐都沒有機會。當活動安排在家裡，威肯先生一定是座上客之一，佳德納太太從伊莉莎白那兒聽到不少對威肯先生的褒獎，心中有點起疑，於是便在這些場合裡仔細觀察他們兩人。就她觀察下來，她並不認爲這兩個人是很認眞地在談戀愛，但他們對彼此的好感卻明顯讓她覺得此事不能等閒視之；於是她決定在離開赫福郡之前要跟伊莉莎白談一談，讓她知道鼓勵威肯對她的愛慕是很魯莽的一件事。

對佳德納太太來說，威肯具有一種取悅人的特殊本領。大約在十多年前，她尚未出嫁時曾在德布夏待過很長一段時間，所以認識了某一些人。雖然自從五年前，達西先生的父親過世之後，威肯先生就很少待在那兒，她的老朋友還是有辦法告訴她一些消息的。

佳德納太太曾看過潘柏利莊園，也很清楚老達西先生的爲人。她對老達西先生非常推崇，在聽到現在這位達西先生對威肯的所作所爲時，她努力要想起人們對少年時的達西先生的評語，是否和威肯所言一致。最後她想起來了，她曾聽人說過，達西先生是個驕傲且脾氣不好的男孩子。

Chapter 26

第二十六章

佳德納太太總是把握單獨和伊莉莎白相處的最佳時機，好心地給她一些忠告。在把她的想法誠實告訴伊莉莎白後，她繼續說道：「你太聰明了，伊莉莎白，以致於不會意氣用事，不會因為有人反對你就墜入愛河，我也是因此才不怕對你說實話。說真的，你得提高警覺才好，不要讓自己陷入魯莽愛情中。我無意說他壞話，他是一個很有意思的年輕人，而且如果他擁有他該有的財富，那我就會認為你們是神仙眷侶。但是我們都知道現實是什麼，你可千萬別讓一時的迷戀牽著鼻子走。你是有見識的人，我們都期盼你讓自己的見識發揮作用。我確信你父親也對你的決斷力和品行寄予厚望，你可不能讓你父親失望呀。」

「我親愛的舅媽，這番話好認眞哪。」

「當然，我也希望你能認眞看待此事。」

「喔，您不必擔心啦。我會好好照顧自己的，當然還有威肯先生，如果我能阻止這件事，那麼威肯先生就不會愛上我啦。」

「伊莉莎白，你現在不是很認眞喔。」

「對不起，其實我並沒有愛上威肯先生，眞的沒有。不過比較起來，他是我所見過最討人喜歡的人，而且如果他眞的愛上我——我相信他還是不要愛上比較好——我曉得這會是很魯莽的事，噢！那達西先生眞夠惹人煩的！父親對我的厚望就是我最大的光榮，如果我讓父親失望，我會非常難過的，不過他倒也挺喜歡威肯先生。簡言之，親愛的舅媽，如果你們之中有任何一人因爲我而不開心，我都會覺得很不好受；然而，只要有愛情，年輕情侶們鮮少因爲手上缺少財富而不肯訂婚，這種例子我們天天都能看到，倘若是我碰上這種局面，我怎能保證我會比那一大堆同胞們更明智，或者我又怎麼會知道拒絕才是明智之舉呢？因此我能答應您的也只是不要急而已，我不會急著相信我是他最好的對象，當我跟他在一起時，也不會存有這樣的願望。總而言之，我盡力就是了。」

「也許你該盡力讓他不要那麼常到這兒來。至少你不該提醒你母親邀請他來。」

「您是說我前幾天做的事吧。」伊莉莎白不好意思地笑道：「說得對，我不要做這件事才是比較聰明的舉動。可是請別以爲他老是來拜訪，這是因爲您們的緣故，他這星期才經常受到邀請的。您知道我母親的想法，她覺得她的客人時時刻刻都得有人陪嘛。不過，我以我的名聲擔保，我會盡力去做我認爲最明智的事；而現在我希望您對我的答覆感到滿意。」

她的舅媽說她滿意了，而伊莉莎白也謝謝舅媽對她的提醒，兩人便各自走開去。對這種事情提出忠告卻沒有引起反感，這個案例算是很成功的。

佳德納一家和珍離開後不久，柯林斯先生也隨即回到赫福郡，不過因爲他住在盧卡斯家，所以並沒有給班尼特太太帶來太多不便。由於柯林斯先生婚期在即，班尼特太太到頭來也只好接受這個無法避免的事實，她甚至語帶不悅地重複道「祝他們可能幸福」。星期四是結婚之日，所以盧卡斯小姐在星期三過來和大家道別。當她起身準備離去時，伊莉莎白因爲自己母親對友人的不友善及不情願的祝福感到不好意思，也因爲心中感動，便陪她走出來。當她們一起下樓時，夏綠蒂說道：

「我希望能經常接到你的來信，伊莉莎白。」

「我會常寫信給你的。」

「我還有一個要求：你會來看我嗎？」

「我們會常見面的，在赫福郡相見。」

「我可能有一段時間無法離開肯特郡。所以請答應我，到翰斯福特來。」

雖然伊莉莎白可以想見去那兒沒什麼意思，卻也無法拒絕。

「我父親和瑪莉亞三月會來看我，」夏綠蒂說，「伊莉莎白，我希望你可以和他們一起來。」

婚禮過後，新郎和新娘直接從教堂門口出發前往肯特郡，大家也照例對婚禮談論一番。伊莉莎白很快就收到朋友來信，於是她們又像往常一般維持固定而頻繁的聯絡，只是已不可能再像過去那樣毫無保留地談心。伊莉莎白每次寫信給夏綠蒂時，總覺得那種屬於親密朋友間的感覺已經消失，雖然她下定決心要保持頻繁通信，但支持她決心的卻是往日情誼，而非眼前的一切。夏綠蒂前幾封信深受收信者期盼，因爲伊莉莎白極想知道朋友會如何描述她的新家、她喜不喜歡德波夫人，還有

「我還有一個要求：你會來看我嗎？」

她會將自己的幸福快樂描繪到什麼程度。當伊莉莎白讀著信，她發覺夏綠蒂所寫的內容完全和她先前猜測的一樣，信上的筆調很愉快，夏綠蒂彷彿被幸福包圍，對每一件事都是滿滿讚美。房子、家具、鄰里和道路，每一項事物都是她所喜歡的；德波夫人更是友善親切、樂於助人。一切就像柯林斯先生口中的翰斯福特和若馨斯莊園一樣，只是語氣較溫和而已。伊莉莎白領悟到夏綠蒂一定是有所保留，等著她親自去看看其他信中未提及的部分。

珍則已捎給她妹妹一封短箋，說他們一行已平安抵達倫敦。伊莉莎白希望珍下次寫信時可以告訴她一些賓利家的事，她焦急地等待珍捎來第二封信，結果信到了卻焦急依舊。珍到達城裡已經滿一週，卻從未見過卡洛琳，也沒有收到她的隻字片語。珍對這個情況的解釋是，她從隆波安寄給卡洛琳的信可能寄丟了。

她接著寫道：「舅媽明天要到城裡那一區，我想趁這個機會到葛羅斯芬納街拜訪一下。」

珍去過葛羅斯芬納街後又來了一封信，說她已見過賓利小姐。「我覺得卡洛琳心情並不好，」她寫道，「不過看到我，她還滿高興的，而且還怪我沒有告訴她我來倫敦的消息。所以我猜得果然沒錯，上一封信寄丟了。我當然也問候了一下賓利先生，他很好，只是總和達西先生在一起，所以她們也不常見到他。我得知她們要邀請達西小姐來晚餐，我真希望能見見她。不過我沒有久留，因為卡洛琳和赫司特太太正準備出門，我想她們應該很快會過來看我。」

伊莉莎白對信紙搖搖頭。她相信除非出了什麼意外，否則賓利先生絕不會知道珍就在倫敦。

四週過去，珍連賓利先生的影子都沒見到。她努力說服自己不要覺得遺憾，卻無法再對賓利小姐的冷漠視而不見。在舅舅家裡枯等了兩週，卡洛琳終於在最後一刻出現，但她只待了一會兒便要離開，更令人不可置信的是她態度的轉變。到此地步，珍再也無法欺騙自己，在她寫給妹妹的信上就可以看出她對這件事的感覺了。

最親愛的伊莉莎白：

我終於相信我無法再把她當好人看，我坦承我完全被她對我的關心給騙了。然而，我親愛的妹妹，雖然事實證明你對了，但是我若依然堅持對她的某些看法，也請不要認為我很頑固，因為我的信任就如同你的懷疑一樣純屬天性。我完全無法理解她為什麼要親近我，不過如果再有相同情境出現，我肯定還是會上當。

卡洛琳一直到昨天才回訪我，在此期間我未曾收到過她的隻字片語。當她終於來訪，她明顯表示出不耐煩；她簡單而正式地為她先前沒有到訪而向我致歉，卻完全沒有表示會再來看我，真是一個截然不同於以往的人，所以在她離開時我就下定決心不再跟她來往。我雖可憐她卻也忍不住責怪她，我可以大膽地說，當初是她主動想和我成為好朋友的。可是我對她感到憐憫，因為她一定是為了賓利先生才這樣做。我們都知道她的擔心根本沒必要，不過如果她有那樣的感覺，就正好可以說明她何以如此待我；他們兄妹的感情這麼好，她為他擔心本來就無可厚非啊。但我不禁懷疑這擔心從何而來，因為他如果對我還有一絲顧念，我們老早就該見過面。從她所說的一些話裡，我確信他知道我在倫敦，而且從她說話的態度上看來，她似乎要說服自己，賓利先生真的偏愛達西小姐。我不懂她為什麼要這樣做，我幾乎就想說事實根本不像她說的那樣，不過我會盡力驅散每一個令人痛苦的想法，只想著快樂的事——你的姊妹情深，以及舅舅和舅媽對我不變的慈愛。讓我早日收到你的回信吧。賓利小姐說賓利先生不回尼德斐莊園了，而且要退掉房子，雖然她說得不大確定，不過我們最好還是別再提這事了。我很高興你在翰斯福特的朋友們捎給你這麼令人愉快的消息。你就和威廉爵士及瑪莉亞一起去看看他們吧。我相信你在那兒會很開心的。

——謹此，祝好。

這封信讓伊莉莎白有點難過，不過一想到珍再也不會受到卡洛琳的愚弄，也就高興了。她對賓利先生已不存在任何盼望，她甚至也不想再搭理他，他的個性讓她太失望了。就當作是對他的懲罰吧，伊莉莎白眞希望他早早跟達西小姐結婚，因爲根據威肯先生的說法，達西小姐會讓他對自己放棄的選項感到無限後悔。

也就在這時，佳德納太太來信提醒伊莉莎白，她曾答應有關威肯先生的事，她想知道後續發展如何。伊莉莎白寄給舅媽的回信內容讓舅媽比自己還滿意，威肯先生對她的偏好已然消失，他不再注意她，他成爲了別人的仰慕者。伊莉莎白機警地看出事有蹊蹺，不過看清事實和寫下這一切都沒有讓她產生痛苦的感覺。畢竟她的心只是稍微受到波動，而且自負地認爲如果財力夠的話她早就是他唯一的選擇。現在威肯先生眼中那位可愛的小姐最迷人之處，就是擁有一萬鎊的身價吧！不過也許伊莉莎白對這件事不像對夏綠蒂的婚事看得那麼清楚，她沒有因爲他追求財富就和他爭執起來；相反地，她認爲這種事情再自然不過，當她猜想他也是經過幾番掙扎後才放棄她，就已經準備好讓這件事成爲雙方明智的抉擇，而且衷心祝願他幸福。

她將這一切都告訴佳德納太太，接著寫道：「我現在相信我並沒有熱戀過，因為如果我曾經歷過那麼純真且激昂的熱情，我現在就該好好罵他一頓。然而我現在對他並無怨懟，對金恩小姐也毫無偏見。我一點也不恨她，我還很樂意把她當作好女孩看待。我的小心謹慎果然有效，假使我意亂情迷愛上他，那一定會成為親戚朋友間談笑的話題。雖然如此，我也並不因為比較不受青睞而覺得遺憾，莉蒂亞和凱蒂對他的變心比我還在意。她們還年輕、涉世未深，沒有辦法相信英俊的男人和普通的男人一樣，也得倚靠吃穿才能活下去。」

第二十七章

Chapter 27

隆波安除了前述這些事以外就沒什麼大事發生了，一、二月就在班尼特姊妹時而踩著泥濘道路、時而迎接刺骨寒風地走到馬利頓的時光中過去。三月，伊莉莎白要到翰斯福特，起初她並不很想到那兒去，然而不久她即發現夏綠蒂對此行抱持很大期望，於是她也漸漸對這趟旅程改以較歡喜、肯定的態度面對。許久未見使得伊莉莎白也愈來愈想見到夏綠蒂，也因許久未見，她對柯林斯先生的厭惡同樣沖淡不少。與其跟母親還有這幾個談不來的妹妹待在家裡，還不如出一趟遠門來得好，倒也算一樁新鮮事；再者，她也能趁這機會去看一下珍，隨著出發日期愈來愈近，她反倒愈來愈等不及了。一切順利進行，最後終於按照夏綠蒂最初的計畫出發，伊莉莎白陪同威廉爵士和他的二女兒一起展開旅程，途中他們決定要在倫敦停留一個晚上，使得此行更加完美。

唯一令伊莉莎白難過的事情是她必須離開父親，他一定會很想念她的。當初班尼特先生本來不願意讓她去，及至要出門了也不斷叮嚀她得寫信回來，甚至還答應要寫回信給她。

她與威肯先生的道別顯得十分友善，男方甚至還更客氣些。他對另一位女子的追求並沒有讓他忘記伊莉莎白是第一位吸引他的人，也是第一位傾聽他說話且同情他的人，更是第一位讓他愛慕的人。在他和伊莉莎白道別時，他祝她一切平安順利、玩得愉快，使她由衷覺得威肯先生的翩翩風度令她永難忘懷。她心裡想道，不論他將來結婚或單身，他永遠都是最令人喜歡的典型。

第二天，遊伴們的表現更讓她覺得威肯先生和他們比起來眞是有趣多了。威廉爵士總說些不值一聽的話，而他的女兒瑪莉亞，雖然是個直爽的女孩，卻和她父親一樣。聽他們說話就和聽馬車行進發出的嘎啦嘎啦聲一樣無趣。伊莉莎白很喜歡滑稽可笑的事，不過她和威廉爵士相識已久，他除了拜謁國王和晉封爵士的驚嘆之旅外就沒什麼新鮮事好說了。

這段旅程只有二十四哩，所以他們儘早出發，以便在中午前抵達恩典教堂街。當馬車駛近佳德納家的大門，珍剛巧從客廳窗戶往外看見他們，等他們一走進門廊，珍就在那兒等著迎接了。伊莉莎白仔細端詳起珍的臉，發現她和以往一樣健康美麗，心裡很高興。舅舅的兒女們則列隊站在樓梯上，他們殷切期盼表姊到來，所以無法在客廳耐心等候，卻也因爲一整年沒見面而有些害羞。一切充滿歡樂和親切，白天就在逛街購物中消磨時光，晚上再進戲院看戲，一整天都在最愉快的情緒中度過。

伊莉莎白特別選在舅媽旁邊坐下，她們的第一個話題是她的姊姊，她憂心甚於驚訝地聽著舅媽對她提問，並且鉅細靡遺地回答。珍總是勉力打起精神，但也不免有沮喪難過的時候，雖然如此，伊莉莎白還是希望珍能早日走出陰霾。佳德納太太也將賓利小姐造訪恩典教堂街的詳情告訴伊莉莎白，並告訴她之前珍已經在信上提過的話，由此可見珍已經打從心底想放棄這個朋友了。

隨後佳德納太太開玩笑地談起威肯的變節，並且誇讚她對這件事情處理得很好。

「不過，親愛的伊莉莎白，」她補問一句：「金恩小姐是位什麼樣的女孩呢？很遺憾我們的朋友是個見錢眼開的人。」

「親愛的舅媽，就婚姻大事而言，見錢眼開和深思熟慮在動機上有什麼不同呢？何處爲變節之終，貪婪之始呢？去年聖誕節，您還擔心他會跟我結婚，因爲那是一件魯莽的事；而現在因爲他想娶個身價才一萬鎊的女孩，您就說他見錢眼開了。」

「你只要告訴我，金恩小姐是個什麼樣的女孩，我就知道該怎麼想了。」

「我相信她是個很好的女孩，我沒聽過有關她的壞話。」

「可是在她祖父過世，把遺產留給她之前，他根本連看都不看她一下。」

「沒錯啊！他爲什麼要去理她呢？倘若他是因爲我沒有錢而不能愛我，那麼他又爲什麼要去愛一個他不感興趣且和我一樣窮的女孩呢？」

「可是他這麼快就轉移目標似乎很不得體。」

「一個置身困境中的男人沒有時間去顧慮那些繁文縟節，如果金恩小姐沒反對，我們反對個什麼勁兒？」

「金恩不反對並不證明威肯有理，這只表示她某方面的不足而已——理智或感情上。」

「好啦！」伊莉莎白叫道：「您愛怎麼想就怎麼想吧，他就是個見錢眼開的人，而她就是個蠢女孩兒。」

「別這樣，伊莉莎白，我不是這個意思。你知道的，要把一個久居德布夏的年輕人揣想得那麼不好，那也不是我願意的事啊。」

「喔！如果事情真如您所說，那麼住在德布夏的所有男人都很不好，還有他們住在赫福郡的好朋友也好不到哪兒去。多謝老天爺！明天我要去的地方就有一個一無是處的男人，既無風度也無智慧。畢竟，蠢男人才是唯一值得認識的對象。」

「小心，你這番話聽起來太消沉了。」

伊莉莎白在告辭前得到一個驚喜，她的舅舅和舅媽邀請她，和他們來一趟歡樂的夏日之旅。

「我們還沒決定要去多遠的地方，」佳德納太太說，「不過，也許會去湖區吧。」

再也沒有比這更讓伊莉莎白高興的計畫了，於是她滿心愉悅、無限感激地接受邀請。「我最最親愛的舅媽！」她欣喜若狂地叫道，「這眞是太振奮人心！太美好了！您讓我的生活充滿了朝氣與活力！我就要跟失望和怒氣說再見了！跟巨石和山巖比起來，男人算什麼？噢！我們就要快樂地去旅行了！等到旅遊回來，我們跟那些只是草草走個過場的觀光客絕對不一樣！我們一定都會很清楚踏上過哪些地方，能將看遍的所有美好收藏起來——湖區、高山、河谷……這些風景不會只在想像裡模糊地攪成一團，而是當我們想要描述哪些特別的景致，就可以非常清楚地講出它的相對位置和更多具體的東西。就讓我們的壯遊比其他一般遊客多上更多踏實感吧！」

第二十八章

Chapter 28

隔天的旅程對伊莉莎白而言，一切都是新鮮有趣的，而且因爲珍看起來狀況很好，她可以不必爲珍的健康擔心。此外，令人期盼的夏日北方之行讓她一想到就覺得愉快。

當他們離開大馬路，轉進通往翰斯福特的小道時，馬車上每隻眼睛都在尋找牧師公館，每拐過一個彎，大家就興奮地以爲抵達了。路上另一邊則豎立著成排標記爲若馨斯莊園所有的柵欄，伊莉莎白想起她曾聽過的、有關莊園裡那戶人家的事情，不禁微笑起來。

牧師公館終於映入眼簾，花園依傍著路旁小坡而建，房子座落在花園裡，鮮綠色的柵欄、月桂樹的樹籬，每樣事物都在宣告他們已經抵達目的地。柯林斯先生和夏綠蒂出現在屋子門口，而馬車就停在小巧的花園入口，中間是一條通往住屋的碎石子小路，一行人頻頻點頭微笑走進去，一度停下腳步笑看彼此，空氣中瀰漫著相見的喜悅。柯林斯太太欣喜欲狂地迎接朋友，伊莉莎白發現自己這麼受到朋友歡迎，也覺得這趟旅行愈來愈令她滿意。

只是她立刻就發現柯林斯先生的行爲舉止並未因結婚而有所改變，以前那種拘泥的禮節一點也沒省，他先在花園門口留住她幾分鐘，詳細地問候過她的家人，才滿意地放她繼續前行。接下來大

家除了聽柯林斯先生特別講解花園入口有多麼整潔以外，就沒有什麼耽延了。他們總算進到屋裡，就在抵達客廳時，柯林斯先生再次裝腔作勢起來，誇耀似地歡迎他們光臨他的「寒舍」，並且在每一次他的太太準備好點心請大家享用時，機械式地重複一遍太太說過的話。

伊莉莎白已經準備好看看表哥如何炫耀，他似乎是特別針對她一一介紹屋裡的裝潢、方位、家具，彷彿想讓她覺得當初拒絕他眞是虧大了。然而，這一切雖然看似整潔舒適，她卻無法露出一絲絲可以讓他滿意的後悔之情，相反地還很懷疑她的朋友，爲什麼跟這樣的人在一起還能那麼愉快。每當柯林斯先生說了些讓夏綠蒂困窘的話，伊莉莎白就會不由自主看向朋友。有一、兩次，她看到夏綠蒂臉上泛起淡紅，不過大部分時候夏綠蒂都對這些話充耳不聞。他們欣賞每一件家具，談起這趟旅程，再談到於倫敦所發生的一切，接著柯林斯先生邀請大家到花園走走。這花園占地頗大，景觀擺設優美宜人，在這花園裡工作是柯林斯先生最高尙的樂趣之一。伊莉莎白很欣賞夏綠蒂對這件事的支持，夏綠蒂說這樣的運動有益身體健康，要盡可能常做。

柯林斯先生領著大家穿梭於花園小徑上，而且壓根就不給人機會說出他心中期盼已久、來自他人的讚美，因爲他總是喋喋不休地不容別人打岔他，重點在於介紹他的花園，美的欣賞似乎就被拋在腦後了。無論自哪個方向望出去，他都可以數出裡頭有幾畦田地，甚至可以告訴大家最遠的樹叢裡共有幾棵樹。不過跟他的花園以致於整個鄉間比較，沒有一處比得上若馨斯莊園。那是一座綠樹環繞的廣大園林，幾乎就在他家正對面。主建築建得美麗又現代，安然座落於高起的坡地上。

柯林斯先生本想從他的花園起行，帶大家到他的草原上去看看，但因女士們的鞋子不適合在殘存白霜的路面上行走，於是她們先行折返。威廉爵士陪著柯林斯先生繼續往前走，夏綠蒂則非常高興地帶著妹妹和朋友回家，也許是因爲可以單獨帶她們看看她家吧。房子本身其實很小，但是蓋得很精巧，每件東西都擺放得恰到好處、排列得井然有序，對此伊莉莎白給夏綠蒂很高的評價。只要能忘記柯林斯先生的存在，這兒不啻是一個舒適的好地方，從夏綠蒂怡然自得的神情看來，柯林斯先生被她擺到心裡去的時間一定不怎麼多。

伊莉莎白已經知道德波夫人仍在鄉間，他們在晚餐桌上談起這件事，柯林斯先生隨即開口：

「是的，伊莉莎白，這個週日在教堂禮拜中，你就有幸得以見著凱薩琳．德波夫人了。無須我贅言，你一定會喜歡她。夫人一點架子也沒有，我很肯定做完禮拜後，你一定有這個榮幸讓她稍稍注意到你。你們在這兒作客時，她會順便給你和瑪莉亞發出邀請。她對夏綠蒂好極了，我們每週赴若馨斯莊園晚餐兩次，她從不允許我們走路回來，總是安排我們坐她的馬車返家。」

「德波夫人眞是一位聰明且令人尊敬的女士，」夏綠蒂幫腔道，「更是一位很好的鄰居。」

「親愛的，說得好，我就是這個意思。她就是那種你再尊重都不爲過的偉大女性。」

晚上就在談論赫福郡的新聞以及重提信上所說的事情中度過，當閒聊結束，伊莉莎白回到房間裡，思索起夏綠蒂對婚姻的滿意度，想起她帶她們參觀屋裡的言談、泰然自若地容忍丈夫，她承認這一切都做得很好，也已預想到這次的拜訪會怎麼度過，大概就是平靜的日常作息、柯林斯先生煩人的插嘴，以及和若馨斯莊園間有趣的互動吧，她活潑的想像力三兩下就把一切勾勒出來了。

第二天約近午時，她在房裡正準備出門散步，樓下突然傳來一陣喧嘩，打亂全屋子人方寸。她仔細聽了一會兒，聽見有人急促跑上樓來的聲音，接著大喊她的名字。她開門出來，在樓梯口碰到因爲驚慌失措跑得上氣不接下氣的瑪莉亞，她叫道：

「喔，親愛的伊莉莎白！請快點到餐廳來！我先不告訴你是什麼事，請快點下來喔！」

伊莉莎白再怎麼問都是白費工，瑪莉亞什麼也不多說，於是她們一塊兒到餐廳去，那兒正對著通往花園門口的小徑，發生的事情全部一覽無遺！有兩位女士乘坐一輛四輪馬車過來，現下就出現在那兒。

「就這樣？」伊莉莎白叫道：「我預期至少可以看到豬衝進花園，沒想到只是德波夫人和她女兒而已！」

「啊，親愛的，」瑪莉亞說道，對這個誤解充滿震驚，「那不是德波夫人，那是詹金森夫人，她和她們一塊兒住；另一位是德波小姐，眞想不到她這麼瘦弱又嬌小！」

「她眞過分，讓夏綠蒂站在外面吹風。她爲什麼不進來呢？」

「夏綠蒂說她很少進來，德波小姐要是進來就眞的太榮幸了。」

「我喜歡她的模樣，看起來病懨懨的，脾氣也不太好的樣子。沒錯，她嫁給他當老婆再合適不過。」伊莉莎白意有所指地說。

柯林斯先生和夏綠蒂都站在門口和兩位女士說話，威廉爵士促得伊莉莎白轉移了一下注意力，因爲他正態度謙恭地站在屋子門口，德波小姐若是望向他那個方向，他就不斷鞠躬致意。

最後，終於沒什麼好說的，兩位女士繼續前行，其他人回到屋子裡。柯林斯先生一看見兩位女孩就恭喜她們的好運，夏綠蒂隨即向兩人解釋，說明他們一行人全都受邀第二天到若馨斯莊園用晚餐。

柯林斯先生和夏綠蒂都站在門口和兩位女士說話。

第二十九章

Chapter 29

受到邀請的柯林斯先生有如凱旋回朝的將軍一般得意非凡，他一直就想讓好奇的賓客們看看，他的贊助者財力有多雄厚、對他們夫妻倆是多麼厚愛。沒想到這個機會這麼快就來了，這眞是德波夫人紆尊降貴的最佳例證哪！

「我坦承，」他說道，「若德波夫人邀請我們週日過去喝茶，在若馨斯莊園消磨整個晚上，我一點兒也不訝異。可是誰料得到竟有這般榮寵降臨？而且就在你們到達不久之後，誰想得到我們竟受邀到那兒去晚餐啊！」

「對這件事我倒是沒那麼驚訝，」威廉爵士答道，「就顯貴人士的作爲而言，當然就我的人生閱歷來看，都是如此。達官貴人做這樣的事並不算不尋常。」

接下來一整天及至隔天上午，除了拜訪若馨斯莊園一事外，他們甚少談及其他。柯林斯先生仔細告訴衆人在若馨斯莊園會看到哪些景象、房間、衆多僕人以及豪華晚餐等等，以免到時候會驚訝得瞠目結舌。

當女士們各自回房梳妝打扮時，他對伊莉莎白說：

「請別為衣飾費心。德波夫人不會要求我們穿華麗的衣裝去見她，那樣的服飾是屬於她和她女兒的。我建議你，穿上你最好的衣服即可。德波夫人不會因你穿著簡單就看不起你，她喜歡保有清楚的階級分野。」

當她們著裝時，他三番兩次到每個人房門口催促，強調德波夫人有多麼反感她的晚餐被延誤。關於德波夫人令人生畏的描述，加上她的生活方式，使得不習於社交的瑪莉亞．盧卡斯甚是驚慌。她看待這次的若馨斯莊園之行，就如同當初她父親看待聖詹姆士宮的謁見國王之旅一樣。

由於天氣良好，他們愉快地穿過花園，走了約半哩的路程。每座花園都有其美麗之處與獨特景觀，伊莉莎白看了許多賞心悅目的景致，不過並沒有像柯林斯先生所預期的目瞪口呆的表現。而對於柯林斯先生一一指出房子前面那些窗戶，說明這些窗戶總共花了路易士．德波爵士多大一筆錢等等的敘述，她也不怎麼訝異。

隨著他們拾級而上走向大廳，瑪莉亞的緊張程度逐漸上升，就連威廉爵士看起來也不是十分鎮靜。伊莉莎白倒是泰然自若，她從未聽說德波夫人有什麼特別的才能或令人讚嘆的德行，若只是因為財富和階級，她想也無須戰戰兢兢。

從他們走進門廳開始，柯林斯先生就以狂喜的神態訴說建築有多華美、裝飾有多精緻，他們跟隨僕人走過前廳，來到德波夫人、德波小姐以及詹金森夫人所在的客廳。彼時她們皆端坐於其間，德波夫人站起來迎接他們，由於柯林斯太太已經和丈夫商量好，正式的介紹由她來做，所以過程非常得體，反而是柯林斯先生認爲必要的種種道歉和感謝的話，柯林斯太太一句也沒說。

雖然曾去過聖詹姆士宮，但威廉爵士置身於眼前豪華的排場裡，卻也驚訝得只剩深深鞠躬的勇氣，之後便退回座位不發一語。他的二女兒則幾乎快嚇傻了，眼睛不知該往哪兒看才好。伊莉莎白發現自己滿氣定神閒的，還可以冷靜地觀察眼前三位女士。

德波夫人是個高大的女人，五官非常明顯，年輕時可能滿美的。她的態度不親切，在迎接他們時亦然，似乎沒有要讓訪客們忘卻他們身分較低的意思。她不說話時並沒有令人畏懼的感覺，然而一開口便是威權式的語氣，足以顯出她的自負，伊莉莎白立刻想到威肯，她相信德波夫人就和威肯先生所描述的一模一樣。

她將目光轉向女兒，一見德波小姐的單薄和瘦小，她的驚訝程度簡直可以加入瑪莉亞的行列，這一對母女無論在身材或容貌上都沒有相似之處。

德波小姐臉色蒼白、一副病懨懨的樣子，五官雖不至於平淡，卻也不搶眼。除了和詹金森太太低語之外，她很少說話，而詹金森太太外貌普通，沒什麼特別的，一直很專心聽小姐說話。

坐了一會兒，大家被請到一扇窗戶前欣賞風景，柯林斯先生陪在旁邊，將美麗的景致一一指給他們看，而德波夫人則善意地告訴他們，夏天的景致更值得看。

晚筵非常豐盛，僕人表現以及所用餐具等等，果然和先前柯林斯先生告訴他們的一樣；此外也如他事先說過的，德波夫人要他坐在長桌另一端，和德波夫人相對而坐，他似乎將此視爲畢生最大榮耀。

他將食物送進嘴裡，欣然發出讚嘆，每一道菜餚都能受到讚美，先由他起頭，然後威廉爵士接手，爵士現在已經完全恢復正常，可以當女婿的應聲蟲了。伊莉莎白看在眼裡，眞懷疑德波夫人怎麼受得了。不過，德波夫人似乎還滿喜歡他們這種過分的讚美，因而不時報以優雅微笑。大家並沒怎麼聊天，儘管伊莉莎白已準備好隨時接腔，但她坐在夏綠蒂和德波小姐中間眞是難以發揮。夏綠蒂正聚精會神地聆聽夫人講話，德波小姐從頭到尾沒跟她說過一句話，詹金森太太只顧照看德波小姐的食量，擔心她吃得太少所以逼著多嚐點東西，卻又擔心她吃得太多身體不適。瑪莉亞則根本沒想到要說話。

當女士們回到客廳，除了聽德波夫人發表高見之外沒別的事可做，一直到咖啡送上來，德波夫人才暫停一下。她對每件事都有自己的觀點，而且態度非常堅決，確如傳言所說，她不習慣有人和她唱反調。她不拘泥親疏遠近，詳細探詢夏綠蒂的家居生活，給了她一大堆操持家務的建議；告訴她在主理一個小家庭時，應該如何規範每一件事，並且指點該如何照料牲口。

伊莉莎白發現沒有一件事是這位了不起的女士沒照顧到的，她把握住每一個訓人的時機，在與柯林斯太太對話的空檔，也向瑪莉亞和伊莉莎白問了幾個問題，尤其是伊莉莎白，因爲夫人不認識她。德波夫人對伊莉莎白很是稱許，向柯林斯太太說這女孩兒看起來很有教養、很漂亮，一迭連問了好幾個問題：家裡有幾個姊妹、已婚未婚、漂不漂亮、在何處受教育、父親有什麼樣的馬車、母親的娘家姓什麼等等，伊莉莎白覺得這些問題甚是突兀，不過她還是沉著地回答了。

德波夫人隨即又開口：

「我想，你父親的財產要由柯林斯先生繼承了。」她轉向夏綠蒂說：「看在你的份上，我是很高興；要不然我實在看不出，有什麼理由得把繼承權從女兒手中讓出來？在德波家沒有必要這麼做。你會彈琴唱歌嗎？班尼特小姐？」

「會一點。」

「喔，那麼改天我們倒想聽聽你的表演。我們家的琴非常好，改天你來試試好了。你的姊妹們也都會彈琴唱歌嗎？」

「其中一個會。」

「你們爲什麼不一塊兒學呢？你們都應該學的。偉柏家的女兒們個個都會彈琴，而她們父親的收入還沒有你們父親的多呢。你們會畫畫嗎？」

「不會。」

「什麼？沒有人會嗎？」

「沒有一個會。」

「這就怪了，不過我想這是因爲你們沒有機會學。你們的母親應該帶你們到城裡去，找個好老師多加精進的。」

「我母親應該不會有異議才是，不過我父親討厭倫敦。」

「你們的家庭女教師離開了嗎？」

「我們從沒請過家庭女教師。」

「怎麼可能？五個女兒都在家裡教養長大，卻沒有請家庭女教師！我從沒聽過這樣的事。爲了教育你們，你們的母親一定忙得像奴隸一樣。」

伊莉莎白忍不住笑出來，告訴她事情並非如此。

「那麼誰來教養你們、照顧你們呢？沒有家庭女教師，你們一定沒有學到什麼東西。」

「跟某些家庭比起來，我相信的確是這樣。不過如果我們想學些什麼，倒也不缺老師或教材。家裡總是鼓勵我們多看書，而且也不乏可以教導我們的人。」

「沒錯！不過家庭女教師就是要避免這樣的情況發生，如果我早認識你母親，我一定會力勸她請個家庭女教師。我常說啊，若沒有穩定而規律的教導，教育就沒有功效，而這只有家庭女教師才做得到。我介紹過許多家庭女教師，也因此給了不少幫助，眞是美事啊！我一直樂於給年輕人安排適當的職位，詹金森太太的四個姪女皆透過我而有非常滿意的職務，前幾天我還推薦了一位年輕女孩去當家庭女教師，那戶人家也是非常喜歡她呢！柯林斯太太，昨天梅特卡傅夫人過來向我道謝一事，我告訴過你了嗎？她發現波普小姐是個珍寶，『德波夫人，您給了我一個珍寶呢！』她可是這樣說的呢！班尼特小姐，你有沒有已經參與社交的妹妹呢？」

「德波夫人，您給了我一個珍寶呢！」

「有的，夫人，都已經參與了。」

「啊？五個一起？眞奇怪！你還只是老二哪。大的還沒出嫁，小的就出來參與社交了！你的妹妹們年紀一定都還很小囉？」

「是的，我最小的妹妹還不滿十六歲。也許她的年紀還太小，不適合涉入社交活動。不過，對於較年幼的妹妹來說，若只因爲姊姊沒有結婚，她們就與社會及娛樂無緣，這很難令人接受。而且若以您提到的事由將她們留在家，我想這對於增進姊妹情誼或在心靈成長方面都不會有幫助。」

德波夫人說道：「你雖然這麼年輕，倒挺有自己看法的。請問你幾歲呢？」

「我有三個已經參與社交圈的妹妹，」伊莉莎白微笑回答，「您不會要我自己說出答案吧。」

德波夫人似乎滿訝異於沒有得到直接的回答。伊莉莎白心想，敢如此怠慢眼前這位威嚴傲慢的老人家，自己大概是史上第一個。

「我確信你不會超過二十歲，因此你也無須隱瞞你的年齡。」

「我還不滿二十一。」

男士們過來加入她們的談話，此時喝茶時間已結束，僕人們也擺好牌桌了。德波夫人、威廉爵士及柯林斯夫婦坐下來玩夸德里爾牌，而德波小姐想玩卡西諾牌，於是兩位女孩得以有此榮幸幫詹金森夫人湊起一桌牌陪德波小姐玩。她們這一桌無趣至極，除了詹金森太太因爲擔心德波小姐太冷或太熱、光線太亮或太暗而開口的問題外，幾乎連一句無關打牌的閒聊都沒有，另一桌就顯得生意盎然多了。德波夫人一直說個不停，不是指陳其他三人的錯誤，就是述說發生在自己身邊的軼聞趣事。柯林斯先生唯唯諾諾地同意她老人家所說的每一件事，每當自己贏了一局，就對老夫人千恩萬謝，贏得太多了還得賠罪道歉。威廉爵士倒是說得不多，正忙著把這些軼聞趣事和提及的貴族名姓記在心中。

一等德波夫人和她的女兒玩得盡興，兩桌牌也就散了。德波夫人吩咐馬車聽柯林斯太太發落，柯林斯太太感激地接受，並且立即發號施令。大家旋即又齊聚火爐前，聆德波夫人告訴他們明天天氣將會如何。馬車來了，將他們從德波夫人的訓話中召喚出來，就在柯林斯先生沒完沒了的感謝聲以及威廉爵士鞠不完的躬中，一行人總算打道回府。馬車一駛出大門，伊莉莎白就被她表哥問起她在看過若馨斯莊園後有何感想。看在夏綠蒂的份上，伊莉莎白把它講得比自身實際上的感覺還要好，不過她的讚美詞雖然讓自己費了些心思，卻無法讓柯林斯先生滿意，於是他只得親自開口，對德波夫人再度歌功頌德一番。

第三十章

威廉爵士在翰斯福特只住了一星期，但是在他來訪的這幾天，他完全相信他的女兒已經舒適地安定下來，而且擁有了世間少見的好丈夫及好鄰居了。當威廉爵士和他們住一起時，柯林斯先生每天上午都會駕駛他的輕便馬車載岳父出去兜風，瀏覽鄉間風光；不過，爵士一走，整個家便又恢復了往常的作息。

伊莉莎白很慶幸在柯林斯家恢復正常作息後，她反而不常見到她表哥。因爲在早餐後到晚餐前這段時間，他要不埋頭在花園裡工作，要不就是看書寫字，然後從面對馬路的書房窗戶往外看。女士們使用的客廳則在屋內靠後方。起初伊莉莎白覺得很奇怪，夏綠蒂爲什麼不把當餐廳用的那個房間拿來當客廳用，它的空間比較

大，視野也較好。不過她很快就發現夏綠蒂的確有非常好的理由這樣做，因爲如果柯林斯先生發現她們談笑風生用的客廳既寬廣又舒適的話，毫無疑問他會更少待在自己書房裡，她因此覺得夏綠蒂這樣的安排簡直聰明絕頂。

從客廳根本無法得知路上情形，關於這一點，她們還滿感激柯林斯先生的。因爲他總會進來告訴她們路上有什麼馬車經過，特別是當德波小姐的馬車經過時，他一定會進來通知她們。德波小姐其實滿常在牧師公館門口稍事停留、和夏綠蒂說一下話，只是幾乎不曾跨出馬車進來坐過。

柯林斯先生總是沒隔幾天就去一趟若馨斯莊園，他的妻子也不時會跟去，鮮少不認爲這些拜訪是非必要行程。於是伊莉莎白忍不住想，他們可能是去那兒領取額外的家用津貼，要不然幹嘛犧牲那麼多寶貴時間在那棟房子裡？他們有時候也會得到夫人來訪的榮幸，她一來，屋子裡每件事物都逃不過她的法眼。她仔細檢視他們的日常起居、查看並建議他們使用不同方式來處理內務、找出家具錯誤的擺放位置、偵查出女僕的疏忽之處，倘若她接受了送上來的餐點，似乎也只是爲了讓柯林斯太太知道肉切得太大塊了，要勤儉一點兒才好。

伊莉莎白很快就發覺，雖然這位地位崇高的婦人並未被賦予維持治安的職務，實際上她卻是這個教區裡最活躍的治安法官，這裡發生的每一件事都由柯林斯先生向她做出詳細彙報。只要有村民吵架、不滿，或是太過窮苦，她便立刻出擊，進村子去化解紛爭、止息民怨，罵得大家和睦相處、不敢再叫窮。

他總會進來告訴她們路上有什麼馬車經過。

到若馨斯莊園用餐的戲碼大約每週上演個兩次，雖然少了威廉爵士，而且晚上也只能擺一桌牌，但是搬出來的娛樂戲碼仍屬第一次晚筵的翻版。柯林斯家鮮少與別的人家往來，因為附近鄰居們的生活方式是他們比不上的。雖然如此，伊莉莎白卻覺得這樣沒什麼不好，大致上來說，她在這裡過得夠舒適愜意了；她經常和夏綠蒂愉快談天，而且這個季節的天氣又那麼宜人，她得以享受美好的戶外時光。伊莉莎白經常趁大家到德波夫人家拜訪的時刻，自己一人到花園小樹叢裡一條通幽曲徑上散步。除了她以外，似乎沒有人看得出這條小徑的價值，她在這兒也可以躲過德波夫人喋喋不休的關懷。

她在柯林斯家的頭兩週就在這種安適的情況下度過。復活節即將到來，在復活節前一週，若馨斯莊園將會迎來另一位客人拜訪，在這個小圈子裡可是大事一樁。伊莉莎白早早就聽說達西先生會過來待上個幾星期，她在若馨斯莊園沒什麼不喜歡的人，達西先生的到來倒是可以讓這種情形變化一下。她心想，如果看到達西先生將在德波夫人的安排下迎娶他的表妹，將賓利小姐的苦心經營拋到九霄雲外的話，也不啻為一件有趣的事。德波夫人一談到他要來就很高興，言談之中總是流露出對他的讚賞，而且她似乎對盧卡斯小姐及伊莉莎白已見過達西先生好幾次而感到不悅。

達西先生到達的消息很快就傳到牧師公館，因為柯林斯先生為了儘早得知貴客蒞臨的消息，一整個早上都在注意公館門前路上的動靜。後來他對一輛要轉進花園裡的馬車鞠了個躬，之後就飛快跑進內室通知大家，第二天早上又立刻趕往若馨斯莊園致意。這次來到若馨斯莊園的是德波夫人的外甥和姪兒，因爲達西先生把費茲威廉上校也帶來了，他是達西先生某位被封爲爵士的舅父的小兒子。然而，最令大家驚訝的是，柯林斯先生回家時，這兩位男士竟陪同他一起回來了。夏綠蒂從她先生面對馬路的書房往外看到他們，於是立刻跑進客廳告訴瑪莉亞和伊莉莎白，她們是多麼地榮幸，她甚至補了一句：「伊莉莎白，我要謝謝你。如果不是因爲你，達西先生不會這麼快就來拜訪我呢。」

伊莉莎白沒有時間反駁這樣的恭維，因爲門鈴聲已然宣布他們到達，三位男士隨即進入屋裡。費茲威廉上校在最前面，他年約三十，長相不算英俊，但舉止言談都是眞正的紳士風度。達西先生看起來就和他在赫福郡時一樣，一如往常，謹愼地向柯林斯太太問候致意，也對她的朋友保持一貫的冷靜態度。伊莉莎白只對他行了個屈膝禮，此外一言不發。

費茲威廉上校本著良好的風度教養直接和大家聊天，而且談得很愉快；可是他的表弟在和柯林斯太太聊過房子和花園後，就安靜地坐了好一會兒，最後他的禮貌終於發揮作用，問候起伊莉莎白和她的家人。伊莉莎白只是很制式化地應答，隨後沉默了一會兒，又開口道：

「我姊姊這三個月來都在倫敦，您是否曾遇到過她呢？」

她明白得很，他根本不會遇到珍，她只是想試試能否從他那兒探得珍和賓利家之間到底怎麼回事。當達西先生回說他沒有這麼好的運氣見到班尼特小姐時，她注意到他臉上閃過一抹不自在的神色。他們沒有繼續這個話題，兩位男士也在不久後起身告辭。

柯林斯先生回家時，兩位男士竟陪同他一起回來了。

Chapter 31 第三十一章

費茲威廉上校的態度在牧師公館很得讚賞，所以女士們一致認為他會使得若馨斯莊園的聚會倍添趣味。然而，幾天過去，他們尚未收到來自若馨斯莊園的邀請——因為莊園裡還有其他貴賓在，所以他們的地位理所當然退居其後。一直到復活節當天，也就是差不多在兩位男士到達後的一星期，他們才重拾被重視的榮幸。在禮拜結束、眾人離開教堂之時，他們受邀在當天晚上到若馨斯莊園去。在上一週，他們很少看到德波夫人母女，這段期間費茲威廉上校倒是來過牧師公館幾次，不過達西先生只有在教堂聚會上才見得到人。

柯林斯家當然接受了邀請，而且在最適當的時間點出現在德波夫人的客廳裡。夫人雖是以禮相迎，不過和以往他們是唯一賓客的時候相比，她的態度就沒有那麼熱絡了；事實上，她全副心力幾乎都在外甥與姪兒身上，總是不停與他們說話，特別是對達西先生，她對他的關心遠勝於對屋裡其他任何一人。

費茲威廉上校似乎眞的很高興見到他們前來，只要能讓他從無聊中解脫，任何一件事他都很高興地歡迎，柯林斯太太美麗的朋友更是令他高興。他此刻就坐在她身旁，愉快地談論肯特郡和赫福

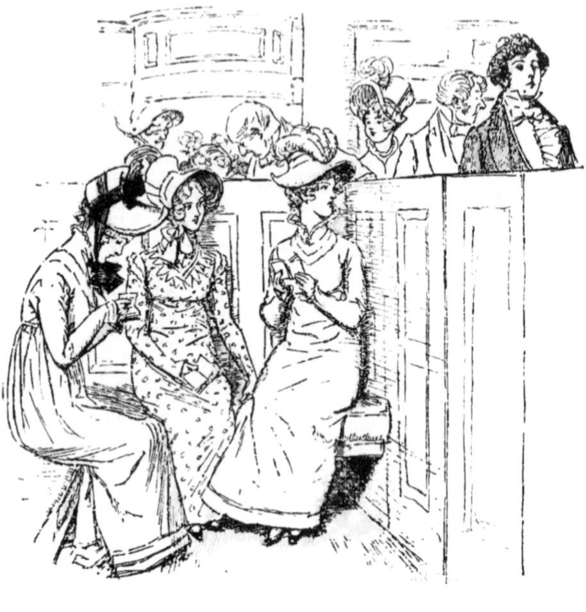

郡、談論旅行及居家的日子、新書和音樂等等，伊莉莎白在若馨斯莊園從沒這麼快樂過，他們聊得興高采烈，以致於德波夫人和達西先生都注意到了。達西先生的眼睛不時充滿好奇地瞥向他們，德波夫人也隨即感到好奇起來，乾脆直接問道：「你們在說些什麼，費茲威廉？你跟班尼特小姐在聊什麼？說來讓我聽聽吧。」

「我們在聊音樂，姑媽。」在不得不給個答案的情況下，上校答道。

「聊音樂！那就聊大聲點兒，我最喜歡音樂，如果你們是在聊音樂，那我一定得有份才行。在英國沒有幾個人比我更愛音樂，也沒有幾個人比我更有品味。要是我有這方面的栽培，我肯定會成就非凡。還有安妮也是，如果她的身體夠健康，能好好學琴的話，我有信心她一定可以有很好的表現。達西，喬芝娜學得怎麼樣了？」

達西將妹妹稱讚了一番，看來十分以家人爲傲。

「我很高興聽到她有這樣的成果。」德波夫人說，「還有請轉告她，要是她不勤勞苦練，就別指望有卓越的琴藝。」

「我向您保證，姨媽，」他答道，「她不需要這樣的忠告，因爲她已經勤練不懈了。」

「這樣更好。練習不嫌多，我下次寫信給她時，一定要告訴她，不可忽視練習的重要性。我經常告訴年輕小姐們，要想琴藝超凡，勤奮練習是不可或缺的。我已經告訴過班尼特小姐好幾次了，除非她多加練習，否則無法彈得一手好琴；雖然柯林斯太太家沒有鋼琴，可是我也告訴過她，每天都可以來若馨斯莊園練琴，她可以用詹金森太太房裡那架琴啊，她在那兒不會打擾到別人的。」

達西先生看起來有點因為姨媽的無禮而顯得不好意思，一句話也沒說。

大家喝過咖啡，費茲威廉上校提醒伊莉莎白，她答應要彈琴給他聽，於是伊莉莎白直接坐到鋼琴前面，費茲威廉上校則拉了把椅子坐在她旁邊。德波夫人在伊莉莎白彈到一半時，又像先前一樣對她外甥說起話來，說到讓達西站起身來走開去。他以一貫從容的步伐走到鋼琴前站定，以便將演奏者美麗的容顏盡收眼底，伊莉莎白看他這麼做，便在第一個方便暫時休止之處暫停，揚起一抹淘氣的笑容，轉向他說道：

「您這樣走過來聽我彈琴是想嚇我嗎？達西先生？可是我不會因為令妹彈琴彈得好就心生膽怯喔。我滿固執的，絕不會讓打算嚇我的人得逞，我的膽子可是愈嚇愈大的。」

「我不會說你錯了，」達西先生答道，「因為你不會真的認為我要來嚇唬你取樂。我有此榮幸認識你良久，深知你偶爾喜歡說些反話來製造娛樂效果。」

伊莉莎白聽到他這樣描述自己，不禁大笑著對費茲威廉上校說：「您的表弟之後就會告訴您，他對我有不同凡響的看法，並會教您不要相信我說的每一句話。我真是何其不幸啊！竟然在這兒遇到一個能揭露我真實性格的人，我本來還打算要蒙混過關的。不過，說真的，達西先生，要是您把我在赫福郡所發生的糗事都說出來，那您可就太不厚道了。而且，請再聽我一言，因為這樣會刺激我興起報復的念頭，那些震驚您親戚們的事也會跟著出籠喲。」

「我才不怕你呢。」他微笑道。

「請告訴我你要說來報復他的那些事吧，」費茲威廉上校叫道，「我想知道他跟陌生人在一起時都有些什麼表現。」

「那您就聽聽看吧！可是您必須做好準備。我第一次在赫福郡見他是在一場舞會上，那天晚上他才跳了四支舞！很抱歉讓您覺得難過——不過事實就是這樣。雖然那次舞會沒有幾位男士，他就是只跳了四支舞而已；而且據我所知，當時有一位以上的年輕小姐坐著等人來邀舞。達西先生，您不能否認這個事實。」

「那次舞會只能說我很遺憾，但那時候除了我的朋友之外，我根本不認識其他女孩啊。」

「沒有人會在舞會上被人特別介紹。好了，費茲威廉上校，您要我下一首彈些什麼呢？我的手指已經準備好聽您吩咐了。」

「也許，」達西開口，「當初如果請人介紹一下會比較好，可是我也實在沒什麼把握將自己介紹給陌生人。」

「我們要不要問一下令表弟所持的理由爲何？」伊莉莎白說道，可是仍是對著費茲威廉上校說話。「我們要不要問他，一個既聰明又受過教育、又擁有人生閱歷的人，爲什麼會沒有什麼把握將自己介紹給陌生人呢？」

「我可以回答你的問題。」費茲威廉說，「就不用問他了，他只是單純不想自找麻煩而已。」

「我眞的缺乏某些人擁有的天賦才能。」達西說道，「我無法輕易和素未謀面的人交談，我插不進他們的對話，也無法像我常看到的某些人所做的那樣，對別人的話題表現出關心的樣子。」

「我的手指，」伊莉莎白說，「無法像我所見過的許多女人一樣，精湛熟練地在鋼琴琴鍵上舞動。我的手指缺乏她們的手指所擁有的力道與速度，當然也就無法達成她們那樣的表現。不過我總覺得這是我的錯，因爲我認爲練習是一件麻煩的事，我不想自找麻煩，倒不認爲我的手指天生就做不來她們的手指所能做的事。」

達西先生微笑著說：「你說得很對，你也很會利用時間練習。任何一個有幸聽過你彈琴的人，都會承認你彈得夠好，沒有什麼缺點。我們可就不願在陌生人面前彈奏了。」

這時德波夫人又打岔了，她大聲問他們在說些什麼，伊莉莎白於是又立刻彈起鋼琴。德波夫人走過來，站著聽伊莉莎白彈了一會兒琴之後，對達西先生說道：

「班尼特小姐倘若能多加練習，再搭配有倫敦名師指導，琴藝方面當可達爐火純青之境。她的指法很好，雖然品味仍不及安妮。如果安妮身體夠好，讓她能夠好好學琴的話，一定會成爲一位非常優秀的演奏家的。」

伊莉莎白望向達西，想要看出他對他表妹被讚美的話有何種程度的認同感，然而無論是在當時或在其他時間來看，她都看不出達西先生對他的表妹有任何情意。從達西一貫的態度看來，伊莉莎白替賓利小姐鬆了一口氣，因爲，達西還是有可能娶她。

Chapter 32

第三十二章

第二天早上，伊莉莎白一個人待在屋裡寫信給珍，因爲柯林斯太太和瑪莉亞到村子裡去辦一點事。此時突如其來一陣門鈴聲，讓伊莉莎白嚇了一跳，因爲她沒聽見馬車聲，心想也許是德波夫人來了，她便將寫了一半的信收起來，免得夫人看了又要問東問西。門打開之後，出乎她意料，出現的竟是達西先生，而且只有他一個人。

達西先生發現只有伊莉莎白一個人在家時似乎也很驚訝，他連忙爲自己的冒昧打擾致歉，他告訴伊莉莎白他原以爲女士們都在家。

他們坐了下來，伊莉莎白問候過若馨斯莊園的每一個人，之後似乎即陷入無話可說的窘境。她心想非得找個話題來說說不可，此時她急中生智，想起上次在赫福郡見到他，當下很想知道他對他們匆匆離開一事有些什麼解釋，於是她說道：

「去年十一月你們大家離開得好匆忙哪，達西先生。對賓利先生來說，你們這麼快就去找他，一定是最令他高興的驚喜了，因爲我如果沒記錯的話，他是早你們一天走的。在你離開倫敦時，他和他的姊妹應該都好吧？」

「他們都很好。謝謝你。」

她發現他除了這句話之外似乎不想再有別的回答，於是過了一會兒，她又補充道：「我聽說賓利先生不想再回尼德斐莊園了，是嗎？」

「我沒聽他這樣說過，不過他將來待在那兒的時間也許會很少。他有很多朋友，而且他現在的年紀正值與朋友應酬愈來愈多的時候。」

「如果他只想偶爾才來尼德斐莊園，那麼基於對整個鄰里的考量，他應該把房子退掉，這樣我們才可能擁有固定下來的鄰居。不過，當初他在租房子的時候，考慮到的可能只是他自己方便，我們希望他將來不論要如何，都能就他自己也就鄰居的方便仔細考慮一下。」

「我可以肯定地說，」達西先生說道，「如果他買到合適的房子，就會立刻退租了。」

伊莉莎白沒有答腔，現在她也沒別的話好說，於是決定把找話題這件事交給男士去煩惱。

達西接收到這個暗示，隨即開口：「這看起來是一棟很舒適的房子。我相信德波夫人在柯林斯先生初到翰斯福特的時候，一定對此大加整修過。」

「我相信一定是這樣沒錯，而且我也相信，她再也找不到比他更懂得感恩的人了。」

「柯林斯先生運氣眞好，娶到這樣的太太。」

「是啊，您說得對。他的朋友應該替他感到無比高興才是，因爲世上寥寥無幾的才德女子中，竟有一位肯接受他，還能帶給他幸福呢。我朋友是個很聰明的人，雖然我不認爲她嫁給柯林斯先生是什麼明智之舉，但她似乎十分幸福。而且若就實際需求來看，對她而言這不啻是一門好親事。」

「她一定很滿意這門親事，因爲這兒離她娘家和朋友們都滿近的。」

「您說這樣的距離滿近的？將近五十哩耶。」

「路面良好的五十哩，不是嗎？大約半天路程吧。沒錯，我說這樣的距離是滿近的。」

「我從不認爲距離是結婚該考慮的一點，」伊莉莎白揚起音量，「我也不認爲柯林斯太太嫁得離娘家很近。」

「這只是證明你對赫福郡深深依戀而已。我猜只要是隆波安莊園周遭以外，你都覺得遠吧。」

他說話時臉上掛著笑容，而伊莉莎白自以爲明白他的笑容所指爲何。她以爲他一定是在影射她想到的是珍和尼德斐莊園，於是她紅著臉回答：

「我並不是說一個女人就該嫁得離娘家很近。倘若家裡有錢，不必擔心旅費，那麼距離自然就不是問題。但是柯林斯家的情形並非如此，柯林斯夫婦的經濟狀況是屬小康沒錯，但也不足以負擔經常來去的旅費。我確信如果把現在的距離縮減一半，我朋友也不會說這兒離她娘家很近。」

達西先生將座椅朝她挪近些，說：「你總不能一直這麼戀家，你不可能一輩子住在隆波安。」

伊莉莎白一臉詫異，眼前的男士情緒上似乎也有點兒轉變。他將座椅往後挪，拿起桌上的報紙隨意瀏覽，然後用比較冷靜的聲音說：

「你喜歡肯特郡嗎？」

他們隨即對這個話題展開一段簡短對話，雙方都是語調冷靜、言簡意賅，不久夏綠蒂和她妹妹回來了，伊莉莎白和達西間的對話也因而結束。姊妹倆看到他們獨處顯得很驚訝，達西先生解釋起他出現在這兒並且和班尼特小姐獨處的原因，再沉默地坐了一會兒之後便起身告辭了。

「他來拜訪的意思是什麼？」他一走，夏綠蒂立刻說道：「我親愛的伊莉莎白，他一定是愛上你了，要不然他不會這麼輕易來看我們的。」

但是當伊莉莎白說起他的沉默，她們便又覺得不太可能，即使夏綠蒂希望他們能夠在一起，但目前似乎是還無法定論。經過幾番推測，她們最後也只能認定他的來訪是因無事可做，因為現在應當是一年中最無聊的季節。在這時節，一切田野活動都已結束，若要待在室內，雖有德波夫人、書籍、撞球台相伴，但是男士們無法老是待在室內不出去。或許是牧師公館離若馨斯莊園較近，或許是散步過來也滿有趣的，或許是牧師公館裡住著討人喜歡的人，這對表兄弟幾乎每天都到牧師公館來報到。他們總在上午過來，有時各自前來、有時結伴而來，偶爾還和德波夫人一起來。大家對費茲威廉上校的來訪覺得平凡無奇，因為他本來就喜歡和他們在一起，現在大家因彼此更相熟，就更喜歡他了。伊莉莎白跟他在一起時也覺得心情舒暢恬適，他明顯地愛慕她，而且也讓伊莉莎白想起之前心儀的喬治・威肯。兩相比較，伊莉莎白覺得費茲威廉上校不若威肯先生溫柔體貼，但是毫無疑問，費茲威廉上校要來得博學許多。

不過達西先生為什麼也那麼常來就很讓人費疑猜了。不太可能是為了和他們大家在一起，因為

偶爾和德波夫人一起來。

他常常在客廳裡坐上十分鐘也不開口，即使開了口也只是因應場合需要而非自己選擇——是爲了禮貌而做的犧牲，不是爲了自己的樂趣。他很少露出興味盎然的樣子，柯林斯太太猜不出他的腦子裡到底在盤算些什麼。費茲威廉上校不時笑他一副笨拙呆滯的樣子，足見他平常絕不是這樣，柯林斯太太根據自己對他的了解，實在無法解釋其行爲，倒情願將這種異乎尋常的轉變歸咎於愛情的力量，認定他愛戀的對象就是伊莉莎白，於是小心翼翼地想要解開謎團。只要大家到若馨斯莊園去，她就仔細觀察他；只要他到翰斯福特來，她也好好觀察他，不過都沒有什麼收穫。他的確常常看著伊莉莎白，但是他看著她的神情也沒什麼好大驚小怪的。那是一種誠懇而堅定的注視，柯林斯太太不確定是否含藏愛意在其中，但有時候又覺得，那似乎只是空洞的眼神而已。

她曾有一、兩次向伊莉莎白主動提起，關於他愛上她的可能，不過伊莉莎白總是一笑置之，柯林斯太太也心想，自己不太好逼迫好友去想這件事，免得到時候希望愈高失望愈大。不過她深信不疑的是，倘若伊莉莎白讓達西先生拜倒在她的石榴裙下，那麼伊莉莎白對達西先生的壞印象也就會隨之消失了。

她有時也會想將伊莉莎白和費茲威廉上校送作堆。費茲威廉上校不啻是一個最討人喜歡的男子，他非常喜歡伊莉莎白，身分地位也很尊貴；然而，若把這些條件拿來和達西先生比，達西在教會擁有相當大的權力，足可左右牧師任命，他表哥在這方面卻是一點兒權力也沒有。

第三十三章

Chapter 33

伊莉莎白不只一次在她獨自漫步林間時巧遇達西，她覺得在這人跡罕至的僻靜之處還會遇到他簡直倒楣又彆扭。為了避免這樣的情形再次發生，她一開始就告訴他，這是她最喜歡來的地方。然而這樣的事竟然再次發生了，怎麼可能呢？

眞是怪了，這彷佛是一種任性的惡作劇或志願性的贖罪，因爲他們每次巧遇都不是在禮貌性的寒暄問候或詭異的默默無語完就結束，達西總認爲非得轉過身來陪她走一段路不可。他的話不多，她也不必麻煩找話說或勞神聽他說太多，但在他們第三次巧遇後，卻讓伊莉莎白心裡七上八下的，因爲他問了一些不連貫、奇怪且不搭嘎的問題——她在翰斯福特玩得開不開心、她爲什麼喜歡一個人散步，還有她覺得柯林斯夫婦幸不幸福等等。及至談起若馨斯莊園，伊莉莎白說自己對莊園不很熟悉時，他似乎期盼伊莉莎白只要有機會再來肯特郡，就應該到那兒去住。他的話聽起來應該是這個意思，難道他這話是在爲費茲威廉上校著想？她猜如果他說這話是別有用心，那他一定是在影射費茲威廉上校和她之間的事。這個想法讓她心情有些不好，不過還好她發現自己已經走到牧師公館對面的柵欄出口了，心情也隨之輕鬆起來。

這樣的事竟然再次發生了，怎麼可能呢？

有一天，她邊走邊重讀珍上次寄來的信件，她停在某些字句上，這些字句足證姊姊寫信時精神並不很愉快。此時迎面而來的人影讓她嚇了一跳，來者並非達西先生，她抬頭一看竟是費茲威廉上校。她立刻把信收起來，並且擠出一個笑臉，說：

「我從不知道你會走這條路。」

「我都會在這園子裡四處走走，」上校答道，「每年都一樣啊，終點站是牧師公館。你還要再往前走嗎？」

「不了，我該回去了。」

於是她轉過身來，兩人一起朝牧師公館走去。

「你確定要在星期六離開肯特郡嗎？」她問。

「是啊！如果達西不再拖延的話。不過我完全配合他，他向來是隨己意行事的。」

「如果行事安排方面不能讓他滿意，至少也要有讓他高興的選擇。達西先生是我所見過，最喜歡按照自己喜好來行事的人。」

「他的確喜歡按自己方式行動。」費茲威廉上校答道：「可是我們也都喜歡這樣做啊。只不過他比多數人有這樣做的籌碼，因爲他有錢，而大多數人都很窮。我是有感而發啦，排行最下面的兒子，只得克己忘我、仰賴他人。」

「依我看，伯爵的小兒子既不會克己忘我也不會仰賴他人的。說眞的，你怎麼懂得克己忘我和仰賴他人？你什麼時候因爲缺錢而無法去想去的地方旅行，或無法買你想買的東西了？」

「這些都是命中要害的問題哪，也許我是沒遇過這方面的窘境。可是我可能因爲缺錢而遇上更大的難題，例如排行最下面的兒子總是娶不到他們喜歡的人。」

「除非他們喜歡上很有錢的女人才會這樣吧，我想他們常常都這樣。」

「我們花錢的習慣使得我們太過仰賴他人，在我這個階級，很少人在不提到錢的情況下還結得了婚。」

「這是講給我聽的嗎？」伊莉莎白心想，不禁臉紅起來，但是很快就恢復鎮定，轉以活潑的語氣說：「那麼伯爵的小兒子一般有多少身價呢？除非長兄體弱多病，要不然我猜你的行情也不過五萬鎊吧。」

費茲威廉上校用同樣姿態回答她的提問，然後這個話題就被乾脆地揭過去了。他們沉默了一會兒，伊莉莎白爲了要讓他覺得她並沒有被他的話影響而難過，便說道：

「我猜你表弟和你在一起的主要原因是要有個人聽他支配吧。我常懷疑他幹嘛不結婚，有個可以一輩子受他支配的人豈不既經濟又實惠？不過，也許他妹妹到目前爲止還把這角色扮演得滿好的，她既然受他監護，他大可想怎麼對她就怎麼對她。」

「不對，」費茲威廉上校說，「我和他兩人共同承擔他妹妹的監護之責。」

「你是說眞的嗎？你們是什麼樣的監護人呢？達西小姐有沒有給你們惹很多麻煩呢？年輕小姐

有時候很難管教的，而且她如果也擁有正統的達西精神，她可能也很任性。」

當她說話時，她注意到費茲威廉上校嚴肅地盯著她，而且立刻問她為什麼覺得達西小姐可能給他們惹麻煩。伊莉莎白心想，他這種反應無非是一種證明，證明事實離她的假設雖不中亦不遠矣。她直接答道：

「你無須驚慌，我從未聽過任何有損她名聲的傳言，而且我敢說，她是世界上最聽話的女孩。我認識的幾位女士像赫司特太太、賓利小姐都很喜歡她，我想我聽你說過，你認識她們。」

「我認識她們但不很熟。她們的弟弟人很好、很有紳士風度，也是達西的好朋友。」

「喔！是啊，」伊莉莎白冷冷地說：「達西先生對賓利先生可不是普通的好，他簡直就是太照顧他了。」

「是啊，我確信達西非常照顧他。在我們到這兒來的途中，達西曾告訴我一件事，因此我相信賓利對他一定是滿懷感激之情。不過我得請求達西原諒我，因為我無權假定他說的那個人就是賓利，這只是猜測而已。」

「你說的猜測是指什麼事呢？」

「是一件達西不希望張揚開來的事，因為話如果傳到女方家裡就會鬧得很不愉快。」

「你放心，我不會說出去的。」

「可是請你記住，我並沒有充分的理由假定那個人就是賓利。他告訴我的事情是這樣的：他為了自己前不久將一位朋友從一樁最不適合的魯莽姻緣中拯救出來感到很慶幸，不過他並沒有提到姓名或其他細節。我之所以會猜那個人是賓利，完全是因為賓利在個性上容易與人擦槍走火，而且他們在去年夏天一直待在一起的緣故。」

「達西先生有沒有告訴你，他為什麼要干涉別人的婚姻呢？」

「我知道他強烈反對那位小姐。」

「他是怎麼讓他們分開的呢？」

「他倒沒告訴我他怎麼做，」費茲威廉上校微笑著說：「他告訴我的，我全都告訴你了。」

伊莉莎白沒說什麼，她繼續往前走，心裡漲滿了憤慨。費茲威廉上校盯著她觀察了好一會兒，最後問她，為什麼她一副心事重重的樣子。

「我在思考你剛才告訴我的事情，」她說道，「你表弟的行為讓我很不以為然，他憑什麼斷定那是一樁最不合適的魯莽姻緣？」

「你是想說他愛管閒事嗎？」

「我看不出達西先生有什麼權利決定他朋友該喜歡誰，或說為什麼只是依他的判斷就決定而且指導他那個朋友該怎麼做才會幸福。」她繼續說道，此時心情已較為緩和，「不過，我們不知道細節，這樣譴責他是不公平，也許故事中的男女主角並不怎麼喜歡對方也不一定。」

「這樣的猜測也不是不合理，」費茲威廉上校說，「只是這樣我表弟的功勞就要減半啦。」

這原本只是說著玩的，但在伊莉莎白聽來，這就是達西先生的心聲了。她擔心自己再講下去會出錯，於是突然改變話題，聊起其他雜事直到抵達牧師公館。費茲威廉上校一離開，她就把自己關進房，以便不受干擾地思索方才得知的一切。

她無法不認爲故事中的男女主角與她無關，世界上找不到第二個像賓利這麼對達西言聽計從的人，她從不懷疑他在拆散賓利先生和珍的事情上有份，只不過她以前一直以爲賓利小姐是主謀者。話雖如此，然而，要不是他的虛榮導致他判斷上的偏差、要不是他的驕傲與恣意妄爲，他不會使得珍如今置身於痛苦之中，到現在都未能跳出悲傷的泥沼。他親手毀掉的是世界上一顆最深情溫柔的心對幸福的期望，而且沒有人知道他所導致的痛苦會持續到什麼時候。

「他強烈反對那位小姐。」費茲威廉上校是這樣說的，這強烈反對指的可能是她在鄉下當律師的姨丈、在倫敦做生意的舅舅。

「對珍本人，」她叫道，「是不可能有什麼缺點讓他反對的！她是如此可愛和善良！她聰明伶俐，心思細密而且丰采迷人。我父親也沒什麼好讓他挑剔的啊，雖說他個性上有些特立獨行，但是他的能力，達西先生也無法等閒視之，而且說到受人敬重，達西先生更是永遠也比不上他！」

但是，當她想到母親，信心就不若先前堅定了，不過她不允許自己有任何助長達西先生聲威的想法。她確信驕傲的達西先生反對的理由，應是基於家世上的無法匹配，而不是女方家人的缺乏見識。她最後做出結論，達西先生強烈反對這樁婚事只有兩個原因：第一是他自己無可救藥的驕傲所致，第二則是打算把賓利先生留給他妹妹。

這件事情弄得伊莉莎白的脾氣和眼淚都來了，繼之而來的便是頭疼；而且愈晚愈疼得厲害，加上她不想見到達西先生，於是決定今晚不和表哥他們去若馨斯莊園了。柯林斯太太看她眞的很不舒服，就不再勉強她出席，並且盡量不讓丈夫勉強她，柯林斯先生倒是一直很掛心德波夫人，擔憂夫人因爲伊莉莎白留在家裡而不高興。

第三十四章

Chapter 34

等到其他人都出門了，伊莉莎白似乎想讓自己對達西的不滿沸騰起來似的，把她來肯特郡以後珍寄給她的全部信件拿起來細讀。信中所寫其實沒有多少抱怨，沒有提到過去的事，也沒有告訴她目前有任何受苦的感覺，不過總括來說，已經讀不到珍的活潑雀躍。珍的生性樂觀恬靜，待人溫和謙恭，很少抑鬱寡歡。伊莉莎白發現珍的信中透露出不安，這是她第一次讀信時沒有注意到的。達西先生大言不慚地美化他所造成的痛苦，讓伊莉莎白對姊姊的難過產生更強烈的感受。不過想到達西後天就要離開若馨斯莊園，伊莉莎白心中稍感安慰，而且一想到再過兩星期不到，她就可以和珍相聚，幾乎就讓她恢復了元氣。

想到達西要離開，就不能不想到達西的表哥也要跟著走，不過費茲威廉上校已表明他沒有迎娶她的意思，所以雖然他是個討人喜歡的人，她倒也不會因爲他要離開而覺得難過。

當她這樣想的時候，突然響起的門鈴聲嚇了她一跳，精神也隨之振奮起來，因爲她猜想來人肯定是費茲威廉上校，他曾有一次就在晚上來訪，現在一定是特別過來探望她的。

然而，這個想法很快就被粉碎，撲向她的情緒也迥然不同，她目瞪口呆地站在屋裡——因爲走

進門來的人是達西先生！

只見他急切地向她問好，告訴她此行是過來探望她的，並且希望她的身體已經好一些。她態度冷淡地給出回覆，他則是坐了一會兒，然後站起身來，在屋裡頭來回踱步。伊莉莎白覺得很奇怪，但是什麼都沒說，經過幾分鐘的沉默，達西先生惴惴不安地走向她，隨即開口說道：

「我一切的掙扎都是枉然，一點用也沒有——我再也無法壓抑我的感情了。你必須聽我說，我是多麼真誠地欣賞你、愛慕你。」

伊莉莎白此刻的驚訝眞非筆墨所能形容。她首先瞠目結舌，再來兩頰泛紅，隨後滿腹狐疑，最後沉默不語。達西先生把這種情形解讀成十足的鼓勵，於是和盤托出長久以來對她的感覺，清晰地訴說衷曲。不過他除了道出心中的愛慕以外也說了其他感覺，而且說的時候竟是態度驕傲勝於舉止溫柔。他認爲伊莉莎白家世寒微，雙方家庭背景上的差異使他愛她的心備受煎熬，他娓娓道出這一切，而其結論是他爲此而掙扎受傷。達西雖是表白了，卻也讓他的求婚非常不可能成功。

雖說伊莉莎白打從心底厭惡他，面對這個男人的深情仰慕畢竟無法無動於衷，她的意念倒是一分鐘也沒動搖過。起初她因他所受的痛苦而覺得抱歉，直到後來因爲他的措辭感到怒火中燒，所有同情都化成肚子裡的一把火。儘管如此，她還是克制自己，耐心地讓他把話說完。他的結論是他對她的愛非常之深切，無論他怎麼努力就是無法不愛她，現在他希望她能夠以答應他的求婚來回報他對她強烈的愛。

當達西說這話的時候，伊莉莎白可以明顯感覺到，達西一點也不懷疑他會得到肯定的答覆。雖說達西語帶憂愁和焦慮，臉上神情卻是十足的自信。這樣的情形使得伊莉莎白更加生氣，待他一說完，伊莉莎白即漲紅著臉說：

「我相信，這樣的情形就是一般所說的告白。然而一方的告白並不一定會得到另一方相等的回報，所謂的責任或義務都是當事人心有所感的產物。在這個情況下，如果我感覺到我應該感激你，我現在就會向你致謝。但是我感覺不到我有向你致謝的必要——我從來就不奢望得到你的愛慕，而且你剛剛表白的態度也是非常不情願。對於有人因我而痛苦一事，我誠感抱歉，這純屬無心之過，而且我希望這樣的痛苦只是短暫的。如同你所告訴我，這份感情是你長久以來都盡量避免正視的，相信在這番解釋後，你可以不費吹灰之力把對我的感情給忘了。」

斜倚在壁爐架上的達西先生看著伊莉莎白的臉，聽著她說的話，心中的忿忿不平不下於驚訝錯愕。他氣得臉色發白，五官清晰反應出內心的怒海波濤，他努力要讓自己鎮定下來，而且除非相信自己已然恢復鎮定，否則他絕不開口說話。這等待中的靜默讓伊莉莎白感到很難受，最後，達西先生總算以強裝出來的冷靜語調說道：

「這就是我榮幸之至所能盼到的回答！尙請不吝指教讓我知道，我何以得到如此無理的拒絕，雖然這已經無關緊要。」

「也請您不吝賜教，」她答道，「爲何煞費苦心地激怒我、侮辱我，爲何你選擇告訴我，你必須違背自己的意願、理性，甚至是違背自己的性格來喜歡我？如果我的回答無禮，你所說的話豈不是造就我無禮的理由嗎？不過我有其他令我憤怒的原因。就算我不討厭你、對你沒有什麼感覺，或者就算我喜歡你好了，你想，我可能接受一個毀了——也許是永遠地——毀了我至愛的姊姊一生幸福的男人嗎？」

當她說著這些話時，達西先生的臉色變了，不過情緒的作用只有瞬間，他聽她繼續往下說，沒有要打斷她說話的意思。伊莉莎白於是繼續道：

「我有足夠的理由討厭你。任何動機都不能使你在那件事中扮演的不公義角色得到原諒。相信你不敢也不能否認，即使不是你一個人做的，至少也是你主謀的——讓一方因善變與心情不定而受衆人非難，另一方因爲希望落空而受到衆人嘲笑，而且讓他們兩方都陷在最難受的痛苦中。」

她停了一下，憤慨不減於剛才望向達西的眼神，只見他臉色平靜地聽她說話，一點兒也沒有因她那一番話而顯出後悔之意。他甚至還噙著一抹對此不可置信的輕笑看著她。

「你能否認自己的作爲嗎？」她重複道。

他故作平靜地回答：「我不會否認，我的確是想盡辦法要將我朋友從令姊身邊拉開，而且我很高興我成功了，我對他可說是比對我自己還要好。」

伊莉莎白很鄙視這文謅謅的客氣回話，卻也聽出了其中之意，儘管這話仍舊無法討好她。

她繼續說道：「可是，不只這件事讓我對你印象不好，早在賓利和珍的事情發生以前，你在我心中的評價就固定下來了。幾個月以前，威肯先生就已經告訴過我你的個性，關於威肯先生的事，你怎麼說？你又是出於什麼樣的友誼而做出這種事？或者你有什麼其他名目要解釋的呢？」

「你倒是挺關心那位先生的。」達西先生說，語氣不若先前平靜，臉色也漲得紅了些。

「有哪一個知悉他不幸遭遇的人能不多關心他一下？」

「他的不幸遭遇！」達西先生嗤之以鼻地複誦：「是的，他還眞是大不幸。」

「這都是拜你之賜！」伊莉莎白中氣十足地叫道，「你讓他跌落到眼前的貧苦狀態——比起他應該過的生活是貧苦的了。你收回你早該知道是他應得的利益，你剝奪了屬於他的璀璨美好的獨立生活，是你造成了這一切！然而，當有人提起他的不幸遭遇，你的反應竟是輕蔑和訕笑以對。」

「而這，」達西的嗓門同樣大了起來，隨即快步朝門口走去，「就是你對我的印象！這就是你對我的評價！謝謝你這麼詳盡的解說，根據你的說法，我眞是犯了大錯！不過也許，」他停下腳步，轉過身來面向她，「這些過錯你都可以一笑置之——如果你的自尊沒有因爲我誠實說出長久以來盤據我心、無法讓我向你求婚的顧慮而受損的話，這些刺痛人的指責也許可以被你壓抑下來；如果我玩弄一下心機、隱藏我的顧慮，甜言蜜語得讓你相信我是完全地、純粹地愛慕你，在仔細考慮之後，在一切事情上都愛著你的話。然而我痛恨以任何形式出現的虛僞，我也不以說出我內心的感覺爲恥。你豈能期盼我爲了你那些不入流的親戚們歡欣鼓舞？或因爲有希望跟一些社會地位低我太多的人結成親戚而沾沾自喜？」

伊莉莎白覺得心中的憤怒隨著他的話節節上升，然而她還是盡了最大努力保持冷靜，好讓自己鎮定地開口：

「達西先生，要是你覺得你的解釋會讓我改變心意的話，那你就錯了。如果你表現得像個紳士的話，我還可能對我的拒絕有些過意不去。」

她看到他因這些話而嚇了一跳，卻什麼都沒說，於是她繼續道：

「不管你怎麼說，我都不會答應你的求婚。」

達西先生的表情現在是不可置信了，並且感到羞辱難當地看著伊莉莎白。她則進一步說道：

「打從最初的時刻起，幾乎可以說，就在我第一眼見到你的時候，你的態度就讓我相信你是一個傲慢、自負、自私的人。接下來發生的幾件事，更加添我對你的厭惡，在認識你不到一個月時，我就已經認爲，全天下的男人都死光了我也不會嫁給你。」

「你說得夠多了，小姐。我完全明白你的感覺，現在我只能爲我自己的作爲感到慚愧。請原諒我占用了你這麼多時間，也請讓我祝你健康快樂。」

說完這些話，他快步走出去，伊莉莎白聽見大門打開的聲響，達西先生離開了牧師公館。

伊莉莎白心中亂成一片、痛苦不堪，似乎全身發軟就要支撐不住，再加上疲憊不堪，一坐下來就哭了半個小時。當她回想起剛才發生的事情，每想一次就多驚訝幾分——達西先生竟然向她求婚！他愛上她已經好幾個月了！他是這麼愛她，就算家世背景是最大的障礙，他仍來向她求婚，而這關於家世背景的考量，不就是他阻止賓利娶珍的理由嗎？他所承受的壓力一定不亞於他的朋友所承受的。在不自覺的情況下這麼受人愛慕眞是値得高興，然而，他那令人厭惡的驕傲、他那不可原諒的自以爲是，還有他提到威肯先生時那種冷血的態度——他根本不想否認他對待威肯的殘酷——這些想法很快就澆熄了她因達西對她的愛慕而升起的一絲感動。

伊莉莎白持續沉浸在這些惱人的思緒中，直到德波夫人的馬車聲響起，讓她驚覺夏綠蒂他們已經回來了，自己現下這副模樣不宜被夏綠蒂撞見，於是她趕緊回自己房間去。

Chapter 35

第三十五章

第二天早上，伊莉莎白一覺醒來，腦海裡塞滿了前一晚入睡時仍盤桓不去的思緒。她還無法從被求婚的驚訝中復原，根本什麼事也沒法做，於是在吃過早餐後她決定到戶外走一走。她朝著最喜歡的那條小徑走去，卻又忽然停下腳步，因爲她想到達西先生有時也會到那兒去，於是她選擇了另一條小徑，和大馬路漸行漸遠。小徑的一邊仍是花園圍欄，不久她即經過開在圍欄上通往花園裡的一扇門。

在那個路段來回走了兩、三趟，早晨的愉悅引得她在圍欄門口駐足往花園裡看。她來到肯特郡已經過了五週，在這段時間裡，鄉村景色變化萬千，綠意盎然一天更勝一天。就在她要繼續往前走時，她瞥見花園邊上的小樹林裡，有位男士正往她的方向移動，她怕來者是達西先生，於是直接退開

我父親最偏愛的年輕人。除了我家的贊助外，這個年輕人無依無靠，而且他一直在我們的期望中長大，我這樁罪行嚴重的程度跟拆散相愛數週的兩位年輕人相比，簡直無法相提並論。然而從昨天晚上我因這兩件事所蒙受的苛責來看，我還是得將事情原委交代清楚才好。如果我的解釋無法避免令你動怒，我只能說抱歉。我想我觸怒你應屬必然，在此先向你致歉了。

我在赫福郡不久，在眾人之先就已看出賓利喜愛令姊甚於其他任何一位年輕女士。不過直到在尼德斐莊園舉辦舞會的那天晚上，我才擔心起賓利這回是真的放感情了。在那天舞會上，我有幸得以與你共舞，也因此第一次從威廉．盧卡斯爵士那兒聽到消息，說賓利對令姊的熱烈追求已經讓大家以為他們就快結婚了。他說起這件事的語氣相當肯定，彷彿結婚只是時間早晚的問題罷了。從那時起，我仔細觀察我朋友的行為舉止，發現他對令姊的認真態度是我從未見過的；我也觀察了令姊，她的神情和儀態仍然大方、愉悅、美麗動人，我卻看不出她對賓利有特別的意思，而我也一直相信那天晚上我觀察的結果——雖然她樂於接受賓利的愛慕，但是她對賓利沒有什麼特別的感情。如果你沒有誤解這件事，那就是我弄錯了。由你對令姊的了解看來，錯的人極可能是我，倘若事情果真如此，倘若我因這樣的錯誤而對她造成傷害，你的憤怒就情有可原了。可是，我想，令姊爽朗大方的姿態可能使得最精準的觀察家也會認為她的個性很討人喜歡，她的芳心卻不是那麼容易打動。當時我的確是希望我能相信令姊對賓利沒有意思——不過請恕我大膽地說一句，我的調查或決定通常不受我的希望或恐懼所影響。我不會只因為希望她對賓利沒有意思，而就此相信她確實如此，我只相信眼見為憑的依據和中立客觀的判斷，而在這件事上來說，結果則確如我所希望的那樣罷了。我反對這門婚事不只是基於我昨晚告訴你的，在我自己的例子中，我必須用上最強烈的感情，才能拋下現實的諸多考量來進行追求。也許缺乏體面的親戚對賓利來說不會造成像我那麼大的問題，卻有其他令人反感的理由存在，這些理由的不可忽視性在我和賓利的處境中都是一樣的，我盡力想要遺忘它們，因為這不是我急須面對的問題。雖則如此，我還是扼要地敘述一下這些理由：令堂的娘家背景儘管並不令人滿意，但比起令堂本人和三位令妹經常性的失禮表現，甚至是令尊偶爾的出錯，也算不得什麼了。請原諒我的直言，不過在你為至近的親屬所表現出的缺點而憂心時，以下所言或許可以使你稍感寬慰——你與令姊無涉於這些缺點，你們二人不僅有見識且氣質出眾。我要進一步說明的是，在昨天晚上發生的事情之後，我對各方的看法堅定不移，而且更讓我相信，我極可能阻止了我的朋友定下一門不幸福的婚事。賓利在第二天即離開尼德斐莊園前往倫敦，我相信你還記得他原本打算不久就會回來。

我在事件中所參與的部分現在就來解釋一下。賓利的姊妹們對這件事的擔憂程度不亞於我，我們對此事的看法不約而同，而且都覺得必須盡快讓賓利遠離這環境，所以我們不久之後也決定直接到倫敦與他會合。我們按照計畫前往——我在那兒加入了賓利姊妹，對我的朋友指陳他的選擇有何不當之處。我詳加敘述這些不適合的理由，雖說這些因素可能動搖他的決心或使他猶豫不決，不過我認為最終還是無法阻止他想結婚的打算。於是我毫不遲疑地告訴他，令姊對他並沒有意思，多虧這重要的臨門一腳，我才成功地勸阻了他。他以前一直相信，即使令姊不像他那麼愛她，也會真誠地回報他的愛。然而，賓利生性溫和謙虛，他倚重我的判斷更甚於自己的看法，因此要說服他是被自己的感覺蒙蔽並不是一件難事。他既已接受這樣的說法，勸他別回赫福郡就不費吹灰之力了。我不會因此而責怪我自己，這整件事中只有一個部分是我至今想來感到有愧於心的；那就是，我耍了點心機，沒讓他知道令姊在倫敦。我知道這件事，賓利小姐也知道，然而賓利先生卻完全不知情。也許他們見面也不至於產生不良後果，不過我覺得他對她的感情還很深，一旦見面還是可能有危險。也許這般要弄心機的隱瞞有違我的身分，但我畢竟做了，而且是為了最好的安排而做。對這件事我沒什麼好再說的，也不想再道歉了。假使我傷了令姊的感情，那真的是無心之過，雖說你也許認為我的動機不足，但我卻認為此舉沒有什麼不妥。

至於另外一件傷害威肯先生較為嚴重的指控，我唯一能反駁的方法就是將威肯先生與我家的淵源詳實地攤在你面前。他指控過我什麼，我一無所知，但對於以下我將敘述的事實，我可以提供你幾位誠實可信的證人。

威肯先生的父親是一位相當令人尊敬的人，他擔任潘柏利莊園的管家多年，工作態度認真盡責，使我父親非常信任他，也很想幫助他，於是我父親成為威肯先生的教父，他的仁慈關愛自然傾注到威肯先生身上。先父一路資助他求學，直到他就讀於劍橋大學，都是他最主要的資助者，因為他的母親揮霍無度，使得威肯老先生一直處於捉襟見肘的窘境，無力供給兒子接受良好教育。我父親不只喜歡與這位風度翩翩的年輕人為友，對他的評價也非常高，希望他能擔任神職人員，對他也做了這方面的安排。至於我，早在多年以前就開始對他改觀，他有些不良癖好、過著缺乏紀律的生活，這些事情他都小心翼翼地隱瞞起來，甚至不讓他的摯友知曉，卻瞞不過跟他年紀相仿的我。我也不只一次撞見他的真面目，這樣的機會是我父親不會有的。說到這裡，我又要讓你痛心了，不管你對他產生什麼樣的感情，基於對其本質的懷疑，我會將他的真實個性告訴你。

先父大約於五年前過世，而他對威肯先生的關愛直到最後一刻都沒有改變。他在遺囑裡特別交代我，要我盡一切力量在工作上拔擢他——並且吩咐我，要是他願意接任神職人員，就在一有空缺時立刻讓他接掌，而且要給他最好的待遇，此外還留給他一千鎊遺產。他的父親不久之後也過世，在這些事發生後不到半年，威肯先生寫信告訴我，他決定不接任神職人員，但是他希望我能將對他的拔擢轉為金錢上的贊助，因為他不當神職人員自然享受不到升遷的好處。他又說明他有研讀法律的打算，因此提醒我得注意一下，光靠一千鎊的利息是不夠維持他的花費的。

但願我能相信他是認真的，不過不管怎麼說，我已完全準備好要答應他的要求。我知道威肯先生不該成為一位神職人員，所以這件事很快就決定了——他放棄一切與教堂工作相關的權利，我還因此多給他三千鎊。我們之間一切的關係應當就在此煙消雲散，他給我的印象差勁到我不想邀請他來潘柏利，即便在倫敦也不想與他有任何瓜葛。我相信他大部分時間住在倫敦，不過研讀法律只是個幌子，現在他既已甩脫所有約束，就過起了怠惰浪費的生活。我大約有三年時間沒有他的消息，不過當時因為有位牧師過世，所以他又要求我給他寫推薦信。他的景況據他所言非常糟糕，對此我完全相信，此外他也說法律是門沒出息的學問，所以他已下定決心要成為神職人員，如果我能推薦他的話——他相信我會的，因為他知道我沒有其他人選，而且我也不能忘記先父的叮嚀。然而，他雖三番兩次地要求，我還是拒絕了，你不會因此而責怪我吧。

他心中的憤恨就隨著他的處境愈漸惡劣而節節上升——毫無疑問，他在別人面前對我的詆毀，就和他對我當面的指責一樣猛烈。這段時間後我們幾乎斷絕來往，他怎麼生活我不得而知，但是去年夏天他又以非常不堪的行徑踏進我的生活中。

我必須向你敘述一件我恨不得早日遺忘的事，而且若不是眼前情勢所迫，我是不可能向任何人提起的。一聽我這樣的開場白，相信你應該會保守祕密才是。

舍妹在年紀上小我十多歲，在我父親過世後由我母親的姪兒費茲威廉上校和我共同監護。大約一年前我們把她從學校接回來，讓她住在倫敦；就在去年夏天她和照料她起居的楊太太到蘭姆斯蓋特去，而威肯先生竟然也到那兒去了。這無疑是早有預謀，因為事實證明威肯先生和楊太太早就認識，而且不幸地我們都被楊太太的個性給蒙蔽了。在楊太太別有用心地熱切幫忙下，威肯先生得以接近舍妹喬芝娜，舍妹純真的心靈依然保留兒時威肯對她親切關懷的美好印象，於是在威肯的殷勤諂媚下，她以為自己正和威肯熱戀，並且答應要和他私奔。她那時才十五歲，我們得原諒她年幼無知，在敘述過她的魯莽後，我欣慰地補充，這件事乃是由舍妹親口告訴我的。在他們打算私奔的前

一、兩天，我出其不意地去探望她，由於喬芝娜不願讓我這個她視如父親的兄長生氣、難過，於是將他們的事全盤托出。你可以想見我對這件事有什麼反應以及處理方式，基於對舍妹名譽以及感情上的考量，這件事沒有公開；但是我寫信給威肯，他立刻離開了，至於楊太太當然被解除職務。威肯先生的目標毫無疑問是舍妹的財產——足有三萬鎊；不過我忍不住想，報復我也是一個重要的誘因吧。若非及時制止，他對我的報復早就實現了。

以上所言句句屬實，如果你願意相信，就請別再指責我對威肯有多殘忍了。我不知道威肯是用什麼方法，或是編造了什麼謊言來欺騙你；但他絕對是成功了，因為你以前對這些事情一無所知，你無從調查而且你不喜歡懷疑別人。或許你會覺得奇怪，為什麼我昨天晚上不把這些事情告訴你，然而，當時的我情緒太過激動，無法掌控自己去分辨哪些事情適合或者應當據實以告。我在此陳述的一切真實性，你都可以找費茲威廉上校查證。他是我們至近的親屬，而且一直和我家往來密切，此外，他也是我父親遺囑的執行者之一，對這一切事他都無可避免地親身見證過。倘若你因厭惡我而認為我的話無法採信，那麼你不會因同樣的理由而不相信我表哥吧。我想盡辦法在今天早上將這封信交到你手裡，希望你有機會可以找他談談。謹此，

願上帝賜福你

費茲威廉・達西筆

Chapter 36

第三十六章

當達西先生把信交給伊莉莎白時，她心想信上若不是重提求婚事件，她就猜不出會是什麼內容了，然而信上所寫之事完全出乎她的預料，讓她迫不及待想把信看完。她在讀信時心情起伏不定，對信上所言甚是訝異，因為她認定達西先生已經覺得他自己盡其所能地道歉了，但是她堅信達西先生根本給不出什麼好理由為自己辯駁，只是更顯露出他的可恥而已。帶著強烈的偏見讀信，她從他所敘述的尼德斐莊園的一切開始看起。她心急地讀著，以致於囫圇吞棗沒有完全理解，一讀到信上說他認為珍對賓利沒什麼感情，她立刻脫口而出他錯了，而在讀到最令他反對這段關係的因素，乃是班尼特一家的背景時，伊莉莎白氣得想把他臭罵一頓。達西完全沒有要為自己的所作所為表達後悔之意，這倒是早就在伊莉莎白的預料之中，因為她認為他的風格就是傲慢，簡言之就是全然驕傲與目中無人。

接下來寫的是有關威肯的事，她在頭腦較清醒的狀態下閱讀這一段。倘若信上所言為真，她對他的一切好感勢必會被拋到九霄雲外，而這一段敘述對照起威肯自己坦言的身世經歷，其間相似之處著實發人深省，她的思緒此時更加痛苦且難以言明。憂慮、擔心，甚至驚恐、害怕等情緒重壓住她，她多麼希望能拒絕相信這一切，不斷地嚷著：「這一定是假的，不可能！這一定是最粗劣的謊言！」一等看完信——其實最後一、兩頁她根本沒看進去——伊莉莎白匆匆把信收起來，抗議似的不去深究信上內容，還打算再也不要對那封信瞧上一眼。

她的心裡一團混亂、無法思考，只好繼續往前走，可是這樣做也沒用，半分鐘不到，她又把信打開，而且盡可能鎮定下來，仔細把關於威肯的那一段落再看一次，審愼研究字裡行間的意思。關於威肯和潘柏利莊園之間有何關係，信中描述和威肯自己告訴她的完全相符，關於老達西先生的仁慈，她想應該和威肯敘述的差不多，到此爲止這些說法都是相呼應的，然而在遺囑部分，差別可就大了。威肯當初告訴她有關牧師俸祿的事言猶在耳，當她回想起他所說的話，不免察覺到有一方很明顯在撒謊。可是當她仔細反覆閱讀時，忽然想到威肯自己放棄牧師俸祿，反倒拿了三千鎊這一筆數目相當可觀的錢，她又變得猶疑不決了。伊莉莎白放下信，以她所認爲的公正無私來衡量每一個狀況，仔細思索每一個句子的涵義——但卻沒什麼效果。

她繼續讀信，不過似乎愈讀就愈使事情明朗化。她起先認爲不論達西先生如何詭詐善辯，也不足以替他自身可恥的行爲脫罪，現在卻有可能大逆轉，讓他變得完全無可指謫。

達西先生毫不猶豫地指控威肯揮霍過日、生活放蕩，著實讓伊莉莎白嚇了一跳，而她竟然提不出反證。伊莉莎白在威肯加入民兵團前從未聽過他的名號——他之所以加入民兵團乃是由於一個年輕人的勸說，而這個年輕人是他在街上偶遇的一個不甚熟悉的朋友。在赫福郡，除了他自己透露的事之外，沒有人知道他的過去；至於他的真實性格，就算她能找人打聽，她也從不想過問。威肯先生的容貌、聲音、儀態，讓人一見就覺得他擁有一切美德。

伊莉莎白試著回想一些他的善行、卓越的性格，諸如此類可以將他從達西的攻訐中拯救出來的例子；或者至少有些優秀品行，可以彌補一些不經意的過失，例如達西先生所描述的怠惰度日或陳年陋習。但是她就是想不出來，對她而言，他的形影清晰可見，風度翩翩、言談動人，可是除了鄰里間的稱讚以及高超的社交技巧外，她還眞想不起來他有什麼實質上的美德。在花了不少時間思考後，她又繼續往下讀，可是，天啊，接下來陳述的竟是他想設計達西小姐一事！她在前一天早上才和費茲威廉上校聊過達西小姐，所以可以對信上所言有所印證，信上最終要伊莉莎白去詢問費茲威廉上校。

她先前才從上校那兒得到有關他表弟的一切資

街上偶遇不甚熟悉的朋友。

訊，而且她絕對信得過上校的人品。有一度她幾乎打算去問他了，可是仔細想想又覺得這樣做很奇怪。倘使達西先生不是百分之百肯定他表哥會證實他說的話，又怎麼會冒這個險叫她去問呢？她於是打消了這個念頭。

對於那天晚上在菲力普家，她和威肯先生第一次正式見面的談話內容、他說過的許多事都讓她記憶猶新。想起當時竟和一個陌生人聊起這些事，她驚覺到自己的失態，並且不解自己當初為何沒有注意到。她此時發覺當時威肯先生的自誇其實極為失禮，而且他表現得言行不一！她記得他曾誇口說一點兒也不害怕看到達西先生——達西先生可以為了迴避他而離開，不過他是不會離開赫福郡的；然而就在發下豪語的隔一週，他避開了尼德斐莊園的舞會。她也記得在尼德斐莊園那一家人離開前，他只將他的故事對她一人訴說，但在那一家人離開後，他的故事卻廣為人知且被拿來討論。他毫不留情且肆無忌憚地詆毀達西先生的人格，雖然他曾告訴過她，基於他對老達西先生的尊敬，他不會揭露達西先生所做的事。

現在一想起威肯先生的一切，感覺竟是如此不同！他對金恩小姐的追求只是令人討厭且唯利是圖的結果，雖然金恩小姐財產不多，但也不代表他的胃口小，那只反映出他急於撈錢而已。而今想來他對自己的殷勤也沒什麼好高興的，因為若不是他對她的身價估算錯誤，就是要讓她對他產生好感以滿足他的虛榮心，她確信自己當初實在太大意而讓他如願以償了。威肯先生的好印象在她心中搖搖欲墜且愈來愈模糊，當伊莉莎白進一步審視起達西先生，她不禁想起以前珍曾向賓利先生打聽過這件事，而賓利先生說他雖然不甚清楚這件事，卻毫不遲疑地說達西先生無可指謫。她其實不太認識達西，只覺得他爲人驕傲、態度冷漠，及至後來雙方較熟識，她才逐漸熟悉他的處世之道——行事講求原則、合乎公義，在道德上沒有可非議的陋習；親友對他器重有加，就連威肯先生都承認他是位好大哥。而當伊莉莎白聽他說起自己的妹妹時，他的言談間也確實滿懷關愛，足證他的溫馨之情；倘使他的行爲眞如威肯所說，又怎能瞞得過世人？倘使他眞如威肯所說，那他和賓利這樣的好人結爲好友就很讓人不解了。

伊莉莎白覺得自己眞是丟臉，不論是想到達西或是威肯，她都忍不住覺得自己眞是盲目、偏頗和魯莽。

「我的作爲眞是卑劣！」她叫道，「我一向以我的洞察力自豪、一向以我的能力自高，我甚至看不起姊姊的率直善良！爲了滿足自己的虛榮，更是經常懷疑別人不值得信任。這是多麼讓人羞愧的發現哪！就算陷入熱戀，我也不致於盲目得如此悲慘，然而害得我這麼蠢的不是戀愛，竟然是虛榮——一方對我殷勤討好我就高興，另一方對我不理睬我就生氣；在我和他們相識之初，就因爲偏見和無知而將理性驅走了，直到此刻我才眞正認識到自己！」

從她自己想到珍，再從珍想到賓利，這樣思索下來，很快讓她想起達西先生對珍和賓利的關係所做的解釋很不充分，於是她又看了一次信。再次讀信後想法果然大不相同，她既已信服他所說的其中一件事，又怎能否認他說的另一件事？他宣稱他完全看不出珍對賓利有意思，這使她忍不住想起夏綠蒂對珍的看法，因此她也無法指責達西不對。她覺得，珍雖然擁有強烈的感情，卻甚少表現出來，總是一派閒適恬靜，讓人察覺不出她內心的情緒起伏。

當她讀到信上關於家人的描述時，令人難堪卻又不得不面對的責難眞是令她羞愧難當。這些指責頭頭是道、句句屬實，她根本無從反駁，達西先生特別暗示在尼德斐莊園舞會上所發生的事，想必是爲印證他最初的責難之用，其實舞會上的情形，就連伊莉莎白自己也印象深刻得難以忘懷。

達西先生信上對她自己和她姊姊的稱許也不是沒有作用，可是對她其餘家人們所招致的劣評，她卻無法釋懷。她一想到珍的失望，實際上乃是由她至近的親人們所造成，加之他們不適當的言行已對她們姊妹倆造成多麼大的傷害，一時心中感到從未有過的抑鬱。

伊莉莎白在小徑上走了兩個鐘頭，努力想著這一切，盡可能要理出頭緒，然而這突如其來的重大轉變卻使得她疲累不堪，繼而想起自己也出門好一陣子了，便決定打道回府。她希望進門時能夠帶著平日的愉悅態度，於是決定抑制住心中的千頭萬緒。

她一進門就被告知若馨斯莊園的兩位男士先後在她外出時來拜訪過她，達西先生只停留了一會兒就離開，可是費茲威廉上校和大家一起坐了至少一個鐘頭，希望可以等到她回來，而且幾乎想要親自出去找她了。伊莉莎白只得裝出遺憾的樣子，事實上她因錯過他們而慶幸不已，費茲威廉上校在她心中已不占什麼重要地位，她此時所想的只有那封信而已。

Chapter 37

第三十七章

兩位男士於第二天上午離開若馨斯莊園，柯林斯先生一直侍立在門房前，待兩人要離開之時向他們鞠躬道別。在上演完離情依依的戲碼後，柯林斯先生帶著令人欣喜的消息返回家中，告知眾人兩位男士身體安康，精神也算愉快。

接著他又火速趕回若馨斯莊園去安慰德波夫人和她的女兒，回來時意氣風發地傳達老夫人的口信，說她老人家覺得無聊，想邀請他們一塊兒到莊園共進晚餐。

伊莉莎白看到德波夫人時忍不住想，倘若她接受達西先生的求婚，現在她就得以她外甥媳婦的身分出現在她面前了。她想著，臉上忍不住浮出笑

容。假使如此，那麼老夫人該有多麼憤怒呢？「她會怎麼說呢？又會怎麼做呢？」伊莉莎白拿這些問題來逗自己開心。

他們的第一個話題便是若馨斯莊園少了兩位貴賓。「我覺得好失落，」德波夫人說道，「我相信沒有人會像我這麼珍視朋友。說眞的我還特別喜歡這兩個年輕人，而且我知道他們也很喜歡我！他們很捨不得離開呢！他們一向如此。可愛的上校直到最後一刻才強打起精神，而達西似乎因離愁而難過得不得了，簡直比去年還慘。他對若馨斯莊園的依戀一年深似一年哪。」

柯林斯先生趕緊插進來兩句恭維，樂得德波夫人和她女兒露出笑容。

晚餐之後，德波夫人觀察到伊莉莎白似乎精神欠佳，當下便擅自將其解讀爲不願這麼快離開若馨斯莊園之故。她開口道：

「如果你還不想回家的話，可得寫封信給你母親，求她讓你在這兒多留幾天。我相信柯林斯太太會很高興有你作伴的。」

「非常謝謝您的盛情邀約，」伊莉莎白答道，「可是我無法再留下來了。我必須在下週六抵達倫敦。」

「啊，這樣算一算，你在這兒只住了六星期而已。我原本希望你住上兩個月的，在你來之前我就已經跟柯林斯太太說過了。你沒有理由這麼快走啊，你母親一定會准你多留半個月的。」

「可是我父親不會准的。他上星期寫信來，要我快點兒回去。」

「喔！如果你母親同意了，你父親就一定會准的。而且如果你在這兒再住滿一個月，我就帶你們之中的一個人到倫敦去，因爲我六月初要去那兒住個一星期；到時候道森會駕著四輪大馬車，再加上你們其中任何一個一定坐得下——事實上，如果那時天氣夠涼爽，我也不反對帶你們兩人一塊兒去，你們都不高大嘛。」

「您眞是慷慨仁慈，夫人，可是我想我們得按照原定計畫行事。」

德波夫人似乎放棄了。「柯林斯太太，你得派一個僕人同她們去。你知道我總是直來直往，一想到兩位年輕小姐要自己搭郵車旅行我就受不了，這太不像話了！你一定得想辦法派個人去才行，年輕小姐們總得依其身分地位受到妥善的保護與照料，去年夏天我的外甥女喬芝娜到蘭姆斯蓋特住，我就派了兩位男僕一路侍候。達西小姐乃是潘柏利莊園老達西先生和安妮夫人的千金，出門時的排場可不能有失身分哪！我對這些事情是很講究的，你一定得讓約翰護送這兩位年輕小姐前去。我眞高興我提了這件事，要是沒有人護送她們去，你就眞的丟臉丟到家了！」

「我舅舅會派僕人來接我們。」

「喔！你舅舅！他有男僕，對吧？我眞高興你有個人替你打點這些事。你們要在哪兒換馬呢？當然是在布樂姆利了，如果你們在貝爾提起我名字，自然就會有人來幫忙了。」

關於她們的旅行，德波夫人鉅細靡遺地問了一堆問題，由於她不完全是自問自答，所以他們還得不時留心一下。伊莉莎白心事重重且思緒亂飄，很容易就忘了自己身在何方，對事情的深思得留

道森會駕著四輪大馬車。

到獨處時才進行。每當她獨自一人時便盡情地反覆思考，而且沒有一天放棄獨自散步過，散步時她就沉浸在思索不愉快回憶的樂趣中。

她對達西先生的信熟稔得幾乎能背起來了。她研究著每一個句子，對他的感覺也時時在變化。當她想起他說話的態度，心中依然充滿憤怒，可是待她一想到自己曾有多麼不公平地責備過他，滿腔憤怒就轉移到自己身上，而他的失望也就成爲她的同情了。他的愛慕使她感激，他的品格令她尊敬；但她卻無法認同他，也絲毫不覺得自己拒絕他的求婚有何遺憾，更連一點兒想再見到他的感覺都沒有。想到自己過去的行爲，她不停地懊惱，想到家人們令人不悅的舉止，她更是痛心。這些缺點是無可救藥了，她的父親僅以嘲諷爲滿足卻從來不去盡力制止兩個小女兒的輕浮；而她母親自己就有這種可笑的行爲，想必完全不能理解這樣做有何不當。伊莉莎白經常和珍聯手，試圖調教莉蒂亞和凱蒂的魯莽輕浮，然而在她們母親的縱容下，能有什麼進展呢？凱蒂生性怯懦脾氣暴躁，完全聽從莉蒂亞指揮，對珍和伊莉莎白的管教常常大發雷霆；而莉蒂亞任性驕恣又漫不經心，常把長姊們的話當耳邊風。她們無知、愚昧又自以爲是，一旦馬利頓有軍官來訪，她們就會過去看一眼，既然馬利頓距離隆波安不遠，她們也就常常往那兒跑了。

對珍的擔心是另一個無法卸下的重擔，隨著達西先生的解釋，賓利恢復了伊莉莎白心中美好的印象，也因此更讓伊莉莎白覺得珍的損失太過巨大。賓利先生對珍的感情證實是出於眞心，而他的行爲也無可非議，若眞要說有什麼不對的話，也只能說他太過信賴朋友了。因爲自己家人的愚蠢和無禮，被白白奪去的是珍的未來，那可是各方面都可能完美無缺、幸福快樂的生活哪！這樣的想法使伊莉莎白感到無比沉重。

想著這些再想到威肯的眞實性格，就不難相信原本樂觀開朗甚少憂鬱沮喪的伊莉莎白，這會兒連強顏歡笑都難了。

在她造訪翰斯福特的最後一週，他們到若馨斯莊園作客的次數回到初來此地時的頻繁。最後一晚也是在那兒度過，德波夫人她老人家再一次詳細詢問有關旅行的一切細節，傳授她們最佳的行李收納之道，而且千叮嚀萬交代，禮服唯有照她的指示擺放才是正確的方法。瑪莉亞一回到牧師公館便依照她的指示，把花了一上午才收拾好的行李重新整理過一遍。

當她們離開時，德波夫人親自祝福她們旅途愉快，邀請她們明年再到翰斯福特來，而德波小姐竟也向她們行了個屈膝禮，跟她們握手道別呢！

Chapter 38

第三十八章

星期六早上，伊莉莎白和柯林斯先生比其他人早幾分鐘到早餐桌前，柯林斯先生便把握了這個機會，向伊莉莎白致上他認為不可或缺的臨別贈言。

「伊莉莎白小姐，我並不知曉，」他說著，「柯林斯太太是否已對你大駕光臨寒舍一事致上謝意；不過我非常肯定，在你離開寒舍之前將會得到她誠摯的感謝。我必須再一次告訴你，寒舍因你的光臨而蓬篳生輝。我們自知寒舍實在鮮有吸引訪客之處，我們生活儉樸、屋舍狹小、僕從極少外加地處偏遠，對你這樣一位年輕小姐而言，翰斯福特無疑是極為乏味之處；雖說如此，但我希望你能相信，我們對你的到訪抱持有萬分感激，而且我們也盡力讓你在這兒的生活不至無趣。」

伊莉莎白趕忙道謝回去，並且表示她在這兒過得非常愉快。她在此停留的六週間過得非常開心，她和夏綠蒂相處愉快，也受到熱心款待，在在都使她心懷感激。柯林斯先生聽了非常滿意，於是帶著嚴肅的笑臉答道：

「聽到你滿意此次停留真是讓我欣喜非常。我們顯然已經盡力，而且最幸運的是，我們得以帶你認識最上流的人家；此外，基於我們與若馨斯莊園的關係，使你可以不時步出寒舍造訪不同之地，我想我們可以自豪地說，你的翰斯福特之旅也因此不無聊了。以我們家的情況卻能和德波夫人家有這樣的交情，實在是少有的恩典和福氣，你親眼看到我們擁有何等交情，我們多麼頻繁地受邀到那兒去。事實上，我必須承認，雖然這棟不起眼的牧師公館乏善可陳，但居住其中的任何一人都不是泛泛之輩，因爲他們皆可和我們共享與若馨斯莊園的密切交情。」

言語還眞不足以表達他的得意，當伊莉莎白說著客氣而眞誠的簡短幾句話時，他不由得起身在屋裡繞來繞去。

「其實，我親愛的表妹，你大可以把我們這麼幸福的消息帶到赫福郡去。我相信你一定做得到，你每天都見證到德波夫人對柯林斯太太關懷備至，我得說你朋友當初的選擇沒有錯。就讓我祝福你，我親愛的伊莉莎白小姐，我衷心祝你擁有像我們一樣幸福的婚姻，我親愛的夏綠蒂，和我志同道合、思想一致，我

言語還眞不足以表達他的得意，他不由得起身在屋裡繞來繞去。

們在每一件事上都是情投意合、心心相印——我們似乎是天造地設的一對啊！」

伊莉莎白原本要說他們的婚姻著實幸福美滿，又打算用同等眞誠補上一句在他家住的這一段期間眞是舒適愉快。然而她的話還沒說完，就被剛好走進來的女主人給打斷了。儘管如此，但伊莉莎白一點也不覺得遺憾，反倒是可憐的夏綠蒂！她們得將她留下，讓她跟柯林斯先生這種人在一起！不過這可是她自己做的選擇。雖然她因客人們即將離開而離情依依，但她的居家生活、家務管理、教區義務和飼養家禽等工作，以及其他林林總總需要費心的事情，總歸還是讓她感到興致勃勃。

馬車終於來了，行李箱已經搬上捆好，包裹也已放進去，她們就要出發了。和朋友戀戀不捨地道別後，伊莉莎白由柯林斯先生陪同走向馬車。在他們走下花園時，他請伊莉莎白代爲向隆波安的親戚們問好，也沒忘了向他們致謝，因爲去年冬天他在那兒受到他們的熱情照顧，此外也請她代爲向佳德納夫婦致意。然後他便攙扶她上馬車，瑪莉亞接著上車，眼看車門就要關了，他卻突然語帶驚恐地提醒，她們忘了給若馨斯莊園的女士們留下道別口信了。

「不過，」他補充道，「你們當然是希望我能把你們無盡的感謝傳達給她們，以表示對她們盛情款待的感激。」

伊莉莎白沒有反對，門終於可以關上，馬車隨即向前駛去。

「天哪！」經過幾分鐘的沉默，瑪莉亞叫道：「我們好像才來了一兩個月而已哪！可是卻發生了這麼多事！」

「你們忘了給若馨斯莊園的女士們留下道別口信了！」

「的確很多。」她的同伴嘆息道。

「我們到若馨斯莊園吃了九次飯，還喝了兩次茶！我可有一堆事能說了！」

伊莉莎白暗暗補上一句：「我可有一堆事要瞞了。」

一路上她們沒怎麼說話，馬車離開翰斯福特不到四小時就抵達佳德納先生家，她們將在那兒住上幾天。

珍看起來很好，可是伊莉莎白沒什麼空檔去研究她的心情，因為她們舅媽好心地為外甥女們安排了許多活動。不過珍會和她一塊兒回家，等回到隆波安她就有足夠時間可觀察了。

在此同時，她也得費好大的勁兒忍耐，等回到隆波安才能將達西先生的求婚告訴姊姊。她知道她要告訴姊姊的將是令她目瞪口呆之事，而且也是成全她虛榮心的滿足。她真想現在就開口說出來，可是又不曉得該如何拿捏分寸。此外她也很害怕，萬一很快重提賓利的舊事，會對她姊姊造成進一步傷害，所以只好先忍下來了。

Chapter 39

第三十九章

時值五月第二週，三位年輕小姐一起從恩典教堂街出發，返回赫福郡。班尼特先生早派了馬車到約定好的旅館接送她們。等她們走近旅館，立刻就認出馬車準時到達，因爲凱蒂和莉蒂亞正從旅館樓上的餐廳往外望。這兩個女孩兒已在此地待了一個多小時，不只在對面的女帽店逛得不亦樂乎，也好好地打量過站哨的衛兵，甚至還給姊姊們調了盤沙拉拌黃瓜。

在迎接姊姊們之後，她們興奮地展示出擺在餐桌上的冷盤，都只是旅館通常會提供的菜色。她們高興地大叫：「這不是很棒嗎？是令你們高興的驚喜吧？」

「我們想請你們全部的人，」莉蒂亞說道，「不過你們得借我們錢才行，因爲我們在那邊那家店裡把錢都花光了。」接著拿出她們買的東西，「看，我買了這頂帽子。我是不覺得它好看啦，不過想想還是買下來好了，等我回到家就要把它拆開，看看我是不是可以把它變得漂亮些。」

一聽姊姊們都說這頂帽子難看，她毫不在乎地應道：「喔！可是那店裡還有兩、三頂更難看的呢！等我買些顏色鮮豔的緞帶來修整一下，就會變得差強人意了啦。更何況，在民兵團走了以後，今年夏天穿什麼都不重要了，他們還剩兩星期就要走了！」

「此話當眞！」伊莉莎白極爲欣慰地叫道。

「他們要到布里基頓紮營，我好希望爸爸帶我們到那兒過夏天呀！這是個多麼棒的計畫，我相信這花不了多少錢，媽媽也會很想去啊！想想要是不去的話，我們這個夏天會有多慘哪！」

「是呀，」伊莉莎白暗忖，「好一個振奮人心的計畫，馬上就會讓我們忙得雞飛狗跳。我的天哪！馬利頓才不過有一個民兵團，每個月都開了幾場舞會，我們就已經快忙翻了，布里基頓可是駐紮了一整營的兵啊！」

「現在我要告訴你們一個消息，」當大家在餐桌前坐定了，莉蒂亞開口：「你們猜是什麼？這可是天大的好消息，是有關我們都喜歡的一個人的！」

珍和伊莉莎白交換了一下視線，然後將侍者支開。莉蒂亞大笑著說：

「哎喲！你們就是這樣拘謹小心，認爲侍者不該聽到我們要說的話，好像他會在意似的！我敢說，他一定常聽到比我即將要說的還要不堪的事！不過，他長得還眞醜啊！我很高興他離開了，我從沒見過下巴這麼長的人。噢，我現在要說了，有關親愛的威肯的消息——威肯已脫離和瑪莉．金恩結婚的危險了！你們的機會來囉！金恩小姐要去利物浦找她叔叔，威肯安全了！」

「是瑪莉．金恩安全了！」伊莉莎白應道：「她脫離了以財產爲考量的魯莽婚姻之境。」

「如果她愛他卻又離開，那她就是一個大笨蛋。」

「我希望他們彼此之間沒有太深的感情。」珍說道。

「我確定他對她是不會有什麼感情的。我可以肯定地說，他一點兒都不喜歡她，誰會喜歡一個討人厭又滿臉雀斑的傢伙？」

伊莉莎白吃了一驚，心想雖然自己不至於講這種粗話，但先前懷藏在心中的卑鄙想法和這又有什麼不同呢？

待大家吃喝完畢付了帳，馬車被召喚過來。經過好一番安排，所有人以及所有箱子、提袋、包裹，以及莉蒂亞和凱蒂不討喜的採購品等等，全都塞進了馬車。

「我們擠在這裡面可真好玩哪！」莉蒂亞叫道，「真高興我買了那頂帽子，就算只買那個裝帽子的紙盒也夠好玩了！好啦，現在就讓我們帶著舒適愉快的心情，一路說說笑笑地回家吧！首先，我們來聽聽看你們此行發生些什麼事？有沒有遇到討人喜歡的男人啊？我曾強烈希望過，你們當中有人能在結束這次旅行前帶個丈夫回家。我敢說珍不久就要當老處女了！你就快二十三歲了耶！如果我在二十三歲前還沒嫁掉，我會有多丟人哪！姨媽可是交代過，要你們快快找到如意郎君，想不到吧？她說伊莉莎白眞該選擇柯林斯先生，可是我不覺得嫁給柯林斯先生有什麼好玩的，我多希望能比你們任何一個人提早結婚哪！到時候我就可以陪你們參加所有舞會了！那天我們在佛司特上校家玩得可痛快了，凱蒂和我打算在那兒待上一整天，佛司特太太答應晚上要辦個小型舞會，於是她邀了哈靈頓家兩個女孩，可是哈麗葉德生病啦，佩恩只好一個人來。然後，猜猜我們怎麼做？我們讓章柏林男扮女裝，混進舞會來！想想這有多好玩哪！除了上校跟他太太、凱蒂和我之外沒有人知

「我們擠在這裡面可眞好玩哪！」

道！噢，還有姨媽啦，因爲我們得跟她借一套禮服用。你們實在想像不出章柏林扮得有多好！當丹尼、威肯、浦列特和其他幾個男生走進來時，他們一點兒也不知道是他，我笑得快瘋了！佛司特太太也是，我當時還想，我可能要笑死了呢！男士們看我們這樣就懷疑起來了，而他們很快就發現這是怎麼一回事啦！」

莉蒂亞滔滔不絕地敘述舞會趣聞和說笑話，凱蒂在旁邊幫著插科打諢，一路逗大家開心地回到隆波安。伊莉莎白盡量不去聽這些事，儘管如此還是免不了聽了好幾次威肯的名字。

她們到家時受到非常熱烈的歡迎，班尼特太太看到珍丰采依舊、美麗不減，高興得很，班尼特先生則在用餐時不止一次對伊莉莎白說：

「伊莉莎白，我眞高興你回來了。」

隆波安莊園的餐廳裡人聲鼎沸，因爲盧卡斯家的人幾乎全來給瑪莉亞接風順便聽消息。大伙兒東聊西扯的，話題說也說不完，盧卡斯夫人隔著桌子問瑪莉亞，姊姊在新家過得好不好；班尼特太太顯得加倍忙碌，一方面從坐在身旁的珍那兒收集最新的流行資訊，一方面還得將這些訊息傳達給坐在另一邊盧卡斯家的幾個年輕小姐。莉蒂亞則用上高過任何人的音量，將今早的趣事轉播給有興趣的人聽。

「喔！瑪莉！」她說道，「我眞希望你當初和我們一塊兒去，我們玩得好高興喔！我們去的時候把窗簾都放下來，假裝馬車裡沒有人，要不是凱蒂暈車，我就會這樣一路走到底了！我們抵達喬治旅館時，還招待三位女士享用世界上最棒的冷盤！如果你一塊兒來，我們也會招待你喔。回來路上也是同樣好玩！還以爲我們永遠擠不進馬車呢，我們在回家路上是那麼地快樂！只怕十哩外的人都聽得到我們的聲音呢！」

對於這番話，瑪莉冷冷地答道：「我親愛的妹妹，我並非存心潑你冷水。也許一般婦道人家會贊同你的話，不過我得老實說，我對你的話一點兒興趣也沒有，我認爲書本有趣多了。」

莉蒂亞對瑪莉的回答一個字也沒聽進去。她聽別人說話的時間很少超過半分鐘，對於瑪莉她就更不當一回事了。

下午時分，莉蒂亞急忙要其他女孩兒們和她一起走路到馬利頓去，看看「大家」情況如何，不過伊莉莎白堅決反對這個提議。她不希望讓人覺得班尼特家的小姐們一回來還不到半天就要出去追著軍官跑，此外她還有另一個反對理由：她擔心會碰到威肯，於是決定儘可能避開他。民兵團即將移防對她而言眞是如釋重負，再兩週他們就要走了，她希望有關威肯的一切也隨著一走了之，不要再令她困擾。

她到家後沒幾個鐘頭，就發現莉蒂亞在旅館裡暗示過她們的布里基頓計畫，已經在父母親之間討論過幾次。伊莉莎白可以明顯看出，父親一點兒也不想讓步，不過他的答案同時也曖昧不明；而她母親總是得不到滿意的答案，卻從不會放棄爭取最後的成功。

Chapter 40

第四十章

伊莉莎白再也按捺不住想對珍將事情和盤托出的欲望，終於決定省略掉有關姊姊自己的部分，在第二天早上告訴珍發生在她和達西先生之間的事——伊莉莎白心想珍一定會大吃一驚。

班尼特小姐的目瞪口呆很快就因對伊莉莎白產生的偏愛而淡化，她覺得任何人愛上伊莉莎白都是很自然且不足爲奇的，而且繼之而起的其他感受很快就讓先前的驚訝消失無蹤。她很遺憾達西先生竟用這麼不合宜的態度示愛，然而一想到被拒絕所帶給他的難過，珍的心裡就更覺遺憾了。

「他在求婚時太過自信的態度確實有錯，」她說，「再怎麼說也不該這樣表現的，可是想想，你的拒絕豈不是讓他更加失望呢？」

「沒錯。」伊莉莎白答道：「我打從心裡替他難過，不過他也有其他的想法，也許不久之後他就不會再喜歡我了。話說回來，你不會因爲我拒絕他的求婚而責怪我吧？」

「責怪你？噢，不會的！」

「可是以前你會因爲我說了威肯的好話而責怪我吧？」

「不會，我不認爲說出心裡想法有什麼好被責怪的。」

「等我把第二天發生的事告訴你之後，你就會知道我真的錯了。」

伊莉莎白接著說起那封信中有關威肯的部分。這對心地善良的珍來說有如一記重擊！她實在無法相信世界上會有這麼惡劣的人，雖說信上解釋洗清了達西的冤屈讓她稍感安慰，但有關於發現威肯的真面目一事卻又令她無法釋懷。於是她想盡最大的努力去證明這其中一定有誤解，想爲一方洗刷冤屈又不願給另一方定罪名。

「這是行不通的。」伊莉莎白說，「你無法讓他們兩個都扮演好人的角色，你得做個選擇才行，只有一位能令你滿意。不過也許得把兩人的優點加起來，才足以構成一個好人，坦白說最近這構成好人的優點一下子落在威肯身上，一下子又落在達西身上，變化可眞多。依我的看法，我傾向於相信達西先生是好人，不過你當然是得有你自己的看法囉。」

話雖如此，珍卻花了一點兒時間才擠出笑容。

「這是我有生以來覺得最震驚的事，」她說，「威肯先生

的作爲竟然這麼卑劣，我簡直無法相信！還有可憐的達西先生，只消想想他必須承受的痛苦就好，他該有何等失望呢。而且他還知道你對他的印象有多糟糕，爲了澄清這一切還得把妹妹的事情也說出來，他一定很沮喪。我想你的感覺一定和我一樣吧。」

「喔！才不呢，一看你這樣，我的後悔和同情就全都不見了。我知道你希望能還他一個公道，所以我就愈來愈不把他當一回事。你對他的厚愛讓我可以省省自己對他的同情，而且如果你再繼續爲他悲嘆，我的心情就會如羽毛般輕盈了。」

「可憐的威肯先生，他的樣子看起來是這麼地和善呀，舉止又是這麼坦率優雅。」

「毫無疑問，這兩個年輕人的教育大有問題。一個是骨子裡善良，另一個是表面上善良。」

「我從不認爲達西先生在外表上看起來，有你說的那麼不善良。」

「我以前因爲他高傲的外貌，就沒有任何理由地決定討厭他，並且因此自以爲聰明。一個人一旦有了這種厭惡人的心態，就會自以爲聰明睿智。其實一個人如果不停罵人就說不出什麼公正的話，但若是嘲諷人就可能偶爾出現機智的言語。」

「伊莉莎白，你第一次讀信時，想必無法像現在這樣面對這整件事吧。」

「你說得沒錯。簡直可以說是不快樂，而且又沒有一個人可以聽我說心裡的感覺，沒有你可以安慰我，跟我說我沒有自己想得那麼軟弱、自負和愚蠢，雖然我知道我的確如此。噢！那時候我多想要你在我身邊哪！」

「你當時和達西先生在說威肯先生的事情，語氣那麼堅決眞是失算了，因爲那些話現在看起來眞是不値。」

「的確如此。不過我也是因爲一直以來的偏見，才會說出那些令人痛苦難堪的話。現在我有一件事要聽聽你的意見，我想知道，我該不該把威肯的眞實性格告訴我們認識的人呢？」

班尼特小姐沉默了一下，然後答：「我覺得沒有必要暴露他的短處。你覺得呢？」

「我也認爲不必這麼做。達西先生並未授權我公開他在信上說的話，凡是牽扯到他妹妹的事，我總得盡力保守祕密才好。再說，倘若我沒來由地要跟大家揭穿威肯的眞面目，有誰會相信我呢？一般人對達西先生的偏見太深了，現在要讓人相信他是個値得大家喜歡的人，我想馬利頓大概有一半以上的人打死也不會信。我可應付不來這樣的事，威肯也快離開了，他是個什麼樣的人，對這裡的居民來說也無關緊要了。反正事情總有水落石出的一天，屆時我們就可以嘲笑大家的後知後覺，現在我就絕口不提這件事吧。」

「你說得對。將他犯的錯公諸於世可能會毀了他一輩子，他現在可能很後悔，而且迫切地想要改頭換面也說不定，我們不應該打擊他，以免讓他絕望。」

這番談話使伊莉莎白原本混亂的心澄靜不少，甩掉了壓在她心上兩星期的兩件祕密，而且確定不論何時她想再提其中任何一件事，珍都會願意傾聽。但是盤旋在心頭的另一個祕密，在深思之後她覺得還是不說的好。她不敢提起達西先生信上的另一部分，達西的朋友是多麼地喜歡珍，她認爲目前沒有人能做些什麼，除非男女雙方對彼此的想法都完全了解，否則她說出這個祕密也沒什麼意義。

「到時候，」她思忖，「如果這件看似不可能的事眞的發生了，我只要讓賓利自己來說就行，他說的比我說的要更動聽呢。除非這整件事已經失去價值，否則哪兒輪得到我來開口呢？」

伊莉莎白現在既已安頓下來，就有閒暇好好觀察珍的心情了。珍並不快樂，她心中仍惦念著賓利。從未想過墜入愛河的她，這初次的戀情幾乎占據了她全部的心，而且因著她的年紀與性情，她比一般人更執著。她熱烈地珍藏對他的記憶，喜歡他甚於喜歡其他任何一個男人，她的通情達理以及她對於朋友們情緒上的顧慮，都在提醒著她自己，不要沉溺於對己身健康有害且可能破壞朋友生活安寧的遺憾中。

「我說伊莉莎白啊，」有一天，班尼特太太說道，「現在你對珍這椿有頭無尾的悲傷戀情有何看法呢？我已經下定決心不再和任何人提起這件事了，前幾天我也是這樣告訴你阿姨。我發現珍在倫敦根本沒見著他，哼！他眞是個不值得一提的年輕人——唉，我想珍是連一點兒嫁給他的機會也沒有了，我沒聽說他今年夏天會再回尼德斐莊園，我可是問遍可能知道消息的每個人哪。」

「我想他不會再來尼德斐莊園住了。」

「喔，好得很！這可是他自己的選擇，反正沒有人要他來。不過我覺得他狠狠地利用了我的女兒，如果我是珍，我絕不會就這麼忍氣吞聲。我唯一的安慰就是我肯定珍會心碎而死，而那時候賓

「我已經下定決心不再和任何人提起這件事。」

利就會因為自己的作為而懊悔不已了。」

不過伊莉莎白無法從這樣的期盼中得到安慰，所以她什麼話也沒說。

「對了，伊莉莎白，」一會兒之後，她母親續道，「所以柯林斯夫婦過得很安穩舒適，對吧？很好，我只希望他們能繼續安穩舒適下去，他們吃得怎麼樣？夏綠蒂當個家庭主婦還挺俐落的，這點無庸置疑，如果她有她母親的一半精明，那麼她應該就很擅長儲蓄了。她們在家務管理上的精明能幹可不是浪得虛名的呢！」

「是呀，一點兒也沒錯。」

「眞是勤儉持家，是呀，他們會量入為出免得入不敷出。她們永遠都不會因為錢財而發愁。精明能幹讓他們好處多多！所以啦，我猜他們一定常常談起在你父親過世後，就可以擁有隆波安的這件事囉？」

「他們不會在我面前提這事的。」

「他們要眞的這樣做也滿奇怪的，可是我絕不懷疑，他們在私底下一定會談到。不過，他們若能坦然接受這不屬於他們的產業就好囉。我才不要因為限定繼承的規定而平白無故拿到一筆財產哩，眞夠丟臉的。」

Chapter 41

第四十一章

回到家的第一週很快就過去，第二週開始，這也是民兵團駐紮在馬利頓的最後一週。附近年輕小姐們的心情全部直線下滑，當地幾乎籠罩在一片頹喪低迷的氣氛中，唯一能像平時一般起居的似乎只剩下班尼特家大小姐和二小姐而已。不過她們卻因此常挨莉蒂亞和凱蒂的罵，因爲她倆傷心得要命，實在無法理解家中竟有如此鐵石心腸之輩。

「老天哪！我們會變成什麼樣呢？我們該怎麼辦呢？」她們經常痛苦難當地叫嚷，「伊莉莎白，你怎麼還笑得出來呢？」

她們感情豐沛的母親對她們的憂傷感同身

受，她記起當初自己也有類似的經驗，那是在二十五年前。

「我確定，」她說道，「當米勒上校的民兵團開拔時，我哭了整整兩天。我當時還想，我的心就要碎了！」

「我確信我的心也要碎了！」莉蒂亞說。

「如果能去布里基頓就好了！」班尼特太太說。

「喔，對呀！如果能去布里基頓就好了！可是爸爸這麼反對！」

「只要泡一下海水浴，就可以永遠振奮我的精神哪！」

「而且姨媽說，海水浴鐵定會對我大有好處的。」凱蒂補上一句。

隆波安莊園似乎就要永無止境地籠罩在這樣的悲嘆中，伊莉莎白本來打算取笑她們來解解悶，但是這種逗弄人的念頭卻消失在羞慚的感覺中。她覺得達西先生反對賓利先生和珍在一起並非毫無道理，她從來沒有像此刻這般，寬恕達西先生對這樁婚事的干預。

然而沒多久，莉蒂亞的陰霾一掃而空，因爲她收到民兵團上校之妻佛司特太太的邀請。佛司特太太邀請莉蒂亞陪她到布里基頓去，莉蒂亞的這位朋友最近新婚，和她性情相近、志趣相投，使得兩人很談得來，雖然認識不過三個月，彼此已是非常要好的朋友。

莉蒂亞獲此邀請的狂喜、她對佛司特太太的崇敬、班尼特太太的喜悅，以及凱蒂的忿忿不平，都不是言語所能形容。莉蒂亞全然不顧凱蒂的感受，逕自在屋裡欣喜欲狂地飛來奔去，要每個人都向她說一句恭喜，還用前所未見的囂張態度大笑著說話；而不幸的凱蒂就在客廳裡不停地抱怨，語氣和措辭都愈來愈離譜。

「我不懂爲什麼佛司特太太只邀莉蒂亞卻沒邀我，」她說道，「就算我不是她的好朋友也不該這樣。我和莉蒂亞一樣有權利受邀啊！她更應該邀請我的，因爲我還比莉蒂亞大兩歲呢！」

伊莉莎白試圖要她理性點，珍則是勸她別再想了，但她們全是白費工。伊莉莎白本身對這邀請實在無法像她母親和妹妹一樣欣喜雀躍，她認爲這只會使莉蒂亞做出更荒謬可笑的事而已。於是她冒著被莉蒂亞憎恨的危險，忍不住暗地向父親提出諫言，要父親阻止她去。她向父親陳述莉蒂亞的一切失當言行，並且告訴父親，莉蒂亞和佛司特太太這種女人交朋友是沒有什麼好處的，跟這樣的同伴到布里基頓去，小妹可能會做出更加魯莽之舉，在那裡所受到的誘惑遠比在家裡來得多哪！父親仔細聽完了她的話，隨後說道：

「莉蒂亞要是不到公開場合去拋頭露面就不會安分，而眼前這個情形，她既花不到什麼錢也不會給家裡添什麼麻煩，算是千載難逢的好機會呀。」

「如果您知道，」伊莉莎白說，「因爲莉蒂亞不當的魯莽言行，一定會使社會上對我們家有非常不好的評語啊！不，這已經是事實了，如果您知道的話，您對這件事就會有不同看法了。」

「已經是事實了？」班尼特先生複誦道：「什麼？她把你的部分追求者嚇跑了嗎？可憐的伊莉莎白！別這麼沮喪嘛，這種容不下一點兒荒謬之舉的拘謹小伙子不值得你難過。來吧，被莉蒂亞的愚蠢給嚇跑的可憐小伙子有誰呀？把名單列給我吧。」

「您眞的誤會了。我沒有這方面的傷害好悔恨的，我現在抱怨的不是某個單一事件，而是普遍來說的不良行徑。莉蒂亞的個性輕浮放蕩又魯莽，一定會對我們家的社會地位和聲譽造成影響！對不起，請恕我直言，親愛的父親，如果您不費心管教一下莉蒂亞張揚放恣的個性，不肯教導她，讓她明白追求玩樂並非人生正途的話，很快她就會變得無可救藥了。她會成爲什麼樣性格的人就快定型了，照這樣下去，她將會以十六歲之齡成爲最會賣弄風騷的女人，使她自己和她的家人都蒙羞；此外還可能成爲聲名狼藉的放蕩女，除了年紀輕、姿色還過得去之外，她就沒什麼魅力了呀！她不學無術、腦袋空空，只想吸引異性拜倒在她的石榴裙下，難免招來衆人恥笑。凱蒂也有這樣的危險，她總是讓莉蒂亞牽著鼻子走，自負、無知、愚蠢，而且完全不受教！喔！親愛的父親，您是否可以想見，她們這樣的行爲會招致什麼樣的後果呢？只要出現在有人認識她們的地方，她們能不被指責、訕笑嗎？她們的姊姊們能不受到影響嗎？」

班尼特先生看得出來伊莉莎白很在乎這件事，於是他滿懷關愛地拉起她的手，回答道：

「不要心煩了，孩子。舉凡認識你和珍的人都會敬重你們，給你們極高評價，你們不會因爲有三個蠢妹妹就減損你們的丰采的。如果莉蒂亞不到布里基頓去，我們在隆波安就不得安寧，還是讓她去吧。佛司特上校是個明理人，他不會准許她太過淘氣的，而且值得慶幸的是，莉蒂亞也沒什麼錢，所以不必擔心有人會來誘拐她。莉蒂亞在布里基頓跟在這裡比起來，只是個無足輕重的人，就算要賣弄風騷，情況也不會比在這裡時更糟。軍官們會去找比她更搶眼的女人，因此就讓我們希望她在布里基頓能學著認清自己的微不足道吧。不管怎麼說，她再壞也就這樣了，況且我們也無權把她關在家裡一輩子呀。」

伊莉莎白不得不接受這樣的回答，但是她的既定看法還是沒變，於是她既失望又難過地走開了。雖然如此，但她的個性使她不會老在煩惱憂慮上打轉，她確信自己已盡了該盡的責任，為無法避免的惡事焦慮或因此而鑽牛角尖都不是她的作為。

假使莉蒂亞和她母親知道了伊莉莎白和父親談話的內容，她們的憤怒肯定是兩張利嘴聯合起來痛罵也無法完全表達的。在莉蒂亞的想像中，此行去布里基頓就是掌握了享盡世間一切幸福快樂的可能，她那充滿幻想的眼睛似乎已看到那座濱海城市的街道上，熙來攘往、摩肩接踵的軍官們。她看見自己成為數十位不認識的軍官所追逐的目標，她看見壯盛的軍營沿著美麗的海岸線一字排開，擠滿了年輕、快樂、身穿閃亮紅色軍服的男人；為這幅美好畫面畫上完美句點的景象則是，她看見自己正愉快地和半打以上的軍官們調情。

如果她知道姊姊竟試圖粉碎她這般如此逼真的幻想時，她會怎麼想呢？這些美好的憧憬只有她母親才能懂，母親對此肯定心有戚戚焉。莉蒂亞能到布里基頓去是班尼特太太的安慰，因為班尼特先生已經宣布他壓根兒不想去布里基頓。

她們對於伊莉莎白曾和父親談過這件事半點也不知情，所以她們持續欣喜快樂地度日，直到莉蒂亞離家那一天爲止。

現在，伊莉莎白將要和威肯先生見最後一次面。由於她回來後經常和威肯共處，所以心中沒有什麼焦慮不安，先前因爲對他的好感所引起的悸動心情也不復存在。她甚至察覺他先前令她欣賞的溫文儒雅，現在卻只讓她覺得虛僞做作，而且他這會兒的言行舉止更讓她產生一種新發現的厭惡。因爲伊莉莎白回來後不久，威肯就表示想和她重修舊好，其實在發生過這麼多事情後，他這麼說只會激怒她而已。她對他完全失去興趣，因爲她發現威肯不過是個中看不中用的輕浮小子，只會對女人獻殷勤，雖然她堅定地不願再談此事，卻忍不住要痛恨起他。因爲威肯先生竟然認爲，不管他們分開多久，只要重新開始，她的虛榮就可以得到滿足，她也會再次愛上他。

民兵團駐紮在馬利頓的最後一天，威肯先生和其他幾位軍官到隆波安吃晚餐。伊莉莎白在這個道別餐

會中不怎麼想和他說話，見他問起她在翰斯福特過得如何，她便提起費茲威廉上校和達西先生兩人都在若馨斯莊園住了三星期，還問他是否認識費茲威廉上校。

威肯先生一臉驚訝，不怎麼高興且有點兒驚慌，不過他很快就恢復鎮定，並且露出笑容說他們以前常見面，還說他是位風度翩翩的紳士。他也反問伊莉莎白對上校的印象如何，伊莉莎白答道她對費茲威廉上校的印象非常好，他旋即用漠不關心的語氣說：

「你說他在若馨斯莊園待了多久？」

「三星期左右。」

「你常和他見面嗎？」

「是啊，幾乎每天都會見面。」

「他的態度和他表弟的態度很不一樣。」

「是啊，很不一樣。不過愈認識達西先生，就愈覺得他的態度有所改善。」

「眞的？」威肯叫道，他的表情沒有逃過伊莉莎白的眼睛。「我可否請問——」他整理了一下情緒，隨即用比較輕快的語氣接道：「你的意思是他的說話態度有所改善了嗎？還是他與人相處的禮貌有所改善？」他用較低也較嚴肅的語氣補充：「我可不敢奢望他在本性上會有所改善。」

「喔，不會的！」伊莉莎白說道：「他的本性，我相信，他還是和以前一樣。」

當伊莉莎白說話時，威肯先生的表情讓人看不出來他是高興還是不相信。而在伊莉莎白繼續往下說那會兒，臉上模樣讓威肯先生帶上了誠惶誠恐的心情聆聽。她說：

「當我說愈認識他就愈覺得他的態度有所改善，我並不是指他的心態或他的言行舉止有所改變，而是說愈認識他就愈了解他的爲人。」

這時威肯的驚慌已經表現在臉上，而且看起來有些手足無措。他沉默了幾分鐘，在甩掉窘態之後，再度轉向伊莉莎白，用最溫文有禮的語氣說：

「你深知我對達西先生有著什麼樣的感情，你也一定能理解，當我知道他夠明智，願意換上合宜的外表與人相處時，我有多高興。他的驕傲不論對他自己或對其他人而言都會造成傷害，要不然我也不會吃那麼多苦了。我只怕你看到的情形是一種假象，他是爲了在他姨媽面前求表現才做出來的，他很在意他姨媽對他的看法。據我所知，當他們在一起時，他總是很畏懼她；我想大半原因是出於他想和德波小姐結婚吧，我確定他心裡是這麼打算的。」

一聽他這麼說，伊莉莎白忍不住笑了一下，可是她沒說話，僅僅輕輕點頭作爲回答。她看出威肯又要耍弄那套達西讓他受苦的老把戲，但是她可不想奉陪了。接下來的時間裡，威肯先生裝出和平常一樣輕鬆愉快的表情，不過沒有進一步在伊莉莎白面前求表現了，等到最後雙方僅是客氣地道別，也許兩人都還希望以後永不再見呢！

宴會結束後，莉蒂亞和佛司特太太一塊兒回馬利頓，他們第二天一早就要從那兒出發。莉蒂亞和家人間的離別是喧鬧勝於離愁，凱蒂是唯一流下眼淚的人，不過她是因氣憤和忌妒而哭。班尼特太太則忙著祝她的女兒幸福，還牢牢囑咐道別忘了把握機會盡情享樂，相信小女兒會將她的教訓謹記在心而且付諸行動才是。莉蒂亞喧鬧擾攘地和大家說再見，相較之下姊姊們溫柔的道別彷彿只是嘴唇在無聲移動而已。

第四十二章

Chapter 42

倘若伊莉莎白以自己的家庭爲參考，那麼她絕對無法勾勒出一幅幸福婚姻或溫暖家庭的愉快畫面。她的父親當年因爲母親年輕貌美而拜倒在其石榴裙下，而且他認爲在這美麗外表下一定也有一副溫柔的心腸，於是兩人攜手走進婚姻殿堂。但在婚後不久，班尼特先生即發現他娶的是一個缺乏見識、目光短淺、心地狹隘的女人，對她的眞情實意也很快劃上句點，夫妻間的關愛、尊重和信賴消失無蹤，他對家庭幸福再也不抱任何期望。然而對於自己因輕率魯莽所造成的遺憾，他並不會像一般因自己的愚蠢或惡行而招致不幸的男人一樣，去追逐享樂以求慰藉。他喜歡鄉下也喜歡閱讀，所以飽覽田園景致和博覽群書就成爲他生活中最主要的樂趣，除了拿妻子的無知和愚蠢來逗樂子以外，他就不覺得她還有什麼値得他感念之處。一般男人是不會把取笑妻子當作娛樂的，不過既然沒有其他好玩的事可找，眞正的賢者只好苦中作樂了。

然而伊莉莎白並非無視她父親這種爲人夫者的不當作爲，她在旁觀時總是心痛，可是基於對父親智識的敬重以及對他寵愛自己的感激，她盡量忘記這些無法不看到的部分，也將父親不顧婚姻道義、讓母親在女兒們面前下不了台，以致母親得不到女兒們敬重的惡劣作爲盡量拋諸腦後。但是她從來沒有像現在這樣，強烈感受到不和諧的婚姻帶給子女們的害處，以及濫用聰明才智所造成的可怕後果；如果父親能善用他的聰明智慧，就算不能開闊母親的胸襟，至少也會讓女兒們舉止合宜，贏得他人尊敬。

當伊莉莎白因威肯先生的離開而高興時，卻發現自從民兵團走了，大家也滿無聊的。社交生活不若往常多彩多姿，只能一天到晚聽母親和妹妹抱怨她們悶得發慌，雖然凱蒂因為弄亂她腦內價值觀的莉蒂亞不在家而及時找回理性；但置身於濱海城市及軍營中的莉蒂亞，本身的放蕩性格也許會讓她做出更加不幸的蠢事來。綜觀這一切，伊莉莎白有些感慨，有些她迫不及待想要實現的願望，一旦實現後卻沒有預期來得那麼美好。是以，期盼有朝一日真正的幸福來臨乃是必要的，擁有一些夢想和希望，並且再一次享受期盼夢想成真的快樂，這可以給她安慰，也可做為迎接另一次失望的準備。現在使她快樂的念頭是對湖區之旅的期盼，這是她在面對母親和凱蒂的疲勞轟炸之下最舒服的安慰了；她忍不住想，要是珍也能一塊兒去就太完美了。

「不過這算幸運的了，」她思忖道，「我還有其他可盼望的事。假如要發生些什麼都已經成定局，那麼我就免不了要失望了。既然我不停地想著姊姊無法成行的遺憾，那麼我就更應該期待有其他好事要發生。一個想要事事順利的計畫是不會成功的，唯有出現一些令人氣惱的小插曲，才能避掉更大的失望啊。」

當莉蒂亞離家時，她承諾要常常給她母親和凱蒂寫信，告訴她們她在那兒的詳細情形；然而現在，她卻久久才來一封信，而且總是內容簡短，寫給母親的信上總說她們剛從圖書館回來，一道去的有某某軍官、她在哪兒看到了漂亮的飾品，高興得不得了；或是她買了一套新的晚禮服、一把新陽傘等等。她寫道她本想再多寫一點兒，可是佛司特太太來找她，她們要一起去軍營，只好匆匆擱筆；至於寫給凱蒂的信，雖然篇幅長一些，但內容也是乏善可陳，而且很多都是不便公開的。

在莉蒂亞走後兩、三週，健康、快樂、愉悅的氣氛重現隆波安，每件事物都呈現令人欣喜的景象。到倫敦過冬的人家開始回來，華麗的夏季服飾和夏天活動隨之上場。班尼特太太恢復其好發牢騷的日常性格，而到六月中旬，凱蒂已經可以不流眼淚地前往馬利頓了，堪稱復原狀況良好。伊莉莎白覺得如果持續進步下去，那麼到了聖誕節，凱蒂就有可能理性得不會在一天以內提到軍官兩次以上，除非另一個民兵團駐紮進馬利頓。

原定的北上之旅日期將近，但一封來自佳德納太太的信卻將日期延後了，也將行程縮水了。佳德納先生因爲生意的緣故，得將旅遊日期延至七月中旬，而且必須在一個月內返回倫敦。基於時間考量，他們不能跑太遠，所以也就無法按照原先計畫去看看心儀的景點。他們想，至少也得帶著輕鬆悠閒的心情欣賞風景才行，於是只好捨棄湖區之旅，改以較簡約的行程替代。

依照目前計畫來看，他們往北行最遠不會超過德布夏。在德布夏一帶其實也有足夠風光可供他們遊賞三星期了，而且對於佳德納太太來說，德布夏特別有吸引力。她早年曾在那兒一個小城裡住過一段時光，這次他們打算要舊地重遊，在那兒待上幾天，也要去看看風光明媚的麥特拉克、查德渥斯、多佛河谷以及皮克峰等地。

伊莉莎白失望極了，她的心全在湖區，而且她認爲他們應該擠得出時間來。不過她也該知足了——況且她本來就是樂觀的人，於是情緒也很快就恢復正常。

一提起德布夏就讓她聯想起好多事情。首先映入腦海的便是潘柏利莊園和它的主人。「可是，毫無疑問，」她說，「我可以泰然自若進入他的家鄉，撿走幾塊堅硬的晶石，他也不會發覺的。」

等待的日子加倍延宕，舅舅和舅媽得再過四週才會來。直到等待終於結束，佳德納夫婦終於帶著他們的四個子女出現在隆波安。他們有兩男兩女，兩個女兒分別是六歲和八歲，兩個兒子年紀更小些，他們在父母親和二表姊去旅行的這段時間將由大表姊珍來照顧。孩子們都很喜歡珍，她的性格平穩、性情溫柔，最適合擔任保姆的工作了——教導他們，和他們一塊兒玩，並且疼愛他們。

佳德納夫婦在隆波安只待了一個晚上，第二天一早就和伊莉莎白一起出發。這一路上有一件事使得大家都很高興——擁有合宜的同伴。這意思就是大家都身體健康且性情溫和，可以忍受旅途上的不便，讓小樂趣擴張成大歡樂，而且感情豐富、聰敏機伶，即使偶有不如意之事也會想辦法自得其樂。

接下來的重點不在於描繪德布夏，也不在於介紹他們旅途中頗負盛名的幾個地方，例如牛津、布蘭罕、瓦威克、肯尼渥斯和伯明罕等等，因爲大家對這幾個地方早已耳熟能詳。眼前重點乃在德布夏轄區內的一個小地方，一個名叫蘭布頓的小城，佳德納太太就曾在那兒住過，而且她最近才得

知有些舊識還住在那兒。於是在看完鄉間主要景色後，他們便順道走過去看看；伊莉莎白從舅媽口中得知，潘柏利莊園就在距離蘭布頓不到五哩的地方，它並非位於他們會經過的道路上，不過只要多繞個一、兩哩路也就到了。晚上在討論起隔天行程時，佳德納太太再次提出想去潘柏利走走的意願，佳德納先生也表示想過去看看，於是他們徵求伊莉莎白的意見。

「孩子，你不想過去看看你久聞其名的那個地方嗎？」她的舅媽說：「你幾個認識的人和那地方關係密切，威肯就是在那兒長大的，你知道的呀。」

伊莉莎白感到心中作難。她覺得潘柏利不是個必要行程，只好表示她沒有到那兒去的意願，看了這麼多雄偉建築後，她已經厭倦再看一次富麗堂皇的房子了，況且她對精緻的地毯、絲綢的幃簾等等，一點兒興趣也沒有。

佳德納夫人罵她太傻了。「如果潘柏利莊園只是一棟裝潢華麗的房子，」她說，「我才不會對它有興趣。它的庭園可是非常漂亮呢，他們擁有全鄉間最美的林園。」

伊莉莎白不再說話——但在心裡她還是不想去。她想到，也許正在欣賞美景之時，達西先生就會突如其來地出現——太恐怖了！一思及此，她忍不住雙頰泛紅，想想還是打算把實情告訴舅媽，省得冒這個遇見達西先生的險。不過一會兒後她又覺得還是不要說爲好，最後她決定先私底下探探消息，看看主人在不在家再做決定。

於是當晚就寢前，她問起旅館裡的女僕，潘柏利莊園是否眞是一個極好的地方?莊園主人又是誰？而且謹慎小心地問起主人家是否回莊園避暑了？最後答案是令人欣喜的「不」字——伊莉莎白鬆了口氣，她的心情閒適起來，就興起想親眼去看看潘柏利的念頭了。到了隔天早上，再提起這個計畫，舅舅、舅媽再一次徵詢她意見，她泰然自若、語氣平淡地回答，她無意反對這個計畫——所以，他們朝著潘柏利莊園出發了。

Chapter 43

第四十三章

他們的馬車向前駛去，伊莉莎白心中忐忑不安地等待潘柏利莊園的樹林映入眼簾；拐過一個彎兒後，馬車終於進入莊園地界，她的心情也隨之激盪起來。

莊園的腹地廣大，涵蓋了多種不同地形。他們從最低平之處進入，沿著一大片向前伸展開來的美麗樹林行駛了好一陣子。

伊莉莎白滿懷心事所以無心交談，但她看著處處風光明媚的景致，忍不住在心裡讚嘆。他們的馬車隨上坡路段逐漸爬升，走了約莫半哩路後，來到位於樹林盡頭的廣袤坡頂，此時潘柏利主屋立刻出現在眾人眼前。它座落於對面山谷蜿蜒道路盡頭之處，是一座高大雄偉的石砌建築，屹立於緩緩上升的坡地，屋後是林木蓊鬱的高大山脊，屋前則是一彎水量豐沛的小溪，兩岸造景流暢自然，絲毫沒有人工雕鑿的痕跡。伊莉莎白覺得心曠神怡，她從未見過一處將大自然表現得如此暢快，或說鮮少以庸俗之氣減損其美景的自然之地。大家對此都讚賞不已，此刻的她心想，當潘柏利莊園的女主人也許還挺不錯的！

他們驅車走下山坡、越過小橋，朝主屋大門駛去；在品味主建築附近景致風華的同時，伊莉莎白開始擔心會和莊園主人不期而遇，她很擔心旅館女僕的資訊錯誤。在表明參觀莊園的來意後，僕人領他們進入門廳；當他們在那兒等待管家前來時，伊莉莎白才得空想想自己身在何方。

她發現這兒的管家是位儀態端莊的老婦人，不及想像中美貌，但是待人接物更周到。他們跟著她走進晚宴廳，那是個非常寬敞的空間，大小比例卻又設計得極好，而且布置優雅大方。伊莉莎白略加瀏覽過後，便走到窗前欣賞戶外景致，她望著他們剛剛走下來的山坡，坡地覆被濃綠樹林，只見它在距離的襯托下更顯壯麗，實在是不同凡響的美景。景物的分布錯落有致，她綜觀全景，只見在小溪兩旁星羅棋布的樹木伴隨潺潺清流，蜿蜒流過青翠的山崗，騁目遠眺，心中快意非常。待他們移步其他房間，赫然發覺不同角度能使相同景物呈現出不同風貌，每一扇窗都通往令人驚喜的瑰麗。挑高的每一個房間皆是擺設整齊，其中家具恰如其分地顯出主人的財力，伊莉莎白看著，不免讚嘆起主人的品味——既不流於俗麗，也不缺其實用性；相較於若馨斯莊園裡的家具，少了幾分華貴卻添了幾分雅麗。

「這個地方，」她想著，「我本可成爲它的女主人的。對這些房間我原本可以十分熟悉的！無須以陌生人的身分參觀，而是以家主的身分，帶著愉快的心情迎接來訪的舅舅和舅媽——如果我當初答應了求婚的話。噢，可是，不行，」她將思緒拉了回來，「那是不可能的！就算我當上了此地的女主人，舅舅和舅媽也未必見得到我；他一定不會讓我邀他們來的。」

多虧她想起這一點，才不至於爲自己的拒絕而懊悔。

她想問管家，莊園主人是否眞的不在家，但她沒有勇氣啓齒。還好舅舅隨後問了這個問題，她驚慌地轉過頭，聽見管家雷諾德太太答說主人的確不在，卻又補充道：「不過他明天會帶一大群朋友回來。」伊莉莎白聽了高興不已，幸虧他們選對了時候過來！

就在這時，伊莉莎白的舅媽喚她過去看一幅畫。她走過去，看到壁爐上方有一幅看似威肯先生的畫像，她的舅媽微笑問她畫得如何。管家走過來，告訴他們這幅畫像中的年輕人乃是老主人管家的兒子，老主人不遺餘力地栽培這個年輕人。「他現在從軍去了，」管家補充道，「可是我擔心他的生活已經過得毫無節制了。」

佳德納太太微笑看了伊莉莎白一眼，但是伊莉莎白無法對她報以微笑。

「那一幅，」雷諾德太太說著，指向另一幅肖像，「就是我家主人——畫得很像喔。跟剛剛那一幅是同一個時間畫的——大約八年前吧。」

「我早就聽說過你家主人英俊瀟灑。」佳德納太太看著畫像說道：「這的確是一張俊美的臉。不過，伊莉莎白，由你來告訴我們畫得像不像吧。」

雷諾德太太一聽說伊莉莎白認識她的主人，似乎顯得更尊敬她了。

「那位年輕的小姐認識達西先生嗎？」

伊莉莎白有些臉紅，她說道：「不是很熟。」

「那麼，小姐，您認爲他英俊嗎？」

「是的，非常英俊。」

「我確信他是我所見過最英俊的人。喔，樓上畫廊裡還有一幅比這更大更逼眞的哩。這個房間是我家老主人生前最喜歡的，這些肖像畫也一直都沒動過，他非常喜歡這些畫像。」

由於這樣的解釋，伊莉莎白明白了威肯的畫像何以在此。

雷諾德太太接著將達西小姐的畫像指給他們看，那幅畫是在達西小姐八歲時畫的。

「達西小姐長什麼樣呢？和她哥哥一樣好看嗎？」佳德納先生問道。

「喔，是的——她是我所見過最漂亮的年輕小姐，而且非常有才華！她一整天都在彈琴唱歌，隔壁房裡就有一架新鋼琴，正是我家主人送給她的禮物。她明天會和主人一塊兒回來。」

佳德納先生隨和及令人愉悅的態度引得雷諾德太太話匣子大開，不時詳細回答他的問題並且應和他的話。雷諾德太太不知是因爲以這兩兄妹爲傲還是出於對他們的疼愛，總是興致勃勃地談論她的主人及其妹妹。

「你家主人一年之中待在潘柏利莊園的時間長嗎？」

「總是不及我希望的長哪，先生；大概住個半年左右吧，而達西小姐總會回來避暑。」

「除了去蘭姆斯蓋特的時候吧。」伊莉莎白想著。

「如果你家主人結了婚，你看到他的時候就會比較多了。」

「是啊，先生，可是不知他何時才能結婚哪？不知哪家的小姐配得過他呢。」

佳德納夫婦一聽都笑了。伊莉莎白忍不住道：「你這麼想是太捧他啦。」

「我說的可都是事實，而且每個認識他的人都會這麼說的。」對方答道。

伊莉莎白覺得說這種話太言過其實了，不過接下來管家所說的話卻讓她驚訝得瞪大眼睛：「我從他四歲起就認識他，而且我這輩子從沒聽他對我說過一句暴躁的話。」

這項陳述跟伊莉莎白對達西先生的觀感完全不一樣，她對他牢不可破的印象就是他並非一個好脾氣的人。她原本堅強的意念開始動搖，她渴望多聽一些關於達西先生的事，因此她非常感激舅舅說出了以下這句話：

「世界上能被如此稱讚的人實在不多，你能有這樣一位主人真是幸運。」

「是的，先生，我知道我很幸運，就算我走遍全世界，我也找不到這麼好的主人了。我常說，小時候個性好的孩子，長大後的個性也一定好，而他小時候就是個最體貼、心腸最好的男孩。」

伊莉莎白幾乎要瞪著她看了。「這真的是達西先生嗎？」她思忖著。

「他父親是位非常好的人。」佳德納太太說。

「是啊，夫人，老主人的確是個大好人，而他的兒子就跟他一樣——對窮人非常地照顧。」

伊莉莎白既驚奇又懷疑地聽著，迫不及待想多知道一些。雷諾德太太的其他話題都沒有這麼吸引人，女管家介紹起屋裡擺設的畫作、房間大小、家具價格等，不過這一切於伊莉莎白而言，她簡直就是充耳不聞。佳德納先生覺得一個管家能這麼偏愛自家主人、對他們有這麼高的評價實在很有趣，便又將話題拉回來。於是雷諾德太太在引領他們上樓時，對達西先生的優點更加讚揚起來。

「他是最好的地主，也是最棒的主人，」她說，「他不像時下一般年輕人，總是只想到自己。他的佃農或僕人沒有一個不稱讚他，有人說他很驕傲，其實依我看，他一點兒也不驕傲，他只是不像一般年輕人那麼愛耍嘴皮子而已。」

「這番話把他說得多麼討人喜歡哪！」伊莉莎白想著。

「管家對他的這番讚美，」伊莉莎白的舅媽邊走邊對她說，「跟他如何對待我們可憐的朋友——威肯先生的態度可不一樣啊。」

「也許我們被騙了。」

「不可能，告訴我們這事的人不會說謊的。」

走到樓上寬敞的大廳後，他們隨即被領進一間最近才裝潢好的客廳，比樓下那一間裝潢得更優雅別緻。管家告訴他們，這是特別為了讓達西小姐開心而整修的，她上一次回潘柏利時很喜歡這個房間。

「達西先生眞是個好哥哥。」伊莉莎白說著，走向其中一扇窗戶。

雷諾德太太預期達西小姐在走進這房間時一定會很高興。「我家主人就是這樣，」她補充道，「凡是能讓他妹妹高興的事，他總是很快去做。沒有一件事是他不願意為她做的。」

接下來他們要去參觀的是畫廊，還有兩、三間主臥室。畫廊裡有不少極出色的作品，可惜伊莉莎白對藝術沒什麼研究，她覺得有些畫在樓下已經看過了，所以寧願去看達西小姐的幾幅蠟筆畫，選題相對有趣得多也較易懂。

畫廊裡也有許多幅家族成員的肖像，但對陌生人來說這些畫像沒什麼吸引力。伊莉莎白往前走去，想尋找唯一一張認識的臉，她終於在一張肖像前停下腳步——畫像上的臉跟達西先生非常神似，尤其是臉上的微笑，她想起他看著她時，偶爾會露出這樣的笑容。她佇立在畫像前沉思了幾分鐘，離開畫廊前又回去看了一眼。雷諾德太太告訴他們，這幅畫是老達西先生在世的時候畫的。

此時伊莉莎白心中對畫像裡的主人翁升起一股從未有過的好感，雷諾德太太對達西先生的稱讚在她心中激盪出意義重大的漣漪。什麼樣的稱讚會比出自一位聰敏僕從之口的肯定更爲可貴？作爲一個兄長、一位地主、一名家主，他掌握了多少人的幸福！他手中所掌握的，是多少人的快樂與痛苦啊！他能行善或做惡的力量是何等巨大呀！管家所說的每件事情都印證了他美好的性格，而當她站在他的畫像前，迎向他炯炯有神的目光時，不禁感激起他曾愛過自己。她的心裡滿是溫馨，便決定不再計較他那唐突的言行了。

將開放給訪客參觀的地方都看過一遍後，他們走下樓來，準備道別，雷諾德太太於是吩咐在大廳門口的園丁爲他們送行。

當他們穿越草坪、走向小溪，伊莉莎白轉身回頭望，她的舅舅和舅媽也在同時停下腳步。伊莉莎白的舅舅猜測起這棟建築的建造日期，就在此時，莊園主人竟然出現在馬廄前，從面對他們的一條路上走過來。

雙方距離不到二十碼，他的突然出現讓伊莉莎白連避開的機會都沒有。一瞬間兩人四目相對，彼此都滿臉通紅。達西先生顯然嚇了一跳，還好很快便回過神來，走向他們並與伊莉莎白說話，就算不是完全鎮定，至少也是十分有禮。

伊莉莎白在反射動作下本已轉過身了，但他正走過來，她只好停下腳步，困窘難當地接受他的問候。倘若伊莉莎白的舅舅和舅媽一時還無法將眼前的人與剛才屋裡的肖像畫聯想在一起，那麼園丁在見著主人時所表現出的驚訝也該清楚說明了，眼前的人即是達西先生。當他和他們外甥女說話時，夫妻倆站得有點兒遠，既驚訝又不知該如何是好的伊莉莎白簡直不敢看他的臉，對於達西先生禮貌問候自己的家人，也不知自己回答了什麼。

達西先生的態度比起上次他們分手時有很大的轉變，這使得伊莉莎白甚為驚訝，他的每一句話都加添了她的困窘，不該到這兒來的想法又盤據上心頭，兩人接觸的短短數分鐘竟成了她生命中最不舒服的時刻。不過達西先生似乎也不怎麼輕鬆，說話時語調沒有平日那麼鎮定，某些問題就問了好幾次，例如她於何時離開隆波安？要在德布夏待多久？諸如此類的提問。而且他有點兒語無倫次，可見他心裡也是七上八下的。

最後他似乎再也找不到話題，一言不發地站了一會兒，突然又恢復了神志，鞠躬告退。

舅舅和舅媽走過來，對伊莉莎白訴說他們對達西先生的欣賞；但是伊莉莎白一個字也沒聽進去，只是帶著滿腹心事，沉默地跟在他們後面走。

她淹沒在羞恥和憤怒的情緒中，來到這兒簡直是世界上最不幸也最愚蠢的決定！這對他來說多奇怪呀！好像她故意再來跟他不期而遇似的！她爲什麼要來呢？又或者，他爲什麼要早一天回來呢？如果他們早十分鐘離開，就不會碰上被他瞧不起的窘境了，因爲他很明顯才剛抵達莊園不久——剛離開馬背或者剛下馬車而已。她一想到那令人困窘的不期而遇，就一次又一次地漲紅了臉，但是他的態度卻有這麼大的轉變，這意味著什麼？他主動來跟她說話更是讓她覺得不可思議！他的態度是如此客氣，還問候了她的家人呢！她這輩子還沒見過他這麼和藹可親，連說話也是從未見過的溫和謙恭。這跟上次在若馨斯莊園裡，他把信交到她手中時的態度相比，差了何止十萬八千里！她不知道該做何感想，也不知道該怎麼解釋這整件事。

現在他們來到小溪旁一條景色怡人的步道，每往前走一步就更接近溪水，也更接近美麗的樹林；可是伊莉莎白全然沒注意到周遭景致，機械式地回應舅舅和舅媽不斷提醒她看風景的招呼，也似乎順著他們手指的方向看他們要她看的景物，但她簡直就是視而不見。她此時的心思意念全在潘柏利主屋裡某一個定點上——達西先生所在的地方，她想知道現在的達西在想些什麼——他是怎麼看待她的，還有他是否仍不顧一切地喜歡她。也許他這麼客氣就是因為他覺得輕鬆自在，然而他的語氣似乎也透著緊張，她不知道他見到自己是使得他更痛苦或是更快樂，但可以肯定的一點是，他當時絕不是沉著鎮定的。

最後，舅舅和舅媽對她的心不在焉提出異議，終於將伊莉莎白從無邊沉思裡喚回，她警覺到自己得拿出平常的樣子才行。

他們走進樹林，暫時離開小溪，踏上較高的坡地。此時就著林木間的空隙騁目遠眺，但見山谷中紛陳著迷人美景，放眼對面則見山巒連綿起伏、層層疊翠，往下望去則見溪流蜿蜒其間。佳德納先生忍不住想要將整個莊園逛上一圈，又怕莊園太過遼闊，此時園丁勾起一抹得意的笑容，向客人介紹道走一圈莊園得走上十哩路，他們只得作罷。於是一會兒後，他們又走進地勢較低的樹林，再次來到小溪邊，此處乃是溪流最為狹窄之處。

他們步上一彎小橋過溪去，這小橋和周遭景致融為一體，而從此處開始，山谷驟縮為僅容一條溪水流過的狹窄，而溪谷邊上雜亂的小灌木叢中有條小徑，伊莉莎白很想看看這條蜿蜒小徑通往哪裡，但是他們發現剛剛走過橋來使得他們遠離了莊園主屋，而不善於步行的佳德納太太已經無法再往前走，只想盡快回到馬車上。身為外甥女的伊莉莎白只好遵命，於是他們找了一條最近的路往溪流對岸的主屋走。他們走得很慢，因為佳德納先生很喜歡釣魚，這會兒水中不時出現的鱒魚常引得他停下腳步，和身旁的園丁高談闊論，雖是聊得高興卻沒走幾步路。

就在這走走停停中，大家又嚇了一跳，尤其是伊莉莎白。因爲達西先生正朝他們走過來，而且就在不遠處。他們這邊沒有樹木擋住視線，因此得以在雙方相遇前先看見他，伊莉莎白雖然滿心驚訝，但是至少已較先前有心理準備，可以和他面對面交談了。

她打定主意，如果他要過來和他們說話，她一定要冷靜以對。有一會兒她覺得達西先生也許走進另一條路去了，其實他是在拐彎時沒入林蔭的遮蔽，以致於他們沒看到他。及至繞過彎處，他又立刻出現在他們眼前。伊莉莎白看了他一眼，發覺他的態度還是和剛剛一樣客氣，當下便決定要學他的模樣，一見到他就開始讚美起他的園子；不過她才說了「令人喜歡」、「很有吸引力」之類的幾句話後，忽然想起某些不愉快的回憶。她想，她對潘柏利莊園的讚美也許會招致對方誤解，一思及此，她的臉上立刻出現紅暈，也隨即閉口不言。

佳德納太太此時站在伊莉莎白身後不遠，一見伊莉莎白不說話了，達西先生便開口問她說，他是否有這個榮幸，可以認識與她同行的友人？伊莉莎白沒料到他竟是如此客氣，一想到上次求婚時，他驕傲地嫌棄她的家人，這會兒卻又想認識他們，便忍不住泛出笑容。

「當他知道他們是誰的時候，會有多麼驚訝呢？」她想著：「他一定把他們當成上流社會的時尚人士了。」

雖然她這樣想，卻也立刻介紹三人認識，在她說明佳德納夫婦和自己的關係時，她偷瞄了達西一眼，想看看他有什麼反應；她猜他一定會拔腿就跑，免得和這麼不體面的人交朋友。在聽到伊莉莎白和佳德納夫婦的關係時，達西的確面露驚訝之色，但是他的態度仍然沉穩自若，並沒有離開他們，反而更加親近，甚至還與佳德納先生交談。伊莉莎白忍不住高興得意起來。讓他知道她也有幾個不會丟臉的親戚眞是帶給她莫大的安慰啊！她留心著舅舅和達西先生的對話，對於舅舅所說的每件事、每句話，她都覺得非常驕傲，因爲這些談話在在顯示出舅舅的聰明、品味以及好教養。

他們的話題很快轉到釣魚上，她聽見達西先生用最禮貌的態度邀請舅舅，只要他得空到附近來，就可以過來釣魚。他同時允諾要供應釣具，還把魚群最容易聚集之處指給舅舅看。此時佳德納太太正和伊莉莎白手挽著手散步，她對伊莉莎白使了個無法置信的眼色，伊莉莎白什麼話也沒說，心裡卻高興極了，他一定是爲了她才這樣討好舅舅。雖說如此她還是非常詫異，而且不停自問道：「他爲什麼有這麼大的改變？又爲了什麼而改變？不可能是爲了我——他絕不可能是爲了我而讓態度變得如此柔和的。我在翰斯福特對他的一番責備不可能讓他有這樣的改變，他絕不可能還愛著我。」

在兩位女士居前、兩位男士殿後地走了一陣子後，他們爲了觀賞一些特殊的水草，於是走下水邊低地，尋找一個較佳的位置好把水草看個清楚，待走上來後，他們走路的次序也有了改變。起因是佳德納太太走了一上午的路，感到非常疲累，決定還是挽著丈夫的手臂走路比較舒服，於是達西先生換過位置來和伊莉莎白並肩走。

經過片刻沉默後，女士先開口了。伊莉莎白希望讓達西知道，她是因為得到消息說他不在家才會到這裡來，於是一開口便說，她眞的沒想到他會在這時候出現。

「因為你的管家，」她說，「她告訴我們，說你明天才回來；而且在我們離開貝克威爾時，我們得到的消息也說你不會立刻回鄉下來的。」他知道她說的全是實話。

他也告訴她，因為臨時有些事要交代管家，所以他比同行的朋友們早幾個鐘頭回來。「他們明天一早就會過來，」他繼續道，「其中有幾個人你認識——賓利先生和他的姊妹。」

伊莉莎白只是輕輕點頭表示回答。她忽然想到上次他們倆提起賓利先生的場景；而且從達西先生的表情看來，他也正在想同樣的事情吧。

「這次同行的還有另外一個人，」沉默了一會兒，他說道，「那個人特別想跟你認識。當你在蘭布頓鎭暫留的這幾天，可否容我介紹舍妹給你認識？不知這樣的要求是否太過冒昧？」

這樣的要求的確讓伊莉莎白大感訝異，她覺得受寵若驚，不知該如何應對才好。她立刻想到達西小姐之所以想認識她，一定是她哥哥的功勞，光是想到這裡她就已經滿心歡喜。她以前對他的惱怒並沒有招致他對她的厭惡，一想到這一點，她就充滿了喜悅。

他們安靜地繼續走，各自陷入沉思中。想著想著，伊莉莎白心裡不舒坦起來，可是她的確受到殷勤對待，而且也很快樂啊！他想把他妹妹介紹給她認識，那就是一種最隆重的恭維了！兩人很快就把其他人拋在後面，直至走到馬車所在地時，佳德納夫婦還落後他們四分之一哩呢！

達西先生邀請伊莉莎白進屋歇息一下，但是她說她不累，於是兩人一起在草地上站著。伊莉莎白很想說些什麼，但是什麼話都說不出口，最後終於記起自己目前正在旅途中，於是便好好聊了一下麥特拉克和多佛河谷這兩個地方。然而時間過得和她舅媽移動的速度一樣慢，在這兩人單獨相處的情形結束前，只怕她的耐心和話題都要用光了。待佳德納夫婦一出現，達西先生便邀請他們進屋去吃點心，不過他們婉拒了。於是雙方就在最客氣的氣氛中互道再見，達西先生攙扶兩位女士坐上車，當馬車離開，伊莉莎白就這樣目送他緩步朝屋裡走去。

現在輪到舅舅和舅媽開口了，異口同聲地說達西先生遠比他們想像中要好上許多。

「他的舉止完全恰到好處，而且謙恭有禮、不擺架子。」舅舅說道。

「說實在的，他的確帶著一些貴族氣，」舅媽接下去道，「不過僅只於氣質上而已，而且並無不當。現在我可要借管家太太的話來說了——有人說他很驕傲，其實依我看呀，他一點兒也不驕傲。」

「他對我們的態度眞是讓我大感意外，那已是超乎一般的禮貌程度了，簡直就是大獻殷勤嘛；他沒有必要對我們這麼好的，他跟伊莉莎白並不很熟呀。」

「說眞的，伊莉莎白，」舅媽開口，「他是沒有威肯那麼搶眼，但是他也長得很好看哪！你爲什麼要告訴我們說他很討人厭呢？」

伊莉莎白竭盡全力爲自己辯解，她說當他們在肯特郡再次相遇時，她對他的好感就已經回溫了，只是她也從沒見過他像今天早上這般討人喜歡。

「不過，他今天這麼客氣也許只是心情特別好吧！」舅舅接著說道：「上流社會的貴族們常常如此，所以我還是不要把他邀我釣魚的事情當眞才好，說不定他哪天就改變心意，還要警告我不准靠近他的園子哩！」

伊莉莎白覺得他們完全誤解他了，但是她什麼話也沒說。

佳德納太太繼續道：「依我們今天所看到的他來說，我實在無法相信他會那麼冷酷無情地對待可憐的威肯，我無法相信他會對任何一人做出這種事。他看起來不像壞心腸的人呀，相反地，當他說話時，嘴巴的樣子很可愛的。雖然他的眉宇間有些嚴肅，但也不會因此就讓人覺得他有一副壞心腸。不過，說實在，那位帶領我們參觀房子的好心太太眞是把他說得太好了！有好幾次我都忍不住想笑出來。但我想，他一定是個慷慨的主人，因爲慷慨在僕人眼裡就代表了一切美德。」

此時伊莉莎白覺得她應該站出來，爲達西先生對待威肯一事辯白一下，於是她小心謹愼地解釋，試圖讓舅舅和舅媽明白事情原委。她告訴他們，當她在肯特郡時，達西先生的親戚曾告訴她，達西對威肯所做的事其實並不像外人認爲的那般冷酷無情，而且他的性格也沒有那麼壞，實際上威肯也不見得是赫福郡的人們所認爲的那般討喜。

爲了證實這一點，伊莉莎白還將達西和威肯彼此間詳細的金錢往來都告訴佳德納夫婦，不過並未說明是誰告訴她的，只說她的消息來源非常可靠。

Chapter 44

第四十四章

伊莉莎白算定達西先生會在他妹妹抵達潘柏利的隔天帶她來拜訪，因而決定當天上午就只待在旅館裡。不過她這次算錯了，因爲在伊莉莎白他們抵達蘭布頓鎮的第二天早上，訪客們就來了。

伊莉莎白他們剛和幾位新認識的朋友在附近逛一圈，這時正好回到旅館換衣服，準備到先前認識的朋友家用餐，卻被忽然出現的馬車聲吸引到窗邊去。他們探頭一看，見到一男一女乘著一輛雙輪輕便馬車，正從大街上過來。伊莉莎白立刻認出馬車夫穿的是哪家的僕從制服，也猜到了他們的來意，於是告訴她的舅舅、舅媽，他們即將有貴客駕臨。

佳德納夫婦很是驚訝。伊莉莎白說話時顯得非常困窘，加上眼前貴客到訪，還有昨天在潘柏利莊園受到的殷勤接待，佳德納夫婦有了些新想法。他們以前想不出緣由，爲什麼達西先生對他們那麼好，現在則覺得除了達西先生愛上他們的外甥女之外，沒有別的解釋了。當這些萌芽的念頭在他們腦裡打轉之時，伊莉莎白的情緒也愈來愈混亂。她很驚訝自己竟會這樣不知所措，不過想想其中原因，可能是擔心達西先生出於對自己的喜愛，而對妹妹說了太多她的好話。她並不想讓他妹妹失望，但是她愈是想取悅人，就愈發揮不出取悅人的本領。

她因為怕自己被看見，趕忙退到窗戶邊；當她在房間裡走來走去，試圖平靜下來時，瞧見舅舅、舅媽充滿疑惑的驚訝神情，心裡更加焦急不安了。

達西小姐和她哥哥出現在眼前，這令人擔心不已的互相介紹環節終於上場。伊莉莎白驚訝地發現，原來她這位新朋友和她一樣緊張。自從她來到蘭布頓鎮後，經常聽人說達西小姐非常傲慢，但在幾分鐘的觀察之後她即確定，達西小姐只是太害羞了而已。她發現，除了「是」、「不」這種單音節的字以外，想讓達西小姐出聲可真是難上加難。

達西小姐身材高眺，個子比伊莉莎白還高上一截，雖然才十六歲出頭，儼然已是大人模樣，看起來溫柔婉約、優雅端莊。她長得沒有哥哥好看，但眉宇間流露出聰穎和善良，而且她的態度謙和，一點兒架子都沒有。伊莉莎白原本以為達西小姐會敏銳且毫無顧忌地觀察別人，就像達西先生以前一樣，現在發覺她不是這樣的

人，心情一下子輕鬆起來。

介紹她們認識不久，達西先生就告訴伊莉莎白，賓利也要過來探望她。她還來不及表達高興之情，也還沒做好見面準備，就聽見賓利的腳步聲在樓梯間響起，不一會兒，他就進來了。伊莉莎白對他的氣憤早已煙消雲散，就算心中仍存餘怒，面對眼前賓利先生毫不做作、真心誠意對伊莉莎白的問候，她想生氣也很難了。賓利先生態度大方親切地問候伊莉莎白的家人們，他的外表和舉止言談依然是他一貫幽默輕鬆的老樣子。

佳德納夫婦就和伊莉莎白一樣，覺得賓利先生是個風趣的人。他們老早就想見見他，今天蒞臨的貴客們也真是讓夫妻倆又驚又喜。佳德納夫婦由於對達西先生和伊莉莎白之間的關係起疑，所以問了雙方幾個真誠且慎重的問題；而從這些問題的答案看來，他們當中有一個人明顯墜入愛河了。女方給他們的感覺讓他們還有些不確定，但是男方對女方充滿欣賞之情則無庸置疑。

伊莉莎白想要確定她每位訪客的感覺如何，她想讓自己鎮定下來，讓自己能表現得使大家都喜歡她。她最擔心她是不是討人喜歡，結果反倒有了最成功的表現，因爲她想取悅的這些人早就已經很喜歡她了。賓利已準備好和她建立交情，喬芝娜渴望得到她的友誼，達西則打定主意要贏得她的青睞。

一看見賓利，伊莉莎白自然就想起姊姊。噢！她多麼想知道賓利是否也因見到伊莉莎白而想起珍。有時候她自顧自地想，賓利先生不像從前那樣健談了，還有一、兩次她覺得賓利先生看著她，

是想在她身上找到姊姊的影子，這個想法讓她很高興。不過，雖然這些都是伊莉莎白自己的想像，但是從賓利先生對達西小姐的眼神中觀察下來，根本找不出雙方之間有戀愛跡象。他們的互動根本無法成為賓利姊妹所希望的戀人關係，這一點讓伊莉莎白很滿意。在訪客們告辭前，賓利先生說了幾句話，而極力維護姊姊的伊莉莎白便將這些話解讀成他對珍依舊難以忘懷。

賓利先生更說道他希望有機會能多聊一些，伊莉莎白心想，他若再大膽些，可能就會直接問起珍了。當其他人在聊天時，他語帶傷感地告訴伊莉莎白，他「好久沒見到她了」，在伊莉莎白答腔以前，賓利又說了句：「已經八個多月了。自從去年十一月二十六日，我們在尼德斐莊園的舞會上一別，至今還未曾見過面呢。」

伊莉莎白很高興他記得這麼清楚，而且稍後他又趁其他人不注意時詢問她，她的姊妹們是否都還住在隆波安。他的問題簡潔、言談扼要，但是神態間卻賦予這些話極其特別的意義。

伊莉莎白很少直視達西先生，但是當她望向他時，只覺得他的表情溫和有禮，再聽他的言談，也感覺得到他毫無傲慢、鄙視周圍之人的習氣。她確信昨天她所看到的達西先生態度有所改進了，姑且不論能維持多久，至少已經持續了一天。她看著眼前的達西熱切想結識她的親人，甚至想要博得他們的好感，但在幾個月他連跟他們講話都不屑。

當她看他如此彬彬有禮，不只是對她自己，也對他曾說看不起的親戚時，不由得想起那天在牧師公館的情景——這差異、轉變實在太大了，在她心中所造成的震撼更是不在話下，她差點兒要控制不住自己，將這種震驚的感覺顯露出來。她從未見過他以這麼討好的態度去對待他在尼德斐莊園的好朋友們，或是在若馨斯莊園的高貴親戚們，她從未見過他像此刻一般平易近人、舒暢開懷，其實他討這些人歡心無助於地位的提升，更只會受到尼德斐莊園及若馨斯莊園的女士們訕笑和責備而已啊。

賓主一群人坐了半個多鐘頭，當客人起身告辭，達西先生要達西小姐過來他身邊，和他一起邀請佳德納伉儷及班尼特小姐，請他們在離開此地前到潘柏利莊園用餐。達西小姐由於還不習慣對人提出邀請，所以顯得很害羞，不過她還是立刻照哥哥的吩咐去做。佳德納太太瞧向外甥女，想知道她意下如何，畢竟人家主要是邀請她，想必非得接受不可，伊莉莎白卻把頭轉開了去。

佳德納太太推測伊莉莎白是不好意思而非不想去，於是看看她的丈夫，佳德納先生喜歡社交，滿心贊同溢於言表，於是她大膽答應下來，日期就定在後天。

賓利先生確定可以再見到伊莉莎白，開心得不得了。他有好多話想告訴她，而且還有許多有關他們赫福郡朋友的問題想問她。伊莉莎白把這一切歸因於他想從她那兒探聽到珍的消息使然，她自然也是高興的。除了這件事以外，當訪客們都離去後，伊莉莎白回想起剛才半個多小時也頗覺滿意——雖然在當時並不怎麼覺得有趣。由於她迫切地想要獨處，也怕舅舅、舅媽問東問西，她一聽完他們對賓利先生的稱讚就趕緊走開了。

然而她根本不用擔心佳德納夫婦的好奇心，除非她自己想說，要不然他們是不會打破沙鍋問到底的。顯然伊莉莎白和達西先生的相熟程度比他們所猜想的還要高，而且他很明顯地深深愛上伊莉莎白。他們觀察到許多跡象，但總覺得都不便過問。

現在他們只想好好檢視一下達西先生這個人，以他們目前對達西先生的認識來說，他的確是完美無缺，他們無法不被他的彬彬有禮所感動。假如要他們根據自己的感覺和管家太太的一席話，且不參照其他人看法地來描繪達西先生的性格，結果肯定會讓赫福郡那些認識達西先生的人大搖其頭。不過，他們主張相信管家的話；認爲這些評語若是出自從他四歲起就認識他的管家之口，那就不可等閒視之。況且管家本身儀態大方，也是個値得信賴的人。從住在蘭布頓鎭的友人那兒所得來的消息也無法否認管家的話，人們除了說他傲慢之外，也找不到其他可指責的事。

也許達西先生是有點兒傲慢，就算他一點兒也不傲慢，達西一家也從沒來過這以市集買賣爲主的小鎭，居民們自然要說他傲慢了。不過大家倒是都承認一點，那就是他的爲人慷慨大方，爲貧窮的人們做了不少事。

至於威肯，伊莉莎白一行人很快就發現當地人對他沒什麼好評。雖然人們不甚清楚威肯先生和他家老主人之子彼此間發生過什麼事，但衆所周知的事實卻是威肯在離開德布夏時，留下了一大筆債，後來都是達西先生替他清償的。

伊莉莎白在今晚思索潘柏利莊園一事更甚於昨晚，雖說是漫漫長夜，但也不夠長到能讓她對莊園裡那個人理出頭緒。

她躺在床上整整兩小時，希望把一切想清楚。她確定她並不討厭他，從很久以前就已經不討厭了，而且自從自己因爲曾經厭惡他而產生羞愧的情緒後，也已經過了很長一段時間。達西先生高尙的人品的確贏得了她的敬重，雖然一開始她不願承認，現在也已能坦然面對。由於管家對他的大力讚揚，使得她對他更有好感，而且在昨天的事情過後，她不禁覺得他眞是一個很討人喜歡的人。

然而，除了敬佩和尊重外，她心裡還有一種不能忽視的感覺，那就是感激——不只是感激他曾經愛過她，也感激他現在還願意愛她、原諒她在拒絕求婚時表現出來的任性，以及對他不公平的指責。她一度以爲當時在潘柏利莊園不期而遇時，他會把她當成頭號敵人般避開，想不到他竟然迫不及待要找回她這個朋友，而且沒有粗俗的愛情表白或是怪異舉止，只有對她的同伴們的關懷，並且想博得他們的歡心，想要熱心介紹親妹妹給她認識。一個原本傲慢的男人能有這樣的轉變，她的感覺不再是驚訝，而是感激——因爲只有熾熱的愛才能有這樣的結果。

她覺得自己受到鼓勵，反而沒有半點不高興，雖然她不知道這是否就是愛的定義，她敬佩他、尊重他、感激他，她感到自身對他生活幸福的關心打從心底升起來。她只想知道，在讓他幸福這件事上，她所扮演的角色爲何，她只想知道自己要用多大力量，才能讓彼此都幸福。而她的感覺告訴她，她的確擁有能夠讓他重提結婚之議的力量。

晚上，舅媽和外甥女談論起達西小姐，說她一回到潘柏利就過來探望他們，眞是太客氣了！因爲她到達旅館的時間還算是早餐時間呢。雖然伊莉莎白他們這邊無法同樣客氣地回禮，但也應該回訪她才是。於是她們商議好，決定在第二天早上去拜訪她，潘柏利莊園之行於焉成立。伊莉莎白很高興，心裡問起自己在高興些什麼，卻也半點都答不上來。

佳德納先生吃過早餐後不久便出門了。因爲他們在前一天相聚時已經更新了釣魚計畫，他要在中午前就到潘柏利莊園，和幾位男士們一塊兒釣魚。

Chapter 45

第四十五章

伊莉莎白現在明白了，賓利小姐之所以不喜歡她乃是出於忌妒。她忍不住想，賓利小姐待會兒看到她出現在潘柏利一定會很不高興，可是她又很好奇，她們這麼久不見，她會用什麼層級的禮節來面對她。

一到潘柏利，僕人當即帶領她們穿過門廊到客廳去。此處朝北，剛好可以享受夏日涼爽宜人的風光。窗戶皆開向庭園，屋後清新的層巒疊翠、園中草坪上美麗的西班牙栗樹，皆可一覽無遺。

達西小姐就在這個房裡接待她們，在座的還有赫司特太太、賓利小姐以及在倫敦陪伴達西小姐的安斯里太太。喬芝娜對她們都非常客氣，不過在態度上有點兒拘謹，因爲她太害羞了，也害怕舉止有所失當；其實她這樣表現，很容易讓心中自卑的人誤以爲她傲慢驕矜，然而佳德納太太與其外甥女不會錯怪她，反而對她心生憐憫。

赫司特太太和賓利小姐都只以屈膝禮相迎，待大家坐定後，一陣尷尬的沉默隨即降臨。安斯里太太首先打破沉默，她是個優雅、美麗的婦人，從她盡力找話說的禮貌上來看，顯然比赫司特太太或賓利小姐都要來得有教養。她和佳德納太太談著話，伊莉莎白不時也來助陣一番，這樣才不至於讓尷尬的沉默再次入侵。達西小姐看起來似乎很想加入談話，卻又缺乏勇氣，偶爾在不擔心被人聽見聲音時，才會冒險說個簡短的句子。

伊莉莎白不久即發現自己在被賓利小姐仔細觀察著，只要她開口，尤其是對達西小姐說話時，都會得到賓利小姐特別關注。然而，要不是伊莉莎白和達西小姐坐得太遠，她也不會因爲顧慮賓利小姐而停止和聚會女主人聊天；不過即使她現在無法多說，她也不覺得遺憾，畢竟她的腦子裡正塞滿了糾結錯亂的思緒呢。她時時掛心著某幾位男士可能走進房間來，她既期望又害怕這座莊園的主人也會跟著他們出現，而她究竟是期望多一些還是害怕多一些，她自己也不知道。大家就這樣坐了十五分鐘，原本沉默不語的賓利小姐突然冷冷問候起伊莉莎白的家人，嚇了一跳的伊莉莎白以同等的冷漠簡短回答了賓利小姐，此後賓利小姐就不再說話了。

下一個出現的變化是僕人們端著冷盤、蛋糕，和當季各種新鮮水果進來；不過這是在安斯里太太給達西小姐使了好幾次眼色外加幾個微笑後的結果，她提醒她該讓僕從送點心了。現在客廳裡的人總算有別的事情可以忙，畢竟她們並非每個人一開口就能滔滔不絕，可是至少都可以吃東西呀。一串串新鮮美麗的葡萄、誘人的油桃、桃子等水果一一擺上，很快就讓女士們聚攏起來了。

享用餐點時，伊莉莎白總算有機會好好釐清一下思緒，她究竟是期望還是害怕達西先生走進客廳來。在他出現的那一刻，伊莉莎白覺得自己是期望他進來的，可是才過了一會兒，她就開始覺得他還是不要進來比較好。

達西先生本來是陪佳德納先生以及另外兩、三位先生在溪邊釣魚，一聽到佳德納太太今天早上要帶著外甥女來拜訪喬芝娜，就立刻離開男士們往家裡趕過來。他一出現，伊莉莎白就明智地下定決心，要讓自己表現得輕鬆自在、優雅大方——這是非常必要的決心，卻也是非常不容易做到的事情。因爲她發現，當達西先生出現時，全部人都感到滿腹狐疑，納悶他出現在這裡要做什麼？其中顯得最爲好奇的就是賓利小姐，雖然她對達西先生說話時臉上堆滿笑容，不過這是因爲她心存忌妒，而且她對達西也還不想放棄之故。達西小姐一看到哥哥進來便盡量多說了些話，伊莉莎白看得出達西先生很希望她和他妹妹能盡早熟稔起來，經常製造機會讓她們彼此多說話。賓利小姐也看出達西的意圖了，頓時怒火中燒，衝動地抓住機會，劈頭就朝伊莉莎白諷刺地問道：

「啊，伊莉莎白小姐，馬利頓的民兵團不是移防了嗎？對你家人來說眞是巨大的損失哪！」

當著達西先生的面，賓利小姐不敢提威肯先生的名字，不過伊莉莎白立刻明白她說的就是威肯；想起關於他的種種，伊莉莎白一時很鬱悶，不過她很快就回敬了這惡意的攻擊，以極淡漠的語氣回答賓利小姐的問題。她在說話時不由自主瞥了達西一眼，只見他非常專注、誠懇而眞摯地望著她，而他妹妹卻驚慌失措，不敢抬起雙眼。要是賓利小姐知道她的話會給她親愛的朋友帶來多大痛苦，想必就不會讓這種有所影射的話出口了吧。

不過，當下的她只想讓伊莉莎白難堪，才會搬出這個她以爲讓伊莉莎白動了情的男人，讓伊莉莎白當衆丟臉，藉以破壞達西對她的好感；又或者她是爲了要提醒達西，班尼特家的小妹們喜歡跟在軍官後頭跑之類的蠢事。

賓利小姐對達西小姐私奔未成一事一無所知，這件事達西一直保密，除了伊莉莎白以外幾乎不讓人知道，對於賓利的家人當然更是如此，因爲伊莉莎白以前就曾認爲達西有意讓喬芝娜成爲賓利家的人。達西確實這麼想過，不過他倒不是因此才慫恿賓利離開珍的，也許只是純粹出於對賓利一生幸福的考量而已。

伊莉莎白鎮靜若常的態度讓達西放下心來，賓利小姐吃了伊莉莎白一記回馬槍，雖然氣在心裡但已無力反擊，於是不敢再提威肯。喬芝娜也及時恢復正常，不過情形還沒好到可以開口就是了。她不敢看她哥哥的眼睛，儘管哥哥在那當下其實並未把她和這件事聯想在一起。賓利小姐本來是要讓達西對伊莉莎白失去興趣，現在卻弄巧成拙，達西反而更將注意力放在伊莉莎白身上了。

在賓利小姐和伊莉莎白的一問一答後沒多久，訪客們就起身告辭。當達西先生送她們去上馬車時，裡屋的賓利小姐開始就伊莉莎白的人品、行爲舉止、服裝等等大加批評，不過喬芝娜不理她，因爲哥哥對伊莉莎白讚譽有加，足可讓喬芝娜對她產生好感。哥哥的判斷不會錯的，而且哥哥既然這麼喜歡她，喬芝娜便也覺得伊莉莎白可愛又親切。當達西回到客廳時，賓利小姐忍不住又把剛才對喬芝娜說過的一些話告訴他。

「達西先生，伊莉莎白今天早上看起來可眞糟糕啊！」她叫道：「我這輩子從沒看過像她這樣，改變得這麼誇張的人，才一個冬天哪！她的皮膚變得又黑又粗！露薏莎和我簡直都快認不出她來了。」

達西先生對這樣的評語一點興趣也沒有，他只是冷冷地說他並不覺得伊莉莎白有什麼改變，除了黑一點兒以外——在夏天旅行嘛，多少都會曬黑的。

「就我的看法，」賓利小姐又開口道，「我得坦承，我從來就不覺得她好看。她的臉太單薄、皮膚沒什麼光澤、五官一點兒也不出色，她的鼻子也不挺——幾乎看不到分明的線條嘛，牙齒就勉強還可以，可是也脫離不了平庸之流。至於她的眼睛，我曾聽人說過很漂亮，可我倒不覺得有什麼特別的，我覺得她的眼神銳利得像個潑婦，我一點兒也不喜歡；整體來說，她給人的感覺就是不入流的傲慢，令人無法忍受。」

賓利小姐相信達西先生很喜歡伊莉莎白，她想破壞達西對伊莉莎白的好感，不過她這樣做是不會讓達西轉而喜歡她的。生氣的人往往會做出不智之舉，她看到達西終於顯出氣惱的樣子，以為自己成功了。眼見達西持續沉默以對，賓利小姐打定主意要他開口，於是繼續道：

「我記得，我們剛在赫福郡認識她，聽人說她是公認的美女時有多驚訝；而且我還記得，某天晚上在他們到尼德斐莊園用過晚餐後，你說：『她是美女！那我得說她母親是才女了。』不過後來她好像讓你對她改觀了，而且我相信，你曾經一度認為她很漂亮。」

「是的。」達西答道，他再也按捺不住了，「那只不過是我剛認識她時的印象，經過這幾個月下來，我認為她是我認識的女性中最美麗的一個。」

說完，達西立刻離開客廳。賓利小姐雖然達到迫使他說話的目的，卻也獨自承受了這話所帶來的痛苦結果。

回到旅館後，佳德納太太和伊莉莎白談起她們今天上午拜訪達西小姐的種種情形，但就是不談她倆都特別感興趣的事。她們談及在場每個人的樣子和行爲舉止，就是不談她們兩個都特別注意的那個男子。她們談及他的妹妹、他的朋友、他的房子、他的水果——就是不談他。然而伊莉莎白很想知道佳德納太太對他的看法，佳德納太太肯定也會樂於說出她的意見——只要伊莉莎白願意主動談起這事的話。

第四十六章

Chapter 46

伊莉莎白初到蘭布頓鎮時，因爲沒有收到姊姊的信，內心非常失望，而且這樣的失望每天早上都會上演一次。直到第三天，這樣的失望一掃而空，而且她也不再怪罪姊姊了，因爲這天早上她一口氣收到珍寄來的兩封信，其中一封信上還有投遞錯誤的註記。伊莉莎白看到珍潦草的字跡，心想這也難怪。

當信送到那會兒，他們正準備出去散步；舅舅和舅媽想讓伊莉莎白一個人獨享看信的樂趣，便自行出門了。伊莉莎白先看投遞錯誤的那一封，那是五天前寫的。信的開端先是描寫表弟、表妹們的生活動態，鄰里間的聚會活動還有一些來自鄉下的消息；可是信的後半部分，日期註明是隔天寫的，字跡明顯潦草得多，敘述的卻是較爲重要的消息。內容如下：

寫完上述事情後，伊莉莎白，有一件最令人料想不到、最嚴重的事情發生了，可是我怕嚇到你——請你先放心，我們都很好，我要說的事和可憐的莉蒂亞有關。昨天夜裡十二點來了封快信，那時我們都睡了，信是佛司特上校發的，他說莉蒂亞和他手下的一名軍官跑到蘇格蘭去了——實際上那名軍官就是威肯！想想我們當時有多驚訝！但對莉蒂亞來說似乎沒有那麼意外。對他們雙方來說這件婚事都太過輕率魯莽，不過我願意往好處想，希望威肯的人品沒有那麼壞。我得承認他行事太過衝動、欠缺考慮，可是也不能說他是心地不好啊！至少他不是為了利益而選擇莉蒂亞，因為他一定知道我們的父親沒有什麼可給她的。我們可憐的母親傷心極了，父親還比較能忍受得住，想到我們沒將別人對威肯的惡評告訴父母，我就滿心感激！我們自己也得忘掉這些事才好。據猜測，他們兩人是在週六夜裡十二點出走的，不過一直到昨天早上八點才被人發現失蹤一事，快信也隨之寄出。我親愛的伊莉莎白，他們現在離我們一定還不到十哩遠，佛司特上校說他很快就會到這兒來，因為莉蒂亞留了封短箋給他太太，把他們的計畫告訴她。我得停筆了，因為我不能離開可憐的母親太久。我怕你不了解這到底是怎麼一回事，其實我也不知道自己在寫些什麼了。

沒來得及細想也還弄不清楚自己的感覺，伊莉莎白一看完這封信立刻抓起另一封，迫不及待地往下讀。這封信是在上一封信完成後的隔天寫的，內容如下：

我最親愛的妹妹，你應該已經收到我那封匆匆忙忙寫的信了吧，我希望這封信能給你多一點消息；不過，雖然我現在無須擔心時間緊迫，腦子裡仍然一團混亂，不知道寫出來的東西能不能連貫上一封信的內容。

我真不知該怎麼寫這封信，可是我還是得把壞消息告訴你，而且刻不容緩。威肯先生和可憐的莉蒂亞對待婚姻的態度實在太草率，我們現在急著想知道他們到底結婚了沒有，因為我們擔心他們根本沒到蘇格蘭去！佛司特上校昨天到這兒來了，他於前一天發出快信後不到幾小時便離開布里基頓。雖然從莉蒂亞留給佛司特太太的信上來看，他們要到格雷特納綠地[6]去，但是從丹尼那兒洩露出來的消息卻是，威肯從未打算到那兒去，也不打算和莉蒂亞結婚。丹尼的說法傳入佛司特上校耳裡，上校大為驚訝，隨即從布里基頓出發，順著他們可能行經的路線追蹤而去。他的確很順利就追到克利普罕，不過無法再往下追了，因為莉蒂亞他們一到那兒，就把他們從愛布森搭乘過來的馬車打發走，換上當地的出租馬車，之後的消息就只剩下有人看到他們的馬車沿著往倫敦的路上駛去。我不知該怎麼想了，佛司特上校在倫敦每一個可能的地方都問過，再沿著收費公路找過來，也問過巴爾尼特和哈特非的每一間旅館——沒有人見過他們，之後他就到赫福郡來了。他帶著最深切的關懷來到隆波安，真心誠意向我們表達他的憂慮。我很替佛司特上校夫婦難過，雖然發生了這樣的

6英格蘭於一七五三年通過婚姻法案（Marriage Act），規定雙方必須年滿二十一歲、得到父母同意，且經牧師證婚，婚姻方才生效。與此同時，蘇格蘭的規定相對寬鬆，男子只須年滿十四歲、女子年滿十二歲，在一位見證人面前立誓，婚姻即可成立。而在蘇格蘭合法締結的婚姻，在英格蘭同樣具法律效力。因此，最鄰近英格蘭的蘇格蘭小鎮「格雷特納綠地」（Gretna Green），因地利之便，成了當時知名的私奔者結婚天堂。

事，但誰也不能責怪他們。親愛的伊莉莎白，我們真的很沮喪，父親和母親認為這件事會有最壞的結果，但我無法把威肯當成一個那麼壞的人來看待。也許基於種種考量，他們認為到倫敦去祕密結婚比原來去蘇格蘭的計畫好吧？就算是威肯有計謀地要誘拐年輕的莉蒂亞，難道莉蒂亞也願意跟他走？而我難過地發現，佛司特上校對他們結婚的可能並不樂觀；當我向他說明我心中的希望時，他搖搖頭，還說威肯恐怕不是一個值得信任的人。母親病得厲害，無法離開臥房，要是她能振作起來就好了，可惜沒辦法。至於父親，我這輩子還沒見他這樣擔憂過；可憐的凱蒂一直為自己隱瞞他們的戀情而生氣，不過那既是一件隱私，我們也不能怪她不說。我很高興你沒有在這裡目睹這些不愉快的場面，可是現在，我們從未碰過的驚嚇已經過去，我可以要求你回家來嗎？如果不方便的話，我也不會自私地非要你回家不可。

唉，此刻我再次提筆，要寫的卻是我剛才說不會自私地要求你做的事，但情況如此，我不得不誠懇地請求你們，盡快回到隆波安來。我深知舅舅和舅媽的為人，因此我大膽提出這個要求，而且我還有事得請舅舅幫忙。父親即刻就要啓程，和佛司特上校一起前往倫敦，以便尋找莉蒂亞。我不知道父親打算怎麼找，可是過度擔憂很難讓他有最好最安全的解法，而佛司特上校得在明晚回到布里基頓。在這緊要時刻，舅舅的意見和幫助是我們最需要的；他一定能理解我此刻的感受，我相信舅舅會幫助我們的。

「喔！舅舅！舅舅在哪兒？」伊莉莎白叫道。她看完信立刻從椅子上跳起來，急著要找舅舅，時間寶貴得一分鐘也浪費不得。她一走到門邊，僕人剛巧把門打開，達西先生出現在門口，伊莉莎白蒼白的臉色和慌亂的舉止讓他嚇了一跳。在他還未來得及回神前，滿腦子都想著莉蒂亞的伊莉莎白匆匆開口道：「非常抱歉，我現在得出去一趟，我有急事得立刻找到佳德納先生，我沒有時間了！」

「天哪，你怎麼了？」達西先生驚呼，語氣神態間流露的關心已經遠多於禮貌客套的程度，不過他隨即恢復過來，「我連一分鐘都不會耽誤你，可是請讓我或是讓僕人去找佳德納先生和佳德納太太吧。你看起來很不舒服，不該自己去的。」

伊莉莎白遲疑起來，可是她的雙膝的確在不停顫抖，她也覺得自己這時很難找到他們。於是她喚回僕人，聲音急迫且近乎不清不楚地吩咐著，馬上去找先生和太太回來。

僕人一離開，伊莉莎白便支撐不住地坐下來，而且臉色非常難看。達西先生不忍心就此走開，於是放緩了語氣說道：「讓我把你的女僕叫來吧。你要不要喝點兒什麼讓自己舒服些？要不要喝杯酒？你看起來很不舒服。」

「不用了，謝謝。」她答道，努力想鎮定下來。「我沒事，我很好，只是剛剛接到從隆波安捎來的消息，太令人難以接受了，我覺得很難過。」

語畢，她忽然淚如泉湧，好一陣子說不出話來。達西心中頓時充滿憐憫，卻又不知到底發生何

「非常抱歉，我現在得出去一趟，我沒有時間了！」

事，只能含糊說些關心的語句，並在一旁同情且沉默地看著她。伊莉莎白終於又開口了：「我剛收到珍寄來的信，是可怕的消息，我想是瞞不了任何人的——我最小的妹妹拋下她所有的朋友，跟威肯先生私奔了！他們兩人一起離開了布里基頓。你深知他的行事為人，會發生些什麼事無庸置疑，莉蒂亞沒錢沒勢，沒有可誘惑他的——她這一輩子都毀了！」

達西怔住了。

「仔細想想，」伊莉莎白語氣更激憤地續道，「我本來可以阻止這件事發生的！我早知他的為人，如果我把其中一部分說出來——把我所知有關他為人的那一部分說給家人聽就好了！如果我們都知道他的為人，這件事就不會發生了，可是這一切都——都已經太遲了！」

達西嘆道：「我真的很難過震驚，可是，這是真的嗎？確定嗎？」

「喔，是的！他們兩人在週日晚上一起離開布里基頓，而且一路被追到倫敦去，不過到了倫敦就失去線索了，他們肯定沒去蘇格蘭。」

「有沒有採取什麼行動，或者有什麼把她找回來的計畫嗎？」

「我父親已經到倫敦去了，而且珍也已經來信，求我舅舅立刻幫忙；我們也要回去了，我希望能在半小時內成行。可是我們束手無策，我非常清楚我們真的是束手無策啊！我們能怎麼對付這樣一個男人呢？我們要怎麼找到他們呢？我連一點兒希望都沒有，這真的太可怕了！」

達西搖搖頭，默然同意。

「當我認清他的眞面目時，要是知道我該大膽去做就好了！可惜我不知道，我怕做得太多——眞是不幸的錯誤！」

達西沒有答腔。他彷彿沒有聽到她說話，只是在屋裡來回踱步，認眞思考著什麼。他的眉頭深鎖、神色憂鬱，伊莉莎白看見了，心裡隨即明白過來，她的魅力正在往下降。家裡出了這麼不光彩的事，當然所有的光環都要褪色了。

她不覺得訝異也沒有不平，就算她相信達西仍然愛她，也無法令她感到安慰、減輕心中憂愁。其實這正好讓她明白了自己心中的想望，她從未如此眞誠地感覺到她已愛上他，而現在，全部的愛都將成空了。

這件事的影響不光是對她自己而已——莉蒂亞做了這件事，使得全家人都蒙受羞辱。伊莉莎白再也思考不下去，她用手帕捂住臉，完全不知道該怎麼辦才好，一切似乎靜止了。

直到幾分鐘之後，達西的聲音將她喚回現實。他用充滿同情但情緒已較爲克制的語調說道：

「我想，你恐怕早就希望送客了，而且我確實沒什麼理由留下來。我眞的很關心這件事，不過在此時也無濟於事，眞希望我能說些什麼或做些什麼來減輕你的痛苦，然而我不想說些好聽卻不實際的話讓你空歡喜，因爲這會使你更痛苦。發生了這件不幸的事，我想舍妹今天也許無福在潘柏利見到你們了。」

「是的。煩請代我們向達西小姐致歉，就說我們有急事得趕回家。請盡量幫我們隱瞞這件不幸的事，不過我知道這瞞不了多久的。」

達西先生隨即保證不會對任何人提起此事，並再一次表明他看到她這麼憂傷眞的很難受，希望事情的結果不會像現在想得那麼糟。接著他請她代爲向她的家人們致意後，表情凝重地看了她一眼，隨即離開了。

他一離開，伊莉莎白隨即想起他們兩人這幾次在德布夏的見面。這些時光竟是如此愉快，有如置身夢境一般，她回顧著他們相識的全部過程，充滿了矛盾衝突與意想不到的變化，她之前曾爲了不必再與他見面而高興歡喜，現在卻渴望能與他繼續來往，一想到這裡，她忍不住嘆了口氣。

若說感激與尊重是愛情的良好基礎，那麼伊莉莎白的愛情變化歷程就不是不可能，也不是錯謬的了。可是若從另一個角度看——如果他們的愛情是這樣產生，那豈不是太過不合理自然了，相較於一般人印象中的一見鍾情，有人甚至還說不上兩句話就已經萌生愛苗。她也說不上來這是怎麼回事，唯一的解釋即是，有了威肯的前車之鑑，她寧願穩紮穩打地談戀愛吧。

她目送達西走出去，心裡感到無限悵惘。這是莉蒂亞醜事效應的初期發酵吧，她一想起這件事就更氣憤，其實看了珍的第二封信後，她就覺得威肯根本沒有要娶莉蒂亞的意思。她想，除了珍以外，沒有人會抱持這種希望，她對事情出現這樣的發展一點兒也不意外。當她讀著第一封信的內容時，就已經感到非常驚訝——威肯竟然會娶一個沒有錢的女孩。莉蒂亞對他有什麼吸引力呢？眞是讓人無法理解。可是現在想想，這事情也再自然不過，莉蒂亞的外貌要讓威肯對她傾心綽綽有餘；

而且她猜想，雖然莉蒂亞並非只想私奔而不考慮結婚，她也不難相信，既輕浮又沒大腦的莉蒂亞很容易就成爲威肯拐騙的目標。

當民兵團駐紮在赫福郡時，她一點兒也看不出來莉蒂亞喜歡威肯，倒是相信只要有人主動對莉蒂亞示好，莉蒂亞就會自動投入對方懷抱。她時而喜歡這個軍官，時而喜歡那個軍官，端看誰對她殷勤而定，她的戀情從未穩定過，卻也從不欠缺對象。對這樣一個女孩兒放縱與溺愛，從而導致今天的不幸，伊莉莎白此刻的感受是多麼深刻啊！

她眞想立刻飛奔回家，和珍一同扛起此刻壓在她肩上的重擔——家中必定亂成一團，父親不在，母親臥病在床，時時刻刻需要人幫助。雖然伊莉莎白也清楚，此刻的他們無法爲莉蒂亞做些什麼，但舅舅一定會想出辦法來的。她心急如焚地等待舅舅回來，佳德納夫婦火速趕回來了，一聽僕人緊急要他們回去，還以爲是伊莉莎白突然病了，還好看到伊莉莎白平安無事，立刻放下心來。伊莉莎白馬上將緊急請他們回來的原因加以說明，並將那兩封信念給他們聽，念到信末附筆時，她的聲音已經在顫抖了。雖然佳德納夫婦向來不喜愛莉蒂亞，但他們對這件事不免也感到非常煩憂。這件事不只和莉蒂亞有關，而是全家人都牽扯進去了，在初聞此事的驚恐後，佳德納先生立刻允諾將盡全力幫忙。

伊莉莎白雖然早知舅舅一定會幫忙，仍不免帶著感激的淚水向舅舅道謝。於是三人很快便齊心決定好有關旅行的一切事宜，打算盡快上路。

「可是潘柏利的事怎麼辦？」佳德納太太叫道：「約翰說你讓他來找我們的時候，達西先生在這兒，是這樣嗎？」

「是的，而且我已經告訴他，我們無法赴約。一切都講好了。」

「什麼都講好了？」佳德納太太跑進房間，一邊收行李一邊複誦道：「他們的交情已經好到可以把真相告訴他了？噢！要是我知道他倆之間是怎麼一回事就好了！」

可是舅媽可能無法如願了，頂多只能讓她在接下來這忙亂的一小時內，有個好玩的想法可供自娛而已。就算伊莉莎白不用忙著準備打道回府，只要乖乖坐在一旁即可，然而她的心裡煩亂、千頭萬緒，也不可能讓她在此時和舅媽提起達西的事。更何況她本來就和舅媽一樣忙碌，她得寫信給他們在蘭布頓鎮的朋友們，編個他們得匆忙離開的理由。一個小時之內，他們已完全準備妥當，佳德納先生也已結清旅館帳款，再沒有什麼要做的事，就等著離開了。而在忙亂中度過上午的伊莉莎白發現，自己用了比想像中更短的時間坐進馬車裡，朝著隆波安駛去。

第四十七章

Chapter 47

「伊莉莎白，我把這件事再想了一次，」馬車駛出蘭布頓鎮時，佳德納先生說道，「仔細考量之下，我愈發同意你大姊對此事的看法。我覺得任何一個年輕人都不可能對莉蒂亞這樣一個女孩兒有不好的企圖，因為她又不是沒有家人或朋友的保護，而且她當時還是住在他上校的家裡呢！所以我對這件事有最樂觀的看法，他難道不怕莉蒂亞的朋友挺身而出嗎？做了這麼冒犯佛司特上校的事，他在民兵團裡還敢有什麼指望嗎？他還不敢膽大到這個地步吧！」

「您眞的這樣認爲嗎？」伊莉莎白問道，情緒一度好轉。

「依我看，」佳德納太太說，「你舅舅的話有道理。對威肯來說這樣做太不檢點了，而且無利可圖。我無法將威肯想得這麼壞。你呢？伊莉莎白？你能對他完全不抱希望，認爲他做得出這樣的事嗎？」

「如果他沒有疏忽對利益的考量，自然不會做出這麼失策的事；不過若疏忽了這一點，他絕對做得出這種事。如果他自己想過這些利害關係就好了！但我不敢奢望。如果他不是想誘拐莉蒂亞，那他們爲什麼不到蘇格蘭去？」

「首先，」佳德納先生答，「沒有足夠的證據顯示他們沒去蘇格蘭。」

「喔！可是他們放棄原來的馬車而改搭出租馬車就已經很明顯了！而且他們根本沒在巴尼特路上出現過。」

「那，好吧，假設他們在倫敦好了，除了躲在那兒避人耳目外，也不會有什麼特別目的。也許是因爲兩個人都沒什麼錢，畢竟雖然在倫敦結婚會比在蘇格蘭耽擱一些時間，卻比較省錢。」

「可是就算這樣，他們幹嘛那麼神秘？爲什麼要怕人知道？他們爲什麼要祕密結婚？喔，不，不可能像您說得那樣。您在珍的來信中，也看到威肯的好朋友說他根本不打算娶莉蒂亞，威肯不會和沒有錢的女人結婚。而莉蒂亞除了年輕、健康和個性活潑外，有什麼條件——有什麼魅力可以讓威肯娶她而不娶一個有錢女人呢？至於威肯是否會擔心因爲和莉蒂亞私奔一事，損害自己在軍團的名聲，是否會因此對自己的行爲有所節制，我無從判斷，因爲我不知道這個事件會產生什麼後果。不過，對於您另一個樂觀的看法，我擔心這恐怕無法如此正面地看待。莉蒂亞沒有兄弟可以爲她挺身而出，而且從我父親的行爲舉止中，威肯也許覺得對這種事，我父親也會和一般人的父親一樣，盡量不管就是了。」

「可是你難道認爲，莉蒂亞會爲了愛他，以跟他在一起爲滿足，而不惜拋棄一切，甚至沒有名分也無所謂嗎？」

「我知道這看上去實在很匪夷所思，」伊莉莎白眼中噙著淚說：「做姊姊的竟然這麼懷疑自己的妹妹厚顏無恥。可是，說眞的，我不知道該說些什麼，也許是我冤枉她了。然而，她這麼年輕，她從來沒被教導過要深思熟慮、要花些心思想想重要的事情，在過去一整年裡——她除了盡情玩樂、愛慕虛榮外，什麼事也沒做。父母親也放任她以最怠惰、最輕浮的態度過日子，更不管她那種輕易接受別人看法的作爲。自從民兵團進駐馬利頓以來，她的腦子裡就只有戀愛、調情和軍官們而已，她一直以來就在致力於這些事情，以便更——我該怎麼形容呢？讓自己更加濫情，她本來就已經很容易被煽動了。而且我們都知道，威肯長得好看又能言善道，很容易擄獲女人的心。」

「可是你知道的，」舅媽說道，「珍也不認爲威肯會壞到去誘拐她。」

「在珍眼裡可曾有過壞人嗎？有哪個人是因爲先前的行爲而被珍當成壞人的？除非證據確鑿，否則珍是不會把任何一個人當壞人看的。可是，珍和我一樣清楚威肯是什麼樣的人，我們都知道他是個如假包換的浪蕩子，既不誠實又無恥，只會滿口謊言地討好人。」

「你眞這麼清楚他的爲人？」佳德納太太問道，她對伊莉莎白從何得知威肯的事非常好奇。

「我的確很清楚他的爲人。」伊莉莎白回答，不禁有點兒臉紅，「我那天曾告訴過您，威肯對達西先生所做的無恥行爲，而上次在隆波安您也親耳聽見，威肯是用什麼態度提起對他容忍有加又慷慨仁慈的達西先生。其他還有些事情是我不便說的，他對潘柏利那一家人的造謠中傷眞是沒完沒了，他口中的達西小姐既傲慢又不討人喜歡。其實他自己根本就是清楚得很，達西小姐不是這樣的人，他一定知道達西小姐就如我們所見到的一樣，既可愛又謙遜。」

「難道莉蒂亞對這些一無所知？你和珍都如此清楚的事，她怎麼會不知道呢？」

「是的，她的確不知道——壞就壞在這裡。一直到我去肯特郡，和達西先生以及他的表哥費茲威廉上校有較多的時間相處，我才知道事情的眞相。而當我回到隆波安時，民兵團只剩一、兩週左右的時間就要移防了。我雖然將這些事告訴珍，但是珍和我都認爲，就算此事爲眞，我們也沒有必要把它公開，因爲我們認爲，何必顚覆街坊鄰居們對他的好印象呢？甚至在莉蒂亞決定要和佛司特太太到布里基頓去時，我都沒想到要把威肯的眞面目告訴她。我從未想過莉蒂亞會有上他當的危險，這樣的結果是我當初始料未及的。」

「所以說，當莉蒂亞跟著佛司特太太和民兵團一起到布里基頓去時，你並不知道他們對彼此有意思了？」

「一點兒也不知道。我不記得曾在任何一方身上看到愛戀的跡象。而且一旦這種情愫被察覺，在我家一定早就會弄得沸沸揚揚的。威肯一進入民兵團就成爲莉蒂亞欣賞的目標，但我們哪個人又何嘗不是如此呢？剛開始的兩個月，在馬利頓及附近的女孩，哪一個不曾爲威肯神魂顚倒？但是威肯對莉蒂亞並沒有特別垂青，後來有別的軍官對莉蒂亞獻殷勤，她也就轉移目標，喜歡起其他軍官來了。」

我們可以想見，伊莉莎白他們一路上除了對這件事情有所擔憂、期盼與臆測外，不可能有別的想法，也鮮少提及其他話題。伊莉莎白的腦子一刻也不得閒，她既難過又自責，對這整件事情耿耿於懷。他們盡快趕路，中途只留宿一晚，於第二天午前回到隆波安。伊莉莎白覺得她們沒有讓珍等太久，眞是一種安慰。

佳德納夫婦的孩子們一看見馬車駛進莊園，就全跑到房子前的台階上等候了。一等馬車在門口停下，便又驚又喜地蹦來跳去、雀躍歡呼，這算是伊莉莎白他們受到的第一場熱烈歡迎。

她隨即跳下馬車，匆匆親吻過每個表弟妹一下，便直奔門廳而去，一到那兒剛好和從母親房裡飛奔下樓的珍遇個正著。

伊莉莎白深情地擁抱珍，兩姊妹都熱淚盈眶，她立刻問起有沒有莉蒂亞和威肯的消息。

「還沒有。」珍答道：「不過，好在舅舅已經來了，我希望一切都會好轉。」

「爸爸到倫敦去了嗎？」

「是啊，就像我信上說的，星期二就走了。」

「有沒有常捎消息回來？」

「只來過一封信。他在星期三時寄給我一封，說已經平安抵達倫敦，也告訴了我他在倫敦的住處，因爲我特別要求他這樣做。除此之外，他只說如果有重要的事他才會再寫信回來。」

「媽媽怎麼樣了？你們都好嗎？」

「媽媽的身體狀況還算差強人意，但是精神很不好。她在樓上，看到你和舅舅、舅媽，她一定會很高興的。她還不願離開臥房，至於瑪莉和凱蒂，感謝上帝，她們都很好。」

他們受到的第一場熱烈歡迎。

「可是你呢？——你好嗎？」伊莉莎白叫道：「你看起來很蒼白……你一定受了很多苦！」

然而，珍再三向伊莉莎白保證她很好，她們說著話時，佳德納夫婦也正和孩子們話家常。而聊過一陣子後，夫婦倆便帶著孩子們走過來了，珍立即奔向舅舅和舅媽，一會兒微笑一會兒流淚地歡迎和致謝他們。

待他們到客廳坐定，伊莉莎白剛才問過珍的問題又被舅舅、舅媽問過一遍，他們很快也得知其實沒有進一步消息。然而生性仁慈的珍還是樂觀地抱持希望，期盼這件事能有個好結局。因此她每天都在期待收到莉蒂亞或是父親的信，告訴她這件事情怎麼樣了，或許有可能寄來宣布結婚喜訊的信件也不一定。

大家在一起聊了一會兒，便來到班尼特太太房間裡。迎接他們的情形果然和他們預想的一模一樣：班尼特太太一把鼻涕一把眼淚地悲嘆、咒罵威肯的惡行，又對大家哭訴她所受的痛苦折磨，把每個人都數落了一頓。

「如果當初，」她說，「能照我所說的，全家人一塊兒到布里基頓去，就不會發生這種事了！可憐的莉蒂亞心肝寶貝，身邊沒有人照顧啊！佛司特夫婦怎麼可以讓她離開他們的視線呢？我確定這一定是他們的疏忽，因爲只要管好莉蒂亞，就不會發生這種事了！我早就認爲他們不適合照管她，可是我要親自到布里基頓去照顧她，又不被允許。我可憐的孩子！這下可好，班尼特先生到倫敦去了，我知道他一找到威肯就會跟他決鬥，而後他就會死於威肯之手，到時候我們該怎麼辦哪？

柯林斯夫婦肯定會在他屍骨未寒之時就來把我們掃地出門……弟弟啊！如果你不對我們好，我就不知該如何是好了！」

大家異口同聲勸慰她，事情不會如她所想這麼可怕。佳德納先生在慷慨允諾一定會照顧姊姊和她的家人後，說道他打算明天就回倫敦去，屆時他一定盡全力協助班尼特先生找回莉蒂亞。

「不要過度驚慌，」他補充道，「雖說要有最壞的打算，但也不必老想著最壞的結果。他們離開布里基頓還不到一星期。再過幾天就會有他們的消息了，等我們知道他們沒有結婚——或者不打算結婚——再來失望也不遲。我一回到倫敦就去找姊夫，我會讓他跟我一塊兒回恩典教堂街住，然後我再和他商議一下可行之計。」

「喔！我的好弟弟！」班尼特太太答道，「這就是我心裡所想的！你一回到倫敦，不論他們在哪兒，把他們找出來就是了！如果他們還沒結婚，就叫他們結婚。至於結婚禮服，叫他們別等了，先結婚要緊，只要告訴莉蒂亞，婚後她要花多少錢買衣服我都給她就行了。還有，最重要的是別讓班尼特先生去決鬥！告訴他，我的情況有多慘——嚇得魂不附體、頭痛欲裂外加心跳加速啊！無論白天或晚上都無法安歇！還有，告訴莉蒂亞，在見到我之前先不要買衣服，因爲她不知道哪裡有好貨色。噢，我知道你一定會把事情都辦好的。」

佳德納先生再次允諾他會盡全力幫忙，卻也免不了提醒姊姊，不要太過驚惶也不要太過樂觀。他們一直和班尼特太太聊天，聊到午餐已準備好才下樓來，班尼特太太未發洩完的情緒只好說給前來服侍她的管家聽了。當班尼特小姐們不在身邊時，就輪到管家來負責陪伴太太。

雖然班尼特太太的弟弟和弟媳都認爲班尼特太太沒必要和家人們分開用餐，他們倒也不反對這樣做。因爲他們也知道班尼特太太說話有欠愼重，怕她會在僕人們侍候用餐時管不住自己的嘴，也許還是找一個信得過的僕人，聽她傾訴心裡的擔憂和恐懼會比較好。

不久瑪莉和凱蒂也來到餐廳，她們之前都各自在房裡，直到現在才出現。一個剛放下書本，另一個剛從梳妝台前下來。兩個人的臉色都還算平靜，而且也都沒什麼明顯改變，只有凱蒂因爲失去最喜歡的妹妹，或者怪罪自己招致這樣的事件發生，而在說話時顯得比往常煩躁。至於瑪莉，她在大家坐定後，態度沉穩、表情凝重地對伊莉莎白低聲說：

「這是一件最不幸的事，想必會被人議論紛紛。然而我們一定得力挽狂瀾，阻止這惡行所引起的後續發展，以姊妹之情使彼此所受的傷害得到安慰。」

她察覺到伊莉莎白不想答腔，於是接著說：「這對莉蒂亞而言眞是一件不幸的事，但我們也可從中學到有用的教訓：女人一失去貞操即永遠無法彌補，名譽易碎猶如美貌易逝——面對不值得的異性，行爲舉止再怎麼小心都不爲過。」

伊莉莎白驚訝地抬起雙眼，卻因心頭上的重負，什麼話也說不出來。瑪莉則是繼續從她們眼前這件事中，歸納出道德教訓來安慰自己。

到了下午，班尼特家排行前面的兩位小姐終於可以在無人打擾的情況下聊上半小時，伊莉莎白立刻把握機會問了一些事，珍也迫不及待將她所知道的都說出來。

兩人都對這事嘆息了一番，伊莉莎白認爲事態將會有最壞的結果，而珍也認爲後果可能不盡完美。伊莉莎白稍後又繼續道：「關於莉蒂亞和威肯這件事，請將我還不知道的部分告訴我，告訴我進一步的詳情。佛司特上校怎麼說？在莉蒂亞和威肯私奔前，他們難道沒發現什麼徵兆嗎？他們一定看過兩個人經常在一起的。」

「佛司特上校確實承認，他常懷疑他們之間互有好感，尤其是莉蒂亞這一方，不過他覺得也沒什麼好大驚小怪的。我眞替他覺得難過！他的言行表現出最高的親切和善意，在他還不知道他們沒去蘇格蘭前，就已經決定來看望我們，以便親自表達他的關懷之意。而他一得到他們沒去蘇格蘭的消息，更是火速就趕來了。」

「丹尼確定威肯不想結婚嗎？他知道他們打算私奔嗎？佛司特上校親自見過丹尼嗎？」

「是的，可是佛司特上校問起這事，丹尼便矢口否認以前說過的話，說他不知道他們的計畫，也不告訴佛司特上校他眞正的想法。他不再說他認爲他們沒結婚之類的話——所以，我希望是別人誤會他的意思，而不是威肯眞的不想和莉蒂亞結婚。」

「一直到佛司特上校親臨拜訪前，我想你們每個人都認爲他們眞的會結婚吧？」

「我們怎料得到他們會私奔呢？我是覺得有點兒不安——有點兒擔心妹妹嫁給他不會幸福，因爲我知道他的操守並不是很好。爸媽對他的事則一無所知，他們只覺得這樁婚事太魯莽了。凱蒂那時就承認她比我們全部人都還要早知道這件事，還以此沾沾自喜，因爲莉蒂亞在她的上一封信裡就有提過這樣的準備了。這樣看來，她似乎還知道他們早已相戀好幾週了。」

「不過，在他們到布里基頓之前並不知道吧？」

「嗯，我想她那時還不知道。」

「佛司特上校是否對威肯印象不好呢？他知道他的眞面目了嗎？」

「我得老實說，其實佛司特上校對威肯的印象沒有像以前那麼好了。他認爲威肯是一個草率魯莽、揮霍浪費的人。在這件令人傷心的事發生後，就聽說威肯當初離開馬利頓時已經債台高築了，不過我希望這不是眞的。」

「喔，珍，如果當初我們沒有保守祕密，把所知道有關他的事都說出來，這件事就不會發生了！」

「也許會好一點兒吧，」珍答道，「但不顧一個人現在的感覺，將他過去的錯誤公諸於世，似乎也不太合理。我們當初完全是出於善意。」

「佛司特上校能否重述莉蒂亞給他太太的那封信呢？」

「他把信帶來給我們看了。」

珍說著，從她的筆記本裡抽出那封信來，把它交給伊莉莎白。信的內容如下：

我親愛的哈麗葉德：

你要是知道我到哪兒去了一定會大笑的！而且當我一想到你明天早上發現我不見的時候，那種驚訝的樣子，我就忍不住也想笑呢！我要到格雷特納綠地，而你如果猜不出來我跟誰去的話，我就會認為你是一個傻瓜喔！因為在這世界上我只愛他一個人，他真是一個天使。如果不能跟他在一起，我就沒有幸福快樂可言了，這樣想想，跟他一起離開也無妨。如果你不喜歡，就不必寫信給隆波安說我走了，因為要是輪到我親自寫信給他們，而且署名「莉蒂亞．威肯」時，一定會讓他們更驚訝。我都快笑得寫不下去了！請代我向普雷特致歉，因為我今天晚上不能依約跟他一塊兒跳舞。告訴他，我希望他在了解原因之後能原諒我，也告訴他，下次若在舞會上遇見他，我會很樂意與他共舞的。我一到隆波安就會派人來拿回我的衣物，可是我希望你能告訴莎莉，先去縫我那件裂了一條長縫的平紋細布長禮服，再把我的衣服打包起來。再見啦！請代我問候佛司特上校。我希望你們能為我們美好的旅程乾一杯！——你的好朋友，

莉蒂亞．班尼特筆

「喔！眞是無知！」伊莉莎白讀完信，叫道：「這種時候還寫這什麼信！不過至少還看得出，她很認眞在看待她的旅程。不管威肯後來說服她去做什麼，至少她不是存心要做不光彩的事情。可憐的爸爸！他眞是情何以堪哪！」

「我從沒有見過爸爸這麼震驚，他足足十分鐘說不出一句話來，媽媽更是當場病倒，整個家頓時亂成一團。」

伊莉莎白叫道：「家裡的僕人們豈不是當天就全部曉得這件事了？」

「我不知道，希望不是人盡皆知。可是在這節骨眼上要保守祕密眞的很難，媽媽簡直就是處於歇斯底里的狀態，雖然我盡力安慰她，可是只怕沒什麼用。因爲擔心可能發生的意外，我幾乎都快累倒了。」

「眞是難爲你了，你的臉色看起來不太好。如果當時我跟你在一起就好了！這些大小事都要你親力親爲，眞是太辛苦了。」

「瑪莉和凱蒂一直很懂事，我確信她們也想幫我分憂，不過我不想拖累她們任何一人。凱蒂身子單薄，而瑪莉要讀的書多，我不忍剝奪她們的休息時間。爸爸在星期二到倫敦去，菲力普姨媽當天就到隆波安來了，她還好心地陪我住到星期四。她不僅幫了我們很多忙，也大大地安慰了我們。盧卡斯夫人也對我們很好，她在星期三那天走路過來慰問，還告訴我們，如果需要任何幫忙就說一聲，她和她的女兒們隨時都可以過來。」

「她還是待在她家比較好，」伊莉莎白說，「也許她是好意，但出了這種不幸的事，還是少見面爲妙，言語上的慰問只是讓我們覺得難堪而已，就讓他們的竊喜保持距離吧。」

然後伊莉莎白問起父親人在倫敦，打算用什麼方法找到莉蒂亞。

「我相信他打算到愛布森去。」珍答道：「因爲那是他們最後換馬車的地方。他想試試能否從馬車夫那兒問出一些線索。他的主要目標是想找出那輛載他們從克利普罕來的出租馬車的號碼。據他的想法是，一對年輕男女從一輛馬車換到另一輛馬車，可能會讓馬車夫印象深刻，所以他也打算到克利普罕去問問。如果他能發現馬車夫在哪裡讓他們下車，他就要到那兒去問問看，只希望不會找不到那輛馬車的號碼和停靠站。我不知他是否還有別的計畫，不過他急著要走，精神又很差，我能問出這些就已經很不容易了。」

Chapter 48
第四十八章

第二天早上，大家都在等待班尼特先生的來信，然而，郵差並未送來他的隻字片語。班尼特先生的家人們都知道，老爺是個懶得寫信的人，不過在這種特殊時刻，他們總希望他多少能寫幾個字。既然沒有信來，也只好認爲沒什麼大事發生了，儘管大家還是希望多少可以確定一下比較好。

佳德納先生回倫敦去了，這下子他們肯定可以經常收到來信，得知事情進展如何。而且佳德納先生臨走前還保證過，一定會勸班尼特先生盡快回到隆波安，好讓他姊姊放心——班尼特太太擔心她的丈夫會在決鬥中被殺，而唯一的平安之道就是回家。

佳德納太太帶著孩子們還要在隆波安多住幾天，她想這樣也許可以幫外甥女們一點忙。她幫忙照料班尼特太太、在閒暇時間安慰她們。菲力普姨媽也經常過來探望，她總說她是要來給她們加油打氣的，不過每次來都會告訴她們一些有關威肯揮霍無度、行爲浪蕩的壞消息，弄得她們的心情比她來之前更不好。

現在全部的人似乎都忙著把汙名加在那三個月前幾乎被當成光明天使的人身上，他被說成在當

郵差並未送來隻字片語。

地每戶商家名下都有欠錢，還想把魔爪伸入這些商人家裡，是個企圖誘拐女眷的壞蛋。每個人都說他是世界上最邪惡的年輕人，都開始發現原來他們早就識破他僞善的外表了。伊莉莎白雖然認爲這些話不得盡信，但先前認爲她妹妹的幸福就要毀了的想法仍然不變，就連不太相信這些傳言的珍也幾乎要絕望了。尤其是隨著時間流逝，這兩人若是到蘇格蘭去，此刻也該有消息回來了。

佳德納先生週日離開隆波安，佳德納太太隨即於週二收到他的來信；信上說他一回到倫敦就立刻找到姊夫，並且說服他到恩典教堂街暫住。在他到倫敦以前，班尼特先生已經去過愛布森和克利普罕，不過並沒有得到令人滿意的情報。現在他姊夫打算到倫敦各家主要旅館打聽消息，因爲他想他們初到倫敦，尙未找到住處的情況下可能到這些旅館之一去投宿。佳德納先生本身倒不看好這個方法，不過他一定會盡力幫忙。他又說目前班尼特先生似乎無意離開倫敦，末了，他允諾很快會再寫信。在信末還有幾句附筆：

> 我已致函佛司特上校，請他從威肯在民兵團的密友處，探聽威肯是否有親戚朋友得知其在倫敦的藏匿處。倘若能提供這方面消息，對我們將大有助益，畢竟目前我們一點方向也沒有，我相信佛司特上校會盡力幫忙的。另外，也許伊莉莎白會比其他人更能提供這方面的線索給我們。

伊莉莎白了解舅舅爲什麼這麼說，但是她也無法提供任何令人滿意的線索。除了知道威肯的父母親已經過世多年，她根本沒聽過他有其他親人。或許他在民兵團的朋友可能有多一點兒資訊吧，雖然她對這個方法不很樂觀，但至少值得期待。

對隆波安的人來說，每一天都是充滿焦慮，不過最令人心急如焚的時刻莫過於等待郵差。收信就是每天早上的大事，無論好消息或壞消息，都得透過信件來傳遞，她們每天都在期待郵差會送來最新消息。

在她們收到佳德納先生的第二封信前，一封別處寄來的信——柯林斯先生寄給班尼特先生的信——倒是先送到了。珍曾得到父親指示，他不在家時，由她代理拆閱一切來信，於是珍將信拆開閱讀，一旁的伊莉莎白深知柯林斯先生的信總是很怪異，也跟著閱讀起來。信上寫道：

親愛的叔叔：

昨日接獲赫福郡來信，深知您目前心中憂慮、悲痛難當，在下顧及叔姪情誼與自身終身職志，理當聊表慰問之意。內人與在下對您以及您可敬的家人遭逢名譽掃地這最痛苦的不幸深感同情，因為這汙點只怕永遠無法抹除。這也是最令為人父母者痛心疾首之事。相較之下，令嬡若是死亡而非私奔，您也許會好過些。另外，據內人夏綠蒂所說，令嬡放蕩的行為乃因家教過度放縱而起，這真是另一件令人悲嘆之事；然而在此同時，我也要寬慰您與尊夫人，無須太過自責，我認為令嬡本性實屬邪惡，否則豈能如此年輕就有這般惡行？不管怎麼說，您的傷心都值得同情；而且不止內人夏綠蒂與我，就連德波夫人與她的女兒，在聽完我的轉述後，也對您與您的家人深表同情。我們有志一同認為，其中一個女兒錯誤的一步，勢必對其他女兒的前途造成傷害；德波夫人也紆尊降貴地開口說，有誰還敢跟這樣的家庭結親呢？這麼一想，在下對於去年十一月那件事，深覺慶幸不已；倘若不是這樣，只怕此時在下也與您一家的痛苦憂傷、名譽掃地有份了。親愛的叔叔，請聽我一言，盡量放寬心吧，永遠不要理會那個不值得愛的女兒了，就讓她自食惡果好了……云云。

佳德納先生一直到接獲佛司特上校的回音才再度寫信，然而信上也沒什麼好消息。沒有人知道威肯還有哪些親友保持聯繫，唯一可以肯定的是他沒有至親在世。他以前交遊廣闊，但在加入民兵團後，就甚少和這些朋友來往了，因此沒有人可以提供有關他的任何消息。不過除了躲避莉蒂亞的親人之外，他可怕的財務狀況更是他非躲起來不可的原因，據說他在離開布里基頓時欠了一大筆賭債。佛司特上校相信，若要把他在此地的債務還清，得花上一千多鎊才行。他在倫敦也欠了不少，不過最難應付的要算他的信用債款。佳德納先生不想對隆波安這一家人隱瞞這些細節，珍因此聽得冷汗直冒。

「一個賭徒！」她叫道：「這完全出乎意料之外，我從沒想過他會是一個賭徒！」

佳德納先生還說她們將在第二天，也就是星期六見到父親回家。在試過幾次都找不到女兒的情況下，心灰意冷的班尼特先生只好聽從佳德納先生的建議，先回家再說，剩下的尋人工作就暫時交

「就連德波夫人與她的女兒，也對您與您的家人深表同情。」

給小舅。當女兒們把這個消息告訴班尼特太太時，班尼特太太並不像女兒們所預期的那麼高興，她們一直以為母親很擔心父親的安危。

「什麼！他還沒找到可憐的莉蒂亞就要回來了？」她大叫道：「在他找到他們之前他不可以離開倫敦！如果他回來了，誰去找威肯決鬥呢？誰可以逼他娶她呢？」

因為佳德納太太也想回家了，所以她們計畫已定，佳德納太太帶著孩子回倫敦的同時，也是班尼特先生返家的時刻。如此一來，馬車就可以送佳德納太太母子到車站，再從車站那兒把班尼特先生接回家。

佳德納太太就這樣帶著疑惑返家了。她仍在納悶伊莉莎白與德布夏那位朋友間到底是什麼關係，她的外甥女在他們面前從不主動提起他的名字。她還想也許他們回來後，這位朋友就會來信，可是並沒有。自從回到隆波安後，伊莉莎白從未收過來自潘柏利莊園的信。

目前在這種全家人都情緒低落的情況下，自然無法看出伊莉莎白的眞正想法。伊莉莎白倒是很清楚自己的感覺，她相信要是不認識達西先生，她就不會這麼在意莉蒂亞這件讓全家人跟著名譽掃地的事，自己也可以免去這好幾個失眠的夜晚了。

當班尼特先生回到家，往常那副哲學家模樣的神態再度出現。他一如往常地沉默寡言，從未提起他到倫敦去處理的那件事，他的女兒們過了好一陣子才敢向他問起。

下午，他和女兒們一起喝茶，伊莉莎白大著膽子起了頭，簡單扼要地表示她為父親此行的煎熬備感難過，而班尼特先生則答：「別說這樣的話。除了我還有誰該受這個罪？我是自作自受。」

「您不該太苛責自己。」伊莉莎白說。

「這可有得你勸囉，人類的天性可是有自責傾向呀！啊，就讓我這一輩子好好反省這一次吧，我不怕被這一切所淹沒，事情很快就會過去的。」

「您認為他們還在倫敦嗎？」

「是啊，要不然怎能躲藏得這麼好呢？」

「莉蒂亞一直很想去倫敦的。」凱蒂補充道。

「那她可高興啦！」她父親冷冷地嘲諷：「她還得在那兒待上一陣子呢。」

經過短暫的沉默後，他繼續說：「伊莉莎白，我絕沒有怨你在五月時對我提出的忠告，就現在莉蒂亞這件事來看，你是有遠見的。」

他們的談話被下樓來幫母親端茶的珍給打斷了。

班尼特先生大叫道：「這是一種誇耀的行為，給人帶來好處啊！這事給家裡帶來不幸，卻讓你母親顯得高貴優雅！改天我也來如法炮製一番——我要頭戴睡帽、身穿灑香粉的睡袍、坐在書房裡，盡我所能地給你們添麻煩——好，也許等凱蒂跟人私奔時再做吧。」

「我不會跟人私奔哪！爸爸！」凱蒂焦躁地說，「如果我到布里基頓去，我的行為一定會比莉蒂亞好得多。」

「你到布里基頓去？就算給我五十鎊，就算只是到東伯恩那麼近的地方，我也不放心讓你去了！凱蒂，我終於學會要謹慎小心，你會感受到我的改變的——從今以後，軍官不准進我的家門，甚至從村子經過也不准。絕對不准參加舞會，免得你步上你妹妹的後塵。而且除非你能證明你每天有十分鐘的時間舉止合宜，否則絕對不准到外面去。」

凱蒂把這些威脅當眞了，嚇得當場大哭起來。

「好啦好啦，」班尼特先生說道，「別弄得你自己不開心了。如果你在往後的十年裡都當個好女孩兒，我就帶你去看閱兵。」

第四十九章

Chapter 49

班尼特先生回來兩天了，珍和伊莉莎白正在屋後的灌木林散步，她們看到管家希爾太太正向她們走來，心想她是來叫她們回母親那兒去的，於是迎著她走去。不過，當她們會合時，希爾太太的來意卻和她們想的不一樣，她說：「小姐們，打擾了，我希望您們可以告訴我倫敦來的好消息，所以我過來問問。」

「希爾，你說什麼好消息？我們沒有倫敦來的消息啊。」

希爾太太瞪大眼睛叫道：「我的好小姐，您不知道佳德納先生派人送了快信來給老爺嗎？信差半個小時前就到了，老爺看過信啦！」

她們一聽連忙跑回去，急得連說話時間都沒有。

她們跑過門廳，經過早餐室，再從那兒跑到書房，還是沒找到父親。她們想，也許他在樓上母親房間裡，正要上樓時遇到男管家，他說：

「小姐們若是想找老爺的話，老爺現在正朝著小樹林的方向走。」

她們便又跑出門廳、草坪，追趕父親去啦，班尼特先生正沿著跑馬場往小樹林走去呢。

珍很快就落在伊莉莎白之後，而伊莉莎白喘著氣追上父親，迫不及待地問道：

「喔！爸爸，舅舅寫信來嗎？」

「是啊，他派人送了快信給我。」

「喔，信上怎麼說——好消息還是壞消息？」

「還有什麼好消息可指望？」他說著從口袋裡掏出那封信。「不過，你們也許會想看一下。」

伊莉莎白急忙從父親手中接過那信，此時珍已經趕上來了。

「把它念出來吧，」她父親說道，「因爲我自己也還不清楚信上寫了些什麼。」

親愛的姊夫：

我終於能告訴您有關親愛的外甥女的一些消息了，希望您能對此消息感到滿意。在您於星期六離開後不久，我很幸運地查到他們在倫敦的住處，細節詳情留待見面再談，能找到他們就夠了。我已見到他們兩人……

「你們也許會想看一下。」

「就和我所希望的一樣，他們兩人結婚了！」珍叫道，伊莉莎白則繼續往下念：

我已見到他們兩人，他們沒有結婚，而且也沒有想結婚的意願；不過若您願意履行我大膽代您答應的條件，也許他們很快就會結婚了。您必須答應的條件是：確保令嫒在您和我姊姊百年之後能均分您所留給孩子們的五千鎊遺產；此外並答應，在您有生之年每年給予令嫒一百鎊。深思之後，我毫不遲疑代您答應了這些條件，因此我以快信告訴您這件事，也懇請您盡快回信。從這些細節來看，您不難發現威肯的狀況並沒有一般人所想的那麼無望，世人在這方面都誤解他了，而且我要高興地告訴您，在還清威肯的負債後，我的外甥女將會獲贈另一小筆錢，這筆錢是在莉蒂亞應得的財產之外額外的贈與。倘若您願意讓我以您之名全權處理以上所提相關事宜，我將即刻吩咐哈格斯頓備妥適當文件，如此您亦無須再跑一趟倫敦，只管在隆波安靜候佳音即可。我自當全力以赴，辦妥此事。請盡快明確清楚地回信，我們已決定讓令嫒從我家出嫁，希望您能同意。她今天就會到這兒來。若有其他決定，我會盡快寫信給您。

弟　愛德華・佳德納筆

「這可能嗎？」伊莉莎白看完信後叫道，「他可能娶她嗎？」

「威肯並不像我們所想得那麼不堪了，」珍說道，「爸爸，恭喜您！」

「您回信了嗎？」伊莉莎白說道。

「還沒，不過就快了。」

伊莉莎白懇求她父親別浪費時間了，趕快去寫回信。

「喔，我親愛的父親，」她懇求道，「快回家寫信吧。攸關這件事的每分每秒都很重要啊。」

「讓我替您寫吧，」珍說道，「如果您不想寫的話。」

「我的確很不想寫，」他回答，「但是非寫不可。」

說完，他轉身向後，和她們一起往家裡走。

「我想問一下，」伊莉莎白說，「那些條件，我想是非得答應不可了？」

「當然非得答應不可！他要求得這麼少，我還真不好意思呢！」

「而他們非得結婚不可！可是威肯是這樣的一個人哪！」

「是，他們非得結婚不可，除此之外沒有別條路可走了。可是有兩件事情我很想知道：第一，你舅舅到底花了多少錢才讓他答應娶她？第二，我如何還得起這筆錢？」

珍叫道：「爸爸，您是什麼意思？」

「我的意思是，像威肯這樣的人，只憑我在世時的每年一百鎊，以及過世後你們要均分的五千鎊，怎能誘惑得了他娶莉蒂亞呢？」

「這倒是眞的。」伊莉莎白說，「不過我以前從未想過，他的負債完全清償後，還有一小筆錢要給莉蒂亞！喔，這一定是舅舅花的錢！舅舅這個慷慨的大好人，我怕他給自己攬了太大的負擔，這可不是一筆小數目啊！」

「當然不是小數目，」她父親說道，「威肯不是傻瓜，要不到個一萬鎊，他哪肯跟她結婚？才剛開始要跟他結親，就得把他想得這麼壞，我還挺難過的。」

「一萬鎊！天哪！我們連一半都還不起哪！」

班尼特先生沒有回答，他們各自陷入沉思，一語不發地走回家。到家後，班尼特先生隨即到書房去寫信，女兒們則走進早餐室。

「他們眞的要結婚了！」一見只剩下姊妹獨處，伊莉莎白立刻大叫，「多奇怪呀！我們還得爲這件事感恩呢！他們就要結婚了，雖說莉蒂亞婚姻幸福的機會渺茫，威肯的爲人又那麼糟糕，我們卻還得爲他們即將結婚而歡喜快樂。喔！莉蒂亞！」

「我想，」珍回應道，「値得安慰的是，如果威肯不是眞心喜歡她，是不會跟她結婚的。不過雖然舅舅幫他清償了負債，可是我不認爲金額有一萬鎊之多，他已經有四個小孩要撫養，將來也許還要再有孩子。別說一萬了，就連五千都怕無法負擔呢！」

「如果我們能弄清楚威肯的負債情形，」伊莉莎白說，「還有舅舅要給莉蒂亞多少錢，就可以知道舅舅爲他們花費多少了，因爲威肯一毛錢都沒有。舅舅和舅媽對我們的恩情，我們眞是無以爲報。他們帶莉蒂亞回家裡住，還保護她，維持住她的面子，這樣為她犧牲奉獻，她一輩子都該感激不盡。現在，她應該是和他們在一起了，如果連舅舅、舅媽這樣的仁慈恩情，都沒能讓她感到羞愧難當，那她根本就不配得到幸福！當她和舅媽見面時，眞不知是怎樣的情形！」

「我們得盡力忘掉他們兩人發生過什麼，」珍說道，「我希望、也相信他們會過得幸福，他答應娶她就是一種證明了。我相信他的為人已經開始步入正軌，他們彼此間的深情也會使得他們日趨穩重，而我也認為他們會好好定下心來，踏實過日子，讓過去荒唐的一切從世人記憶中消失。」

「他們的行為這麼令人印象深刻，」伊莉莎白回她，「以至於無論你我，任何人都永難忘懷。別再說這些沒用的事了。」

她們忽然想起來，母親也許還不知道這件事，於是她們到書房去請示父親，是否要將這件事告訴母親。班尼特先生正在寫信，頭也不抬，只是冷冷地答：

「隨便你們。」

「我們可以把舅舅的信拿去念給她聽嗎？」

「你們愛拿什麼就拿什麼，快出去吧。」

伊莉莎白從父親的寫字檯上把信拿走，姊妹倆一塊兒上樓了。瑪莉和凱蒂這時正和班尼特太太在一起，這樣倒好，只要講一次，全部人都知道。告訴大家要公布好消息之後，珍拿出信件朗誦起來。班尼特太太喜不自勝，一聽珍念到佳德納先生希望莉蒂亞很快就會出嫁時，她簡直高興得不得了，珍每往下讀一個句子，她就更加精神煥發一些。班尼特太太現在因爲喜悅而亢奮不已，就如先前因焦慮氣惱而坐立難安一樣。光是知道女兒即將出嫁就夠她樂的了，她一點兒也不擔心女兒婚後會不會幸福，更完全忘記女兒自身的魯莽行爲。

「我的莉蒂亞寶貝！」她叫道：「這眞是讓人高興哪！她十六歲就要嫁了！我就要再見到她了！我好心的好弟弟！我就知道他會把事情處理好的！我多麼想見她呀，我的莉蒂亞寶貝！也多麼想見親愛的威肯哪！可是，衣服！噢，結婚禮服！這些事我得直接寫信給我弟媳婦。乖女兒，快去問你父親，他要給她多少錢？等等，我自己去好了。凱蒂，拉鈴叫希爾過來，我得快點兒梳妝打扮一下——喔，我的莉蒂亞寶貝！我們見面時會有多麼地快樂啊！」

她的大女兒努力想讓她從無邊狂喜中收斂一點兒，她告訴母親，舅舅爲這件事費了許多心思，全家人都欠舅舅恩情，更補充道：「這件事有這麼圓滿的結局，舅舅功不可沒。我們相信，他在金錢方面給了威肯先生許多幫助。」

「喔！」她母親叫道，「這是天經地義的事啊！除了她舅舅，還有誰該做這件事？如果他沒有自己的家庭，他所有的錢都要歸我和我的孩子！而且除了幾件禮物外，這可是我們頭一次從他那兒得到點兒東西哪！好了！我是如此快樂！我的女兒過不久就要結婚了——威肯太太！多好聽哪！她六月才剛滿十六歲啊！親愛的珍，我高興得沒法兒寫信了，待會兒再來和你父親商量要給她多少錢，可是有些東西得馬上訂購才行。」

她開始鉅細靡遺地提起白洋布、平紋細布、麻紗等等，才一會兒時間已經列出一長串清單。珍苦勸她先別著急，等父親得空再行討論，甚至勸說晚一天訂購沒關係的。她母親因為心情好得很，也就沒有平常那麼頑固，然而，這時班尼特太太又有別的主意了。

「我要到馬利頓去，」她說，「一等我打扮好就出發，而且我要把這個好上加好的消息告訴我妹妹菲力普太太！回來的時候還可以去拜訪盧卡斯夫人和隆格太太。凱蒂，快下樓去吩咐僕人準備馬車，我確定新鮮的空氣對我的身體健康大有幫助！女兒們，要不要幫你們辦什麼事啊？喔，希爾來了！我親愛的希爾，你知道這個好消息了嗎？莉蒂亞小姐要結婚了！在她的婚宴上你們每個人都可以喝杯潘趣酒[7]快樂一下。」

希爾太太開始說她聽到這個消息有多高興，接著祝賀起太太和在場小姐們。伊莉莎白早已受夠了這件蠢事，便躲回自己房裡去，讓自己的腦子好好運轉一下。

可憐的莉蒂亞，這算是她最好的境遇了，雖然就實際面來說是夠糟的，不過這算是不幸中的大幸，她也該感恩了。伊莉莎白深覺如此，瞻望起未來，雖然她認為妹妹不會幸福，物質生活也無法豐裕，不過比起她們兩小時前的擔心，她覺得這樣的結局已經很不錯了。

---

7 潘趣酒（Punch），一種由檸檬酒、糖，以及葡萄酒等混合而成的飲料。

Chapter 50

第五十章

班尼特先生以前就常常希望，每年都能給孩子和妻子留點錢，不要把收入全花光，萬一他比妻子早走一步，她才不至於晚景淒涼。現在他更是前所未有地希望自己當初能這樣做，如果他早這樣做，現在也就不至於欠下佳德納先生那筆爲挽回莉蒂亞顏面而花的錢了。能說服全英國最不要臉的男人成爲莉蒂亞的丈夫，想必所費不貲。

爲了這件對任何人都沒好處卻花了自家小舅子大把鈔票的事情，班尼特先生感到耿耿於懷，決定如果有機會的話，他得探知小舅到底花了多少錢，並且把這些債給還清。

班尼特先生在剛結婚時根本沒考慮過存錢問題，因爲他認爲自己想當然爾會有個兒子。只要兒子年齡一到，自可繼承其財產俸祿，就算孤兒寡母也可衣食無缺。之後幾年，五個女兒相繼出世，他仍等著兒子來報到，而班尼特太太在莉蒂亞出生多年後仍相信他們家會等到一個男孩。後來只能失望以終，不過那時才存錢已經嫌遲了，班尼特太太也不善理財，幸虧她丈夫量入爲出，他們的財務狀況才不至於捉襟見肘。夫妻倆的結婚條款中，明定班尼特太太以及孩子們可繼承五千鎊遺產，至於這五千鎊該怎麼分配，就得看父母親的意思了。由於莉蒂亞的關係，班尼特先生現在就得決定這筆錢怎麼分，而且他也只能毫不遲疑地同意佳德納先生代他答應的條件。

他回信感謝佳德納先生大力幫忙，也清楚表示他完全同意小舅代爲處理的所有事，並且將會履行一切條件。他以前從沒想過威肯願意娶他女兒，眼前條件也無須讓他太費心力。一年給他們一百鎊，平均下來一個月還不到十鎊；何況莉蒂亞的膳食、零用錢，還有她母親花在她身上的費用，林林總總加起來，倒也和這筆錢差不多。除此之外，這起事件他幾乎不怎麼麻煩就解決了，也算是他的另一個驚喜，因爲他目前的願望就是盡量不要爲這件事煩心。既然無須再爲找尋莉蒂亞而焦躁不安，他自然也就回復到從前的懶散模樣。他的回信很快就寄出去，因爲他雖然在剛開始的時候動作有點兒慢，不過一旦做起事來，還是屬於迅速果決的類型。他請求佳德納先生透露威肯負債的詳細金額，另一方面則因爲對莉蒂亞感到惱火而決定不寫信給她。

莉蒂亞要結婚了。這個好消息傳遍了整個家，並且同等迅速地傳遍了整個村子。鄰居們對這件事的反應還算禮貌，其實如果莉蒂亞選擇回家，或是更幸福地和情人雙宿雙飛、遠離塵囂，住到遠方的農家，鐵定更會成爲人們的話題。不過，眼下她的婚事還是有很多可供拿來閒扯的題材，只是先前那些發自馬利頓壞心眼的三姑六婆心中的善良心願——希望莉蒂亞過得幸福——隨著事態轉變已然不復存在。因爲要是嫁給這樣的丈夫，莉蒂亞的苦難便是指日可待了。

班尼特太太已有兩週未曾下樓，不過在這快樂的日子中，她再度登上她的寶座，出現在餐桌首位，而且精神更加亢奮，一點兒也不知羞恥爲何物。自從珍年滿十六歲以來，嫁女兒就一直是班尼

馬利頓那些壞心眼的三姑六婆。

特太太的首要目標，現在她終於有個女兒要出嫁，心思當然全在優雅的婚禮、華麗的禮服、嶄新的馬車以及延請僕傭等事上。她還忙著要替女兒在附近尋找合適的居所，而且，雖然不知道也沒考慮這對新婚夫妻的收入，她還是將不夠氣派的房子屏除在外。「海伊莊園也許能考慮，」她說，「不過得等古登家放棄。史塔克那棟大房子也不錯，可惜客廳太小了；噢，愛許瓦茲又太遠了！我受不了她得住在離我十哩外的地方，哎呀，可是布維斯別莊的閣樓太可怕了！」

當僕人們在場，她丈夫聽憑她叨叨念念，不予理會；一旦僕人們離開，他就對她說：「班尼特太太，你要為你的女兒、女婿租下一棟房子也好，租下全部的房子也罷，不過請先弄清楚一件事：這村子裡有一棟房子不准他們進入——我瞧不起他們魯莽的作為，隆波安不接待他們。」

一場爭執隨之而起，可是班尼特先生態度堅決、毫不退讓，不一會兒爭執又起，班尼特太太既訝異又生氣，原來班尼特先生連一毛錢都不肯給女兒買衣服。班尼特先生明確表示，這次莉蒂亞結婚休想得到他的關愛。班尼特太太實在很難理解丈夫此言，他的怒氣是如此令人想不透，連女兒要結婚了都還得不到他特別的關注，這場婚禮跟她想像的太不一樣了！對班尼特太太而言，女兒在婚禮上沒有耀眼的禮服可穿，簡直比兩週前的私奔事件還要來得丟臉。

眼前這事使得伊莉莎白非常後悔，她後悔當初讓達西先生知道他們全家人對莉蒂亞的擔心。因為莉蒂亞的私奔很快就要以結婚收場，對於那些不知道私奔事件的人，他們當然想盡量隱瞞了。

她絕不擔心達西先生會把莉蒂亞私奔一事傳出去。沒有幾個人在保守祕密方面能像達西先生這樣得到她信任，然而同樣地，沒幾個人在知道她妹妹的醜事以後，還能讓她這麼掛心。這並不是怕這件事對她個人有不利影響，因爲，不管怎麼說，在她和達西之間總有條無法跨越的鴻溝。其實就算莉蒂亞今天是風風光光地出嫁，達西先生和她們家的來往情形也不會有任何改變，因爲他本來就不喜歡她們家的人，何況這個家現在又要和他非常瞧不起的人結親。

基於這樣的考量，她覺得他的退縮情有可原。當初在德布夏，他刻意討好的確讓她覺得他對她有意思，不過在這次事件的打擊後，只怕什麼希望都沒有了。她感到自卑、難過，她覺得很後悔，雖然不知道在後悔些什麼。她生怕自己會失去他的尊重，不過這尊重已不可期；她渴望收到他的來信，卻音訊杳然。她相信跟他在一起會很幸福，但他們卻不可能再見面了。她常想著，要是他知道四個月前被她驕傲拒絕掉的求婚，現在會讓她滿心喜悅、滿懷感激地接受，他一定會很得意吧。她毫不懷疑他的寬宏大量，甚至可以說他是最寬宏大量的男人了；不過他也是人，當然會得意了。

她現在開始理解，因著他的性情和才能，他才是最適合她的人。他的智識和個性雖和她不同，卻能滿足她的一切願望。他們的結合肯定會爲雙方帶來好處：由於她的隨和與活潑，他的心也許會變得柔和、待人接物也會親善起來；而由於他的判斷力、各方消息，以及對這世界的知識，她的人生也會更加豐富。

然而，這足可教導衆人何爲幸福婚姻的範例已然消失，另一種性質迥異、和眞正幸福婚姻背道而馳的結合，卻很快就要在這個家庭間實現。威肯和莉蒂亞要如何自立過生活，她不敢想像。一對缺乏品德、只因情欲而結合的男女，能擁有多少幸福，她不難想像。

佳德納先生很快又給他姊夫寫了一封信。他首先簡短地回應姊夫對他的感謝，客氣地說爲了親人幸福，他自當全力以赴，而且請姊夫以後切勿再提此事。這封信的要旨在於讓他們知道威肯已決定辭去民兵團的職務，佳德納先生在信上寫道：

我非常希望他們在婚事確定以後，男方就離開民兵團。我想您也會同意我的看法，因為這對他或是對我的外甥女來說都是明智之舉。此後威肯先生打算加入正規軍，他有幾個以前的朋友，有能力也願意在這件事上協助他。因此，他已在駐防北方的某位將軍的軍隊裡謀得一個職務。能夠到離我們那麼遠的國土去也是一件好事，他的前途大有可為，我希望他們在面對新的人事時，能謹慎行事。我已去函佛司特上校，將我們目前的安排告訴他，並請他轉告布里基頓當地及附近地區威肯的債主們，我會信守承諾盡快清償這些債務。可否也麻煩您知會一下馬利頓當地的債主們？隨函附上他所列出的債主名單，他說他的負債情形全寫上了，希望他沒有騙我們。哈格斯頓已照我們的指示去辦，一切事務可望在一週內完成。倘若他們沒有受邀回隆波安，那麼他們就要直接到北方工作去了；據內人說，我外甥女在離開南方前，非常期盼能見到你們眾人一面。她一切都好，並要我代她向您及她的母親問安。

弟　愛德華・佳德納筆

班尼特先生、他的女兒們，與佳德納先生所想的都一樣，非常清楚威肯離開民兵團的好處。但是班尼特太太不喜歡他們到那麼遠的地方去。一想到莉蒂亞要到北方去定居，眞是讓班尼特太太非常傷心，因爲莉蒂亞讓她快樂又驕傲，她從未放棄過讓新人居住在赫福郡的打算。而且，莉蒂亞要被帶離民兵團，那個她與每個人都熟識、而且有好幾個喜歡的人所在的民兵團！多麼可憐哪！

「她那麼喜歡佛司特太太，」她說，「要把她送走眞是讓人震驚！而且還有那幾個年輕人，都是她非常喜歡的。那個北方軍團的軍官們可沒有那麼討人喜歡哪！」

小女兒要求在到北方之前回家看看，本來班尼特先生是不想答應的，不過珍和伊莉莎白都希望父親能答應，因爲考慮到妹妹的感覺和對妹妹的影響，她的婚姻應該受到父母親重視。她們懇切委婉地請求父親，讓莉蒂亞和威肯在結婚之後到隆波安來，父親終於同意了，班尼特太太得知女兒能在流放邊疆前有機會回來一趟，讓她跟左鄰右舍炫耀一下，感到非常高興。班尼特先生也因此再次寫信給佳德納先生，說他准予他們回來，於是威肯夫婦決定在婚禮過後回到隆波安。對於威肯欣然同意這樣的計畫，伊莉莎白很是驚訝；要不是顧慮到妹妹，她還眞不想見到他。

Chapter 51
第五十一章

妹妹回家的日子到了，珍和伊莉莎白可能比莉蒂亞自己還要感觸良深。家裡派了馬車去接送這對新婚夫妻，好讓他們在午餐前回到家。他們的省親之行讓班尼特家年長的兩位小姐擔心焦慮，尤其是珍，她覺得設身處地爲莉蒂亞著想的話，那麼莉蒂亞現在的感覺一定就像被抓回來的逃犯一樣難堪，一想到這裡她就非常難過。

威肯夫婦抵達莊園，全家人在早餐室裡列隊歡迎。馬車一到門口，班尼特太太立刻笑得合不攏嘴，她的丈夫卻莫測高深地沉著臉，女兒們則是擔心憂慮、侷促不安。

莉蒂亞的聲音在門廳響起，大門「砰」一聲被打開，莉蒂亞跑進屋裡。她的母親迎向前去擁抱她，歡天喜地歡迎她回家，也對跟在新娘後面的威肯愛憐又微笑地伸出手，祝福他們新婚愉快，彷彿已對他們的幸福深信不疑。他們接著來到班尼特先生面前，此時受到的歡迎就沒有剛才那麼熱烈了。班尼特先生一臉嚴肅，幾乎沒有開口，畢竟這對年輕人的輕浮舉止已經足夠惹他惱火。伊莉莎白感到一陣噁心，就連珍都因爲眼前所見嚇了一跳，因爲莉蒂亞還是那副老樣子，沒規矩不害臊、

對他們的幸福深信不疑。

粗野吵鬧、無所畏懼。她從一個姊姊面前走到另一個姊姊面前，要她們對她說恭喜；而當大家終於坐定，她忙碌地環顧起四周，看看有什麼細微的改變，然後大笑著說好久沒回來了。

威肯的無恥跟她比起來一點也不遜色，他的態度還是那麼怡然自得、討人喜歡，倘若他品行端正，而且是正正當當地結婚的話，此番歸寧會親，他親切的笑容、詼諧的言談，肯定能讓大家高興不已。伊莉莎白以前還不相信他會這麼厚臉皮，這會兒她坐下來，暗自想著厚顏無恥之徒不論到哪兒都還是厚顏無恥之徒。她滿臉羞紅，珍也是；不過弄得她們滿臉通紅的那兩人依然神色自若。

談話聲不絕於耳，新娘和母親就嫌話說得不夠快；威肯則恰巧坐在伊莉莎白旁邊，好整以暇地向她問起附近朋友們都好嗎？伊莉莎白還沒預備好，倒顯得有些慌亂。這對男女彷彿擁有世界上最美好的回憶似的，他們毫無痛苦地談論過去，莉蒂亞甚至主動談起她姊姊們絕不會提起的話題。

「從我離家到現在，算算都已經三個月了！」她大聲說道：「我卻覺得好像才半個月而已！可是發生了好多事情喲，天哪！當我離開時根本沒想到會結了婚再回來的！雖然我那時候想，結婚也許滿好玩的。」

她父親抬起眼，珍一臉難過，伊莉莎白意味深長地望著小妹。可是莉蒂亞對於不想知道的事情總是視而不見、聽而不聞，只見她愉快地繼續滔滔不絕：「喔！媽媽，這附近的人知道我今天結婚嗎？我怕他們不知道呢！我們今天回來的時候啊，趕過了威廉．古登的馬車！我打定主意要讓他知道我結婚了，所以我故意把靠近他的窗子拉開、脫掉手套，把手放在窗框上，好讓他看到我的結婚戒指！然後我對他點個頭，一路上都在笑呢。」

伊莉莎白再也受不了，站起身來衝出去，直至聽見一家人經過穿堂往餐廳移動，才又進門來。她進來的時候剛好來得及目睹這場景：莉蒂亞踩著誇張的步伐，走到母親右手邊，對她的大姊說：「啊，珍，現在我取代你的位置了，你得坐到下位去，因爲我是個已婚婦人了！」

從莉蒂亞一進門就展現的自由自在來看，她是不可能隨著時間過去而讓自己的舉止收斂些的。她愈來愈放肆，也愈來愈興奮，期盼著要去見菲力普太太、盧卡斯一家人，以及其他所有鄰居們，想要人家一個個叫她「威肯太太」，甚至在午餐後跑去找希爾太太和家裡另外兩個女僕，把結婚戒指展示給她們看，誇耀自己已經結婚了。

「喔，媽媽，」當他們都回到早餐室，莉蒂亞說：「你覺得我丈夫怎麼樣？他很帥吧？我確定姊姊們一定忌妒死我了！我只希望她們有我的一半幸運就好，她們眞該都去一趟布里基頓，那可是個找丈夫的好地方。可惜的是，媽媽，我們沒有全到那兒去！」

「對呀，如果照我的話做，我們早就全到那兒去了。可是，我親愛的莉蒂亞寶貝，我一點兒也不喜歡你到北方那麼遠的地方去——你這是非去不可嗎？」

「哦！對呀，沒得商量了。我會喜歡那裡的啦，你和爸爸姊姊們一定要來看我們喔，我們整個冬天都會待在新堡。我敢說，那裡一定會有不少舞會，我會負責幫她們挑選好舞伴的。」

「這就是我最喜歡的事情啦！」她母親說道。

「當您要回家了，就把幾個姊姊留在我那兒，我保證，冬天結束前就能幫她們找到丈夫啦！」

「謝謝你的好意，」伊莉莎白說，「可是我不太喜歡你選丈夫的方法。」

這兩位訪客在隆波安住了十天左右，威肯先生在離開倫敦前就已經收到委任狀，他得在兩週內到軍團報到。除了班尼特太太以外，沒有人覺得他們停留的時間太短；而她也善加利用了這段時間，帶著女兒四處拜訪，還在家裡接二連三地舉辦舞會。這些舞會大家都喜歡，不想坐在家裡和某些家人聊天的人尤其喜愛。

伊莉莎白果然如預期般發現，威肯對莉蒂亞的愛並沒有像莉蒂亞對威肯那樣深。她無須太費力就觀察得出，他們之所以私奔應該是莉蒂亞狂戀威肯所致。她也曾想過，既然威肯並不是狂熱地愛戀莉蒂亞，爲何要與她私奔呢？她猜想，也許是負債太多、情勢所迫，他非逃走不可，而且在逃跑路上有人相伴也挺不錯，像他這樣的人又怎會拒絕這種機會呢？莉蒂亞倒是非常喜歡他，在每個時刻他都是她親愛的威肯，沒有人能與他相比，他所做的每一件事都是世界上最棒的。

在他們到隆波安不久後的一個早上，她和較年長的兩位姊姊一起坐，她問伊莉莎白：「我相信我從沒跟你描述過我的婚禮，我告訴媽媽和其餘姊姊們的時候，你都不在場。你對這場婚禮是怎麼進行的都不會感到好奇嗎？」

「完全不會。」伊莉莎白回答，「我想，你就盡量少提你的婚禮吧。」

「哎！你眞是奇怪！可是我還是要告訴你，你知道我們是在聖克雷蒙教堂結婚的嘛，因爲威肯住在那個教區。我們按照計畫，得在十一點前到那兒去，舅舅、舅媽和我要一塊兒走，其他人就在教堂和我們碰頭。星期一早上到了，我焦躁得不得了！好害怕臨時出什麼事延誤到婚禮，然後我心裡開始七上八下的。在我著裝打扮的時候，舅媽一直嘮嘮叨叨地訓話，好像在讀講道稿一樣，然而她說了十句，我大概連一句都沒聽進去，因爲你可以知道嘛，我當時心裡一直在想親愛的威肯。我想知道他會不會穿他那件藍外套來結婚，可是我們還得和往常一樣在十點吃早餐，我當時覺得早餐好像永遠吃不完似的。對了，順便一提，你們得了解，我跟舅舅、舅媽一起住時，他們眞是夠煩人的！不知道你們信不信，雖然我在那兒住了兩星期，可是竟然連一次都沒出門過！沒有舞會、沒有好玩的事，什麼都沒有！說眞的，倫敦好無聊，不過，還好小劇院還開著。當馬車一來到門口，舅舅就被那個討人嫌的史東先生找出去談事情，那個史東先生和舅舅談起事情來總是沒完沒了。我嚇得要死，不知道該怎麼辦才好，因爲舅舅得在婚禮上把我交給新郎，如果耽誤了時間，我可會結不成婚的。幸虧舅舅十分鐘後就回來，然後我們就都出發了。其實我事後回想了一下，如果舅舅不能來，婚禮也無須延期，因爲達西先生可以代勞啊！」

「達西先生！」伊莉莎白驚訝地複誦。

「喔，是呀！你知道嗎？他跟威肯一起來的。唉呀！我說溜嘴了！我認眞地答應過他們，絕不洩露半個字的！威肯會怎麼說呢？這是個祕密呀！」

「如果是祕密，」珍說道，「那你就別再說了。我也不會再往下問了。」

「哦，當然，」伊莉莎白說道，雖然她好奇得不得了，「我們不會再問你任何問題。」

「謝謝你們，」莉蒂亞說道，「如果你們問起來，我還是會把全部事情告訴你們，不過到時候威肯就要生氣了。」

莉蒂亞這麼說簡直就是在鼓勵她們發問，爲了克制自己的好奇心，伊莉莎白只好走開去。

但是也不可能對這件事就這麼不聞不問地照常過日子，至少應該可以試著調查一下。達西先生參加了她妹妹的婚禮，那個場面有他最不想見到的人，他應該一點兒都不想去才對。伊莉莎白急著想知道這到底是怎麼一回事，但卻一點兒頭緒都沒有。她非常高興地解讀起他寬大仁慈的作爲，可又覺得事情也許不像自己認爲的那樣。她受不了這樣猜測下去，於是急急抓了張紙，寫了封短箋給舅媽，請她在不違背保密的情況下，解釋一下莉蒂亞洩露出來的這件事。

「您當不難理解，」她寫道，「我是多麼地想知道，何以一個和我們家沒有任何關係，幾乎可以說是陌生的人（比較上來說啦），會在那樣的時刻出現。請即刻回信告訴我這件事——除非如莉蒂亞所言，這事不能說。倘若真不能說，我也只好不管它了。」

「我才不會不管它呢。」她寫完信，自言自語道，「而且，親愛的舅媽，如果您不詳實告訴我的話，我可會想盡辦法讓眞相大白的。」

珍是個信守承諾的人，她不願將莉蒂亞透露給她的事說給伊莉莎白聽。伊莉莎白對珍的行爲很讚賞，在她的疑問有令人滿意的解答前，她寧願先不要有一個推心置腹、毫無祕密的朋友。

Chapter 52

第五十二章

伊莉莎白得償所願，很快收到回信。她一收到信就匆匆走進樹林，以便不受打擾地讀信。她坐在長椅上，準備好要高興一番，因爲就信的分量看，親愛的舅媽想必是知無不言、言無不盡了。

親愛的外甥女：

我剛剛接到你的信，而且我準備用這一整個上午來寫回信，因為我必須告訴你的事不是三言兩語就能解決的。我必須坦承，接到你的來信嚇了我一跳，我沒想到這些疑問竟會出自你口。請別以為我在生氣，我只是沒想到這麼想知道這件事情的人竟然是你。如果你故意不懂我的意思，就得原諒我的離題了。你舅舅和我同感訝異，他相信要不是此事與你有關，達西先生也不會管。不過，如果你對這件事真的一無所知，我就必須細說從頭了。

就在我從隆波安回家那一天，有個意想不到的訪客來找你舅舅。來者正是達西先生，他們關起門來講了好幾個鐘頭的話。由於他們早在我到家前就已經談完，所以我根本沒機會發展出像你一樣的好奇心。他來告訴你舅舅，他已經找到莉蒂亞和威肯的藏身處，也已經見過他們並且分別談過話了；和莉蒂亞談過一次，和威肯則談過好幾次。就我記憶所及，他只比我們晚一天離開德布夏，就趕緊來到倫敦，追查他們的下落。據他所說，他因當初未將威肯的真面目公諸於世，以致年輕女孩們在認識不清的情況下愛上甚或委身於威肯，為此他深覺歉疚。他將一切責任攬在自己身上，認為一切皆因他錯誤的驕傲而起，他以前總不屑於把威肯的私生活告訴他人，心想威肯的行為總會露出馬腳，於是這時要求為這件事盡點力，以彌補他所造成的遺憾。如果他有另外的動機，相信也不會是有損他體面之事。他花了幾天時間才找到他們，不過他是有線索的，這一點就比我們好多了，我想這也是促使他來找我們的原因。

有位好像姓楊的太太，以前曾當過達西小姐的女家教，後來因未善盡職責被解雇，不過達西先生並未告訴我們是什麼事。遭解雇後她在愛德華街買了棟大房子，開始以出租房子維生。他知道威肯和這位楊太太過從甚密，所以一到倫敦便去拜訪她，希望能探得一些消息，可是這也花了他兩、三天時間，才從她那兒得到他想要的情報。我想如果不給她一些好處，她也不會出賣她朋友吧，因為她的確知道他們躲在哪裡。事實上，威肯一到倫敦就去找她了，而且如果她那兒還有地方住，他們早就跟她住到一起。後來，我們好心的朋友終於打聽到兩人下落，他們住在某某街上，達西先生見到威肯後，堅持要和莉蒂亞見面。他說他一見到莉蒂亞，就苦勸她趕快跳脫這個不名譽的窘況，一等親友們能接受她，就立刻回他們身邊去，而在此期間，他願意盡全力幫忙。可是他發現莉蒂亞根本不想離開那裡，她毫不在乎她的親友，也不要他的幫助，她不想聽見人家叫她離開威肯，還相信他們遲早都會結婚。他想，既然她心意已決，就只好準備讓他們結婚了；然而，在他初次和威肯談話時，他就得知威肯並沒有結婚的打算。威肯坦承當初離開民兵團完全是債務所逼，並且毫不遲疑地將莉蒂亞跟著他跑歸因於她自己的愚蠢。他打算立即辭去民兵團職務，而對於未來，他一點兒計畫也沒有。他知道他得到別的地方去，但不知該到哪兒去，而且他也知道他無以維生。

達西先生問他，為什麼不立刻跟莉蒂亞結婚？儘管班尼特先生並不富裕，但是多少也可以幫上忙，而且結婚之後他的情況肯定會有所改善。然而從他的回答來看，達西先生發現，威肯還是冀望到別的地方娶個有錢老婆，以求大賺一筆。不過，就目前情勢來看，他也不反對娶莉蒂亞，以解除燃眉之急。他們見了幾次面，因為有太多事情要討論了，威肯當然是獅子大開口，不過幾經討價還價，最後終於降為合理的金額。既然他們已談妥大小事情，達西先生的下一步就是知會你舅舅，於是他在我回來的前一晚首度造訪恩典教堂街。不過他並沒有見到你舅舅，經過進一步詢問後，他得知你爸爸住在舅舅家，不過隔天早上就要離開。他想，要商量這件事的話，找你舅舅會比找你爸爸還好談，於是他當機立斷，等你爸爸離開後再過來找舅舅。他並沒有留下姓名，所以隔天你舅舅只知道有位先生有事情來找過他。星期六，他來了，你父親則是已經返回隆波安。而且，就如同我先前所說，他和你舅舅談了好久。星期天，他們又聚在一起，這次我也見到他了，所有事情一直到星期一才完全決定。而且事情決定後，我們立刻派人送了封快信給你父親。不過，我看這達西先生真是個非常固執的人，固執才是他真正的缺點。他幾經錯誤的指責，被說成驕傲冷漠，但那都不是真的，他的缺點只是固執而已。每一件事他都親力親為，不讓我們插手，雖然你舅舅很願意為這件事全力以赴（我這麼說不是想得到你的感激，所以就別再提這件事啦）。

他們為了由誰清償這些債務以及處理相關事宜爭執了很久，反觀這兩個人，無論是男主角或女主角，都還真不值得他們如此煞費苦心。最後，你舅舅只好讓步，他無法真正為他的外甥女出力，卻不得不在這整個過程中扮演救難英雄的角色，這般獨享功勞讓他覺得實在很不舒服。我確信今天早上這封信讓你舅舅很高興，因為信上要求說明這事的來龍去脈，因此你舅舅也有機會把功勞和感激還給當得的人了。不過，這件事你知道就好，頂多只能告訴珍。

我想，你應該很清楚達西先生為這兩個年輕人做了多少事。威肯的負債都還清了，我相信數目還真不少，起碼超過一千鎊，而且莉蒂亞在分得你父親財產的那一份以外，達西先生還多送給她一千鎊，他也在軍隊裡幫威肯買了個官職。他堅持獨立完成這些事的理由，我已在前面說過了，因為他的寡言以及欠缺適當考量，以致於威肯被誤認為是好人，為此他自責不已，現在大家終於看清威肯的真面目了。也許達西先生說的是實話，但我不知道，這次的事件能否歸咎於他或任何人的驕矜寡言。儘管他有非常好的理由要我們讓他獨力完成這些事，但若不是我們相信他另有苦心，你舅舅也不會讓步。當這一切都處理好，他就回潘柏利莊園去了，他的朋友們還住在那兒呢！不過他也說好，在婚禮舉行那一天再回到倫敦來，而且一切有關錢的問題也會在當天完全解決。

我相信我已將一切事情都告訴你了，是你自己要我將這麼令人驚訝的事情告訴你，你可別不高與喲。對了，莉蒂亞來我們家住，威肯經常登門造訪，他的樣子跟我在赫福郡見到他時完全一樣；至於莉蒂亞，要不是我在上星期三收到珍的來信，告訴我莉蒂亞的行為舉止大致如何，我還真不想讓你知道，我對她有多麼不滿意呢！她在隆波安的行為簡直就是她在這兒的翻版，因此我現在告訴你，也不會給你帶來新的痛苦了。我以最認真的態度告訴過她好幾次，她所做的事有多麼不好，讓她的家人們有多難過。如果她知道我在說些什麼，我真的就該偷笑了，因為我確定她根本沒在聽。有時候，我真是被她惹得很惱火，繼而想起親愛的你和珍，看在你們的面子上就忍下來了。

達西先生依言準時回來，而且正如莉蒂亞所說，他參加了婚禮。第二天他和我們一塊兒用餐，在週三或四又離開倫敦。如果我趁此機會說（我以前不敢說哪）我有多喜歡他這個年輕人，你會生氣嗎？他對我們的態度和在德布夏時完全一樣，非常討人喜歡。他的智識和見解都很深得我心；只要個性再活潑一點兒就好，不過這個小缺點可以由太太來幫他改進，只是這樣一來，他就得慎選對象才行。我認為他非常狡猾——因為他幾乎沒提過你的名字，不過現在的人似乎都愛耍狡猾。

如果我說得太多了，就請原諒我吧，至少別罰我不准去潘柏利，我非得逛完那座園子才開心呢！只要給我一輛輕便馬車和一對漂亮的小馬就行了。

我得就此擱筆了。孩子們煩了我半個小時啦！非常愛你的，

舅媽

寄自　恩典教堂街，九月六日

「我確定她根本沒在聽。」

這封信的內容讓伊莉莎白的情緒波濤洶湧，她簡直無法分辨究竟是快樂還是痛苦居多。她曾經模糊且不確定地猜測是達西先生促成了妹妹的婚事，但是她又怕自己把他想得太好了，世上怎可能有這等好人呢！同時她也考慮到，若事情果真如此，還這份情的痛苦是多麼地可怕，然而現在證明這一切都是眞的！他特意到倫敦去，不辭辛勞、費盡苦心地找出他們的藏匿處；爲此他得去向那個無恥之至的女人低聲下氣，還得降格會見並苦心勸說，最後是賄賂——賄賂那個他最不想見到，甚至連名字都不願提的男人。

他這麼做全是爲了一個他不關心也不敬重的女孩兒。她的內心的確呢喃著他這麼做全是爲了她，然而其他顧慮很快就動搖了這剛升起的希望。伊莉莎白覺得，就算達西先生還願意愛這個曾經拒絕他的女子，他也無法克服和威肯成爲親戚的厭惡感——成爲威肯的連襟哪——他絕對無法忍受這種事。不可否認，他做了好多事，她羞窘得不敢去想到底有多少。然而他已說明爲何插手管這件事，理由充足，令人不難相信。他覺得他以前錯了，他慷慨大方，而且他有本錢這樣做；雖然伊莉莎白不願將自己當成是他做這些事的主要動機，也許她願意相信，是他心中對她仍存的好感，使得他願意盡力解決這件牽動她內心平靜的插曲。知道自己家人再怎麼樣也無法回報他這份恩情，眞是令她痛苦非常。莉蒂亞能挽回顏面，全多虧了他。喔，一想到自己當初對他的厭惡、對他的冷言冷語，她就痛悔不已。她爲自己感到可恥，卻又爲他感到驕傲，驕傲他的悲憫之心、驕傲他的有所改進。她一遍又一遍地讀著舅媽信上對他的稱讚。

雖說舅媽的稱讚仍嫌不足，但已帶給她足夠快樂。得知舅舅和舅媽深信她和達西先生之間情誼匪淺，她心中不免泛起些許歡欣，同時夾雜些許遺憾。

她從長椅上站起，直覺到有人靠近。而在她要轉進另一條小路前，威肯就已經趕了上來。

「我怕是打擾你一個人散步了，我親愛的二姨子？」威肯說著走到她身旁。

「你的確是打擾到我了，」她微笑答道，「但隨著打擾而來的不見得就是不受歡迎。」

「如果是不受歡迎，我就要覺得難過了。我們向來都是好朋友，現在則是更好了。」

「是啊，其他人出來了嗎？」

「我不知道。岳母和莉蒂亞到馬利頓。倒是，我聽我們的舅舅和舅媽說，你去過潘柏利了。」

她給了個肯定的回答。

「真羨慕你有這般遊興，我就沒辦法啦，不然在去新堡之前我可以去看一下。我想，你應該見過老管家了吧？可憐的雷諾德太太，她一直很喜歡我，可是她當然不會跟你提起我的名字。」

「她提了。」

「她說了些什麼？」

「說你從軍去了，而且，恐怕——沒什麼出息。你知道，在那麼遠的地方，事情可能被誤傳得很厲害。」

「那當然啦。」他回答，咬了咬嘴唇。

伊莉莎白希望她剛才的回答能讓他知道適可而止，可是才過不了多久，他又開口了：「上個月我很驚訝在倫敦遇到達西先生。我們碰到過幾次，不知道他到那兒去做什麼？」

「也許去準備他和德波小姐的婚事吧，」伊莉莎白說，「在這個時節到那兒去，肯定是有什麼重要的事情。」

「難怪，你在蘭布頓鎮時見過他嗎？我聽舅舅他們說，你和他見過了。」

「是啊，他介紹他妹妹給我們認識。」

「你喜歡她嗎？」

「非常喜歡。」

「我聽說她在這一、兩年很是長進，我上次見到她的時候，她還沒什麼出息呢！我很高興你喜歡她，希望她會有好前途。」

「我相信她會的，她已經過了最難捱的年紀了。」

「你們有沒有經過京普頓村？」

「我不記得我們到那兒去過。」

「我提起這個村子是因爲我本來可以得到那兒的牧師俸祿的，那眞是個好地方啊！棒極了的牧師公館！各方面都很適合我呢！」

「你喜歡講道嗎？」

「非常喜歡。我會把它當成我的職責，而且很快就會熟悉，無須花費什麼心力。人實在不該發牢騷的，不過，說眞的，那眞是個適合我的工作！安靜悠閒的生活，完全符合我對幸福的想法！可是事與願違啊，當你在肯特郡時，有沒有聽過達西提起這件事？」

「我的確聽某位有力人士說，要取得那份俸祿是有條件的，且須依現任贊助者之意執行。」

「原來你聽過了！對呀，是有但書，我以前也是這樣跟你說，也許你還記得。」

「我還聽說你以前有一段時間並不像現在這麼喜歡講道——事實上你還宣布過，永遠不會擔任神職人員的工作，所以那件事也照你的意思折衷處理了。」

「你果眞聽過哪！你聽過的話並非全無根據，也許你還記得我們第一次談起這件事的時候，我所說的就是這樣。」

現在他們快到家門口了，伊莉莎白爲了甩掉威肯所以走得飛快，但又爲了妹妹的緣故不想得罪他。於是她只甜甜地笑著，說道：

「好啦，我們現在是一家人，就不要再爲過去爭執了。未來希望我們永遠都能一條心。」

她伸出手，他殷勤地親吻一下，雖然他不知道該配什麼表情才好，然後他們就進屋裡去了。

Chapter 53
第五十三章

威肯先生對於此次談話非常滿意，今後他再也不會拿這個話題來打擊自己並且惹惱他的親戚了，伊莉莎白也很高興自己終於能夠讓他閉嘴。

威肯和莉蒂亞離開隆波安的日子很快就來臨，班尼特太太不得不和她的女兒女婿傷別離，因爲班尼特先生根本不理睬班尼特太太的提議——她想要全家人一塊兒到新堡——而今日一別，至少也要一年以後才得再聚。

「喔！我的莉蒂亞寶貝，」她不捨地叫道，「我們何時才能再見呢？」

「我的天！我不知道，也許這兩、三年都見不到面了！」

「要常寫信給我哪，乖寶貝。」

「我一有空就會寫的，可是您也知道，結了婚的女人沒什麼時間寫信。姊姊們倒是可以寫信給我，她們又沒有別的事要做。」

威肯先生的道別倒是比他的妻子來得感人，微笑的模樣看起來很英俊，還說了不少好聽話。

「他是我平生僅見最優秀的人才，」馬車一離開，班尼特先生就說，「既會假笑，又會裝傻，還會博取我們大家的歡心。我眞是異常地以他爲傲，害得我眞想挑戰盧卡斯爵士，看他能否找到一個比我家這個更罕見的女婿。」

莉蒂亞的遠去讓班尼特太太難過了好幾天。「我常常想，」她說，「再沒有比和親朋好友離別更難過的事了。他倆不在身邊，我眞是寂寞得很哪。」

「您知道的，媽媽，這就是嫁女兒的結果啊。」伊莉莎白說道：「想到您還有四個女兒待字閨中，您就比較舒服了吧。」

「沒有的事！莉蒂亞才不是因爲結婚而離開我，而是因爲她丈夫的軍團剛巧在遙遠的北方。如果住得近一些，她就不用這麼早走了。」

然而這件事帶給她的憂傷不久後便煙消雲散，而且她的心情還因爲最近流傳在附近的消息而振奮起來——尼德斐莊園的管家接到命令，準備迎接主人到來。他將在一、兩天內到達，預計在莊園停留數週打獵。班尼特太太的心開始侷促不安，她看看珍，微笑著又搖搖頭。

「喔！所以賓利先生要回來了，妹妹（因爲菲力普太太最快告訴她這個消息），這眞是個好消息。不過我已經不那麼在意了，他對我們來說不算什麼，而且我也不想再見到他了。可是，如果他喜歡的話，隆波安莊園還是很歡迎他來啦，而且誰知道會發生些什麼事？雖然那已經不關我們的事了。你知道的，妹妹，我們好久以前就已經說好，不要再提這事。可是，他確定眞的要來嗎？」

「沒錯啦，」菲力普太太答道，「尼古斯太太昨天晚上在馬利頓，我親眼見到她走過去，還追出去跟她求證。她跟我說這是千眞萬確的事，他最晚星期四會到，星期三來最有可能。她告訴我，她要到肉舖去，特別訂購一些肉，準備那一天要用，還買了三對鴨子要宰來吃。」

班尼特小姐聽到他要來，不禁臉上泛起紅暈。她已經好幾個月沒跟伊莉莎白提過他的名字了，可是現在，她們姊妹倆一有機會獨處，她即開口道：

「當姨媽今天來告訴我們這個最新消息的時候，我看見你瞪著我看了，我知道當時我的表情很尷尬。可是，別因爲這樣就胡思亂想，我只是一時之間不知該怎麼反應而已。我跟你保證，我對那個消息一點快樂或痛苦的感覺也沒有，不過有一件事是我高興的：他是一個人來的，這樣我們就不會那麼常見到他。我不擔心我自己，我只擔心別人的閒言閒語。」

伊莉莎白不知該如何解讀這件事。倘若她沒在德布夏見到他，也許她會以爲賓利此行的目的就如傳言所說，只是來打獵而已。然而她依舊認爲賓利對珍念念不忘，因此她猜想，也許賓利是得到他朋友的允許才來；或是他自己夠大膽，沒有朋友的允許也敢上這兒來了。

「眞是麻煩，」伊莉莎白有時想著，「這個可憐的男人，每次來到自己合法租賃的房子，總免不了這一大堆臆測！我不想管他了。」

儘管在期待他的到來時，珍說了這些話，伊莉莎白也相信她眞是這種想法。然而，她還是輕易察覺出姊姊的心情受影響了，而且這回的情緒起伏甚至遠遠大過她日常所見的。

大約一年前父母親熱烈談論的話題，此刻又搬上檯面。

「一等賓利先生到達，親愛的，」班尼特太太說，「你當然會去拜訪他吧？」

「不了。你去年逼我去拜訪他，還保證只要我去看他，他就會娶我們一個女兒。可是後來什麼也沒有，我不想再去出這個笨蛋任務了。」他的太太不斷對他曉以大義，說此番賓利先生回到尼德斐莊園，附近的仕紳們肯定都會去探望他，他當然也是非去不可。

「我最看不起這種禮節了，」班尼特先生於是說，「如果他想和我們來往，就讓他來找我們好了。他知道我們住哪裡，我才不要浪費我的時間去跟鄰居們送往迎來。」

「我只知道如果你不去拜訪他就是非常沒禮貌。不過，就算這樣，我也要邀他來用餐，反正我已經決定了，我們得快快和隆格太太及古登一家約時間，再算上我們自己，就有十三個人了，這樣一桌還剩一個位子剛好給他。」這個決定終於使她不那麼在意丈夫的不懂禮數，不過一想到鄰居們都會比她們一家還早見到賓利先生，她心中就很不是滋味。此時，賓利到來的日子一天天近了。

「我開始對他的到來覺得難過了，」珍對她妹妹說道，「這根本沒什麼，我可以很冷靜地跟他見面，可是我受不了一天到晚提這件事。媽媽不知道她說的話讓我多不舒服，等他在這裡的假期結束，我就會快樂了！」

「眞希望我可以說些什麼來安慰你，」伊莉莎白接著說，「可是我完全幫不上忙。你一定明白我的意思，那些勸人要忍耐的話，我是說不出口的，因爲你已經夠忍耐了。」

賓利先生到了。班尼特太太在僕人們協助下，成爲最早得到消息的人，她心中的憂慮和焦急當然也維持得最久。她數著日子，盤算什麼時候送去邀請函才好——畢竟在這之前是無法見到他了。然而，就在賓利先生到達赫福郡的第三天早上，她竟從房間窗口看見賓利先生騎著馬，穿越隆波安莊園的跑馬場，朝正屋過來了。

班尼特太太立刻招來女兒們分享她的喜悅。珍動也不動坐在桌前，伊莉莎白爲了滿足一下母親便走到窗邊——她看見達西先生跟他在一起。她立刻坐回姊姊旁邊去。

「他旁邊還有一個人耶，媽媽，」凱蒂說，「那個人是誰？」

「可能是朋友吧，乖寶貝。」

「啊！」凱蒂接著說：「看起來很像以前跟他一起的那個人——那個高高的、驕傲的男士。」

「天哪！達西先生！是他沒錯，我發誓。賓利先生的任何一位朋友在我們家也都是受歡迎的，只是，要不是看在賓利先生份上，我還眞討厭看到他哩。」

珍既驚訝又關心地望向伊莉莎白。她對兩人在德布夏見過一事並不知情，以爲這是伊莉莎白在收到他的解釋信後第一次見到他，因此她想妹妹此時一定覺得很彆扭。姊妹倆都很不舒服，她們爲彼此擔心，當然也爲自己擔心。她們的母親仍然繼續訴說她對達西先生有多不喜歡，她要接待他全是因爲賓利先生的關係，但兩姊妹都沒聽見這些話。伊莉莎白彆扭的原因卻是珍沒有想到的，因爲她一直沒有勇氣將佳德納太太的信拿給珍看，也沒有勇氣對珍提及自己感情的變化。對珍來說，達西只不過是個被伊莉莎白拒絕，而且優點被伊莉莎白低估的男人，但對知悉一切的伊莉莎白而言，

達西先生跟他在一起。

他是個該受到全家人感激的大恩人，而且她對他萌生的好感，倘若談不上有多麼情深意濃，至少也有珍對賓利的感情那種程度了。她對他的到來感到驚奇——他到尼德斐、到隆波安，又一次主動地尋她來了，這樣的驚奇完全不下於她在德布夏初見他態度的轉變。

伊莉莎白想起在德布夏的時光，可見達西對她的感情及他的心願完全沒變，於是剛剛褪去的紅暈很快重現臉上，而且更添光澤；欣喜的笑容讓她的雙眸更添丰采，不過，她不敢確定。

「讓我先看看他的表現再說，」她沉吟道，「現在想這些還太早了。」

她坐下來專心做起女紅，努力要讓自己鎮定，連眼睛都不敢抬起來。當門鈴聲響起，僕人前去應門，她才好奇看了一下姊姊。珍的臉色比平常略顯蒼白，不過比伊莉莎白預期得還要鎮靜。兩位男士出現時，她的臉色顯得紅潤多了，態度從容地接待他們，舉止合宜，完全沒有怨恨的徵兆，或任何不必要的殷勤。

伊莉莎白合乎禮儀地和他們打過招呼後再度坐下，以異於平常的急切拿起女紅來做。她只大膽地看了達西先生一眼，他的表情和平時一樣嚴肅，她覺得很像他在赫福郡時的樣子，反而跟在德布夏時不太一樣。也許，他在她母親面前無法像在她舅舅、舅媽面前那樣吧，真是個令人難過但並非不合理的假設。

她也快速看了賓利一眼，在那一瞬間，她看到賓利臉上透著愉快也透著不安。班尼特太太對他殷勤的程度連女兒們都感到汗顏，尤其是跟她對達西先生的冷淡敷衍比起來，她們更覺難堪。

尤其是伊莉莎白，她深知母親欠了達西先生一個大恩情。要不是他，她最疼愛的寶貝女兒早就名譽掃地了，眼看母親對達西先生如此差別待遇，她真是難過得不得了。

達西先生除了向伊莉莎白問候佳德納夫婦好不好之外，就鮮少說話了，所幸這個問題伊莉莎白還能流暢回答。他的座位不在她旁邊，也許這就是他不太開口的原因吧；可是在德布夏時不是這樣的，那時他若不能跟她說話，他就跟她的旅伴說話。反觀現在，好幾分鐘過去，卻都沒聽見他的聲音。有時候她忍不住好奇，抬起眼睛看看他的臉，她會發現，他要不是看看珍，就是望向她自己，再不然就是漫無目標地盯著地上。跟上次比起來，他很明顯多了心事重重的感覺，少了取悅人的殷勤。她好失望，也因失望而跟自己生氣。

「我還能期待怎麼樣呢？」她想，「可是這樣的話，那他來幹嘛？」

除了他以外，她根本沒心情跟任何人說話，可是她又沒什麼勇氣跟他說話。

她問候他的妹妹，然後就沒話題了。

「賓利先生，你離開好一段時間了。」班尼特太太說道。

賓利先生連忙表示同意。

「我那時還開始擔心你不再回來了。人們都說你在米迦勒節就要把房子整個退租，不過，我希望這不是真的。自你走後，我們這附近可發生了不少事情呢！盧卡斯小姐已經出嫁，而且在翰斯福特定居下來。還有我的一個女兒也結婚了！我想你們應該都聽說了才是，或者在報上看到過，結婚啓事就刊在《泰晤士報》和《克利爾報》上，內容眞是太輕描淡寫了！只寫著：『喬治．威肯先生已與莉蒂亞．班尼特小姐成婚。』連她父親的名字和住在哪裡什麼的，一個字都沒提！這結婚啓事還是我弟弟佳德納擬的稿，眞不知他這事情怎麼辦的。你們看到結婚啓事了嗎？」

賓利先生說他看到了，並且向班尼特太太道賀。伊莉莎白連眼睛都不敢抬起來，因此，達西先生是何表情，她無從知曉。

「說眞的，看女兒順利結婚眞是一件開心的事，」她母親繼續道，「可是，賓利先生，在此同時，女兒也得離我遠去，讓我好捨不得呀！他們到新堡去了，那裡似乎是一個滿偏北的地方，我不知道他們會在那兒住多久。我女婿的軍團在那兒，我想你應該聽說過，他離開民兵團，加入正規軍了。感謝上帝，他那麼優秀的人該有更多朋友的。」

對這件事和達西先生一樣瞭若指掌的伊莉莎白羞愧得快要坐不住了。她終於非得開口不可，這倒是迫使她說話最有效的方法；她問賓利這次到鄉間來準備住幾天，賓利答說數個星期。

「賓利先生，當你把自己園子裡的鳥都殺光以後，」她母親開口，「我非常歡迎你到這兒來。在班尼特先生的莊園，你愛殺多少鳥，就殺多少鳥。我相信他會很高興有你的光臨，而且會把最好的鷓鴣留給你的。」

伊莉莎白看著母親過分地獻殷勤、措辭失當地討好，心裡愈來愈難過！她相信再這樣下去，眼前這和去年一樣令她們懷有無限憧憬的想望，只怕很快就會以同樣令人扼腕的結果收場。在那一瞬間，她深感終生的幸福都彌補不了她和珍此刻所受的痛苦。

「我最大的心願，」她告訴自己，「就是不要再跟這兩個人其中任何一個相處了！跟他們在一起，再怎麼快樂也彌補不了這樣的難堪！我永遠不想再見到他們了！」

然而這終生幸福也無法彌補的痛苦，在賓利看見珍的美麗大方，重燃對珍的熱情之後也就逐漸解除了。賓利剛進來時，和珍的談話不多，但隨著時間過去，他對她愈來愈有興趣。他發現她和去年一樣漂亮、性情一樣溫和、態度一樣自然優雅，只是沒那麼健談而已。珍急著要讓人知道她沒什麼改變，她認爲自己就和往常一樣健談，可是因爲她的滿腹心事，經常不知不覺就沉默下來。

當男士們起身告辭，班尼特太太念念不忘之前的請客計畫，於是和他們說好，數天之後到隆波安來用餐。

「賓利先生，你去年說要來看望我們，可是一直都沒來呢！」班尼特太太補充道：「你要去倫敦之前告訴過我，說你一回來就會來和我們全家人一塊兒用餐。你看，我可是牢記在心哪！而且我告訴你，你沒回來實踐諾言，我可是失望得不得了喔。」

賓利先生首先不知該作何反應，隨即推託當時有事耽擱，說完他倆就告辭了。

班尼特太太很想要當天就把他們留下來用餐。雖然他們家的菜色一直不錯，但是面對她汲汲營營要拉好關係的人，還要滿足那個年收入一萬鎊之人的胃口，還是等多準備兩個菜時再來吧。

Chapter 54
第五十四章

他們一離開，伊莉莎白就走到外面透透氣，調適一下自己的心情。或者，換句話說，想不受打擾地想想這些讓自己情緒低落的事。達西先生的舉止讓她又驚又氣。

「什麼嘛，如果他只是來表現他的沉默、憂鬱和冷淡，」她說道，「他幹嘛要跑這一趟？」

她怎麼想都找不出個可以讓自己高興的解釋。

「他在倫敦時還可以做到討舅舅、舅媽他們喜歡，為什麼對我就做不到？如果他怕我，為何來我家？如果他不再喜歡我，為何沉默不說？製造麻煩的傢伙！我再也不要想到他了。」

她姊姊的出現使她剛才的決心自然而然、短暫地實踐了一下，她果然沒想達西了。珍帶著愉快的笑容走過來，可見她的訪客讓她很開心。

「現在，」珍說道，「第一回合的見面已經結束了，我覺得很輕鬆、很愉快。我知道自己的能耐，下次他再來，我絕不會再尷尬了。我很高興他星期二就要過來吃午餐，到時候大家就會知道，我們只不過是一點都不熟的普通朋友而已。」

「是啊，非常不熟。」伊莉莎白笑道，「噢，珍，你得小心哪！」

「親愛的，你不會以為我還軟弱地置身險境吧？」

「我認為你置身於使他深愛你的險境中。」

一直到週二，她們才再度見到這兩位先生，而班尼特太太因為在上次與賓利先生半個小時的談話中，體認到他的性情好又有禮貌，於是再度打起如意算盤來。那一天，一大群人聚集在隆波安，最受大家期盼的那兩位紳士準時出現在眾人眼前，其守時精神比起運動員來說有過之而無不及。當他們走進餐廳，伊莉莎白急著想知道，賓利會不會像以前每次在宴會中一樣，選擇坐在珍的身旁。她那老謀深算的母親也有相同想法，所以她並沒有邀請賓利到自己旁邊坐。賓利走進來時，似乎躊躇了一下；此時珍環顧四周後剛巧粲然一笑，就這樣他決定了——坐到珍的旁邊去。

伊莉莎白樂在心頭地看看賓利的朋友，只見他泰然以對，並沒有異樣神情。要不是伊莉莎白瞥見賓利驚喜參半地看了達西一下，她八成會以為賓利是得到達西的允許才敢這麼做。

席間賓利對珍表現出更甚以往的愛慕之意，伊莉莎白忍不住想，要是讓賓利自己做決定，那麼珍和賓利一生的幸福就有望了。雖然她不敢期待會有那樣的結果，但是看著賓利對姊姊的殷勤，已經夠讓她快樂的了。她也因此感到精神為之一振，因為她其實並沒有什麼好心情，達西先生坐在桌子遙遠的另一頭，就在她母親身旁。她猜這兩個人比鄰而坐，彼此都不會太愉快，想要在宴會中盡興也不太容易。她坐得遠，聽不到他們的對話，不過她看到他們極少交談，就算開口了，態度也是拘謹冷漠。想起他們一家欠他的恩情，眼看母親對他的無禮，伊莉莎白難過得都快瘋了；好幾次她

珍剛好粲然一笑。

都想不顧一切地告訴他，並不是全家人都不知道他的好心、不感激他的好意。

她希望用過餐後，他們能有機會在剩下來的時間裡聚聚，眞正談些話，她可不希望達西此行就來拘泥地寒暄幾句而已。餐後大家移師客廳，伊莉莎白在裡面坐等主角進來，等待的時光讓她覺得既煩又悶，都快發脾氣了。她期盼他們走進客廳，這樣在剩餘時間裡，她才可能有快樂可言。

「如果他還不來找我，」她自言自語道，「我就永遠不理他了。」

男士們進來了。她等他是否會如她所願地過來找她，可是一群女士們就擠在桌子旁，珍負責倒茶、伊莉莎白倒咖啡，周圍簡直水洩不通，連一張椅子也放不下。一看到男士們走過來，人群中的一個女孩兒趕忙擠得離伊莉莎白更近些，還小聲說道：

「我絕不會讓男人過來把我們分開的，我們才不需要他們呢，對吧？」

達西走到客廳另一頭去了。伊莉莎白的視線一直跟著他，忌妒著每一個跟他說話的人。她再也沒耐心幫客人倒咖啡了，而且對自己感到十分氣惱，心想爲什麼要蠢到去對他存有幻想。

「一個被我拒絕過的男人！我怎麼還會傻到指望他再愛我一次呢？有哪一個男人會這麼不顧面子，去跟同一個女人求第二次婚？對男人來說這眞是奇恥大辱了！」

不過，他自己把喝完的咖啡杯送回來，倒還是讓她感覺舒服不少。伊莉莎白抓住機會說道：

「令妹還在潘柏利嗎？」

「是啊，她會在那兒待到聖誕節。」

「她一個人嗎？朋友們都走了嗎？」

「安斯立太太陪她一起。其他幾位三星期前已經到斯卡布羅去了。」

她想不出還有什麼話題了，不過他若想繼續跟她聊天，成功機率是很大的。然而，他卻只是站在她身旁，半晌都不吭一聲；最後，年輕女孩兒們又過來跟伊莉莎白說悄悄話，他只好走開了。

現在，茶桌撤走了，牌桌擺上了，女士們都站起來，伊莉莎白希望他很快就會到她身邊來，卻只見到他被拉去她母親那桌湊齊人數打惠斯特牌。她想，這下子今天再也快樂不起來了。接下來的時間裡，他們分別坐上不同牌桌，伊莉莎白眞是什麼希望都沒了，達西先生的眼睛也不時飄向伊莉莎白那個方向，於是兩個人都打輸了牌。

班尼特太太本來還打算將兩位貴客留下來吃晚餐，但是他們比誰都要提早吩咐備車，如此一來，她的計畫也只好做罷。

「好啦，女兒們，」客人們一離開，她就說道，「你們覺得今天怎麼樣啊？我認爲一切都好得不得了。菜色是我前所未見的美味，肉烤得恰到好處——每個人都說他們從未見過如此肥美的腰肉。湯比我們上週在盧卡斯家喝的要好五十倍以上，就連達西先生都承認鷓鴣燒得好吃極了！我猜他至少有兩、三位法國廚師。還有，珍哪，你今天更是前所未見的美麗呀！隆格太太也這麼說呢！因爲我問她是不是覺得你很美麗？你們想知道她還說了些什麼嗎？她說：『班尼特太太，她終究會嫁進尼德斐莊園的。』她眞這麼說呢！我覺得隆格太太是世界上最好的人，她的姪女們也都很乖，

「隆格太太是世界上最好的人，她的姪女們也都很乖。」

雖然一點兒都不漂亮就是了。」

簡言之，班尼特太太的心情非常好。她眼看賓利對珍的殷勤，心中非常滿意，也深信珍終將嫁給賓利。她一高興起來，便誇張地想像起家裡會因爲這門親事得到多少好處，及至第二天不見賓利來求婚，她又跌落失望的深淵。

「今天眞是令人愉快的一天，」珍對伊莉莎白說，「賓客們似乎都選得剛剛好，可以兩兩成對地聊天。我希望我們能常見面。」

伊莉莎白微笑以對。

「伊莉莎白，你不可以笑我、懷疑我！你這樣我會很不好意思。我喜歡跟他聊天，因爲他是個親切和藹又很聰明的人，沒有別的意思了。我很滿意他目前的態度，他沒有要追我的打算。我們談得來只是因爲他言詞幽默、令人愉快，甚於其他人而已。」

「你眞殘忍，」伊莉莎白說，「不准我笑，可是無時無刻不在逗我笑。」

「有時候要人家相信我可眞難哪！」

「而有時候要相信你的話是多麼不可能啊！」

「那你爲什麼要我相信我不覺得的事？」

「這是一個我不知該如何回答的問題。人往往都喜歡爲別人指點迷津，只不過那些指教往往都是不值得知道的。原諒我吧！如果你執意說你們之間沒什麼，就別再把我當成知己了。」

Chapter 55
第五十五章

就在這次拜訪後幾天，賓利先生再度登門來訪，而且只有他一個人來。他的朋友那天早上到倫敦去了，停留個十天後回來。賓利和她們坐了一小時左右，心情非常愉快。班尼特太太邀他留下來一塊兒用餐。然而，他卻一再致歉，說他還得到別的地方去。

「下次你來的時候，」她說，「我希望我們的運氣會好一點兒。」

他說他任何時間都很高興能到這兒來，如果她准他離開的話，下次他一定會提早到訪。

「你明天能來嗎？」

他說可以，因為明天沒有訂約，於是一口答應班尼特太太的邀請。

第二天他果然非常早來，早得小姐們都還沒梳妝打扮呢！班尼特太太穿著睡衣，頂著梳了一半的頭，就這樣跑去敲女兒們的房門，一邊大叫道：「珍！我的好女兒！動作快點兒，趕快下樓來，他來啦——賓利先生來啦！莎拉，快來，去大小姐那兒，幫她把長禮服穿上，別管伊莉莎白小姐的頭髮了。」

「我們會盡快下樓，」珍說道，「不過，我確定凱蒂可以比我們先下去，因為她半個小時前就上樓梳妝了。」

「喔！這個凱蒂！跟她有什麼關係？來，快點兒！我的寶貝，你的腰帶呢？」

但是在母親走後，珍卻不肯獨自下樓。

到了下午，班尼特太太急著要讓兩人獨處的意圖已經非常明顯。喝過了茶，班尼特先生一如往常躲進書房去，瑪莉則是上樓練琴。就這樣，五個絆腳石已經挪除兩個，班尼特太太坐下來看著凱蒂和伊莉莎白，對她們猛眨眼睛，可是一點兒效果也沒有。伊莉莎白故意不看她，凱蒂則在稍後天眞地問道：

「您怎麼了，媽媽？爲什麼一直對我眨眼睛？要我做什麼嗎？」

「沒事，孩子。我沒對你眨眼睛。」

她又坐了五分鐘，但是想想機會難得，不能再浪費時間，於是突然站起來，對凱蒂說道：「跟我來，寶貝，媽媽有話跟你說。」就把她拉出客廳了。珍立刻看了伊莉莎白一眼，表示她對這種安排的焦慮，央求伊莉莎白別丟下她。

不到幾分鐘，班尼特太太半推開門，叫道：「伊莉莎白，親愛的，我有話跟你說。」

這會兒，伊莉莎白非走不可了。她一走到門廳，班尼特太太就對她說：「我們最好讓他們獨處一下，知道吧，凱蒂要和我到樓上房裡去坐。」

伊莉莎白沒有和母親爭辯，她靜靜待在門廳，等到母親和凱蒂上樓，她又走回客廳去。

「伊莉莎白，親愛的，我有話跟你說。」

這一天，班尼特太太的計謀沒有成功。雖然賓利樣樣令人滿意，但就是沒有向她女兒求婚。他的隨和與活潑使他成爲下午聚會時的開心果，忍受著女主人無理的多管閒事，和顏悅色地聽她的蠢話連篇，讓她的女兒們都分外感激。

他無須邀請即直接留下來吃晚餐，在他走之前也和班尼特太太講好，明天過來和班尼特先生一塊兒打獵。

經過這一天，珍再也不說她和他之間沒什麼了。她完全沒有和伊莉莎白提起有關賓利的事，不過伊莉莎白在就寢時開心地想，賓利和珍之間就快要有結果了，除非達西先生提早回來。不過認眞想想，也許這事還是得等達西先生同意才能成定局。

賓利依約準時前來，而且就如先前所說好，一整個早上都和班尼特先生在一起。班尼特先生比賓利所想的還要和藹可親，因爲賓利先生不會蠢話連篇，不會惹得班尼特先生出言譏諷或氣得不想開口。賓利先生也覺得班尼特先生比以前健談多了，性情沒有以前古怪。他理所當然跟班尼特先生一塊兒回來吃午餐；下午，班尼特太太又來把每個人都支開，好讓賓利和珍獨處。伊莉莎白想要寫信，所以喝過茶後就到早餐室去寫信了；因爲其他人都坐下來打牌，而伊莉莎白也不想違背她母親的安排。

可是當她一寫完信回客廳，她驚訝地發現她母親眞是太厲害了。一推開門，她就看到珍和賓利站在壁爐前，狀甚親密地交談著；而且如果這樣還不足以令人懷疑，以下這個動作就足以說明一切：他們兩人一看到伊莉莎白就快速撇過頭，急忙分開。他們覺得很尷尬，不過，伊莉莎白心想，她自己更尷尬。雙方都沒有說話，賓利和珍坐了下來，伊莉莎白正打算再走出去，賓利卻突然起身對珍耳語幾句，然後就跑出客廳了。

對於快樂的事，珍從來不會對伊莉莎白隱瞞。她立刻抱住伊莉莎白，欣喜快樂地對她說，自己眞是世界上最幸福的人。

「太幸福了，」她說，「這實在不是我配得的。喔，為什麼不是每個人都像我這麼幸福呢！」伊莉莎白感受到非言語所能表達的歡欣，眞心熱誠地向珍道賀起來。她的每一句祝願都更增添珍的幸福，不過珍可不允許自己就這樣和妹妹留在這裡，而且目前也沒有時間細說心裡的話。

「我得馬上去找媽媽，」她說，「我不能辜負她的一片苦心，我一定要親口告訴她這個好消息才行。賓利已經去找爸爸了。喔！我即將要說的事，會讓我的家人們多麼高興啊！我如何承當得了這麼多的幸福呢！」

說罷，她飛快跑去尋找母親，班尼特太太早就有意提早結束牌局，現在正與凱蒂在樓上坐著。伊莉莎白被留在原地，對於這件事竟這麼快速輕鬆地底定，不禁滿足地露出笑容。這件事曾讓她們擔心、生氣了好幾個月呢！

「而這，」她說道，「就是他朋友謹慎小心的結果！也是最幸福、最明智、最合理的結局！」

幾分鐘後，賓利進來了。他和她父親的談話簡單明瞭。

「你姊姊呢？」他一打開門就急著問道。

「和我母親在樓上。我想她很快就會下來了。」

賓利把門關上，走向伊莉莎白，接受準小姨子的祝賀。伊莉莎白誠懇衷心地表示很高興能和賓利結為親戚，兩人真摯地握手；一直到珍下來之前，伊莉莎白都坐在客廳裡，聽賓利說他是何等幸福、珍是何等完美。雖說這是出於熱戀中之人所說的話，但伊莉莎白覺得賓利的幸福藍圖擁有扎實的根基，因為他們兩人都具備聰明與智慧，而且珍的性情非常好，此外，兩人志趣更是相投。

這真是一個非比尋常的快樂下午。珍心中的喜悅和滿足使她的臉閃耀著甜蜜的光彩，看起來更加嬌豔動人。凱蒂傻笑著，希望自己也能趕快出閣。班尼特太太彷彿再怎麼喋喋不休也無法表達自己有多滿意這樁婚事一般，光是說這個就和賓利說了半小時，班尼特先生在晚餐時的態度以及說話聲音也明顯表現出他是多麼欣喜欲狂。

雖然如此，他對這件事卻連提都沒提。一直到賓利回去以後，他才對女兒說道：

「珍，恭喜你。你會成為一個很幸福的女人。」

珍立即走到父親身邊，親了他一下，謝謝他的祝福。

「你是個好女孩兒，」他繼續說道，「想到你即將有這麼幸福的歸宿，我就覺得好高興。我相信你們在一起真是天作之合，你們兩人個性很相近。兩個人都好說話，所以事情較難定奪；兩個人都隨和，所以僕人們容易欺騙你們；兩個人都慷慨，所以會入不敷出。」

「希望不會這樣。我絕不會原諒自己在金錢用度上衝動魯莽的。」

「入不敷出！我親愛的班尼特先生，」他的太太驚叫道，「你說的什麼話？他的年收入有四、五千鎊啊，也許還更多咧！」又對女兒說：「喔，我親愛的珍，我是如此高興，我想今天晚上我會睡不著了！我總說事情的結果一定是這樣，我確定你的美貌是有所意義的！我記得他去年剛到赫福郡時，我一看到他，就想到你和他眞是天生一對！喔，他眞是全天下最英俊的男人！」

威肯和莉蒂亞都已被拋到九霄雲外去，現在珍是最得她疼愛的女兒了，此時班尼特太太眼裡只有珍一個女兒。不久，珍的小妹們開始過來請求姊姊，與她們分享她未來的幸福，瑪莉請求她能讓她使用尼德斐莊園裡的圖書室，凱蒂極力要求她每年冬天在莊園裡辦幾場舞會。

而賓利從這時候開始，當然每天都到隆波安來了——經常是早餐之前即已到達，總在吃過晚餐後才回家，除非是哪個鄰居不怕討人嫌，硬要請他去用餐，他才勉爲其難去敷衍一下。

伊莉莎白現在很少有時間和姊姊聊天了，因爲只要賓利在場，珍就很少會注意到其他人。不過伊莉莎白發現，當他們兩人不得不分開一下的時候，她對其中任何一人來說都是大有用處。當珍不在的時候，賓利就會黏著伊莉莎白，快樂地談論他的珍；當賓利回去以後，珍就拉著伊莉莎白，談著她的賓利以解相思之苦。

「他讓我覺得好快樂，」有一天晚上，珍說道，「因爲他告訴我，他完全不知道我今年春天到倫敦去過，所以他才沒來找我！我本來覺得不可能。」

「我也很懷疑，」伊莉莎白答道，「可是他怎麼解釋呢？」

「一定是他姊姊從中作梗，她們不想讓賓利和我交朋友。其實，我也不難理解她們爲什麼要這麼做，因爲他大可以找一個在許多方面都比我強的女孩兒。可是當她們看到賓利跟我在一起的時候，我確信她們會看到我們是幸福的。到那時她們就會心滿意足，而我們也可以重修舊好，只是無法再像以前那麼好了。」

「這可是一句很重的話，」伊莉莎白說，「我從沒聽你這樣說過呢。值得鼓勵！如果再看到你被賓利小姐的假好心給騙了，我可是會很生氣的。」

「你相信嗎？他說去年十一月他到倫敦去時，他是眞的愛我的，只是因爲有人勸他說，我對他沒有意思，他才沒有再回來！」

「說眞的，他是犯了些小錯誤；現在謙遜認錯了，可以加分。」

伊莉莎白的話無意中讓珍想起賓利的謙沖客氣，以及他從不會誇耀他的許多優點。

伊莉莎白也很高興，賓利沒有將達西干涉他們的事說出來，因爲伊莉莎白雖然相信珍是世界上最寬大仁慈的人，但也不免因此而可能對達西有偏見。

「我是有史以來最幸運的人！」珍高興地叫道：「喔，上帝爲何這麼地眷顧我，祂眷顧我勝於其他妹妹們！如果我能看到你跟我一樣幸福，也能遇到像他一樣這麼好的男人就好了！」

「就算你給我四十個像他這樣的男人，我也不可能像你一樣幸福。除非我有你的好性情、你的善良，否則我不會像你一樣幸福。算了，讓我自己照顧自己吧，也許哪天我的運氣夠好，會碰到另一個柯林斯先生呢！」

隆波安莊園裡這一家的事無法保密太久。班尼特太太取得特權去對菲力普太太耳語這件事，而菲力普太太未經許可就將這件事告訴了她的左鄰右舍。

班尼特家很快就成爲人們心目中最幸運的一家人，雖然只在數週前，他們家還在因爲莉蒂亞的私奔事件，被普遍認爲是最不幸的一戶人家呢！

Chapter 56

第五十六章

大約在賓利先生和珍訂婚後一週的某一個早上，他正和隆波安的太太小姐們在餐廳裡小坐，突然間，一輛馬車的聲音讓大家不約而同朝窗外看去，他們看到一輛由四匹馬拉的華麗馬車朝向草坪駛來。

訪客通常不會這麼早來的，而且從馬車及隨行人員的服飾看來，對方並非附近鄰居。馬車樣式或隨行人員的制服都是他們沒見過的，不過可以肯定的是，有人要到他們家來就是了。賓利立刻告訴珍，他想避開這種不速之客的打擾，邀請珍和他一塊兒散步到小灌木林去。他倆出門了，留下其他三位女士仍在原地，由她們去猜猜訪客是誰，不過直到訪客開門進來，她們都還猜不出來者何人——來客是凱薩琳．德波夫人。

這眞是讓她們大吃一驚，班尼特太太和凱蒂因爲從未見過她，所以驚訝之情更甚伊莉莎白。夫人進屋裡來的態度，可說是傲慢甚於平常，對於伊莉莎白的問候僅僅點頭回應，而且一言未發就逕自坐下。雖然德波夫人沒有要伊莉莎白介紹，不過她一進門，伊莉莎白即向母親提起來者尊名。

班尼特太太滿懷驚喜，竟有如此貴客駕臨，立刻以最禮貌的態度接待。而德波夫人這邊，就在

她沉默地坐了一會兒之後，便冷冷對伊莉莎白說：

「希望你一切都好，班尼特小姐。那位女士，是你母親吧？」

伊莉莎白簡短地答是。

「而那位，是你妹妹囉？」

「是呀，夫人，」回答的是班尼特太太，她非常高興能與德波夫人說到話。「她是我第二小的女兒，我最小的女兒前不久結婚了，我的大女兒正在外頭和一位年輕人一起散步，我相信那位年輕人很快就要成爲我們家的一份子了。」

「你們的園子很小。」又沉默了一會兒，德波夫人回應道。

「跟若馨斯莊園比的話當然不算什麼啦，夫人，不過，可比威廉．盧卡斯爵士家的大多了。」

「夏日午後坐在這個客廳裡一定很不舒服，窗戶都朝西呢。」

班尼特太太告訴她，夏天裡沒有人在用過午餐後還會坐在那兒，接著說道：

「冒昧請問一句，不知柯林斯伉儷是否安好呢？」

「他們好得很。我前天晚上才見過他們。」

伊莉莎白以爲德波夫人會拿出一封夏綠蒂寫的信來給她，因爲這似乎是德波夫人造訪這兒唯一可能的理由。然而，什麼信也沒有，這倒令她相當困惑。

班尼特太太殷勤有禮地請德波夫人嘗些點心，德波夫人卻不太禮貌地回絕，說她不想吃任何東西，然後站起身來對伊莉莎白說：

「班尼特小姐，草坪那一端的原野風光似乎不錯，你可以陪我看看嗎？」

「去啊，」她母親叫道，「帶夫人去看看不同景致。我相信她會喜歡安適僻靜的地方的。」

伊莉莎白聽從母親的話，趕忙回到自己房裡拿了一把洋傘，隨即下樓服侍貴客。當她們走過門廳，德波夫人自行推開大餐廳和小客廳的門，瀏覽了一會兒，評論一句這兩個房間還過得去，然後便繼續往外走。

她的馬車還停在門口，伊莉莎白瞧見她的侍女坐在馬車裡。她們走在通往雜樹林的小徑上，雙方沿路都沒說話，伊莉莎白下定決心，不需要為眼前這個傲慢無禮甚於往常的女人找話題聊天。

「我以前怎麼會認為她像她的外甥呢？」伊莉莎白瞧著德波夫人的臉，暗暗對自己說道。

她們一走進雜樹林，德波夫人當即盛氣凌人地開口：

「班尼特小姐，你不可能不知我的來意。你的良心和意識，在在都告訴你：我因何而來。」

伊莉莎白則是一臉訝異，不知她何出此言。

「夫人，您錯了。我真的不知您為何大駕光臨寒舍。」

「班尼特小姐，」德波夫人發怒了，「你應該知道，我不是個你可以愚弄的人。不過，你儘管裝模作樣好了，你唬弄不了我的。我向來就以個性誠實、為人坦率著稱，即使在眼前這個時刻，我仍舊不改本性。兩天前，我得到一個非常令我震驚的消息。聽說不只令姊即將嫁入豪門，就連你，

「這兩個房間還過得去。」

伊莉莎白小姐，也很快就要跟我外甥——達西先生共結連理。雖然我知道這一定是荒謬的錯誤消息——我不願想像此事可能爲眞，以免對他造成過多傷害，因此我當下決定親自到這裡來，以便讓你知道我的心意。」

「如果您認爲這件事不可能是眞的，」氣紅了臉的伊莉莎白說，「又何必這麼麻煩跑這一趟？夫人，您此行意圖到底爲何？」

「我要你立即向衆人澄清，這是子虛烏有之事。」

「如果眞有這樣的傳言，」伊莉莎白語調冰冷，「您今天到我家來看我和我的家人，豈不更證實這傳言是眞的了。」

「如果有這樣的傳言！你是不打算承認有這回事嗎？這不是你自己處心積慮散播的謠言嗎？你難道不知道這件事已經人盡皆知了嗎？」

「我從沒聽過這件事。」

「那麼你可以表明你的態度，說這件事無憑無據嗎？」

「我無意媲美您的誠實坦率。您可以提出問題，但我不見得非回答不可。」

「這太過分了！班尼特小姐，我堅持你得回答我，他已經——我的外甥已經跟你求婚了嗎？」

「您已經說過，這是不可能的事了。」

「本來就必須如此，如果他還有理性的話。然而，你的詭詐和誘惑可能使他對你產生一時的迷戀，繼而忘記他對自己和整個家族的責任！你可能讓他掉入你的陷阱中！」

「如果我眞做了這些事，那麼我也不會承認的。」

「班尼特小姐，你知道我是誰嗎？這種話教我無法忍受！我是他在這個世界上至近的親人，我有權過問他的終身大事。」

「可是您無權過問我的終身大事，而且您這麼說，也無法誘使我告訴您什麼的。」

「讓我把話說清楚好了。這門親事你是高攀不上的，絕對高攀不上，因爲達西先生早已和我女兒訂婚了。現在，你還有什麼話說？」

「只有一句，既然如此，您就沒有理由懷疑他會跟我求婚。」

德波夫人遲疑了一會兒，答道：

「他們之間的婚約比較特殊，在他們還小的時候就已經訂下了，這是他母親和我最樂意成全的一件事。當他們還在搖籃中，我們就已決定了。而現在，當初兩個姊妹親手促成的姻緣，卻將因一個出身不高、無足輕重、一點兒也配不上他們家的年輕女子而胎死腹中！你難道就不尊重他親友們的心願——無視於他與德波小姐的婚約？難道你一點兒禮貌也沒有，一點兒也不懂得體諒人嗎？你難道沒聽我說過，他從小即已註定要娶他表妹爲妻嗎？」

「是的，我聽過。可是跟我有什麼關係？如果我沒有不嫁給他的理由，那我爲什麼要因爲他的母親和姨媽希望他娶德波小姐，我就要退讓呢？您們姊妹倆已盡力定下結婚計畫，至於計畫能不能實現，得看達西先生怎麼做啊。倘若他無意於他的表妹，他豈不能選擇別人呢？倘若他選擇我，我爲什麼不接受呢？」

「爲了家族榮譽、顧全禮節，爲了謹愼行事、利益考量，我絕對不准你跟他結婚！沒錯，班尼特小姐，爲了利益考量。要是你不顧一切反對的力量，一意孤行，你就別指望他的親友會理睬你。你會被他的每一個親友看輕、鄙視，你們的結合將會是一種羞恥，你的名字甚至不會被我們任何一個人提及！」

「那還眞是不幸，」伊莉莎白回答，「不過，做爲達西先生的妻子一定有著無邊的幸福，可以過上神仙般的日子，這些庸俗雜事根本也無須煩惱了。」

「你這個冥頑不靈的女孩兒！我眞是以你爲恥！你就是這樣回報我今年春天對你的熱誠款待嗎？你對我一點兒感激之情都沒有嗎？我們坐下來談吧，班尼特小姐。你得明白，我今天是帶著不達目的絕不罷休的決心到這兒來的，我絕對不會打退堂鼓。我從來不會因爲任何人的任性而屈服，我也絕對無法忍受失望。」

「那鐵定會使得夫人您目前的處境更加可憐，但是對我卻一點兒影響也沒有。」

「不許打斷我的話！安靜聽我說。我的女兒和我的外甥是天造地設的一對，他們母親同爲系出名門，擁有高貴出身；父親皆出自地方榮耀的古老家族，雖無爵位卻令人敬重。雙方家產都是爲數可觀，不論男方或女方家族的成員，都一致看好他們的結合；而今，拆開他們的是誰？是一個驕傲自負、沒有顯赫家世，也沒有財力的年輕女孩兒！眞是教人情何以堪哪！然而，事不至此，絕不至此！如果你還有一點良知，你就不應該忘記你自己的出身。」

「要和您的外甥結婚，不見得非得忘記我的出身不可。況且，您的外甥是位紳士，而我是紳士之女，就這個層面來看，我們可算門當戶對。」

「沒錯，你是紳士之女，可是你母親是什麼人？你的舅舅、舅媽又是什麼人？別以爲我不知道他們是幹什麼的！」

「不管我親戚是幹什麼的，」伊莉莎白說道，「只要您的外甥不排斥他們就行，他們跟您一點兒關係也沒有。」

「你只要回答這一次，我就不再煩你——你跟他訂婚了嗎？」

雖然伊莉莎白很不想回答德波夫人的問題，但在謹慎考慮過一會兒之後，她也只能據實以告：「沒有。」

德波夫人似乎很高興。

「那麼，你可以答應我，永遠都不和他訂婚嗎？」

「我不會做這樣的承諾。」

「班尼特小姐，我太驚訝、太錯愕了！我還想你是個明理人呢！不過你別以爲這樣我就會退縮了。除非你答應我的要求，否則我是不會走的。」

「我永遠不會答應您的要求。我不會因爲您的脅迫就答應這種完全不合理的要求。您要達西先生娶您的女兒，難道我答應您的要求就能促成他們的結合？就算達西先生愛上我好了，難道我的拒絕就會使他轉而向令嬡求婚？請恕我直言，德波夫人，您對於要我答應這個非常奇怪的要求所做的愚昧爭論，就和這個要求本身一樣欠缺考慮。如果您以爲您這些話能影響我，您就大大地誤解我的個性了。您的外甥會讓您干預他的事到何種程度，我不知道；但您絕對無權過問我的事。因此，我必須請求您，不要再拿這件事來煩我了。」

「請你別急，我還沒說完。除了我剛剛所說的反對理由外，我還有另一件事要說。對於你最小的妹妹和人私奔一事，我並非毫不知情。我清楚那件事的詳情，那個男人之所以會娶你妹妹，完全是你舅舅和你父親花了大錢才彌補過來的。而這種女子竟要成爲我外甥的小姨子嗎？而她的丈夫，那個我外甥亡父的管家之子，竟要成爲他的連襟嗎？拜託——你究竟在想什麼？難道潘柏利莊園就要因此而蒙羞嗎？」

「我想您已經說夠了吧，」伊莉莎白憤怒地回應，「您已竭盡所能的侮辱過我，我得請求您，該讓我回屋裡去了。」

她邊說邊站起來，德波夫人也站起身，她們一起往回走，德波夫人生氣極了。

「那麼，你是不顧我外甥的名譽和面子了！冷血、自私的女孩！你難道就不會想想，和你結婚將使得他在衆人面前有多丟臉嗎？」

「德波夫人，我再沒有什麼好說的。您已經明白我的心意了。」

「那麼，你是執意要嫁給他囉？」

「我沒說過這樣的話。我只是下定決心，不理會您，或是其他和我無關之人的想法。我只按照我自己的意思去追求幸福而已。」

「好，你是拒絕我了。你拒絕遵守責任、榮譽的要求，完全忘恩負義！你決定要讓他在親戚朋友面前抬不起頭來，讓他被世人恥笑！」

「眼前這件事情，」伊莉莎白答道，「無關乎責任榮譽，也無涉於忘恩負義。我與達西先生結婚，並不違反上述任何一條原則。至於讓他的家人怨恨一事，其實就算他的家人因爲他與我結婚而欣喜若狂，我也不會在意；至於世人會因爲他與我結婚而動怒嘛，其實世上不乏明理之人，他們不見得會恥笑他。」

「這就是你眞正的想法！這就是你最終的決定！很好，我現在知道該怎麼做了。班尼特小姐，不要癡想你的野心能實現，我是來試探你的。我本來還想同你講理，不過，你等著瞧，我說到做到。」

德波夫人就這麼一路講到停在門口的馬車前，接著她突然轉身，說：「我就不向你道別了，班尼特小姐。我也不問候你母親了，你們不值得如此以禮相待。」

伊莉莎白沒有答腔，也沒有再邀她進屋裡坐的打算。她默默走進家門，上樓時正巧聽到馬車離

Chapter 57

第五十七章

這次出人意外的訪客所帶給伊莉莎白的心煩意亂不易克服，好幾個小時過去，她都無法不想這件事。德波夫人不辭辛勞遠從若馨斯莊園而來，就是爲了破壞她和達西這件德波夫人自認爲已成定局的婚約。老實說，德波夫人這招可眞是高招！可是她實在想不透這個消息因何而起，及至她想到達西是賓利的好朋友，而她又是珍的妹妹，這個理由就足夠讓惦念著好事成雙的人們盡情捕風捉影了。她自己也沒忘記珍和賓利結婚之後，她和達西見面的機會也即將大增。因此，她的鄰居盧卡斯一家人（她的結論是經由盧卡斯家與柯林斯家的書信往來，這件事就傳到德波夫人耳中了）就把她覺得只是將來有可能發生的情況當作塵埃落定了。

然而，當她反覆思考德波夫人的話時，她也不得不對夫人堅持干預可能產生的後果感到不安。從她所言決心阻撓他們的婚事看來，伊莉莎白心想，德波夫人一定會去跟達西先生說教。她不敢想他是否會像德波夫人一樣，認爲跟她結婚會有那麼多負面影響。她不知道他們外甥和姨媽之間感情到底好不好，也不知道達西有多聽從德波夫人的話，但可以想見的是，達西對於德波夫人比她對德波夫人要尊敬多了。而且要是德波夫人詳細列舉跟一個門不當戶不對的人結婚可能招致的可怕後果，那可就說中達西的要害了。達西先生一向重視門第出身，德波夫人那些讓伊莉莎白視為荒誕可笑的論點，也許會讓達西覺得合情合理。

如果他又像以前一樣，對於自己該怎麼做舉棋不定——這是很有可能的，此時一個至近的親屬所給他的忠告和懇求，可以讓他不再疑惑而立刻決定，認為幸福生活實繫於完美無瑕的家族尊嚴。如果是這樣，他就不會再回來了。德波夫人途經倫敦時可能會去看望他，而且他答應賓利要回尼德斐莊園的事也可能因此變卦。

「所以，這幾天如果他有訊息給他朋友，說有事不能回尼德斐莊園來，」伊莉莎白暗忖：「我就知道這是怎麼回事了。我將不再對他懷抱任何希望，也不再指望他會像以前一樣親切誠懇地待我了。如果他只是以博取我的懊悔為滿足，讓我後悔沒有答應他的求婚，那麼，很快地，我對他將連一點兒惋惜之情都沒有了。」

這位不速之客的到訪讓班尼特家其餘成員們大感驚訝，但是他們的想法都和班尼特太太一樣，以為沒什麼特別的事，因此伊莉莎白才得以逃過他們的追問。

第二天早上，當她下樓時，正好遇見父親拿了一封信從書房裡走出來。

「我正要找你，到我書房裡來。」

伊莉莎白跟著父親走進書房，她非常好奇地想知道，父親找她是不是跟他手上拿的那封信有關。這麼一想，她立刻嚇了一跳，心想那封信可能是德波夫人寫來的；這下慘了，她想，必須跟父親解釋這一切，可得耗費不少唇舌。

她跟著父親走到火爐旁，兩人都坐了下來，班尼特先生隨即開口：

「我今天早上收到一封教我目瞪口呆的信，主要是關於你的部分，你應該知道一下信上寫了些什麼。我以前都不知道我有兩個快要結婚的女兒耶，就讓我這個做爸爸的，爲你這段非比尋常的姻緣致上恭賀吧。」

伊莉莎白立刻兩頰飛紅，這會兒她心想，原來信是外甥寫的而非姨媽寫的。一時之間拿不定主意，是要爲他自己向父親解釋這事而高興，還是要爲他這信不是寫給自己而生氣？正在思索的當下，她的父親繼續道：「你好像知道信上寫些什麼，年輕小姐們對這些事總有超強洞察力；不過，我可要說，就算你這麼冰雪聰明，也未必知道你的仰慕者是誰喔。這封信是柯林斯先生寫的。」

「柯林斯先生！有什麼事好讓他寫的？」

「當然是跟你相關的事囉。他開頭寫的是對我大女兒即將舉行婚禮表示恭賀之意，我想這件事一定是盧卡斯家好心的長舌之徒告訴他的。爲了不糟蹋你的耐心，那部分我就不念了。跟你有關的是以下這段話：『內人與小侄謹向貴府大喜之事致上最誠摯的祝賀之意！也趁此良機再向您提及另一件事，這兩件事乃出於同一消息來源。據聞貴府的伊莉莎白小姐，在她的長姊婚禮後不久也即將出嫁，而其所擇夫婿堪稱全國最優秀之高貴人士。』你猜得出這說的是誰嗎？『這位年輕紳士得天獨厚擁有世人夢寐以求的一切——萬貫家財、高貴血統，更有權力廣大的牧師推薦權。雖然這些條件著實讓人心動，但小侄也必須向伊莉莎白表妹與您提出忠告，雖然貴府以為接受這位紳士的求婚可當即獲得利益，但切勿因眼前的誘惑即驟下決定，因門不當戶不對的聯姻後果堪慮。』想到這位仁兄是誰了嗎？我再繼續往下念——『小侄提出忠告的動機如下：我們可以想見，這位紳士的姨媽——德波夫人，並不贊成這件婚事。』——你瞧，這說的不就是達西先生嘛！好啦，我讓你嚇了一大跳吧！這柯林斯先生或盧卡斯一家人也眞有趣，怎麼不在我們認識的人當中，挑一個比較好唬弄的來胡說一通呢？達西先生無論看哪個女人都不順眼，也許他這輩子都還沒正眼瞧過你呢？柯林斯先生這封信眞是讓人拍案叫絕啊！」

伊莉莎白很想學她父親那樣嘲笑，可惜只能在臉上擠出一個最勉強的笑容。她從來沒有覺得父親的機智反諷像現在這樣如此令人討厭。

「你不覺得這很好笑嗎？」

「你猜得出這說的是誰嗎？」

「喔！是啊。請繼續念吧。」

「『在昨晚對夫人她老人家提起這樁婚事的可能性時，夫人一如往常紆尊降貴地指示小侄她對此事的看法。基於表妹家門第太低、家無恆產、親無顯貴等等考量，德波夫人認為這樁婚事有辱達西家門風，因此堅決反對。於是小侄認為，盡快將此事告知表妹乃當務之急，希望表妹與她高貴的愛慕者，對此姻緣能再三考慮，以免在得不到適當認可的情況下即擅定婚約。』柯林斯先生還提了另一件事哪：『小侄對莉蒂亞表妹的醜事能有如此妥善的處理，也感到非常欣慰，惟對她婚前即與男子同居，且此事廣為人知一事仍常掛心。據聞他們一結婚即回隆波安接受貴府款待，擔任神職人員的小侄對此備感驚訝。貴府此舉無異是助長社會不良風氣，倘使小侄為隆波安教區牧師，定當竭力反對此事。身為基督徒，您自當原諒他們，但亦須不再見他們，不再提起他們。』——這就是他對基督徒寬恕精神的見解！信的其餘部分則是寫他親愛的夏綠蒂如何如何，以及他希望能有個小孩之類的……咦？你看起來好像不太喜歡這封信？我希望你不要因為一個愚蠢的謠傳就板著臉不高興呀。我們活著是爲了什麼呢？不就是讓鄰居們笑一笑，然後再把他們笑回來嗎？」

「喔！」伊莉莎白提高音量：「我覺得這的確太好笑了！可是也太奇怪了！」

「對啊，這就是好玩的地方。如果他們說的是別人，那就一點兒也不好笑了。而你對達西先生又討厭得不得了，就是這樣才讓這件事顯得如此荒謬可笑！雖然我極討厭寫信，但是不管怎樣，我都會與柯林斯先生繼續通信。每次我讀他的信，都覺得我喜歡他更甚於喜歡威肯了，雖然我那輕浮僞善的女婿是這麼不可多得的人才，但比起柯林斯先生來卻還差上一截呢！對了，德波夫人對這件事有沒有說什麼？她是特地來表示反對的嗎？」

伊莉莎白對這個問題只能一笑置之，而且父親提的時候也只是隨口問問而已，既然他沒有打破沙鍋問到底，伊莉莎白也就省去難堪的場面了。

她從未經歷過這般窘境，必須強忍內心眞正的感覺而裝出一副無事人的模樣。當她很想哭的時候，卻必須裝出一副笑臉；當她父親說到達西先生連正眼都沒瞧過她時，眞是殘忍地傷了她的心。她只能怪父親欠缺敏銳的觀察力，可是，她又怕也許不是父親欠缺觀察力，而是自己擁有太多的想像力。

Chapter 58

第五十八章

賓利先生並沒有像伊莉莎白所預想般，接到朋友不回來的通知，反而在德波夫人拜訪過隆波安後沒幾天，就帶著他朋友一塊兒到隆波安來了。兩位男士很早就抵達，伊莉莎白霎時間有些忐忑不安，因爲害怕母親會對達西先生提及他姨媽來過的事。不過在班尼特太太還沒來得及說起這件事之前，賓利因爲想和珍獨處，便提議大家一塊兒出去散步。這個提議大家一致通過，班尼特太太沒有散步的習慣，瑪莉忙著讀書沒時間散步，於是其餘五人一同出發了。賓利和珍很快就故意落單，他們在後面慢慢走著，達西、伊莉莎白和凱蒂三個人同行。他們三人很少說話，因爲凱蒂太畏懼達西而不敢開口，伊莉莎白則是正在祕密醞釀一股非常的決心，也許達西也是同樣的情形。

他們朝盧卡斯家走去，因爲凱蒂想去找瑪莉亞。伊莉莎白認爲不必每個人都去盧卡斯家，所以在凱蒂離開後，大著膽子繼續和達西漫步。現在該是她把決心付諸行動的時候了，她立刻說道：

「達西先生，我是個自私的人，爲了減輕我精神上的負擔，關於接下來我要說的事情，我已經無法顧及會對你造成何種程度的傷害了——我忍不住要對你慷慨仁慈幫助我可憐的妹妹一事表達感激之情。自從我得知這件事後，我就非常急切地想告訴你，我是多麼地感激你。倘若我們全家人都知道這件事的話，向你表達謝意的就不只我一人了。」

「對不起，我眞的非常抱歉，」達西回道，聲音充滿驚訝與感情，「你竟然知道這件事。也許你對這件事有點兒誤解，才會有這麼大的壓力。沒想到佳德納太太這麼靠不住。」

「你不該怪我舅媽。是莉蒂亞說溜了嘴，才讓我懷疑你和這件事有關的，而且我不知道眞相不會善罷甘休。請讓我以我家人的名義再一次向你致謝，謝謝你爲了找到他們煞費苦心，還得忍受這麼多屈辱。」

「如果你一定要謝我，」他答道，「以你自己的身分就行了。我必須承認，希望你快樂是我這麼做的主要原因。你的家人不欠我什麼，雖然我也很關心他們，但我相信當時我只有想到你。」

伊莉莎白困窘得連一句話都說不出來。沉默了一會兒，她的同伴又補上一句：「你這麼坦率大方，是不會戲弄我的。如果你的感覺仍和今年四月一樣，請立刻告訴我。我的感情和心願未曾改變過，但你只需一句話，便可叫我永遠不再提起此事。」

伊莉莎白感受到他此刻非常彆扭也異常心焦，當下不得不吞吞吐吐地告訴他，自從上次他對她表白後，她的感情經歷了實質上的變化，因此她非常感激也樂意接受他的眷顧。這個回答讓達西感受到此生從未經歷過的快樂，他就像任何一個熱戀中的男人一樣，理性又熱情地對她傾訴起他的內心世界。

如果伊莉莎白能克服羞怯，抬頭迎接他的眼神，她就會看到衷心的歡喜從他眼中滿溢出來，洋溢於他的臉上。不過，雖然她看不見他的表情，卻可以聽見他的聲音。他對她傾訴衷曲，證明她對他來說是多麼重要，也讓她愈發珍惜他的感情。

他們繼續走著，已不知自己身在何方。有這麼多事想說，他們當然無暇顧及身邊景物了。伊莉莎白不久即發現，他們對彼此能有這麼深切的了解，達西的姨媽功不可沒。德波夫人在回程途經倫敦時的確去找過達西，並且將她到過隆波安一事告訴他，她不只告訴他因何故造訪隆波安，也將她與伊莉莎白的對話據實以告，特別是伊莉莎白所說的每一句話，因爲德波夫人認爲，這些話在在顯示出伊莉莎白的任性和無恥。她相信即使伊莉莎白拒絕給她承諾，她的外甥也會因此答應她的要求。然而，老夫人的作爲竟收到適得其反的效果。

「這件事給了我希望，」他說，「我以前不敢有所奢望，我很清楚你的脾氣，假如你眞的下定決心拒絕我，你會公開而坦率地告訴德波夫人。」

伊莉莎白紅著臉笑道：「是呀，你知道我很坦白，所以相信我會那麼做。上次當著你的面把你臭罵一頓之後，我當然也就可以毫不遲疑地在你親戚面前，再把你臭罵一頓了。」

「你上次說的話有哪一句不是我活該受的？雖然你的指責並無根據，乃由錯誤的前提而起，但當時我對你的態度眞該受到最嚴厲的責備，而且不可原諒。我每次一想起來就很憎恨自己。」

「我們就不要再爲當晚誰比較應該受責備而爭論了，」伊莉莎白說道，「若是嚴格檢討起來，我們兩人的行爲都有錯。不過，自從那次以後，我想我們兩人都變得禮貌多了。」

「我無法這麼容易跟自己和解。一想到我說過的話、我的行為態度、我所表現出來的一切——雖然已經過了好幾個月，還是讓我覺得有說不出來的痛苦。你的確罵得很好，我永遠都不會忘記：『如果你表現得像個紳士的話。』這就是你說的話，你不會知道，也很難理解，在這之後我有多麼為這句評語所苦。我得坦承，我花了一段時間才能理性地承認，這些話說得對。」

「我真的沒想到這句話會讓你這麼印象深刻，我一點兒也不知道它會讓你這麼痛苦。」

「這我完全相信。因為你當時認為我是個冷漠又沒什麼感覺的人，我確信你一定是那樣想的。當你告訴我，我無論用什麼方法都無法使你接受我時，你臉上的表情我一輩子都忘不了。」

「喔，別再提我那時候說的話了，回想那些事一點兒用也沒有。我告訴你，我已經為當時所說的那些話懊悔很久了。」

達西提起他那封信。「那封信，」他說，「那封信有沒有很快讓你對我改觀？當你在讀信時，你相信你所讀到的內容嗎？」

她向達西解釋起那封信對她的影響，並且告訴他，她先前的偏見是如何逐漸移除的。

「我知道，」達西說道，「我所寫的內容一定會讓你感到痛苦，可是這是必要的。我希望你已經將信毀了，信上所寫特別是開頭那一段，我很怕你再去讀它。我還記得其中有些字句，你讀了一定會討厭我。」

「如果你認為，要把那封信毀了才能保住我對你的感情，我當然可以燒掉那封信。不過，既然我們都認爲我的想法不是不能改變，那要改就隨時都有可能，不會因爲一封信而有什麼差別。」

「當我寫那封信時，」達西接道，「我相信自己十分鎭定和冷靜，可是後來我才發覺，我是以滿腹牢騷的心情來寫的。」

「也許信的開頭確實如此，但結尾就不是了。最後的道別語顯得非常寬容大度——別再想那封信了。收信人和發信人此刻的感覺都和當時有很大不同，那一切不愉快的事早該忘記了，你得學學我的處世哲學才行——記得愉快的往事就好。」

「我不認爲那是你的處世哲學的關係。你以往的作爲一定是無可指謫，所以回首前塵能夠問心無愧，那不是你的處世哲學使然，而是不知道有什麼好不愉快的。但我的情形就不一樣了，痛苦的回憶時常浮現腦海，不能也不該將之驅逐。我從小到大都是個自私的人——原則上不是，實際上卻是。小時候我就被教導要明辨是非，但我卻從未被教導要改改脾氣；我被教導要守規矩，但我卻以驕傲自負的態度來遵行。不幸地，身爲家中獨子——我好長一段時間都是家裡唯一的孩子——我被父母過分嬌寵，雖然他們都是好人，我父親爲人尤其仁慈、深受愛戴，但卻允許我、鼓勵我，甚至教導我要自私、傲慢——對家族以外的人無須關心，對世上其餘的人輕蔑以對，至少也要看不起他們，認爲他們無法與我相提並論。我就是這樣的人，從八歲到二十八歲都是，而且要不是你，最親愛、最可愛的伊莉莎白，我可能到現在都還是這樣的人。我欠你的豈不是太多了嗎？你爲我上了寶貴的一課，初時的確難以忍受，但卻最爲受用。你適當地教訓了我，我自信滿滿地向你求婚，壓根沒想到你會拒絕我。你讓我知道要取悅一個值得讓人取悅的女人時，我的自負有多麼可笑，多麼不足以取悅人。」

「你當時眞以爲我會答應你的求婚嗎？」

「沒錯。你會怎麼看待我的自負呢？我當時相信你巴不得我去求婚呢。」

「我的態度一定有不對的地方才會這樣，不過我絕無意如此。我從來沒有愚弄你的意思，可是我的心情常會讓我表錯情。自那天晚上以後，你一定恨透了我吧？」

「恨你？也許剛開始我很生氣，不過我的怒氣很快就找到適當出口，我很快就知道該對何人、何事生氣了。」

「我幾乎不敢問你，當你在潘柏利遇到我時，是怎麼看我的？你會怪我怎麼跑到那兒去嗎？」

「沒有啊，我只覺得驚訝而已。」

「你對我們的殷勤款待才更令我驚訝呢。我的良知告訴我，我不配得到如此特別的禮遇，而且老實告訴你，我從未想過會有這等待遇的。」

「我那時的目的，」達西答道，「是想盡量表現得親切客氣，以便讓你知道我不是會記恨的小人；而且我也想得到你的原諒，讓你別那麼討厭我，也讓你知道我對你的責備並沒有等閒視之。我無法說出我有多快就讓昔日心願再探出頭來，不過，我相信那是在遇到你半個鐘頭之後。」

然後他告訴她，喬芝娜很高興認識她，她們的往來突然中斷讓喬芝娜很失望。他們自然也因此談及往來中斷的原因，伊莉莎白不久即發現，原來達西那天離開旅館前，就已下定決心跟著他們離開德布夏去找莉蒂亞了。當時他的面色凝重，一副若有所思的樣子，完全是爲了想辦法去找莉蒂亞使然。

她再度向他致謝，不過這個話題太不愉快，兩人都沒有繼續往下說。就這樣隨興又走了幾哩，他們看看錶，終於發覺實在沒有時間互相探知每一件事，現在該是回家的時候了。

「賓利先生和珍不知道怎麼樣了！」這麼一句詢問帶起有關他們的話題，而達西則表示很高興他們訂婚了——賓利最早將這件事告訴達西。

「我得問一下，你對這件事感到驚訝嗎？」

「一點也不會，我離開時就覺得他們應該快訂婚了。」

「也就是說，你已經准許賓利這麼做了。我果然猜得八九不離十。」

雖然達西抗議伊莉莎白的用詞，但她覺得事實幾乎就是如此。

「我到倫敦去的前一天晚上，」達西說道，「我已對他坦承一切，其實我早該這麼做的。我告訴他，以前我對他這件事所做的干涉，現在想起來眞覺得既荒謬又不合理。他著實嚇了一跳，他以前從沒想到這些，我也告訴他，以前我說你姊姊對他沒有意思，是我看錯了；而且我很容易就看出賓利對你姊姊的愛慕，他的熱情仍舊不減。我相信他們在一起會幸福的。」

伊莉莎白想到他竟能如此輕易地左右朋友，不禁笑了起來。

「當你告訴你朋友，我姊姊並非無意於他，」伊莉莎白問道，「這是經由你自己的觀察，還是聽從我今年春天告訴你的話呢？」

「經由我自己的觀察。在近兩次見到她的場合裡，我仔細觀察過了，我相信她是愛賓利的。」

「當你告訴賓利我姊姊愛他時，他一定立刻相信吧。」

「是啊。賓利是個非常單純但謹慎的人，因爲他欠缺自信，不敢依憑自己的意見來決定這麼重要的事，不過，依靠我幫他做決定，就讓他事事輕鬆了。我不得不向他坦承，之前有一件事我做得不對，爲此他還很氣我呢。因爲我實在不想隱瞞令姊在去年冬天到倫敦住了三個月而我沒告訴他這件事，所以我跟他坦白，當時我知道令姊來了，可是我故意不通知他。不過，我確信在他知道令姊對他深愛不移的時候，他的氣早就消了，他現在已經完全原諒我了。」

伊莉莎白本想說賓利眞是個可愛的朋友——這麼容易被人牽著鼻子走，眞是難得；不過她又想了一下，考慮到達西還沒學會被人揶揄，這個時候開他玩笑還嫌太早，於是忍住不說了。達西預期賓利將來的生活會是幸福的，不過比起自己來只能算是第二幸福。他們一路聊著走回家中，一直到進了門廳才分開。

Chapter 59

第五十九章

「我親愛的伊莉莎白，你們走到哪兒去啦？」伊莉莎白一走進屋裡，就聽到珍的詢問，及至大家在餐桌前坐下，其他人又問她相同的問題。她只好回說他們只是信步走走，後來也不知走去哪兒了。她說話的時候雙頰泛紅，不過不管她的神情有何異樣，都沒有人會懷疑她的所言是否屬實。

那天下午平靜地過去，沒有什麼特別的事可說。已公開的那對戀人，盡情地談笑；未公開的那對戀人，沉默地對坐。達西性情沉穩，雖然內心非常快樂，但也不會喜形於色；伊莉莎白則是既興奮又困惑，雖然知道自己會幸福，但她心裡依舊七上八下的，因爲除了眼前的不自在之外，她還有許多困難要克服。不難想見，一旦家人們得知自己的處境後會有什麼反應，她很清楚家裡除了珍以外沒有人喜歡達西，她甚至害怕其他人會討厭他，即使他家財萬貫、地位顯赫也於事無補。

晚上，她將滿腹心事都告訴珍。雖然珍一向不會懷疑別人說的話，這回伊莉莎白所言卻教她難以相信。

「你說著玩的吧？不可能的——跟達西先生訂婚——不，你不應該騙我，伊莉莎白，我知道這是不可能的。」

「這還眞不是一個好的開始呢！我唯一的希望就寄託在你身上了！如果你都不相信，那麼肯定就沒有人會信我了。可是，我是跟你說眞的，我說的話句句屬實。他仍然愛我，我們已經私定終身了。」

珍滿腹狐疑地看著她。「噢，不可能。我知道你有多討厭他。」

「你有所不知，過去的事早該遺忘了，也許我從來不曾像現在這麼愛他。你別老記著過去的事嘛！從現在起我只記得我是喜歡他的。」

班尼特家的大小姐仍然一臉不可置信。伊莉莎白只能一再跟她保證，這是千眞萬確的事實。

「天哪！眞是這樣嗎？那麼，現在我非得相信你不可了！」珍驚喜地叫道，「我最最親愛的伊莉莎白，恭喜你！可是你確定——請原諒我這樣問——你確定你跟他在一起會幸福嗎？」

「我確定。我們已經確定，我們兩人將會是世界上最幸福的夫妻。可是，你高興嗎？珍？你會接受這樣一位妹婿嗎？」

「當然，不管是賓利或我都會因此高興得不得了。其實我們想過也討論過這事，但都覺得不可能。你眞的那麼愛他嗎？噢！終身大事不可兒戲，倘若沒有愛情爲基礎，千萬別結婚。你確定該這樣做嗎？」

「喔，是的！等我把一切都告訴你之後，你就會認爲我做的還不夠多。」

「這話是什麼意思？」

「我必須承認我愛他甚於愛賓利。我怕你會生氣。」

「我最親愛的妹妹，好了，正經一點。我們可是在談正事呢！把我該知道的都告訴我吧，別拖拖拉拉的。你是要告訴我，你愛上他有多久了嗎？」

「其實，這是慢慢形成的，我也不清楚到底是從什麼時候開始。不過我相信，肯定是在第一次看到他美麗的潘柏利莊園那天開始的。」

珍再次要求她正經些，這次伊莉莎白終於慎重其事地說起事情的來龍去脈，而珍也很快就對伊莉莎白所言感到心滿意足。確認妹妹深愛達西以後，珍即感到她已別無所求。

「我現在覺得好高興，」珍說道，「因爲你會跟我一樣幸福。我一向覺得達西先生器宇不凡，別的不說，光憑他對你的愛，我就要敬重他了。而現在，他既是賓利的朋友又是你的夫婿，除了你和賓利，他就是我最親的人了。不過，你眞狡猾，竟然對我這麼守口如瓶。你都沒告訴我在潘柏利和蘭布頓鎭到底發生過什麼事！有關這些事的消息還是別人告訴我的，你什麼都沒說。」

伊莉莎白告訴她保密的因由：她當初因爲擔心傷害到珍而不願提起賓利，也因她自己的感情懸而未決，使她同樣不願提起達西。不過，她現在可以無所隱瞞地告訴珍，達西在莉蒂亞婚禮中所扮演的角色。她將一切都告訴珍，這大半夜就在她們的談天中過去了。

「拜託！」第二天早上，站在窗口的班尼特太太看著外頭大叫道：「那個討人厭的達西先生！豈不是又和我們親愛的賓利一塊兒過來了嘛！老這麼不厭其煩到我們這兒來是什麼意思？我眞想不通，他幹嘛不去打獵或做做別的事什麼的，老愛打擾我們！我們該拿他怎麼辦哪？伊莉莎白，你得再陪他出去走走才行，省得他在這兒給賓利礙手礙腳的。」

伊莉莎白聽到忍不住笑出來，雖然她對母親老是叫他「討人厭的達西先生」感到挺不高興的。

他們一進來，賓利就一臉了然於胸地望向伊莉莎白，並且非常熱絡地跟她握了手，此舉無疑是在說明，他已知道伊莉莎白和達西的事了。不一會兒他就大聲叫嚷道：「班尼特太太，您知道附近有什麼可以讓伊莉莎白再迷路一次的小徑嗎？」

「我建議達西先生、伊莉莎白以及凱蒂，」班尼特太太說，「今天早上到歐克哈姆山去走走。那條路又長又美，達西先生一定沒見過那麼漂亮的風景。」

「對伊莉莎白和達西來說的確很合適，」賓利答道，「可是我確信對凱蒂來說太遠了。對吧，凱蒂？」

凱蒂說她情願待在家，達西說他倒是很想去山頂眺望美景，而伊莉莎白則無聲地同意。當她上樓做出門準備時，班尼特太太跟在她後面，說道：

「很抱歉得把這樣一個討人厭的男人推給你，希望你不要介意。你也知道，這一切都是爲了珍嘛！你不必跟他多說話，偶爾應付一下就好，記得不要給自己找麻煩。」

散步的時候，兩人做出決定，今天下午就要請班尼特先生同意他們的婚事，班尼特太太那邊則由伊莉莎白去說。她不知道母親對這件事情會有什麼反應，有時候忍不住想，他的財富和權勢是否足以讓母親不再厭惡他。然而，不管班尼特太太是欣喜欲狂地接受或是暴跳如雷地拒絕，依照她的個性來推敲，肯定都會是一場失禮的表現。伊莉莎白一想到此事無論成不成，達西都得面對難堪的窘境，就感到很不舒服。

下午時分，班尼特先生一走進書房不久，伊莉莎白即目送達西起身跟進去，她覺得自己的心臟都快跳出來了。她並不擔心父親會反對，只怕他會對自己最疼愛的孩子所做的選擇感到不開心，倘若父親因此而擔憂失望，她會很難過的。她如坐針氈地等待，直到達西再度出現，看見他臉上的笑容，才讓她略感安慰。幾分鐘之後，達西先生走向伊莉莎白和凱蒂面前的桌子，假裝在欣賞伊莉莎白做的女紅，趁機對她耳語：「你父親要和你說話，他在書房裡。」伊莉莎白隨即起身離開。

她的父親正在書房裡來回踱步，神色嚴肅而焦慮。

他一見女兒進了書房，劈頭便問：「你在做什麼？你瘋了嗎？竟然接受這個男人的求婚？你不是一直很討厭他嗎？」

伊莉莎白此刻有多麼希望，她先前對他的看法能較爲客觀，批評能較爲含蓄哪！這樣她就可以爲眼前狀況省去許多唇舌了。不過她現在再麻煩也得好好說清楚才行，她狼狽慌亂地跟父親保證，她的確是愛著達西的。

「或者，換句話說，你是打定主意要嫁給他了。不錯，他很有錢，你可以比珍多好幾件漂亮衣服和好幾輛華麗的馬車。可是這些東西能讓你幸福嗎？」

「您除了認為我對他沒有感情之外，還有其他反對的理由嗎？」伊莉莎白說道。

「沒有了。可是我們都知道，他是個傲慢、不討人喜歡的傢伙；不過，如果你真喜歡他的話就無所謂了。」

「我喜歡他，我真的喜歡他。」伊莉莎白答道，淚水在眼眶中打轉。「我愛他。其實他的傲慢並無不妥，其實他非常討人喜歡。您還不認識真正的他，所以請您不要說這樣的話來讓我難過。」

「伊莉莎白，」她父親說道：「我已經同意他的求婚了。其實說真的，他是那種讓我不敢不答應他任何要求的男人。現在我把決定權留給你，如果你想嫁他，那就嫁吧。不過我要建議你，好好再想過一遍，我知道你的個性，除非你的丈夫能贏得你的尊敬——除非你丈夫的才智學養在你之上，否則你是不會覺得幸福的。你生性活潑又聰明伶俐，一樁不合適的婚姻會讓你置身險境，你也將難逃不名譽且痛苦的境遇。孩子，你可不要讓我為了你無法尊敬你的終身伴侶而擔憂掛慮，你一定得慎重才行。」

伊莉莎白聽到父親語重心長的關懷，情緒激動，更認真嚴肅地回答起父親的話。

她一再向父親保證，達西先生確實是自己選擇的對象，她向父親解釋，隨著時間流逝，她愈來愈尊敬達西先生，並且非常篤定地說達西對她的愛絕非一時激情，而是經過好幾個月考驗的結果。此外她也力陳達西的優點，最後，她終於消除了父親的疑慮，使父親完全同意這門親事。

「好啦，孩子，」伊莉莎白說完之後，他說道，「我沒別的話好說了。如果真是這樣，他就可以配得上你了。我無法把你交給一個配不上你的人，明白嗎？」爲了使父親對達西有全然美好的印象，伊莉莎白接著告訴父親，達西爲莉蒂亞所做的一切，她父親就這樣目瞪口呆地聽完了。

「這眞是個充滿驚奇的午後！所以，這一切都是達西做的——安排他們結婚、還那傢伙的債，還給他買了個軍職！這下倒好，省了我一大堆麻煩，也省了我一大筆錢。假如是你舅舅做的，我就非得還他不可了。不過，陷於狂熱戀情中的年輕人可眞有一套啊！明天我就來跟達西說，我要還他錢，他一定不會要我的錢，還會說這一切都是爲了愛你的緣故，然後這件事就算圓滿落幕了。」

他接著想起前幾天，他朗誦柯林斯先生的信給伊莉莎白聽時，女兒臉上那尷尬的表情，於是取笑了她一陣才准她離開。就在伊莉莎白要走出去時，他又說道：「如果有人上門來要向瑪莉或凱蒂求婚，叫他們進來就得了。我現在閒得很。」

伊莉莎白現在可說是如釋重負，她回房休息沉思了半小時，才勉強鎮定地回去其他人那裡。最近好像每件事情都擠在一起似的，還來不及爲一件事欣喜快樂，另一件事就又來了，但是這個午後平靜地過去，眼前似乎沒什麼大事好操心的，寧靜甜蜜的日子就要來臨了。

當晚，班尼特太太上樓回房，伊莉莎白跟在她後面進去，把整件事情告訴她。班尼特太太的反應當眞不同凡響，她初聽伊莉莎白之言驚得呆站在原地，一句話也說不出來。雖然她一般對有益家庭之事或有意於女兒的仰慕者都是反應靈敏，這一次卻過了好一會兒才弄明白，自己剛剛聽到的話是什麼意思。

她終於慢慢回過神來，不知所措地坐下、站起來、又坐下，一會兒又覺得自己眞是有福氣。

「天哪！上帝保佑！達西先生耶！誰想得到哇？這是眞的嗎？噢，我的心肝寶貝！你將會變得多富有、多尊貴啊！你會有多少私房錢、多少珠寶、多少輛馬車啊！跟你比起來，珍不過是個貧婦——簡直沒得比呀！我太高興、太快樂啦！這麼有魅力的男人！這麼英俊挺拔！喔！我以前竟然那麼不喜歡他，你得記得代我向他道歉啊，希望他能大人不記小人過。他在倫敦也有房子哪！還有那一切美好的東西！喔，嫁了三個女兒啦！年收入一萬鎊！喔，天哪！我的結果將會如何呢？我快發瘋啦！」

毫無疑問，班尼特太太贊成這門親事了，而伊莉莎白也很慶幸母親這番內心話只有她自己聽見，不一會兒就走開了。不過，伊莉莎白回到房裡還不過三分鐘，她母親就跟過來了。

她高興地叫道：「我的腦子幾乎無法運作了！年收入一萬鎊，也許還更多呢！眞像王公貴族一樣！啊，結婚特許證！你得憑結婚特許證結婚才行！啊，對了，我最親愛的寶貝，告訴我達西先生喜歡吃些什麼菜？我明天好做給他吃。」

她母親如果以這副德行出現在達西先生面前，對伊莉莎白的婚事來說可能就不是吉兆了。雖說伊莉莎白肯定已經贏得他的熱愛，並徵得家人同意，但是情況還是可能生變。還好第二天的情況比她料想的好上太多：由於班尼特太太對她這位準女婿望而生畏，不太敢和他說話，所以只偶爾獻獻殷勤、拍拍馬屁而已。

她不知所措地坐下、站起來、又坐下。

伊莉莎白看到她父親盡力想和達西先生建立情誼，心中著實很高興；而班尼特先生也告訴她，他愈來愈覺得達西是個值得敬重的人。

「我對我三個女婿都很欣賞，」他說道，「哈，威肯也許是我最欣賞的；不過，我想我會喜歡你丈夫的，伊莉莎白，就像我喜歡珍的丈夫一樣。」

Chapter 60

第六十章

伊莉莎白不久便恢復平日活潑嘻鬧的好心情了，她想要達西講述愛上她的經過。

「你是怎麼愛上我的呢？我可以理解當你一旦走上感情這條路，就會愈走愈著迷；可是到底是什麼原因讓你開始的呢？」

「我無法說清楚是何時何地、你的什麼表情或什麼話讓我開始愛上你。那是太久以前的事了，在我還未察覺的時候，就已經愛上你了吧。」

「早先你並不覺得我漂亮，至於我的態度——至少你老是認為我的行為魯莽無禮，而且我每次跟你講話都想讓你難堪。現在，你得老實說，你是因為我的魯莽無禮才愛上我的嗎？」

「我是因為你個性活潑、反應敏捷才愛上你的。」

「也可以說是魯莽無禮吧，這樣的說法反正也好不到哪兒去。其實我看你是厭倦了唯唯諾諾、屈意奉承的殷勤，你瞧不起以你的意見為意見、認為你無所不知、無所不懂、把你捧得高高在上的女人。我之所以會讓你對我有興趣，是因為我不像她們那樣，如果你不是一個敦厚親切的人，你就會覺得我討厭死了；其實在你痛苦偽裝的外表下，你擁有高貴正義的情操，而且在你心裡，你徹底鄙視那些費盡心思討好你的人。好啦，我爲你省去解釋爲何愛上我的麻煩了，而且在考慮過一切之後，我開始覺得我的解釋非常合理。說實在，你不知道我眞正的優點是什麼——戀愛中的人往往都看不到對象眞正的優點。」

「珍在尼德斐莊園生病那幾天，你盡心盡力照顧她，難道不算優點嗎？」

「珍！她那麼惹人愛憐，有誰看她生病不會想照顧她呢？不過，這當然可算優點一項。我小小的優點都能受到你大大的青睞，但相反的，我卻只會盡量找機會讓你下不了台，所以我只好開門見山地問了，你爲什麼不直截了當說你喜歡我？當你第一次來隆波安拜訪，後來又過來用餐時，爲什麼都不跟我說話呢？特別是當你來拜訪的時候，爲何好像無視於我的存在？」

「因爲你當時表情嚴肅、沉默不語，我不敢跟你說話。」

「我是不好意思。」

「我也是啊。」

「那你過來用餐的時候，可以跟我多說一些話啊。」

「如果沒有那種千言萬語不知從何說起的感覺，大概可以。」

「怎麼這麼對答如流！我還得承認答得有理！不過，如果我不主動提起，你不知道什麼時候才會說呢。我下定決心爲莉蒂亞的事向你道謝，竟還帶來這樣的好結果——太好的結果了；可是，如果我們的欣喜快樂是由打破應遵守的承諾而來，這樣會不會顯得我很不道德？因爲我不應該說出這件事的，這樣做是不可以的。」

「你別讓自己煩心了，你沒有道德上的問題。其實眞正讓我排除疑慮的是德波夫人無理地想拆散我們的舉動，我不認爲我眼前的幸福是因你那天迫切想跟我道謝所致。我並不是要等著你開口，是我姨媽的話給了我希望，當時我就下定決心，要知道你的想法了。」

「德波夫人眞是幫了大忙，她應該因此而高興，她一向喜歡幫別人忙的。可是，請你告訴我，你爲什麼到尼德斐莊園來？難道只是爲了騎馬來隆波安展現你的不好意思嗎？或者你有更重要的事情要做？」

「我眞正的目的是來看看你，並且判斷我是否可能得到你的愛。表面上的目的，或說我認爲的表面上的目的，則是來看你姊姊是否還喜歡賓利。如果是的話，就向賓利坦承我以前做過的那件事。」

「那你有沒有勇氣告訴德波夫人她該知道的事？」

「我需要的可能是時間而非勇氣，伊莉莎白。不過，我一定會告訴她的；如果你可以給我一張紙，我現在就可以告訴她。」

「要不是我也有信要寫，我就可以坐在你旁邊，像某位小姐那樣欣賞你寫信了。可是我也得盡快讓我舅媽知道這一切才好。」

因爲伊莉莎白不願承認舅媽在上一封長信裡所高估的她和達西之間的熟稔，她到現在都還沒給佳德納太太寫回信。不過，寫了那件特別的事，想必這封回信一定會大受佳德納太太歡迎的。

想起舅舅和舅媽晚了三天才享受到這個好消息，她心裡很過意不去，所以當即寫道：

親愛的舅媽：

接到您好心寫來的長信，告訴我令人滿意的詳情，我本當早已去信致謝；但不瞞您說，當時我百感交集，無法下筆。您當時的假設高過實情太多。

而今峰迴路轉，您再怎麼假設都不為過，讓您的想像力盡情奔馳吧！只要不認為我已結婚，都不算大錯。您一定得盡快提筆，更勝上一封信地，再好好讚美他一次。沒到湖區旅行真是太好了，我衷心地感謝您。我怎會那麼蠢，竟然想到湖區去！您信上提及關於小馬的主意真是令人高興，以後我們每天都可以到莊園逛一圈去了，我真是世界上最幸福的人。以前或許也有人說過這樣的話，但都沒有我的情形來得好。我比珍更幸福；她只是微笑，而我則開心地大笑！達西先生挪用了一點兒對我的深厚情意問候您，你們大家都要來潘柏利過聖誕節喔！

達西先生寫給德波夫人的信則是截然不同的風格，此外，還有一封信是獨創一格的，那就是班尼特先生寫給柯林斯先生的回信：

親愛的先生：

我必須麻煩你再恭喜我一次。伊莉莎白不久即將成為達西先生的妻子。請務必盡力勸慰德波夫人。不過，如果我是你，我會站在外甥這一邊；他可以給的東西更多。

賓利小姐對她哥哥即將舉行婚禮一事，寫來一封看似滿心祝福，實際上卻沒什麼誠意的祝賀信。她甚至特地寫信給珍，表達她的欣喜之情，並重提她們舊日情誼。珍這次沒有上當，不過還是覺得感動，而且依舊寫了封更加親切仁慈的回信給不配得此好意的賓利小姐。

達西小姐收到消息時所展現的喜悅，就和達西先生寫這封信給她時所流露出的喜悅一樣眞摯。她的回信足足寫滿四張信紙，仍不足以表達她的高興，以及希望得到嫂嫂疼愛的心意。

當柯林斯先生尚未有任何回音，伊莉莎白也還沒收到柯林斯太太的祝賀信，隆波安這一家人就聽說柯林斯夫婦已經回來盧卡斯公館了。過不了不久，大家都已然知曉他們何以突然回娘家，原來德波夫人看了她外甥寫的信後大發雷霆，夏綠蒂則是眞心爲這樁姻緣感到高興，於是他們就趕著回來，等避過老夫人的風頭再說。

伊莉莎白對於友人在此時前來，由衷地感到高興，但是在和他們見面時，她看見友人的丈夫對達西卑躬屈膝、阿諛奉承的樣子，心想，這由衷的高興還眞是所費不貲。然而，達西先生還是從容應付，甚至可以冷靜沉著地應對盧卡斯爵士恭維他取走本地最閃亮的一顆明珠，以及表達將來兩人

她看著友人的丈夫對達西卑躬屈膝、阿諛奉承的樣子，
心想，這由衷的高興還眞是所費不貲。

能經常在聖詹姆士宮相見的希望。如果他眞的有聳聳肩，那也是在盧卡斯爵士離開以後了。

菲力普太太的粗俗也許是對達西忍耐度的另一艱苦考驗，而且雖然菲力普太太像她姊姊一樣，對達西望而生畏，不敢像對待好脾氣的賓利那樣說些有的沒的蠢話，但只要她一開口，絕對盡顯她的鄙陋無知。她對達西的尊敬並不能使她變得安靜優雅。

伊莉莎白盡力維護達西，使他能避開母親或姨媽的注意，並且積極讓他跟自己獨處，或讓他跟其他家人說話。雖然這些雜事使得伊莉莎白沒有辦法盡情享受和達西談戀愛的樂趣，卻使她更加寄望未來；她希望未來能擺脫這些不論是她或達西都不喜歡的人，回到潘柏利去，過著優雅舒適的家庭生活。

Chapter 61

第六十一章

班尼特太太兩個嫁得最好的女兒出閣那天，眞是讓她享盡了爲人母親的光榮和快樂。我們不難想像，當她去看望賓利夫人，或是提起達西夫人時，會有多麼高興和驕傲。我希望看在她家人的份上，有機會寫出以下這段敘述：班尼特太太認眞殷切地想爲她幾個女兒建立家庭的願望，此刻已得斐然成就，而且因此產生一個令人高興的效應——在她接下來的歲月裡，她儼然已成爲一位明理可愛、見聞廣博的婦人。

然而，實際上，她還是和以前差不了多少，偶爾神經緊張、愚蠢一如往昔，她的丈夫也因此非常幸運，得以繼續享受這麼與衆不同的家庭幸福。

班尼特先生非常想念他的二女兒，他對她的疼愛經常是他離家遠行的主要原因。他很喜歡到潘柏利去，尤其喜歡在衆人料想不到的時候去。

賓利先生和珍在尼德斐莊園只住了十二個月，住得離她母親及馬利頓的親戚這麼近，連他的好脾氣或她深情的心都受不了。賓利的姊妹因此得償宿願：他在德布夏的鄰縣購置居處了。此舉爲珍和伊莉莎白的幸福再添一樁，因爲兩家相距僅僅不到三十哩遠。

凱蒂大部分時間都住在兩位姊姊家，結交往來的人都比以前體面許多，本身也比過去成長不少。她的個性本來就沒有莉蒂亞那麼難管教，而且脫離了小妹的壞影響，在適當的關懷教導下，也就變得沒那麼暴躁、無知與懶散了。家裡當然謹慎小心地因應，以免讓她再和莉蒂亞湊在一起；雖然威肯太太經常來信邀請她去她那兒住，還保證要帶她參加舞會、介紹男人給她認識，她的父親總是不允許她去。

瑪莉是唯一仍住在家裡的女兒，班尼特太太自然常常打擾她，使她無法專心念書。在母親要求下，瑪莉不得不多去和外面的世界接觸，儘管她仍會用道德批判的眼光來看待每天早上的拜訪活動。不過，既然再也不會被拿來和姊妹們的美貌互相評比，班尼特先生想，也許這就是瑪莉甘心樂意接受生活型態改變的原因吧。

至於莉蒂亞和威肯，他們的性格並沒有因爲姊姊們的婚姻而有什麼大變革。威肯心底很明白，伊莉莎白以前即使不知道他那些忘恩負義、信口雌黃的作爲，此時一定也已一清

二楚。不過，雖然如此，他還是沒有完全放棄要伊莉莎白說服達西，在經濟上多少資助一下他們的希望。從莉蒂亞寫給伊莉莎白的結婚祝賀信上就可以看出來，即使威肯沒有這麼想，他太太也是這麼想的。她在信上寫道：

親愛的：

祝你新婚愉快。如果你愛達西先生有我愛威肯的一半，你鐵定會幸福的。我覺得好欣慰，能有你這麼有錢的姊姊，在你沒事做的時候，希望你可以想想我們。我確信威肯非常希望能在宮廷裡有個差事做，而且若是沒有人幫忙，我想我們就要難以維生了。任何差事都行，只要一年有個三、四百鎊的收入就可以了。不過，如果你不想告訴達西就算了。

伊莉莎白的確是不想告訴達西，而且在回信給莉蒂亞的時候，也勸她不要有這類的要求和希望。但她依舊盡量在自己能力範圍內，以節省下來的私人開銷資助他們，而且是常常這樣做。伊莉莎白一直清楚知道，莉蒂亞和威肯的收入不多，兩人用錢又極其揮霍，一點兒也沒想到未來，他們的經濟狀況當然是捉襟見肘。

每逢他們隨著軍隊移防而遷居，珍或伊莉莎白總會收到他們的來信，要求幫他們清償債務。以他們這種生活態度來看，就算和平再臨，威肯可以從軍中退役，他們的生活也不會安定。他們總是不斷從一個地方搬到另一個地方去，說是爲了找個較省錢的環境，卻往往花了更多的錢。威肯對莉蒂亞的感情很快就淡了，莉蒂亞對威肯的愛還持續得久一點兒。儘管莉蒂亞年輕又愛玩，她還是保住了一個已婚婦女該有的名譽。

雖然達西一直不准威肯到潘柏利來，但是看在伊莉莎白的份上，他還是繼續在威肯的工作方面大力幫忙。在威肯一個人到倫敦或巴斯去享樂時，莉蒂亞偶爾會到潘柏利來做客；至於賓利家，威肯夫婦倒是常常去，而且一住就是很長一段時間，就連賓利那樣好脾氣的人也忍不住要開口，暗示他們該走了。

賓利小姐因爲達西與伊莉莎白結婚而大受打擊，不過她後來想想，保有造訪潘柏利這美麗莊園的權利才是明智之舉，因此也就不再心生怨恨。她比以前更喜歡喬芝娜，對達西一如以往地親切殷勤，對伊莉莎白則更加禮貌客氣以求彌補過往不足。

達西的妹妹喬芝娜從此在潘柏利莊園長住下來，她和伊莉莎白姑嫂情深，正是達西所盼望見到的。她們不只想著要彼此敬愛而已，事實上也的確做到了。喬芝娜非常敬重伊莉莎白，雖然她在剛開始聽到伊莉莎白活潑嘻鬧地和達西說話時，往往驚訝得目瞪口呆，因爲達西在喬芝娜心中地位之崇高，簡直超越了一般兄長的形象，現在卻成了嫂嫂開玩笑的對象。藉著伊莉莎白的教導，喬芝娜開始明白，妻子可以輕鬆自在地和丈夫說笑，儘管大自己十多歲的兄長並不會允許自己隨便和他開玩笑。

德波夫人對自己外甥這件婚事還是非常氣憤，她在回覆達西向她報告結婚喜訊的信函中，不改直言不諱的個性，將達西嚴厲地臭罵一頓，對伊莉莎白尤其更沒有好話，兩家因此有一段時間互不往來。

然而直到最後，在伊莉莎白勸說下，達西終於同意不計前嫌，和姨媽言歸於好。而且若不是出於對達西的愛屋及烏，就是出於想看看伊莉莎白怎麼持家，德波夫人在拒絕伊莉莎白一段時間後，就不再討厭她了。雖然夫人認爲潘柏利莊園的林園美景不只因爲這位女主人的進駐，也因爲女主人從倫敦來的舅舅、舅媽的造訪而蒙受很大污染，但她老人家還是不時紆尊降貴過來探望他們。

達西夫婦一直和佳德納夫婦保持密切往來。達西就和伊莉莎白一樣，非常喜歡他們，同時也非常感激他們，因爲當初是他們把伊莉莎白帶到德布夏來，才得成就這一段美好姻緣。

國家圖書館出版品預行編目資料

傲慢與偏見【經典插圖版】/ 珍・奧斯汀 (Jane Austen) 著；
劉珮芳、鄧盛銘譯 . -- 初版 . -- 臺中市 : 好讀 , 2020.12
面； 公分 . -- (珍・奧斯汀小說全集 ; 02)

ISBN 978-986-178-528-8(平裝)

873.57 109015671

好讀出版

珍・奧斯汀小說全集 02

傲慢與偏見【經典插圖版】

原　　著／珍・奧斯汀 Jane Austen
翻　　譯／劉珮芳、鄧盛銘
總 編 輯／鄧茵茵
文字編輯／林泳誼
封面設計／鄭年亨
行銷企畫／劉恩綺
發 行 所／好讀出版有限公司
407 台中市西屯區工業 30 路 1 號
407 台中市西屯區大有街 13 號（編輯部）
TEL: 04-23157795 FAX: 04-23144188 http://howdo.morningstar.com.tw
（如對本書編輯或內容有意見，請來電或上網告訴我們）
法律顧問／陳思成律師

總 經 銷 ／知己圖書股份有限公司
106 台北市大安區辛亥路一段 30 號 9 樓
TEL: 02-23672044 / 23672047 FAX: 02-23635741
407 台中市西屯區工業 30 路 1 號
TEL: 04-23595819 FAX: 04-23595493
E-mail: service@morningstar.com.tw
網路書店：http://www.morningstar.com.tw
讀者專線：04-23595819#230
郵政劃撥：15060393（戶名：知己圖書股份有限公司）

填寫線上讀者回函
獲得更多好讀資訊

印　　刷／上好印刷股份有限公司
初　　版／西元 2020 年 12 月 15 日
定　　價／ 280 元
如有破損或裝訂錯誤，請寄回臺中市 407 工業區 30 路 1 號更換（好讀倉儲部收）

Published by How Do Publishing Co., Ltd.
2020 Printed in Taiwan

ISBN 978-986-178-528-8